跨界出新：

北宋文士咏画的多元价值取向

孙桂平◎著

WUHAN UNIVERSITY PRESS
武汉大学出版社

图书在版编目(CIP)数据

跨界出新:北宋文士咏画的多元价值取向/孙桂平著.—武汉:
武汉大学出版社,2024.9
ISBN 978-7-307-24241-8

Ⅰ.跨… Ⅱ.孙… Ⅲ.古典诗歌—诗歌研究—中国—北宋
Ⅳ.I207.227.441

中国国家版本馆 CIP 数据核字(2024)第 029655 号

责任编辑:周媛媛　　　责任校对:牟　丹　　　版式设计:中北传媒

出版发行:**武汉大学出版社**　　(430072　武昌　珞珈山)

　　　　　(电子邮箱:cbs22@whu.edu.cn　网址:www.wdp.com.cn)

印刷:武汉图物印刷有限公司

开本:720×1000　1/16　印张:20.75　字数:274 千字

版次:2024 年 9 月第 1 版　　2024 年 9 月第 1 次印刷

ISBN 978-7-307-24241-8　　定价:89.00 元

目　录

绪　论

　　咏画诗的起源，或认为在有汉一代，或认为在六朝时期，要之，出于隋朝以前，但唐代以前咏画之人稀少，咏画之诗寥寥。唐代诗歌创作处于鼎盛状态，咏画之诗应运而生。据现有文献资料粗略统计，当不少于200首。杜甫以涌泉之笔作咏画诗，质高量多，为后世咏画诗创作树立了典范。王维虽不以咏画之作而闻名，但以兼擅诗画著称，也成为后世咏画者推崇的榜样。北宋咏画诗是对唐代诗人及其咏画诗作的深化发展。本书以北宋咏画诗作为研究对象，有意梳理和抉发北宋时期诗画的交互关系。本书的题目与既有关于咏画诗的专著有所不同，在此略作解释。

一、"跨界出新"的意义与内涵

　　本书题目中的"跨界"，指诗人与画家的互动，也指诗画两种艺术形式的交叉兼容。所谓"跨界出新"，主要包括两个方面的含义。

　　（一）绘事推动北宋诗歌创作活动呈现新形态

　　一方面因画雅集开拓出诗歌创作的新天地。最迟自汉代开始，雅集就是一种以中国古代文人墨客为参与主体、生动、有趣的文化现象，以诗歌侑觞一直是"雅"最主要的表现形态。[①] 但是在宋代以前，绘画可能会成为雅集的

---

① 刘跃进. 兰亭雅集与魏晋风度［J］. 安徽大学学报（哲学社会科学版），2011（4）：1-10.

结果，如《九老图》乃为白居易等因香山雅集而作，但鲜见绘画成为雅集的主题。北宋时期，朝廷将设立藏画之所列为制度，私家藏画风气亦随之盛行，而图画市场交易活跃，赏画遂经常成为雅集的主题。曝书画是北宋馆阁每年例行的公事，参与曝书画会雅集的官员（多是文士墨客）留下许多以赏画为主题的诗作。① 王诜是北宋著名的藏画家，他定期或不定期组织西园雅集，虽然作诗，但以赏画最为特色，邀请了当时享有盛名的李公麟创作《西园雅集图》以记其盛，画事成为西园雅集的核心与灵魂。② 梅尧臣是较早重视咏画的诗人，根据其咏画诗作可以判断，他至少参与了扬州写真会、观宋中道所藏书画之会、三馆曝书画之会、观邵不疑所藏书画之会、梅挚家观舞赏画之会、观《鬼拔河图》之会，这些雅集以赏画作诗为主要活动内容。

另一方面因画酬和成为诗歌创作的一种常态。在宋代以前，酬和一般指两位诗人之间的诗歌往还，如"元白唱和""皮陆唱和"，但诗人围绕画作展开酬和的情况罕见。在北宋时期，文人墨客之间赠画行为比较常见，因人赠画而奉答以诗，成为诗歌酬和的新形式，梅尧臣、苏轼、黄庭坚都有不少这类咏画之作。而诗人在非雅集场合围绕共同的画题以笔谈的方式作诗，如苏轼、苏辙、黄庭坚、苏颂等为《阳关图》题的诗，也可以归为此类。北宋文士在雅集场合咏画，好用"次韵"这一形式。"次韵"虽仍以咏画为主题，但奉和明确指向某一先发成诗者，在一定程度上也具有因画酬和的性质。

可以说，北宋时期因画雅集、因画酬和风尚的形成，标志着诗歌创作已深度介入绘画之事。

---

① 成明明. 宋代馆阁曝书活动及其文化意义［J］. 社会科学家，2008（5）：144-147.

② 薛颖. 元祐文人集团文化精神的传播：以《西园雅集图》的考察为中心［J］. 美术观察，2009（8）：97-100.

（二）诗歌创作活动对北宋绘画领域产生了深刻影响

句图这种画作类型在北宋出现，这说明缘诗作画已成为一种创作方式。所谓句图，指题有诗句的画。生活在北宋前期的王禹偁在《潘阆咏潮图赞·序》中云："（李元）乃出轻绡，微彩毫，（写）彼诗景，悬为句图。"①据《直斋书录解题》卷二十二，与王禹偁同时代的惠崇有《惠崇句图》一卷。②之后郭熙在《林泉高致·画意》中记录其父及自己"所诵道古人清篇秀句，有发于佳思而可画者"共计 16 条。③黄庭坚在《答王道济寺丞观许道宁山水图》中云："四时风物入句图，信知君家有摩诘。"北宋后期，翰林图画院多次以"诗句"为题，命考生作画。④综合这些材料可知，句图于北宋前期在业余画家群体中兴起，北宋中后期得到职业画家和文士阶层的广泛认可，至北宋后期得到宫廷画院的正式认可，得以登大雅之堂。此外，北宋时期出现了不少专门的画论，其中多有引诗评画之例。例如，郭熙在《林泉高致·画意》中引"诗是无形画，画是有形诗"⑤，言作画当有妙意。米芾撰的《画史》载有自作的咏画诗四首，用于评述画作。⑥郭若虚在《图画见闻志》卷二《纪艺（上）》中援引胡擢诗句"瓮中每酝逍遥药，笔下闲偷造化功"，言其画作蕴含高情逸志。⑦沈括在《历代笔记丛刊：梦溪笔谈》卷十七《书画》中援引欧阳修《盘车图》"古画画意不画形，梅诗咏物无隐情。忘形得意知者穿，不若见诗如见画"来呼应"书画之妙，当以神会，难可以形器求也"这一论点。⑧《宣和画谱》言及所录画

①　王禹偁.小畜外集［M］.上海：商务印书馆，1940.

②　陈振孙.直斋书录解题［M］.上海：上海古籍出版社，1987：647.

③　童强.艺术理论基本文献：中国古代卷［M］.北京：生活·读书·新知三联书店，2014：153-154.

④　李传文.北宋翰林图画院建立后之教学管理体制与招生考试制度考［J］.齐鲁艺苑，2017（3）：48-53.

⑤　童强.艺术理论基本文献：中国古代卷［M］.北京：生活·读书·新知三联书店，2014：153-154.

⑥　米芾.画史［M］.桂林：广西师范大学出版社，2020：103，109，129.

⑦　郭若虚.图画见闻志［M］.北京：人民美术出版社，1963：37.

⑧　沈括.历代笔记丛刊：梦溪笔谈［M］.上海：上海书店出版社，2009：141.

家的成就与影响，有多处引用梅尧臣的咏画诗。论画著述引诗评画，可认为由《历代名画记》开其先声。《历代名画记》卷九"韩幹"条引用杜甫《曹霸画马歌》："弟子韩幹早入室，亦能画马穷殊相。幹惟画肉不画骨，忍使骅骝气凋丧。"但引用系为了批评："彦远以杜甫岂知画者？徒以幹马肥大，遂有画肉之诮。"而卷十援引王维诗与李颀诗，用于肯定张諲绘画的成就。① 句图的出现和画论著作引诗评画，表明诗歌对绘画领域的影响在北宋时期得到了深化发展。

张高评在论述苏轼、黄庭坚咏竹题画诗时曾说："会通化成，为宋型文化特色之一；题咏绘画，为宋代诗画之出位之思。"② 该论断也包含这样一层意思：宋代绘画领域和诗歌领域相互出位，形成深度交融，适足为宋型文化的重要表现之一。在此基础上延伸一点来说，北宋时期诗画深度交融不仅为诗歌开拓新境，而且为绘画赋予诸多新意，这与本书所谓的"跨界出新"含义基本一致。

二、以"咏画"入题的缘由

本书题名将研究对象称作"咏画"，而不按惯例用"题画"这一短语，主要基于这样的理解：所谓"题"，一般指着墨于有特定意义指向的物质载体。③ 在北宋时期，"题画"通常指在某一鉴赏图画的场合，将针对图画的原创诗作题写在事先准备的绢、纸等物质载体上，但真正将原创诗作题写在画面或画背的情况并不多见。就北宋时期针对特定绘画而开展的诗歌创作而言，若用"题画"这个概念加以描述，有诸多不便的情形，兹略作分析。

---

① 张彦远.历代名画记［M］.北京：人民美术出版社，2016：188，191-192.

② 张高评.诗、画、禅与苏轼、黄庭坚咏竹题画研究：以墨竹题咏与禅趣、比德、兴寄为核心［J］. 人文中国学报，2013（19）：1.

③ 孙桂平.王维《鸟鸣涧》以理解成题画诗为宜［J］.古典文学知识，2013（5）：38.

（一）第一种情形

有些画作属于依诗作画的性质，画未出之前诗已存在，画成之后又题写诗句于画页、画册之上或作为画页、画册必要的附属，这是正经的题画之诗。但学术研究领域所谓的"题画诗"，是指专门为画作而创作的诗歌。用"题画诗"一词会导致人们对其含义理解发生混淆。比如，西晋张华作《女史箴》，顾恺之依据其中故事创作《女史箴图》，每段摘录张华的箴文，对于张华《女史箴》是否为题画之作，学界就颇有争议。① 北宋文人已有题写前代诗作于画面的行为，洪炎所编《豫章先生文集》卷十一误收之《题小景扇》，实为唐人贾至名篇《春思二首》其一，系据黄庭坚题写于画有小景扇面的唐诗而收录②，那么这样的诗算不算题画诗呢？颇难定论。而北宋流行句图这种画作形式，画面上摘自现成诗作的诗句显然是题画之诗（句），又确实不属于作为本书研究对象的"题画诗（句）"。可见，"题画诗"概念的含义混淆会导致本书的研究范围不好界定。

（二）第二种情形

有些诗虽因图画而作，但所观看的图画原创性质不明显。陶渊明《读〈山海经〉十三首》曾被部分学者认为是依据《山海经图》而作，因而将其视为题画诗。③ 但《山海经图》自上古以来一直流传，属于公共文化产品，创作的特征不明显，因而不是严格意义上的画作，将陶渊明《读〈山海经〉十三首》归为题画诗，显然有些勉强。北宋时期图画交易市场较为发达，在画作流通过程中出现了伪作、赝品和质量低劣的画作④，这些图画因原创性缺乏或原创性不足而价值不大，一些诗人吟咏时对此会以隐晦或明确的方式加以指

---

① 杨北，云峰．我国题画诗源于何时［J］．洛阳师专学报（自然科学版），1996（4）：109-110.

② 李定广．《唐诗三百首》中有宋诗吗：与莫砺锋先生商榷［J］．学术界，2007（5）：75-81.

③ 傅怡静．论诗画关系的发生与确立［J］．社会科学论坛（学术研究卷），2008（2）：77-84.

④ 李博．宋代书画市场昌盛的条件及特征［J］．沈阳大学学报（自然科学版），2008（5）：5-7.

责，如苏颂作诗批评《鬼拔河图》有违道德教化不宜大肆宣扬，梅尧臣《观韩玉汝胡人贡奉图》指出所观之画系托吴道子之名的伪作，并表达了不捧场的态度，而画作主人一般也不会将这样的诗作附录于画作，将这类诗作算作题画诗，实在说不过去。

（三）第三种情形

北宋时期，诗画雅集催生了许多诗歌，其中有不少是针对图画的诗作，甚至引动未参加雅集者的奉和，而有些作者虽然写了诗却不一定亲自看过画。比如，晁说之写《至河中首访鬼拔河图有画人云因陆学士移其壁》，但他并没有机会看到"鬼拔河壁画"和"鬼拔河壁画揭本"，仅是通过阅读江邻几、梅尧臣、苏颂等人的诗作了解有关画作的内容。还有更为特殊的情况，如梅尧臣《正阳驿舍梦郑并州寄书开之即三山图也》，系追忆自己在梦中得画、观画的情景。画之不存，诗将焉题？类似上述的诗作，也不好称为题画诗。

（四）第四种情形

北宋时期的一些咏画诗有"夹注"，这是以注疏体例入诗，用于讲解相关背景和典故以帮助读者理解诗意。例如，苏颂《和宋次道戊午岁馆中曝书画》夹注云："是日诸公观画，尤爱梁令瓒题吴生画《五星二十八宿真形》，又谓淳化《丰稔村田娶妇图》，曲尽田舍佚乐之意态。""韩幹马，东丹王千岁鹿，荆浩山水屋木，皆为精绝。"[1] 又如《王都尉示及吕丞相柳溪图诗见邀同作走笔奉呈》夹注云："《贞观公私画录》有《射雉濠梁图》。""张志和自号烟波子，作《渔歌诗》。"[2] 这些夹注是文，不是诗，若作为丹青艺术之附录则成蛇足累赘，但对于口耳相传的诗意讲解则大有裨益。我们若将这些夹注视为咏画诗作必不可少的组成部分，其不宜被称为题画诗也就显而易见。

---

[1]　苏颂. 苏魏公文集 [M]. 上海：上海辞书出版社，2014：75.

[2]　苏颂. 苏魏公文集 [M]. 上海：上海辞书出版社，2014：90.

（五）第五种情形

宋诗好议论，北宋时期咏画诗以理论阐发见长，但那些可谓之画论的诗句，多游离于画面之外，可以说"离题甚远"。例如，欧阳修《盘车图》中的"古画画意不画形，梅诗咏物无隐情"已与《盘车图》无直接联系；晁补之《和苏翰林题李甲画雁二首·其一》中的"画写物外形，要物形不改。诗传画外意，贵有画中态"不是针对画雁形象了。这些从画面延伸出来的余论，基本上没有题写的性质，但吟咏的特征显著。

相对于"题画"而言，"咏画"这个概念可以涵盖多种类型针对画作的原创性诗歌。北宋时期出现了许多用"题画"难以确切指称的针对画作的原创性诗歌，却都可以纳入"咏画"这一概念范畴。这是本书选择"咏画"入题的主要原因。

三、"多元价值取向"的讨论范围

北宋时期参与咏画的诗人所创作的咏画诗数量多，呈现出多元价值取向，本书择取九个方面对此加以探讨。

（一）梅尧臣的咏画诗

咏画诗在唐、五代已得到发展，并出现像杜甫这样写作咏画诗的高手，由于这一时期作品数量整体较少，尚不可谓为诗歌的一个类别。北宋初期，文化事业百废待兴，咏画诗的创作未受关注，基本上处于萧条状态。梅尧臣是北宋第一位着意于积极咏画的诗人，他的咏画诗不仅提高了绘画的文化地位，而且为北宋诗歌指明了新的写作方向。他自己写的及受他影响而创作的咏画诗，无论是在数量上还是质量上均大有可观，为咏画诗自成一类确立了标杆。如果要梳理咏画诗发展史，梅尧臣的贡献是要大书一笔的。

（二）苏轼的咏画诗

苏轼是一位对咏画诗极端热忱的作者。苏轼咏画善于联想，有时会因画感旧，回忆自己过往的生活经历；有时又因画畅思，拟想自己处于"身心如在画图中"的生活状态；有时则因画生趣，与画家甚至和画中人物展开心灵对话。对于苏轼而言，咏画在多数情况下是一种能让身心摆脱名利羁绊的优雅生活方式，他能成为北宋时期创作最多咏画诗的作者，与其乐此不疲的热情有关。此外，苏轼还喜欢在咏画时表达自己有关绘画的创作主张，这些主张成为文人画得以跻身画坛主流最有力的理论支撑。苏轼的咏画诗无论是在情感内涵方面还是在理论思考方面，或者在感性与理性的结合方面，都达到了北宋咏画的高峰。可以说，苏轼的咏画诗代表了北宋文人咏画的最高成就。

（三）黄庭坚的咏画诗

黄庭坚是一位带有书卷气的咏画者。以"点铁成金""脱胎换骨"的手法来"掉书袋"是黄庭坚诗歌最具辨识度的特征，其咏画之作也没有例外。黄庭坚咏画诗化用典故的频次、平均数远多于苏轼、梅尧臣等北宋其他诗人的咏画之作，这可以说是黄庭坚咏画诗具有书卷气息的硬指标。咏画诗的书卷指向虽然会在一定程度上分散黄庭坚观赏画作的注意力，但有利于他立足于高雅的文化品位，清醒地维持诗人相对于画家画作的优越感。黄庭坚咏画诗形成的雅人深致风貌，对画坛无疑是一种提醒：图画之妙，除了致力于绘形敷色传神达意以外，画家还当基于深厚的知识背景提升文化品位，而这正是文人画的要义。

（四）《睢阳五老图》诸诗

《睢阳五老图》诸诗创作的初心在于慕唐，即承接白居易倡导的香山九老会流风余韵，得颐老乐岁的旨趣。但就《睢阳五老图》诗奉和的实际情况而言，涉及的重要人物多、时间跨度大，其性质远非简单的诗酒风流所能概括，而衍生出至少三重别样的意旨：首倡者杜衍有意借五老图诗唱和活动，舒缓应天书院一意于儒学的偏激文化主张；就地方长官欧阳修而言，有意通过联络范仲淹等坚持庆历新政的贬臣寄和，协同政治立场；而苏轼等后学奉和，则有意以故相杜衍为榜样，表达自己的仕途理想。《睢阳五老图》诸诗表明，咏画诗并非全然游艺之事，有时也与朝廷政治和意识形态斗争有关。

（五）有关《鬼拔河图》的诗作

宋代咏壁画的诗作较为少见。《鬼拔河图》画面奇怪且未有可靠文献记述，因而被怀疑是假托展子虔之名的伪作，作为咏画诗的写作对象，这是很特殊的。就参与吟咏《鬼拔河图》的作者而言，有的看过壁画原作，有的只看过绢质搨本，而有的既没有看过壁画原作也没有看过壁画搨本，这种咏画情况也是罕见的。壁画搨本的主人召集友朋观画，目的自然是让诸公捧场，而作诗者却不忌讳地质疑和批评，这也不是咏画的正常状态。《鬼拔河图》诸诗反映了寺庙欲利用咏画诗扩大影响却受到诗人抵制的现象，但由此可以看出，在北宋时期，人们已明确意识到诗画组合具有显在的广告功能和潜在的经济效用。

（六）有关惠崇画作的咏画诗

惠崇在世时以诗闻名，其善画虽为人所知，但出于自悟有成，师法不明确。这在当时相当于没有接受过系统的专业训练，因此其画作在宫廷画师眼里被视为业余水平。北宋诸公吟咏惠崇画作，突破了惠崇画作不受重视的局面，为惠崇在画史上争得了一席，也为文人画的发展开拓了道路。由此附带产生的意义包括但不限于以下两点：（1）北宋文坛（诗界）形成评价画作的独立价值立场，宫廷画院不再享有评价画作的独尊地位。（2）文人画创作门槛较低，文坛（诗界）的认可促进了北宋文人画创作的兴盛并形成了文人画创作群体，这对职业画师和业余画家身份等级区别渐趋消弭产生了积极影响。

（七）沈括的《图画歌》

沈括既非作诗的好手，也不是善绘的画家，且甚少活跃于兼重诗画的雅集场合。但沈括的藏画甚多，且《梦溪笔谈》中评述绘事的文字篇幅表明他有相当的画学理论素养。《图画歌》是沈括基于自家藏画所作的印象式述评，可谓藏画诗，是咏画诗中的另类。而诗中所涉及的画家数量之多，居北宋咏画诗首位，这一点也值得关注。沈括的《图画歌》写作水平不高，也没有深刻的理论内涵，但在记述艺术文献方面则颇有价值。沈括在自己并不擅长的咏画之事上强为长篇《图画歌》，说明诗画交互关系在当时引人注目，文人墨客都想在这个新领域发出自己的声音。

（八）苏颂的咏画诗

苏颂是一位被动、谨慎的咏画诗作者。根据《苏魏公文集》《丞相魏公谭训》等文献资料，苏颂严格按照儒家道德伦理标准为人处世，未尝致力于绘事，也不究心于藏画、赏画。苏颂现存十首咏画诗都是出于雅集或应酬场合的"应命"之作，他不是以主动积极态度来咏画的诗人。从咏画的内容看，苏颂基本上立足于应酬礼节、知识典故和伦理道德规范来述画、评画，而极少在咏画时牵扯个人的生活经历，也不借此透露个人在艺术方面的兴趣爱好。苏颂被动的咏画态度和谨慎的写作方式，体现了北宋时期诗画互动交际圈一种有节制的风雅追求。

（九）北宋咏画之作选评

北宋时期咏画诗人甚多，咏画之作数量庞大，专题研究虽有利于论述深入，但所涉及的诗人诗作有限，广度难免有所不足。为弥补这一不足，本书选择欧阳修、王安石、晏几道、林敏功、苏洵、张商英、谢逸、潘大临、米芾、黄庭坚、晁补之、李廌、韩驹、苏辙、郑獬、郭祥正、刘攽、刘挚、王安中、陈师道、杨杰、崔鶠、谢薖的咏画之作26首，逐一释读。这些咏画之作，或张扬画论，或提携潜幽，或发明墨趣，或借画思贤，或因诗求画，或吟画酬人，或题诗赞画，或因画讽谏，或借画调笑，或吟画斗艺，或借画怀人，或吟画伤时，创作情境各异，而旨归趣尚也大不相同，体现了北宋咏画诗丰富多元的价值取向。

总而言之，"崇尚风雅"是北宋咏画诗作者较为一致的创作追求。而身份资历、创作背景、思想倾向、艺术素养、穷达遭际、文化倾向的不同，又使北宋咏画诗作品呈现出丰富复杂的价值形态，向后世学者展开了巨大的研究空间。

四、内容论述及结构安排

北宋咏画诗数量多，内容驳杂，且价值取向多元，很难按照现代科学研究的要求将其当作边界明晰的研究对象，为其设计一个结构紧密的知识框架，并依此展开逻辑严谨的分析和论证。本书根据研究对象的这一特点及书名所提示的研究目标，将研究内容区分为"北宋咏画代表性诗人""北宋咏画典型现象""北宋咏画诗释读"三个板块。在研究方向的选择上，不仅着意提炼适切的角度，而且尽量避免与既有研究论著重复。

（一）上编论述了梅尧臣、苏轼和黄庭坚的咏画诗

选择梅尧臣、苏轼、黄庭坚作为北宋咏画的代表性诗人，主要基于以下理由：（1）他们是北宋时期咏画态度主动积极的诗人，不仅与画家往来密切，而且均有藏画爱好，其中苏轼还以善画闻名。（2）他们创作的咏画诗质高量多，为北宋其他咏画者所不能及。（3）梅尧臣咏画，成诗中之别趣；苏轼咏画，发画中之深意；黄庭坚咏画，有书卷之雅致。这三种艺术风貌的形成，代表了北宋咏画的最高成就。

有关梅尧臣咏画诗的既有研究成果较少。第一章第一节对既有研究脉络

做了梳理，作为研究展开的文献基础；第二节整理了梅尧臣咏画诗创作的大致情况，是梅尧臣咏画诗专题研究的必要部分，该工作未见有人做过；第三节"从梅尧臣咏画诗看当时的诗画互动关系"基于社会关系角度探讨了梅尧臣咏画诗的文献价值；第四节"梅尧臣咏画诗中的艺术接受经验"总结了梅尧臣咏画诗蕴含的理论因素。第一章后两节是新创的论题。

有关苏轼咏画诗的既有研究成果较多。第二章删繁就简不予综述，而致力于从三个方面阐发学界较少关注的"苏轼咏画诗的理论指向"这一命题。第一节"苏轼咏画诗尚意、尚神、尚理"系讨论苏轼咏画诗具有明确的理论意识，其中"尚理"不大为人提及，将"尚意""尚神""尚理"以三合一方式提出也为首次；第二节"基于出入观解读苏轼的咏画诗"梳理出苏轼咏画诗的几种创作类型，借以辨析咏画诗写作的得失；第三节"基于心理距离说考察苏轼的咏画诗"试图论析苏轼咏画诗对当代艺术理论建设可能具有的意义。由于诗歌体例的限制，苏轼咏画诗的理论指向表达形态较为含蓄，故结合其论画文字加以阐发。

围绕黄庭坚的咏画诗也出现了一些研究成果。第三章的引语部分择要做了介绍。关于黄庭坚咏画诗创作的大致情况，有些论著列表进行梳理，但疏忽了对表格内容的分析。第一节参照既有成果按时间先后顺序列表展示黄庭坚咏画诗的大致情况，为黄庭坚咏画诗分出创作阶段，并说明理由；第二节"黄庭坚咏画诗对杜诗的化用"是本章的核心部分，从"化用杜诗"这个角度论证黄庭坚咏画好牵引书卷知识的特点。

（二）中编论述了三种咏画现象

《睢阳五老图》诸篇是吟咏人物肖像画的诗例，《鬼拔河图》诸篇是吟咏佛寺壁画的诗例，北宋诗人对惠崇画的接受是以吟咏小景画（文人画）为主要内容的诗例。这些诗例从不同方面展现了北宋诗人与画作故事，体现了当时诗画深度交融的关系，反映了宋朝文化崇雅的特征，因而成为北宋吟画的典型现象。

《睢阳五老图》诗现存 23 首，均为韵脚相同之作。五老原作题写于画册，无可置疑。欧阳修、苏颂当时在应天府任职且与杜衍交好，其次韵之作亦无可疑。其他诸作或被学界疑为伪作，但文献足征，故疑伪之说难成定论。第四章第一节、第二节以肯定《睢阳五老图》诸篇可信为前提，对《睢阳五老图》诗产生的缘由、时间、背景提供了合情合理的解释，从而判定《睢阳五老图》诸诗形成过程比较复杂，要分三个主要阶段和多种不同状况。第三节结合钱明逸序分析了《睢阳五老图》次韵诸篇的流传情况，认为《睢阳五老图》有不同的画本流传，题于附册的次韵诗并非出于同一画本。

《鬼拔河图》诗在题材上具有特殊性，为对此有准确认识，第五章安排了"宋代以前佛寺鬼神题材壁画诗的发展情况"这一节。第二节是根据《鬼拔河图》诗对画作者的质疑，从艺术创作角度论证"《鬼拔河》壁画应非隋朝展子虔所作"这个观点。第三节"《鬼拔河图》诗所体现的艺术功能"指出诗歌对于艺术作品而言具有宣传介绍、记录辑佚、导读辨证的功能。第四节"鬼拔河壁画的艺术接受"梳理了鬼拔河壁画诗歌接受的复杂形态和完整过程，指出存在二度艺术接受这一现象。

诗歌接受对惠崇画的流传、保存特别是画史地位的认定，发挥了至关重要的作用。第六章通过统计分析指出，北宋咏画者倾向于突出惠崇画作的江南特色、"水与鸟的组合形象"和诗意内涵。苏轼等文士墨客吟咏惠崇画，有意以其作为代表，提升文人画的影响和地位。第六章还引入北宋与南宋、金、元诗人吟咏惠崇画作比较，凸显北宋咏画诗接受惠崇画作的特色。

（三）下编分四个部分对北宋咏画诗进行释读

第七章"沈括《图画歌》旁证"分析了吟咏私藏画作的诗歌，第八章"从咏画角度辨析苏轼《惠崇春江晓景》相关问题"，系对单篇咏画诗的深度学术解读，第九章"苏颂咏画诗释读"系对单个咏画者所有咏画诗的解析，而第十章"北宋咏画诗选评"系对多个诗人咏画之作的简评。这四章的论述程度或深或浅，论述范围或宽或窄，合而观之可以看出北宋咏画诗存在巨大的学术阐释空间。

沈括的《图画歌》并非诗画互动雅集场景中出现的作品，主要是以诗句串联评述的方式介绍自家藏画，因而这首咏画诗具有私作的性质，用于公开交流的色彩不明显。这种非典型咏画诗，其价值内涵难以按照一般套路得到确认。第七章采用了旁证之法，即通过引入《梦溪笔谈》《画史》《宣和画谱》等文献的相关记载进行比较，理解沈括《图画歌》评述画家画作的完整意思，并勾勒沈括创作此诗的心理动机。

《惠崇春江晓景》是咏画名作，但存在一些问题有待澄清。第八章论证了诗题应为"惠崇春江晓景"而非"惠崇春江晚景"，指出该诗题下的两首诗系吟咏同一幅画而非分别针对两幅画，认为赏画者苏轼故意张扬与画作者在文化立场上的差异，提出了"艺术接受的东坡姿态"，并总结出判断咏画诗创作水平高低的几条标准。第八章以辨析诗歌文本的文献问题为起点，然后结合绘画知识阐发诗歌的写作手法，最后探讨绘画作品鉴赏和艺术接受的基本原理，由此呈现诗画可以会通的交互关系。

第九章解读了苏颂现存全部咏画诗计9题10首，包括《咏丘秘校山水枕屏》《题画草虫扇子》《和诸君观画鬼拔河》《陈和叔内翰得庄生观鱼图于濠梁出以相示且邀》《次韵苏子瞻题李公麟画马图》《和宋次道戊午岁馆中曝书画》《王都尉示及吕丞相柳溪图诗见邀同作走笔奉呈》《和题李公麟阳关图二首》《睢阳五老图》。苏颂咏画诗的创作方式零散，难以作为研究对象独立成论，故逐一解读。第九章解读方式为赏析，每诗解读篇幅在千字左右。其中《和诸君观画鬼拔河》《睢阳五老图》中编部分也有论及，可以参见。苏颂另有题画文5篇，与其咏画诗可相互参照，作为附录一并予以释读。

第十章解读了北宋23位诗人的26首咏画诗。选诗参照《宣和画谱》所分门类，使各门类均有对应的咏画之作入选。所选咏画诗依据孙绍远《声画集》，参校《全宋诗》及诗人别集斟酌确定文本。对所选咏画诗作的评论不拘篇幅长短，也不强求论述方式一致，有感随发，效仿评点之便。第十章之所以将欧阳修《盘车图》诗置于第一篇，并选评王安石咏画诗三首，是因为他们咏画成就较高而本书未有专题重点论述，就以这种安排做一个简单的提示。黄庭坚的《惠崇芦雁》为咏画名作，又曾误入苏轼诗集，故于黄庭坚咏画诗专论之外，特地加以选评，以正归属。由于入选诸诗作年代难以一一确切考证，欧阳修、王安石之外的诗作大致按照作者生年（或在世）的时间先后次序排列。

北宋时期是咏画诗发展历程中的关键阶段，北宋咏画诗研究的充分展开，需要将现存北宋咏画诗完整地汇集成书，并进行校勘和分类整理，作为可靠的文献基础。本书依据分散的咏画诗资料所展开的研究，所论不过是北宋咏画诗的一鳞半爪而已，在深度和广度上均有待继续拓展。

上编

论北宋咏画代表性诗人

第一章　梅尧臣：北宋咏画诗的重要开拓者

梅尧臣被南宋刘克庄称为宋诗的"开山祖师"，这一观点在现当代出版的文学史著作中也得到了肯定。[①] 虽然学界认为，梅尧臣通过关注俗物、表达俗趣开辟了新的诗歌天地，但宋代士人追求雅致的时代特点，无疑是梅诗的重要精神指向。梅尧臣的咏画诗，若按照笕文生等在《唐宋诗文的艺术世界》中的说法，属于"知识阶级的东西"[②]，典型地体现了北宋官员、知识分子交际应酬的风雅，并成为欧阳修、王安石、苏轼咏画诗创作的先导。研究梅尧臣的咏画诗，对全面理解梅尧臣的诗歌创作及深入考察宋代绘画接受史的发展进程，具有重要的参考价值。

第一节　梅尧臣咏画诗研究脉络梳理

《声画集》收录梅尧臣咏画诗 12 题 17 首，《御定历代题画诗类》收录 23 题 25 首。根据周义敢、周雷的《梅尧臣资料汇编》，1949 年前评价梅尧臣及其诗文的资料虽多，但涉及咏画诗的较少。[③] 陈声聪在《兼于阁诗话》的附录

---

① 邱美琼，向玲 . 二十世纪以来日本学者对梅尧臣诗歌的研究［J］. 西北民族大学学报，2018（5）：152-160.

② 笕文生，笕久美子 . 唐宋诗文的艺术世界［M］. 卢盛江，译 . 北京：中华书局，2007：265.

③ 周义敢，周雷 . 梅尧臣资料汇编［M］. 北京：中华书局，2007.

中谓梅尧臣："特其集中观画诸作，却能描写得出，未可尽贬。"这是仅有的对梅尧臣咏画诗的宏观评价。其他基本上是对梅尧臣单篇咏画之作的评点，兹摘录汇总如下：

洪刍《老圃集》卷上：《因读梅圣俞六鹤诗或令余别赋之警露 / 顾步》。皎皎蟾桂明，耿耿星斗烂。清梦时时惊，零露滴霄汉。伟哉仙人骑，从来知夜半。举趾一何高，修颈宛回顾。只影踉跄行，眷然慕俦侣。岂忘赤霄上，盘桓此池籞。

李颀《古今诗话》"僧居宁画草虫"条：僧居宁，毗陵人，妙工画草虫。尝见水墨草虫有长四五寸者，题云"居宁醉笔须大失真"。然笔力遒劲可爱。梅圣俞诗云："草虫有纤意，醉墨得正熟。"

方回《瀛奎律髓》卷三十七"技艺类"评《画真来嵩》："附纪昀评语：欲以'吴体'为高，但见其语弱而调野。第四句拙。"

夏敬观谓《二十四日江邻几邀观三馆书画录其所见》：此诗亦误入《王荆公集》，题上无"二十四日"字，决为尧臣所作，非安石诗也。

孙绍远《声画集》卷八"和江邻几梅圣俞同蔡学士观宋家书画[刘叔赣]"条：中郎石经天下传，江翁说诗当世贤。南昌子真亦禄仕，读书养性希神仙。雄豪相遇古莫及，所至衣冠争愿焉。贵公子孙谁是胜，广平家画盈万千。当时交友皆父行，贾生论议欺老先。开门迎客车结辙，而此三士相周旋。牙签插架尘土绝，宝轴出囊瑶玉联。前秦篆籀颇磨灭，中世粉墨仍新鲜。咨嗟古人不可见，但觉能者心意专。知者自昔贵一遇，千岁相望犹比肩。况有清诗纪实事，豪壮入耳如哀弦。鄙夫观书识难字，古文愈野心谓然。要当乘兴过君所，刮膜一使头风瘳。

叶寘《爱日斋丛钞》卷三："《宛陵集》中《赋石昌言白鹘图》诗：'双睛射空眼角鸷，筋爪入节韝绦垂。……范君语此亦有味，欲戒近习无他移。'……按《东斋纪事》：'黄筌、黄居寀、居宝，蜀之名画手也，尤善为毛翎，其家多养鹰鹘，观其神俊，以模写之，故得其真。后子孙有弃其画业而事田猎飞放者。既多养鹰鹘，则买鼠以饲之。……予尝为梅圣俞言，圣俞作诗以记其事。'盖即前诗也。蜀公晚年得谢，始追述馆阁以来故事。遂亦具载，当以为《宛陵》诗笺。"

李颀《古今诗话》"欧阳修盘车图诗"条：谢赫云："卫协之画，虽不该备形妙，而有气韵，凌跨群雄，诚旷代绝笔。"欧阳文忠《盘车图》云："古画画意不画形，梅诗咏物无隐情。忘情得意知者寡，不若见诗如见画。"此真识画也。

朱彝尊《曝书亭集》卷十四《题画》二首（选一首）：宣和旧谱识徐熙，犹记都官画里诗。三月江南看不足（宛陵句也），湖塘花鸭影参差。——著者按，"三月江南看不足"句出自《和杨直讲夹竹花图》。

《叶适集》卷二十九《题石月砚屏后》："欧阳文忠公石月砚屏，余见于陈文惠公裔孙忠懿家，云公昔所赠也。欧公爱玩不自持，至谓'两曜分为三'。苏子美、梅圣俞又各为说，美恶相攻，反令此石受垢，良可叹尔！物之真者世不必责，常贵其似。"

陈鹄《耆旧续闻》卷九："欧阳公《石月屏序》云：'张景山在虢州时，命治石桥。小版，一石，中有月形，石色紫而月白，中有树森森然，其文黑而枝叶老劲，虽世之工于画者不能为，盖奇物也。景山因谪，留以遗予，因令善画工模写以为图，并书以遗苏子美。其月满，西旁微有不满处，正如十三四时。其树横生，一枝外出。

皆其实如此，不敢增损，贵可信也。'子美、圣俞皆有诗。……忠毅且求余跋语，余谓：欧公才夸此石：'自云每到月满时，石在暗室光出檐。'圣俞则曰：'曾无纤毫光，未若灯照席。徒为顽璞一片圆，温润又不如圭璧。'何贬此石之甚耶！虽然，此屏不幸而遇圣俞，亦幸而有圣俞，则此屏可以长宝，而不为好事者夺。"

张之翰《西岩集》卷四《张正甫太常送山水砚屏以长歌谢之》："白云从何来？落此石砚屏。当时一披拂，澹白缭深青。……君不见，欧阳有以紫石名，子美圣俞尝辩争。东坡又有月石风林横，子功纯父皆题评。感君盛德无以报，竟日搁笔诗不成。试从欧梅苏范为乞灵，但觉山水尽与洪涛倾，倚天绝壁开新晴。"

陆游《渭南文集》卷十五："王荆公自谓《虎图诗》不及先生（按，指梅尧臣）《包鼎画虎》之作。"——著者按，《包鼎画虎》之作，当指《答王君石遗包虎二轴》，夏敬观认为梅尧臣《包鼎画虎》一诗为佚作，不确。

从《梅尧臣资料汇编·序言》看，编者周义敢、周雷并未特别关注梅尧臣的咏画诗，更没有将其咏画诗作当作一个类别加以看待的意识。这导致《梅尧臣资料汇编》对《宣和画谱》中援引梅尧臣诗句的相关内容未予录入，兹补充如下①：

《宣和画谱》"胡瓌"条：梅尧臣尝题瓌画《胡人下马图》，其略云："毡庐鼎列帐幕围，鼓角未吹惊塞鸿。"又云："素纨六幅笔何巧？胡瓌妙画谁能通？"则尧臣之所与，故知瓌定非浅浅人也。

---

① 宋徽宗朝宫廷画院. 宣和画谱［M］. 长沙：湖南美术出版社，1999：181-182，222-223，330-331，356，419.

《宣和画谱》"荆浩"条：梅尧臣尝观浩所画《山水图》，曾有诗，其略曰"上有荆浩字，持归翰林公"之句。而又曰："范宽到老学未足，李成但得平远工。"此则所以知浩所学固自不凡，而尧臣之论非过也。

《宣和画谱》"黄荃"条：梅尧臣尝有咏荃所画《白鹇图》，其略曰："画师黄荃出西蜀，成都范君能自知；范云荃笔不敢恣，自养鹰鹞观所宜。"以此知荃之用意为至，悉取生态，是岂蹈袭陈迹者哉？

《宣和画谱》"徐熙"条：梅尧臣有诗名，亦慎许可，至咏熙所画《夹竹桃花》等图。其诗曰："花留蜂蝶竹有禽，三月江南看不足。徐熙下笔能逼真，茧素画成才六幅。"又云："年深粉剥见墨踪，描写工夫始惊俗。"至卒章乃曰："竹真似竹桃似桃，不待生春长在目。"以此知熙画为工矣。

《宣和画谱》"僧居宁"条：梅尧臣一见赏咏其超绝，因赠以诗，其略云："草根有纤意，醉墨得以熟。"于是居宁之名藉甚，好事者得之遂为珍玩耳。

1949 年以后，朱东润是一位在梅尧臣研究方面取得突出成绩的学者。《梅尧臣集编年校注》一书限于体例，校注内容未曾有意显现咏画角度。《梅尧臣传》提及三首跟绘事有关的诗作：（1）言及《正月二十二日江淮发运马察院督河事于国门之外予访之蔡君谟亦来蔡为真草数幅马以所用歙砚赠予》一诗中有句云："主人得书不惜砚，赠予觅句题花卉。"（2）援引《遇画工来嵩》，说明梅尧臣在扬州的交游情况。（3）援引《和杨直讲夹竹花图》，说明梅尧臣与杨褒的交游情况，但全书并没有从咏画角度记述梅尧臣的生平事迹。

从 20 世纪 80 年代起，梅尧臣一直是北宋诗歌研究的热点之一。但文学研究者多秉承旧例，将其咏画诗视为一般的应酬奉和之作，而不从诗画关系角度进行探讨。近二十年来，中国古代题画诗研究渐次展开，对于北宋题画诗，学者多将笔墨聚焦于苏轼和黄庭坚，梅尧臣的咏画诗虽经常被零散地提及，却很少作为专门的研究对象。① 就梅尧臣的咏画诗研究而言，吴瑞侠、吴怀东的《梅尧臣题画诗考论》是较有分量的成果。该文主要以梅尧臣参与的8次诗画雅集活动为切入点，提出如下观点：这些雅集活动展示了宋初诗歌与绘画之间的互动关系，即文人以曝书画会、写真会、观画会、游历会等集会形式观赏绘画，并以品鉴、题咏、唱和等方式围绕绘画展开写作。这种聚会极大地促进了梅尧臣题画诗的创作，也影响了其题画诗的书写方式。他的题画诗具有以"观"为中心展开叙述和"绘形传神"的创作特点，是探索北宋诗画关系的重要资料。② 该文认为梅尧臣对当时题画诗的创作产生了很大影响，洵为可取之论。行文虽说梅尧臣题画诗对画史的撰写产生了很大影响，但并没有对此展开论述。

由于梅尧臣是最早创作较多咏画诗的北宋诗人，因此笔者希望通过一些探索，确认其在咏画方面具有"开有宋一代风气之先"的意义。

第二节　梅尧臣咏画诗创作的大致情况

为准确地把握梅尧臣咏画诗创作的整体情况，兹按照梅作在朱东润校注的《梅尧臣集编年校注》中出现的先后顺序③，分为"创作时间""诗题""诗题涉及的人物""创作地点""任官"等5项，对梅尧臣咏画诗创作的相关情况罗列如下（见表1-1）。根据惯例，凡是以画面为吟咏对象的，无论载体是

① 刘泽华.近二十年国内宋代题画诗研究述论［J］.名作欣赏，2020（8）：130-133.

② 吴瑞侠，吴怀东.梅尧臣题画诗考论［J］.山东师范大学学报（人文社会科学版），2018（4）：39-49.

③ 梅尧臣.梅尧臣集编年校注［M］.上海：上海古籍出版社，1980.

绢、纸、屏、砚、扇，概予收录。至于有些记述画事的诗作，诗人其实没有画看或没有看画，如《画真来嵩》《读月石屏诗》等，因其题材与绘画艺术密切相关，酌情录入。《遇画工来嵩》一首，是梅尧臣服除后赴京途中所作，地点应在扬州，因与咏画活动无关，属于一般的记述交游之作，故未收录。

表1-1 梅尧臣咏画诗创作情况展示

创作时间	诗题	诗题涉及的人物	创作地点	任官
景祐二年（1035 年）	答陈五进士遗山水枕屏	陈五，生平不详	建德	春，以德兴令知建德县
景祐三年（1036 年）	咏王右丞所画阮步兵醉图	—	建德	知建德县
景祐五年（1038 年）	谢紫薇以画鹭二轴为寄	谢绛	京都开封	待职
庆历四年（1044 年）	得孙仲方画美人一轴	孙仲方	不详	正月至四月监湖州盐税；四至七月，解职赴京，由宛陵至高邮；八九月间至京都开封
庆历四年（1044 年）	和潘叔治题刘道士房画薛稷六鹤图六首（啄食、顾步、唳天、舞风、警露、理毛）	潘叔治	不详	
庆历四年（1044 年）	观居宁画草虫	居宁	不详	
庆历五年（1045 年）	薛九宅观雕狐图	薛九，生平不详	京都开封、许昌	六月二十一日前，在京师待职，此后为许州忠武军节度判官
庆历五年（1045 年）	画竹枝扇	不详		
庆历五年（1045 年）	正阳驿舍梦郑并州寄书开之即三山图也	—		
庆历五年（1045 年）	墨竹	不详		
庆历七年（1047 年）	和曹光道咏直庐屏中六鹤	曹光道	许昌、京都开封	九月十六日自许昌解官至京都开封
庆历八年（1048 年）	观永叔画真	欧阳修	此三首均作于扬州	朝廷授国子博士；从京都开封荣亲，南还宛陵途中，在多地停留
庆历八年（1048 年）	画真来嵩	欧阳修		
庆历八年（1048 年）	广陵欧阳永叔赠寒林石砚屏	欧阳修		
皇祐二年（1050 年）	答王君石遗包虎二轴	王君石	宣城	为父服丧

续表

创作时间	诗题	诗题涉及的人物	创作地点	任官
皇祐三年（1051年）	读月石屏诗	欧阳修	开封	服除，五月至京都开封。朝廷授太常博士；该年欧阳修知应天府兼管南京留守司；四月，刘敞权三司度支判官
皇祐三年（1051年）	刘原甫观相国寺净土院杨惠之塑像吴道子画又越僧鼓琴闽僧写真予解其诧	刘敞		
皇祐三年（1051年）	和原甫同邻几过相国寺净土院因观杨惠之塑吴道子画听越僧琴闽僧写宋贾二公真	刘敞、江邻几		
皇祐四年（1052年）	同蔡君谟江邻几观宋中道书画	蔡襄、江邻几、宋中道	京都开封	监永济仓
皇祐四年（1052年）	赋石昌言家五题（括苍石屏、白石寒树屏、白鹊屏、怀素草书、蜀虎图）	石昌言		
皇祐四年（1052年）	观史氏画马图	史氏		
皇祐四年（1052年）	观何君宝画	何君宝		
皇祐四年（1052年）	观杨之美画	杨褒		
皇祐五年（1053年）	和和之南斋画壁歌	和之，或为乐和之	春夏二季在京都开封，秋后为母服丧	监永济仓，守丧
皇祐五年（1053年）	端午前保之太傅遗水墨扇及酒	保之，不详		
皇祐五年（1053年）	依韵和原甫省中松石画壁	刘敞		
皇祐五年（1053年）	依韵和原甫厅壁钱谏议画蟹	刘敞		
皇祐五年（1053年）	依韵和原甫厅壁许道宁山水云是富彦国作判官时画	刘敞		
皇祐五年（1053年）	二十四日江邻几邀观三馆书画录其所见	江邻几等		

续表

创作时间	诗题	诗题涉及的人物	创作地点	任官
至和三年（嘉祐元年）（1056年）	答鹅湖长老绍元示太玄图	鹅湖长老		
至和三年（嘉祐元年）（1056年）	依韵和邵不疑以雨止烹茶观画听琴之会	邵必		
至和三年（嘉祐元年）（1056年）	观邵不疑学士所藏名书古画	邵必		
至和三年（嘉祐元年）（1056年）	表臣斋中阅画而饮	朱表臣		
至和三年（嘉祐元年）（1056年）	和吴冲卿学士石屏	吴充	赴京途中，京都开封	国子监直讲
至和三年（嘉祐元年）（1056年）	当世家观画	冯京		
至和三年（嘉祐元年）（1056年）	观杨之美盘车图	杨褒		
至和三年（嘉祐元年）（1056年）	元忠示胡人下程图	刘瑾		
至和三年（嘉祐元年）（1056年）	王原叔内翰宅观山水园	王洙		
嘉祐二年（1057年）	依韵和公仪龙图招诸公观舞及画三首	梅挚		
嘉祐二年（1057年）	和杨直讲夹竹花图	杨褒	京都开封	春，辟为礼部贡举参详官，仍为国子监直讲
嘉祐二年（1057年）	观韩玉汝胡人贡奉图	韩缜		
嘉祐三年（1058年）	王平甫惠画水卧屏	王安国		
嘉祐三年（1058年）	和江邻几学士得雷殿直墨竹二轴	江邻几		
嘉祐三年（1058年）	和江邻几学士画鬼拔河篇	江邻几、苏颂	京都开封	仍为国子监直讲
嘉祐三年（1058年）	观黄介夫寺丞所收丘潜画牛	黄通		

　　根据表1-1所列内容，在此对梅尧臣咏画诗创作的大致情况作简要分析。

一、梅尧臣咏画的起始时间

《梅尧臣集编年校注》中最早的咏画诗作，为景祐二年（1035年）的《答陈五进士遗山水枕屏》，梅尧臣时年34岁。但这并不意味着梅尧臣在此以前就没有咏画诗作。《观邵不疑学士所藏名书古画》云："野性好书画，无力能自致。每遇高趣人，常许出以视。"可知赏画是梅尧臣一贯的爱好。欧阳修《梅圣俞诗集序》云："圣俞诗既多，不自收拾。其妻之兄子谢景初，惧其多而易失也，取其自洛阳至于吴兴以来所作，次为十卷。予尝嗜圣俞诗，而患不能尽得之，遽喜谢氏之能类次也，辄序而藏之。其后十五年，圣俞以疾卒于京师。余既哭而铭之，因索于其家，得其遗稿千余篇，并旧所藏，掇其尤者六百七十七篇，为一十五卷。"①欧阳修指出，梅尧臣的诗集在其去世前后就进行过几次编纂，而"掇其尤者"，即择优汰劣是编集的基本原则之一。据此，表1-1所录，并非梅尧臣生平所有咏画诗作，但基本上能反映梅尧臣咏画诗创作的成就。《梅尧臣集编年校注》中最晚的咏画诗作，为嘉祐三年（1058年）的《观黄介夫寺丞所收丘潜画牛》，这时梅尧臣咏画诗创作水平正处于巅峰。此后直至嘉祐五年（1060年）因染病去世，梅尧臣未再有咏画诗，其原因可结合欧阳修《归田录》的相关记述来理解。

> 梅圣俞以诗知名，三十年终不得一馆职。晚年与修《唐书》，书成未奏而卒，士大夫莫不叹惜。其初受敕修《唐书》，语其妻刁氏曰："吾之修书，可谓猢狲入布袋矣。"刁氏对曰："君于仕宦，亦何异鲇鱼上竹竿耶！"闻者皆以为善对。②

"猢狲入布袋""鲇鱼上竹竿"，主要用于自嘲任人摆弄不得自由的居官

---

① 欧阳修.欧阳修诗文集校笺（中）[M].洪本健，校笺.上海：上海古籍出版社，2009：1093.

② 欧阳修.归田录 [M].上海：上海古籍出版社，1981：27-28.

状态。《新唐书》编修时间紧、任务重，欧阳修等将梅尧臣借调去撰修《新唐书·方镇百官表》，从事琐细辛苦的学术工作，无疑会抑制梅尧臣活泼自由的诗心，让他在时间、精力和心情上都失去咏画的兴致。

二、梅尧臣咏画诗所反映的社会文化背景

从梅尧臣咏画诗题看，与他同咏共作互动次数较多的文士，可明确考知者依次为：刘敞5次，江邻几5次，欧阳修4次，杨褒3次，邵必2次。就表1-1所统计的咏画诗45题而言，与梅尧臣互动只有一次的文士，占到80%以上。与人互动而只有一题，则该咏画诗属于偶发之作。与人多次互动而有多题，则相关咏画诗属于着意经营之作。梅尧臣之前，咏画以偶发为主。梅尧臣之后，咏画便经常成为有组织的风雅之举。由此可以看出，在梅尧臣生活的年代，大致在宋仁宗时期，文人为画作诗正由零星散出的状态，转向以雅集等有组织的活动作为咏画的常态，而梅尧臣是促成咏画风气实现这一转变最重要的推动者。

梅尧臣创作咏画诗较多的年份如下：庆历四年（1044年）8首，庆历五年（1045年）4首，庆历八年（1048年）3首，皇祐三年（1051年）3首，皇祐四年（1052年）9首，皇祐五年（1053年）6首，至和三年（嘉祐元年）（1056年）9首，嘉祐二年（1057年）5首，嘉祐三年（1058年）4首。梅尧臣在这9年所作总共有42题计51首，占到咏画诗总量的90%以上。而这几年，梅尧臣基本上处于解职、待职、居官闲冷（国子博士／太常博士／国子监直讲）的状态。由此可见，咏画不仅要求作者书画兼通，而且要作者有闲情逸趣。梅尧臣得以创作较多咏画诗的重要原因之一，就在于他仕途闲冷，空余时间较多，可以经常参与文人聚会。

梅尧臣最常创作咏画诗的地点为汴京（今开封），虽难以确切统计，大致估算下来，梅尧臣在京都汴京创作的咏画诗，要占到梅尧臣咏画诗总量的

80% 以上。在中国古代，都城历来是娱乐消费的中心，北宋时期诗画消费以汴京首屈一指。北宋文风之盛，虽出于太宗、真宗两朝的倡导，但真正形成规模的是在仁宗期间。当时京城藏画最多，汇聚了最好的文士，形成了浓郁的诗画互动氛围。梅尧臣之所以能在咏画诗方面取得突出的成就，要得益于仁宗朝文艺鼎盛的风气，以及居住在京城所带来的便利。

三、梅尧臣咏画诗的四类典型情境

第一类系观画而作，即自己以积极主动的态度观看画作并作咏画诗，该类情境一般会在诗题中用"观"字明确提示出来。通计有 15 题：《观居宁画草虫》《薛九宅观雕狐图》《观永叔画真》《同蔡君谟江邻几观宋中道书画》《观史氏画马图》《观何君宝画》《观杨之美画》《二十四日江邻几邀观三馆书画录其所见》《观邵不疑学士所藏名书古画》《表臣斋中阅画而饮》《当世家观画》《观杨之美盘车图》《王原叔内翰宅观山水园》《观韩玉汝胡人贡奉图》《观黄介夫寺丞所收丘潜画牛》。

第二类系得画（砚、屏）而作，即自己得到了画作或含有画面的砚、屏，写诗答复赠送者，或写诗表达自己的心情。该类情境在诗题中用"答""寄""得""遗""惠"等字加以提示。通计有 8 题：《答陈五进士遗山水枕屏》《咏王右丞所画阮步兵醉图》《谢紫薇以画鹭二轴为寄》《得孙仲方画美人一轴》《广陵欧阳永叔赠寒林石砚屏》《答王君石遗包虎二轴》《端午前保之太傅遗水墨扇及酒》《王平甫惠画水卧屏》。

第三类是为示画而作，即他人将自己的藏画拿给梅尧臣看，看画之举并不主动积极，一般是为应付藏画者求诗而作。该类情境在诗题中用"示""赋"等字加以提示。通计有 5 题：《画竹枝扇》《墨竹》《赋石昌言家五题》《答鹅湖长老绍元示太玄图》《元忠示胡人下程图》。其中《画竹枝扇》《墨竹》的写作情境，诗题未予提示，暂且归入此类。

第四类为奉和他人的咏画诗而作，即他人将咏画之作拿给自己看，自己未必有观画之举，无论对所咏画作是否熟悉，出于应酬礼节而奉和。该类情境在诗题中用"和""依韵"等字加以提示。通计有 15 题：《和潘叔治题刘道士房画薛稷六鹤图》《和曹光道咏直庐屏中六鹤》《读月石屏诗》《刘原甫观相国寺净土院杨惠之塑像吴道子画又越僧鼓琴闽僧写真予解其诧》《和原甫同邻几过相国寺净土院因观杨惠之塑吴道子画听越僧琴闽僧写宋贾二公真》《和和之南斋画壁歌》《依韵和原甫省中松石画壁》《依韵和原甫厅壁钱谏议画蟹》《依韵和原甫厅壁许道宁山水云是富彦国作判官时画》《依韵和邵不疑以雨止烹茶观画听琴之会》《和吴冲卿学士石屏》《依韵和公仪龙图招诸公观舞及画三首》《和杨直讲夹竹花图》《和江邻几学士得雷殿直墨竹二轴》《和江邻几学士画鬼拔河篇》。

至于《正阳驿舍梦郑并州寄书开之即三山图也》《画真来嵩》二首，前者写梦中得画、观画，后者记述扬州画工来嵩为自己写真的相关事情，不好归入以上任何一类，这说明梅尧臣咏画诗创作还有一些非典型性的情境。

四、咏画诗在梅尧臣诗歌创作中的地位

梅尧臣现存诗 2800 多首，咏画诗所占比例约为 1/50。古人对梅尧臣咏画诗的关注，见诸文献有质量的评语也不过针对 9 题计十余则。对于梅尧臣咏画诗的特色，虽然欧阳修曾评价其咏诗若画："古画画意不画形，梅诗咏物无隐情。忘形得意知者寡，不若见诗如见画。"但从整体上看，古人并不认为梅尧臣的咏画诗在其诗歌整体创作中显得重要。出现这种情况的原因在于，梅尧臣诗歌创作为古人所共知的几个特色，其咏画诗均未能体现。

咏画诗未能体现的梅诗写作特点之一："状难写之景如在目前，含不尽之意见于言外。"[①] 梅尧臣善于对现实世界中的景物形象进行艺术提炼，使之具有

① 欧阳修. 欧阳修全集［M］. 北京：中华书局，2001：1952.

画意。其咏画诗虽能述画如景、生动形象，毕竟是由纸面到地面，由文本到生活，前人未提供成熟的路数，于梅尧臣而言是新的创作实验，因此难以在画作基础上升华出"不尽之意"，而导致其咏画之作的意致有所欠缺。

咏画诗未能体现的梅诗写作特点之二："因吟适情性，稍欲到平淡。"诗句暗含着梅诗特点的两个要素：一是诗的趣味平淡；二是平淡的趣味出于真性情。梅尧臣的不少咏画诗未能提供平淡的趣味，如《和江邻几学士画鬼拔河篇》述画内容之怪奇，又如《读月石屏诗》批评之语锋芒毕露。另一些咏画诗虽然诗语平淡，但可能由于咏画要奉承应酬俗套，兼有绢、纸、屏、砚等载体阻隔，诗人难以借此抒发真性情，难免会伤及诗作的品位。

咏画诗未能体现的梅诗写作特点之三：反映民生疾苦和讽刺时事。梅尧臣所处的时代，适值咏画诗开始走向兴盛之际。咏画是文人墨客往来应酬的一种高端交往形式，以附庸风雅和闲情逸致作为咏画的主旨，这是当时文坛和画坛的一种风气。当时的文人对诗画关系的理解尚处于初级阶段，还不可能像清代郑燮那样，在《墨竹图题诗》中吟咏出"衙斋卧听萧萧竹，疑是民间疾苦声"。梅尧臣的咏画诗没有反映民生疾苦和讽刺时事。

据此我们认为，梅尧臣咏画诗的重要性在于其作为一个整体在咏画诗发展历程中产生了较大影响，具有特殊的意义。

第三节 从梅尧臣咏画诗看当时的诗画互动关系

梅尧臣的咏画诗在北宋前期最具代表性，反映了北宋前期咏画诗的成就，也是观察北宋前期诗画互动关系发展状况的一个窗口。

一、梅尧臣的咏画诗是北宋诗画关系转型的标志

梅尧臣创作咏画诗之前，诗和画已分别有了长足的发展。一方面，宋太宗雍熙元年（984 年），朝廷设置翰林图画院，这个机构的存在对北宋时期图画保藏和图画创作质量的提升起到了重要作用。另外，仁宗皇帝雅好绘事，《图画见闻志》中记载："仁宗皇帝，天资颖悟，圣艺神奇。遇兴援毫，超逾庶品。"① 皇帝参与绘事，进一步推动了官僚文士的好画、藏画风气，梅尧臣"野性好书画"，就出于这样的时代背景。另外，诗文革新运动在柳开、王禹偁、范仲淹、穆修、尹洙、石延年等的倡导下，已形成一股社会力量，梅尧臣自觉承接这一趋势，成为北宋诗歌名家。梅尧臣得以成为诗画交汇的典型人物，正是北宋前期诗画两大艺术领域强劲生长的结果。

在梅尧臣之前，诗画互动关系就有一种常见的表现形式：句图。王禹偁《潘阆咏潮图赞·序》："（李元）乃出轻绡，微彩毫，（写）彼诗景，悬为句图。"② 史容注黄庭坚《答王道济寺丞观许道宁山水图》："杨大年《谈苑》云：'李昉以司空致仕，畜五琴，皆以客为名，各为诗一章。画为图，传于好事者。'句图，盖此类也。"③《四库全书总目提要》谓："惠崇为宋初九僧之一，工于吟咏，有《句图》一卷。"④ 句图，就是依诗作画，体现了画家对诗作主动迎合的态度。句图在北宋一直是很重要的绘画传统，比梅尧臣年寿更久的郭熙⑤，其《林泉高致·画意》就罗列了"有发于佳思而可画"的清篇秀句若干条。⑥ 而根据南宋邓椿《画继》卷一的记载，徽宗时期宣和画院招录画博士

① 郭若虚.图画见闻志校注［M］.上海：上海书画出版社，2020：229.

② 王禹偁.小畜外集［M］.上海：商务印书馆，1940：54.

③ 黄庭坚.山谷诗集注［M］.上海：上海古籍出版社，2003：1328.

④ 纪昀.四库全书总目提要·宋高僧传［M］.北京：中华书局，1997：1237.

⑤ 蔡罕.郭熙艺术生平考述［J］.文献，2000（4）：141-149.

⑥ 童强.艺术理论基本文献：中国古代卷［M］.北京：生活·读书·新知三联书店，2014：153-154.

的考试也常用诗句作为诗题。

但梅尧臣之前的诗人，以诗咏画的兴致整体而言并没有被提起来。根据《全宋诗》统计，北宋初期 60 年，约有 10 位诗人创作了 14 首左右的题画诗。虽然可能会有佚作难以计数，但据此可以说，直至宋真宗天禧四年（1020年），北宋高质量的咏画诗很少。出现这种情况的原因在于，珍贵的画作多藏在深宫，诗人们难以观览真品。更重要的原因是，画院里的任职者在官场地位较低。如宋太祖曾下诏："司天台学生及诸司伎术工巧人不得拟外官。"[①]又如太宗至道二年（996 年）三月太宗下诏："应有落伎术头衔，见任京官者，遇恩泽，只转阶，或加勋，不得授朝官。"[②]真宗朝翰林图画院任职人员蒙恩可以晋级官职，如升迁为中允、赞善、洗马，甚至可以官至正八品国子博士。但到宋仁宗时期，又严格限制画家转官，天圣元年（1023 年）闰九月，"诏翰林医官院、司天监、天文、图画院诸色人等，凡该恩泽改转，自有体例。近多妄进文状，并告托皇族、国亲、形势、臣僚，乞改转官资、服色，及夹带实封文字，希求恩泽，如敢故违，并科违制之罪。"[③]仕途上缺乏上升通道，这无疑导致画家的阶层地位不高，难以与文士官员平等相处，而诗人也知道画家于经营仕途无益，故整体而言这两个群体之间较少打交道。

梅尧臣能成为宋代第一个创作较多咏画作品的诗人，主要得益于以下几点：①梅尧臣居官闲冷，有较多的时间经营自己在诗画两方面的爱好，浸淫既久，自然合而成篇，如《谢紫薇以画鹭二轴为寄》所云"因君远相寄，诗咏对沧波"，又如《和潘叔治题刘道士房画薛稷六鹤图六首其六理毛》云"墨客怀赏心，题诗仍我率"。②梅尧臣富有诗名，与多阶层文人广泛交往，因而得以观赏到宫廷宝藏、私人珍藏和画家自作，咏画的触发点多。如梅尧臣曾

---

① 马端临.文献通考［M］.北京：中华书局，1986：337.

② 徐松.宋会要辑稿：职官三十六［M］.北京：中华书局，1957：3127.

③ 徐松.宋会要辑稿：职官三十六［M］.北京：中华书局，1957：3127.

应江邻几之邀，观赏朝廷所藏三馆书画，再如他同蔡君谟、江邻几一道观赏宋中道私家书画，又如《观邵不疑学士所藏名书古画》所谓"每遇高趣人，常许出以视"。③梅尧臣能和画家平等相处，与许多普通画家交往，因而也比一般诗人多了些咏画的机遇。而孙仲方、居宁、许昌卢娘、来嵩这些在当时名气不大的画家，就是通过梅尧臣的咏画诗而留名于后世的。

二、梅尧臣的咏画诗表明诗歌在当时的诗画互动关系中占主导地位

诗人常援画以为雅集之助。最典型的是扬州写真会（1048 年），有梅尧臣、欧阳修、许发运、王琪及画师来嵩等人参加。张师曾《梅尧臣年谱》"庆历八年戊子"条云："至扬州，复与欧公会晤。时近中秋，邀许发运与先生玩月，且云：'仍约多为诗准备，共防梅老敌难当。'欧公既命来嵩写其真，又令画先生像相对，其交情之厚如此。"这次雅集，显然以斗诗为主题要旨，来嵩出席写真，不过为了增加集会趣味而已。游历相国寺之会（1051 年），参与者有梅尧臣、刘敞、刘攽、江邻几和相国寺的闽僧显生、越僧仁，观赏对象还有塑像和鼓琴，观画只是其中一项活动，而诸公诗作涉及整个行程，写诗显然是重点。其他雅集如观宋中道书画之会（1052 年），参加者包括蔡襄、江邻几、梅尧臣、刘敞、刘攽；三馆曝书画会（1053 年），参加者包括刘敞、苏颂、王珪、刘挚等；梅挚观舞赏画之会（1057 年）出现在梅尧臣被春闱辟为参详官期间，参与者应包括欧阳修、韩绛、王珪、范镇、梅挚等。在这些雅集中，赏画不是唯一的活动内容，而以文士间的诗酒风流、唱和斗艺为重点。

梅尧臣的咏画之作，展示了诗歌在评定图画优劣方面的话语权。《盘车图》之会（1056 年）源于杨褒担心名画湮没无闻，故请梅尧臣吟咏，以借诗扬画，如欧阳修《盘车图》所云："自言昔有数家笔，画古传多名姓失。后来见者知谓谁，乞诗梅老聊称述。"梅尧臣咏画，擅作评语。《观史氏画马图》

云："君之二图诚亦好，若比环笔犹云泥。"通过与契丹善画蕃马的胡瓌对比，直言不讳地指出史氏画马缺乏精气神。《答鹅湖长老绍元示太玄图》云："噫嘻兮此意迥与山阴别，我亦曾非逸少为。"委婉地批评鹅湖长老展示的《太玄图》不明儒家真谛，混杂着释道内涵，没有保藏的价值。《观韩玉汝胡人贡奉图》："公子自言吴生笔，吴笔精劲瘦且匀。我恐非是不敢赞，退归书此任从嗔。"韩玉汝认为是吴道子的画作，梅尧臣认为不是，也不怕拂了朋友的面子，拒绝以奉承迎合的态度作诗赞誉。而梅尧臣咏画诗对话语权的重视，《读月石屏诗》最能体现。叶适《题石月砚屏后》云："欧阳文忠公石月砚屏，余见于陈文惠公裔孙忠懿家，云公昔所赠也。欧公爱玩不自持，至谓'两曜分为三'。苏子美、梅圣俞又各为说，美恶相攻，反令此石受垢，良可叹尔！"[1]上述诗例表明，梅尧臣的咏画诗相较于作为述说对象的画作而言，展现了话语上的显著优势。

梅尧臣的咏画诗能从欣赏经验上升到统摄所看画作的理论高度。这里对梅尧臣咏画诗用得最多的一个评语关键字"意"予以罗列：

《咏王右丞所画阮步兵醉图》：千古畜深意。

《和潘叔治题刘道士房画薛稷六鹤图六首其一啄食》：但有饥乏意。

《和潘叔治题刘道士房画薛稷六鹤图六首其三唳天》：鼓吻意岂疏。

《观居宁画草虫》：形意两俱足。草根有纤意。

《薛九宅观雕狐图》：二物形意无纤殊。

《墨竹》：生向笔间天意足。

《画竹枝扇》：执之意已凉。

---

[1] 叶适.水心先生文集［M］.上海：上海中华书局，1922：56.

《正阳驿舍梦郑并州寄书开之即三山图也》：意获寤已无。

《和原甫同邻几过相国寺净土院因观杨惠之塑吴道子画听越僧琴闽僧写宋贾二公真》：惊嗟岂无意。

《赋石昌言家五题其一括苍石屏》：生意绝萧洒。

《观史氏画马图》：闲暇意思如鸣嘶。

《和和之南斋画壁歌》：节老根狞生意足。

《依韵和原甫厅壁钱谏议画蟹》：意将轻蔡谟。

《二十四日江邻几邀观三馆书画录其所见》：此幅巧甚意思殊。

《答鹅湖长老绍元示太玄图》：噫嘻今此意迥与山阴别。

《观邵不疑学士所藏名书古画》：正侧各畜意。

《表臣斋中阅画而饮》：意思若不任。

《观杨之美盘车图》：意思往往疑魏贤。

《元忠示胡人下程图》：执作意态皆不同。

《和江邻几学士画鬼拔河篇》：似与暴谑意态全。

这说明梅尧臣评画好据“意”字。因此可以说，梅尧臣以意论画体现了咏画诗的理论内涵，为后来苏轼提出“画以适吾意”[①]做了良好的铺垫。

三、梅尧臣咏画诗的写作未能率性尽情

梅尧臣咏画诗的写作尚未能率性尽情，画作本身及其相关人事的干扰是主要原因。最典型的负面影响因素则在于所观看的画作本身存在一定的问题。《正阳驿舍梦郑并州寄书开之即三山图也》尾二句云：“卷置怀袖中，意获寤已无。”显然，诗所写的“三山图”并不存在，是根据做梦存留的记忆写出来的。

---

① “画以适吾意”系朱象先语，苏轼表示赞同，予以传录，并使这句话广为流传，所以后世也将其直接当作苏轼的画论。

诗体现了梅尧臣看画的喜好，由于梦境不会提供真实清晰的图景，咏画诗句质量难免受到影响，而沦为泛泛之谈。《观史氏画马图》一诗写到最后，梅尧臣认为所观看的画作创作质量与胡瓌的画作有天壤之别，这样就降低了之前赞语的价值。在《答鹅湖长老绍元示太玄图》中，梅尧臣认为所看之图系伪作或劣作，所以通篇不提《太玄图》的具体内容。《观杨之美盘车图》是梅尧臣咏画的名篇，但有人认为这不是展子虔所作，而应该出自魏贤之手。于是，诗人只好将赏画的兴致，转移到调和不同的意见："子虔与贤皆妙笔，观玩磨灭穷岁年。"在《观韩玉汝胡人贡奉图》中，诗人则直接指出所观之画系托名之伪作，即"公子自言吴生笔，吴笔精劲瘦且匀。我恐非是不敢赞，退归书此任从嗔"。所谓咏画，一般指以诗歌吟咏观赏优秀画作的感受。如果看到的画作品质不好或有争议，那么咏画之作当然就不容易出彩。

另一个原因是观赏对象太多，难以集中注意力。梅尧臣的咏画诗中，部分情况是以一诗吟咏多种艺术形式，如《刘原甫观相国寺净土院杨惠之塑像吴道子画又越僧鼓琴闽僧写真予解其诧》《和原甫同邻几过相国寺净土院因观杨惠之塑吴道子画听越僧琴闽僧写宋贾二公真》《同蔡君谟江邻几观宋中道书画》《二十四日江邻几邀观三馆书画录其所见》《依韵和邵不疑以雨止烹茶观画听琴之会》《依韵和公仪龙图招诸公观舞及画三首》，由于诗篇中有限的诗句要吟咏不同的艺术种类，那么其难以成为专门咏画的佳作也就不言而喻。即使是专门吟咏画作，但是画作数量较多，诗篇也会流露出勉力为之的痕迹。《表臣斋中阅画而饮》诗中，《韩幹马》写得较为翔实，至于其他图画如《严君平》《中贵人》《画屏》《山石》《狝猴》《櫰林》，都只是简单提及。尾四句云："余存品虽高，我未易敢评。主人愈好事，缄笥酒壶倾。"其意思为，梅尧臣在朱表臣家所看画作太多，逐一为诗颇感力不从心，需要主人不停地劝酒加以鼓励。在《和潘叔治题刘道士房画薛稷六鹤图》中，也不难发现类似的情况。《和潘叔治题刘道士房画薛稷六鹤图·啄食》尾二句云："因思方朔嘲，此岂优谐类。"《和潘叔治题刘道士房画薛稷六鹤图·理毛》尾二句云："墨客怀赏心，题诗仍我率。"此二处表达存在才思不足的问题，显然是一次性观看了较多的鹤图，语意难以出新而勉强生拼硬凑。

第三种情况是牵于人事，诗中杂入世情，破坏了咏画的氛围。《谢紫薇以画鹭二轴为寄》云：

> 白鹭画双素，粉毫幽趣多。翘沙依折苇，刷羽对衰荷。
> 浦思悬秋壁，江情忆钓蓑。因君远相寄，诗咏对沧波。

诗的前六句全系咏画，后两句则突然宕开一笔，交代写作的缘由。从应酬交际的角度看，这是必须有的。但从咏画的角度看，不是必要的。《同蔡君谟江邻几观宋中道书画》前四句云："君谟善书能别书，宣献家藏天下无。宣献既殁二子立，漆匣甲乙收盈厨。"交代此行的主要目的，即著名收藏家宋中道请蔡襄等至家中鉴别书画，此不为离题。接下来的 26 句述说所观看的书画内容，可谓之切题。但尾四句云："余无书性无田区，美人虽见身老癯。举头事事不称意，不如倒尽君酒壶。"诗意转到自述困境，与主题扣合不紧，从咏画的角度，可谓画蛇添足。其他如《观何君宝画》谓"雕鹰草木不足记，特咏此事心何如"，《和和之南斋画壁歌》谓"三贤歌咏已见意，舞女不须颜整簪"，也都有同样的问题。至于《画真来嵩》，元方回《瀛奎律髓》卷 37 "技艺类"录入此诗，显然是当作咏画诗的，清代纪昀评曰："欲以'吴体'为高，但见其语弱而调野。第四句拙。"[1]《画真来嵩》虽写画家，但不涉及其画作优劣，通篇只是平凡的人事，读来乏味。

---

① 方回.瀛奎律髓汇评［M］.上海：上海古籍出版社，2005：1439.

第四节　梅尧臣咏画诗中的艺术接受经验

咏画诗是以诗体的方式表达自己观赏画作的艺术感受，梅尧臣的咏画诗创作较为成功，其中蕴含着值得总结的艺术接受经验。

一、诗人咏画要具备丰富的画史知识

五代之前画家辈出，见诸当时文献记载者甚多，成为文人墨客赏画的知识背景。部分前代名家名作一直流传至北宋，有的直接成为文人墨客赏画的对象。梅尧臣咏画诗中就出现了一些前代名家，这里予以梳理罗列并略作介绍。

《咏王右丞所画阮步兵醉图》：画作内容为阮籍在东平相任上"倒冠醉乘驴"，作者为南宗画创始者王维。

《和潘叔治题刘道士房画薛稷六鹤图》：薛稷，初唐杰出画家，以画鹤著称，鲜有人能及。薛稷独创屏风六扇鹤样，为后世鹤画范本。

《刘原甫观相国寺净土院杨惠之塑像吴道子画又越僧鼓琴闽僧写真予解其诧》：吴道子，唐代著名画家，画史尊称为"画圣"，精通佛道、人物题材，擅长壁画创作。

《同蔡君谟江邻几观宋中道书画》：虎头将军，指东晋杰出画家顾恺之。顾恺之小字虎头，作画能得意传神。

《赋石昌言家五题其三白鹘屏》：黄筌，五代西蜀著名画家，擅画花竹翎毛，与江南徐熙并称"黄徐"，后世尊其法，形成五代、宋初花鸟画两大主要流派。

《赋石昌言家五题其五蜀虎图》：孙知微，北宋著名画家，以画为隐，不附权势，蜀人重其画笔，但苏轼以为其画有工匠习气，品格不高。

《观史氏画马图》：胡瓖，契丹画家，以善画蕃马闻名。

《观何君宝画》：戴嵩，唐代画家，擅画水牛，能得"野性筋骨之妙"。韩幹，唐代画家，以画马著称。

《观杨之美画》：李成，五代宋初画家，擅长画郊野平远旷阔的风景。阎令，指阎立本。黄筌、韩幹、吴道子，见前释。

《依韵和原甫厅壁钱谏议画蟹》：南朝顾，当指南宋时期画家顾景秀，以画蝉雀有名。

《二十四日江邻几邀观三馆书画录其所见》：戴嵩、李成、黄筌，见前释。

《观邵不疑学士所藏名书古画》：韩幹，见前释。徐熙，五代南唐时期杰出画家，善画花竹林木、蝉蝶草虫。逸少，当指王羲之，有"书圣"之称，据梅尧臣此诗，则知其亦能画。荆，指荆浩，唐末五代时期著名画家，北方山水画派之祖。关，指关仝，五代时期杰出画家，善画秋山寒林、村居野渡等景色。巨然，五代画僧，擅长画江南山水。李成，见前释。张僧繇，南朝时期著名画家，长于写真，并擅画佛像、龙、鹰，多作卷轴画和壁画。

《表臣斋中阅画而饮》：韩幹，见前释。

《观杨之美盘车图》：展子虔，北朝至隋时期著名画家，善画道释、人物、鞍马，尤长于宫殿台阁、山水画的创作。魏贤，不详。

《元忠示胡人下程图》：胡瓖，见前释。

《王原叔内翰宅观山水园》：荆浩，见前释。范宽，北宋著名画家，善画峰峦巨石大岩。李成，见前释。

《观韩玉汝胡人贡奉图》：吴生，当指吴道子，见前释。

《和江邻几学士画鬼拔河篇》：展子虔，见前释。

《观黄介夫寺丞所收丘潜画牛》：丘潜，五代后蜀时期画家，喜画牧牛，又工画花雀、人物、佛像。戴嵩，见前释。

《和杨直讲夹竹花图》：徐熙，见前释。

梅尧臣咏画诗共提及二十余位前代（包括北宋初期）著名画家，在信息技术发达的今天，我们了解这些画家的生平、画作及创作特色并不难。但梅尧臣处在北宋前期，当时多数诗人对画史的系统知识并不感兴趣，而且印刷业刚兴盛不久，读书风气尚不够浓厚。梅尧臣在北宋最早写出数量较多的咏画诗，他掌握丰富的画史知识是一个关键因素。

二、诗人咏画要以古今绘画理论为基础

前文提到，梅尧臣咏画诗多用"意"字。据张伯伟《中国古代文学批评方法研究》一书，"意象批评"是中国古代文艺批评的一种重要理论方法。[①]"意象"一词，源于《易传》所谓"立象尽意"，至《文心雕龙·神思》言"独照之匠，窥意象而运斤"，便成为内涵完整的理论批评术语。中国古代绘画艺术对"意象批评法"的借鉴，偏在"意"字，从南齐至北宋，都是如此，以下为这一时期画论用"意"字例。

谢赫《古画品录·第二品》：始变古则今，赋彩制形，皆创

---

① 张伯伟.中国古代文学批评方法研究［M］.北京：中华书局，2002：194-201.

新意。

　　谢赫《古画品录·第二品》：象人之妙，亚美前贤，但志守师法，更无新意。

　　谢赫《古画品录·第三品》：出人意表，天挺生知，非学所及。

　　谢赫《古画品录·第三品》：格体精微，笔无妄下；但迹不逮意，声过其实。

　　谢赫《古画品录·第三品》：意思横逸，动笔新奇。

　　谢赫《古画品录·第五品》：用意绵密，画体简细，而笔迹困弱，形制单省。

　　谢赫《古画品录·第六品》：迹非准的，意足师放。

　　姚最《续画品·沈标》：性尚铅华，甚能留意。虽未臻全美，殊有可观。

　　姚最《续画品·谢赫》：点刷研精，意在切似。

　　姚最《续画品·嵇宝钧、聂松》：右二人无的师范，而意兼真俗。

　　张彦远《历代名画记》：顾恺之之迹，紧劲联绵，循环超忽，调格逸易，风趋电疾，意存笔先，画尽意在，所以全神气也。

　　张彦远《历代名画记》：守其神，专其一，合造化之功，假吴生之笔，向所谓意存笔先，画尽意在也。运思挥毫，意不在于画，故得于画矣。

　　张彦远《历代名画记》：张吴之妙，笔才一二，像已应焉，离披点画，时见缺落，此虽笔不周而意周也。

　　张彦远《历代名画记》：是故运墨而五色具，谓之得意。意在五色，则物象乖矣。

　　黄休复《益州名画录·逸格》：画之逸格，最难其俦。拙规矩于方圆，鄙精研于彩绘，笔简形具，得之自然，莫可楷模，出于意表，故目之曰逸格尔。

黄休复《益州名画录·神格》：创意立体，妙合化权，非谓开厨已走、拔壁而飞，故目之曰神格尔。

郭熙《林泉高致》：今得妙手郁然出之，不下堂筵，坐穷泉壑；猿声鸟啼，依约在耳；山光水色，滉漾夺目。此岂不快人意，实获我心哉？此世之所以贵夫画山水之本意也。

郭熙《林泉高致》：思平昔见先子作一二图，有一时委下不顾，动经一二十日不向，再三体之，是意不欲。意不欲者，岂非所谓惰气者乎？又每乘兴得意而作，则万事俱忘。

郭熙《林泉高致》：画见其大意而不为刻画之迹，则烟岚之景象正矣。

郭熙《林泉高致》：水之津渡桥梁以足人事，水之渔艇钓竿以足人意。

郭熙《林泉高致》：如是一山而兼数十百山之意态，可得不究乎？

郭熙《林泉高致》：看此画令人生此意，如真在此山中，此画之景外意也。

郭熙《林泉高致》：看此画令人起此心，如将真即其处，此画之意外妙也。

郭熙《林泉高致》：盖画山，高者、下者、大者、小者，盎碎向背，颠顶朝揖，其体浑然相应，则山之美意足矣。

郭熙《林泉高致》：笔迹不混成谓之疏，疏则无真意；墨色不滋润谓之枯，枯则无生意。

郭熙《林泉高致》：高远之势突兀，深远之意重叠，平远之意冲融。

　　郭熙《林泉高致》：人须养得胸中宽快，<u>意</u>思悦适，如所谓易直
子谅油然之心生，则人之笑啼情状，物之尖斜偃侧，自然布列于心
中，不觉见之于笔下。假如工人研琴得峄阳孤桐，巧手妙<u>意</u>，洞然
于中，则朴材在地，枝叶未披，而雷氏成琴，晓然已在于目。余因
暇日，阅晋唐古今诗什，其中佳句，有道尽人腹中之事，有装出目
前之景。然不因静居燕坐，明窗净几，一炷炉香，万虑消沉，则佳
句好<u>意</u>亦看不出，幽情美趣亦想不成。

　　上述引语勾勒了南朝至北宋借"意"论画的大致脉络，其中借"意"论
画条数最多的是郭熙。郭熙与梅尧臣大致是同时期人。梅尧臣好友欧阳修论
画也重视"意"字，除前述"古画画意不画形"一则外，还有另外两则材料
较为突出，即《题薛公期画》所谓的"笔简而意足"，以及《鉴画》所谓的
"萧条淡泊，此难画之意"。依据"意论"这一成熟而流行的绘画理论来进行
创作，是梅尧臣的咏画诗能够取得较大突破的重要原因。由于上述引文中的
"意"字多指画家的创作匠心，因此梅尧臣咏画诗中的"意"也偏向自己所理
解的画家之意，而非用于描述自己在鉴赏过程中所获得的灵感。

三、诗人咏画当以体会趣味为心理诉求

　　站在鉴赏者的角度，梅尧臣将画作的基本艺术功能定位为"趣"。《答陈
五进士遗山水枕屏》云："妙画能成趣。"可见，梅尧臣认为好的画作应该是有
趣的。对于喜爱藏画和赏画的人，梅尧臣则许以"高趣人"，如《和和之南斋
画壁歌》言"其间自有高趣人，扫室呼工岩壑启"。再如《观邵不疑学士所藏
名书古画》云"野性好书画，无力能自致。每遇高趣人，常许出以视"。这里
所谓的"高趣人"，指通过藏画、品画培养崇高趣味的人，其中暗寓了"艺术

追求使人精神崇高"这层含义。而梅尧臣写诗，如《八月九日晨兴如厕有鸦啄蛆》等篇是不避俗趣的，甚至可以说是故意展示俗趣的。所以梅尧臣咏画诗用"高趣"一词，不妨看作他试图将画趣区别于诗趣的一种努力。

梅尧臣的咏画诗中写他实际体会到的画趣是较为丰富的。《谢紫薇以画鹭二轴为寄》云："粉毫幽趣多。"用他在《送张中乐屯田知永州》中所谓的"莫将车骑喧，独往探幽趣"来比照，所谓的幽趣则指不被打扰的、可以独自安静地沉浸于画作的乐趣。《薛九宅观雕狐图》云："入君此室见此图，如在原野从驰驱。"这两句也在展示身心入画之趣，但强调的是行动奔放的快感。《依韵和公仪龙图招诸公观舞及画》云"画在霜纨更好看"，意思是，观照真实物象与艺术形象之别，可以形成对比之趣。至于《观邵不疑学士所藏名书古画》云"一一果可喜"，《和吴冲卿学士石屏》云"义虽不经聊解颐"，二者所传达的均为形于颜色的出画之乐。梅尧臣咏画，还重视"味"，如《依韵和公仪龙图招诸公观舞及画》云"阅书观画味尤深"，诗意为，观画感受不是在较短时间内一次性完成的，而是通过多次回想反复体会形成的。《赋石昌言家五题其三白鹇屏》云"范君语此亦有味"，其中的"亦"字提示梅尧臣以前欣赏此诗时已经体味到了乐趣。

那么，观画之趣从何而来？梅尧臣的咏画诗提供了一个答案，对于鉴赏个体而言，就是要有"玩"的心境。《和吴冲卿学士石屏》云"留为千古作好玩"，所谓好玩，指以放松愉悦的心态进行玩赏，这是一种豁达放松的生活态度。《观杨之美盘车图》云"观玩磨灭穷岁年"，这是说观赏图画可以让无聊的岁月变得丰富生动。《答王君石遗包虎二轴》云"穷民展玩忘愁婴"，揣摩诗意，在诗人看来，展玩图画还是一种积极的情思，可以借此冲淡和化解愁苦的情绪。如果是多人集会观画，那么还能彼此"较趣""斗趣"，如《观何君宝画》中的"坐中吾侪趣已异"便展示了同一场景内观画者由于审美趣尚不同，对何君宝藏画的真假优劣，有着不同的判断，而梅尧臣自己的所得之趣，只是观画多元趣态中的一种。又如《观杨之美画》云："厚谢主翁意不衰，他日饱目看无遗。"意思是说，一次观画若意犹未足，就为下一次观画提供了心理铺垫，从而生发一种余趣。

梅尧臣的咏画诗有不少地方写到观画不能生兴而败趣的情况。例如，《同蔡君谟江邻几观宋中道书画》云："余无书性无田区，美人虽见身老癯。举头事事不称意，不如倒尽君酒壶。"诗句的意思是，所观之画虽好，但自己仕途不顺、生活困窘，提不起审美的兴致。再如《观韩玉汝胡人贡奉图》，藏画主人自夸为吴道子的画，但梅尧臣认为是赝品，拒绝写诗吹捧，几乎闹到要生气的地步："我恐非是不敢赞，退归书此任从嗔。"败趣也是观画的一种正常心理经验，从侧面折射出诗人坚持高趣的一种真诚态度。

四、梅尧臣咏画时思想延展式的议论

梅尧臣的咏画诗虽以叙述、描写为主，但议论也自具特色。梅尧臣早期的咏画诗多结合画作自嘲以抒己见，可分为以下三种情况。第一种情况是通过观画比照古贤以表达自惭之意。《答陈五进士遗山水枕屏》云："数峰来枕席，曾不愧移文。"后句取意于南朝孔稚珪骈文《北山移文》，前后句对比，自嘲一边为官一边想着离世隐居的尴尬处境和不良心态。第二种情况是依据道德要求，为自己的取画行为提供解释。《得孙仲方画美人一轴》云："骏驹少驯良，美女少贤德。尝闻败君驾，亦以倾人国。因观壁间画，笔妙仍奇色。持归非夺好，夹者恐为惑。"这首诗表面上是批评美女图的，由于画上的女子美丽动人，而历史上有许多美女"败君驾""倾人国"的故事，因此这样的图画不宜公之于众，而应该藏起来以免让人受到诱惑。若深究，此诗应该还有一种诙谐之意，即夺人之画还要找一个冠冕堂皇的借口。第三种情况是由观画引出历史上的有德之士以自比。《和潘叔治题刘道士房画薛稷六鹤图六首其一啄食》通篇议论："穷年见俯啄，但有饥乏意。虽存玉山禾，不入丹青喙。

因思方朔嘲，此岂优谐类。"其大意是嘲笑自己就像画中因饥饿而觅食的鹤，虽有满腹文才，但不能得到朝廷的赏识，只好沉沦下僚，也因此领悟到汉代东方朔为什么要以诙谐搞笑的方式讽刺当时的君臣。梅尧臣的后期作品，如《王平甫惠画水卧屏》表达了对现状的自省："秦桥不可度，织女不可邀。但慕乘桴公，空能诵唐尧。尝闻挟柘弹，意必在食鸦。络当五湖上，归去学渔樵。"同时，这首诗也表达了对逍遥江湖生活的向往，间接流露出梅尧臣在仕途上的不如意。

梅尧臣的咏画诗有时会通过所观看的画作表达对政治和社会的看法，如《观黄介夫寺丞所收丘潜画牛》："今时贵人所尚同，竞借观玩题纸穷。纸穷磊落见墨妙，东府西枢三四公。应识古人丹青迹，又辨古人于物通。一毛一尾不取次，岂以后代为盲聋。愿推此意佐国论，况乃圣德同尧聪。"诗人嗟叹当时的达官贵人没有眼力，不辨真伪，纷纷着笔褒扬这些赝品，只会沦为后人的笑柄。由此延伸，诗人奉劝皇上在治国理政用人方面，也当明辨君子，谨防小人。《观何君宝画》云："商纣夫差可垂诫，历世传玩参盘盂。雕鹰草木不足记，特咏此事心何如。"虽然交际活动的主要内容是观画，但诗人不究心于画作的艺术成就，而关注商纣、夫差图像对后世君王的借鉴意义。这两首诗推画及政，生发议论。又如《二十四日江邻几邀观三馆书画录其所见》云："画中见画三重铺，此幅巧甚意思殊。孰真孰假丹青模，世事若此还可吁。"诗人由"画中见画"联想到世事复杂，真假难辨，而对导致这一现象的"巧思"提出了质疑。

此外，梅尧臣有几首咏画诗表达了他对作画者或藏画者人生志向的一种期许。例如，《观居宁画草虫》云："宁公实神授，坐使群辈伏。草根有纤意，醉墨得已熟。权豪不可致，节行今仍独。"前四句表扬画家居宁技艺高超出群，后两句赞颂居宁具有特立独行的高洁品格，从来不理会权贵豪强的求画行为。又如《墨竹》云："粉节中心岂可知，淡墨分明在君目。"其大意是说，卢娘画墨竹的粉节是否象征她所坚执的节操，这个不好判断；但她用淡墨画出的枝叶，看后确实让人有脱俗之想。显然，诗人有意从墨竹形象中发掘画家所蕴含的志向。

结　语

梅尧臣诗名早成，但仕途未达，他主要以诗人身份闻名。比梅尧臣小五岁的欧阳修，以成功引领古文运动被推为文坛领袖。比梅尧臣小近二十岁的王安石则因推行新政成为政坛领袖。欧阳修、王安石的诗人形象，并不纯粹。欧阳修和王安石对于咏画虽曾留意，也有佳作流传，但谈不上着意经营，只能算是妙手偶得。梅尧臣酷爱书画，又终身沉醉于诗歌创作，他以积极的姿态、较多的咏画诗篇为宋代诗歌创作开出新境，又将绘事的文化地位提升到与诗事基本平等的高度，促进了诗画关系的交叉互动，成为最早出现的北宋咏画诗代表人物。

第二章　苏轼：咏画诗的理论指向

苏轼诗文作品中散见大量有关艺术的文字内容，涉及音乐、书画、舞蹈等方面，是弥足珍贵的艺术批评资料。可惜的是，苏轼并未从这些丰富的艺术评论中提炼出成体系的艺术思想或艺术理论，难免使后世读者有零散之感。不过，苏轼的绘画评论形成了若干命题，如"推崇文人画（士人画）""诗画一律""画以适吾意"等①，理论脉络较为清晰。这些理论指向在苏轼的咏画诗中也有较为明确的体现，主要表现在艺术风格论、艺术接受类型论和艺术审美经验论等三个方面。

第一节　苏轼咏画诗尚意、尚神、尚理

苏轼论画的基本立足点为推崇文人画的价值内涵，以改变文人画不被画坛主流认可的局面。《书摩诘〈蓝田烟雨图〉》云："味摩诘之诗，诗中有画；观摩诘之画，画中有诗。"②苏轼提倡的诗情画意交相融合，其实就是文人画的显在特征之一。若加以深究，则苏轼咏画诗中流露的"尚意、尚神、尚理"倾向清晰地勾勒出文人画的基本价值取向。由于诗歌体式的限制，苏轼的咏

---

① 毛宣国.博通包容 艺为人生：苏轼的艺术批评理论［J］.南海学刊，2022（5）：49-58.

② 苏轼.苏轼文集［M］.北京：中华书局，1986：2209.

画诗对"尚意、尚神、尚理"主张的阐释尚不充分，因此若结合其画论加以互证，则了然无疑。

读者对苏轼咏画的态度，很容易产生一种看法，就是苏轼的咏画诗重趣味。一般的读者，因为苏轼为人风趣幽默，难免推人及诗，认为其咏画当然是重趣味的，这是一种浅显的印象。懂画的人，深知寻求趣味和表达趣味是作画和赏画的重要任务。就画史而言，东晋顾恺之《论画》就有"骨趣""变趣""天趣"之说。之后宗炳、王微、谢赫、姚最、杜甫论画，也用"趣"字。至张彦远《历代名画记》，"趣"字升格为品评画作的重要术语，而一直影响到北宋刘道醇、郭若虚、郭熙等。① 苏轼本身为画家，又是知识渊博的文人，重趣味似在情理之中。还有现代学者，根据当代哲学家布尔迪厄阶层文化区分的理论，认为苏轼咏画趣味"突出'文人气息''雅'以及'人品即画品'的命题"。② 以上三类所谓的"苏轼咏画重视趣味"，或基于日常生活追求，或基于文艺评点传统，或基于哲学理论体系，内涵指向不相一致。

从学理角度看，苏轼咏画重趣味这一观点得以成立，至少应该有一个基本前提，即苏轼是认可"趣味"这个概念的。苏轼以前的中国文艺理论，"趣"与"味"是迥然不同的两种文艺观。刘勰《文心雕龙》提到"趣"字十余处，使用了"旨趣""曲趣""风趣""自然之趣""情趣""幽趣""趣诡""趣异"等组合词。而提及"味"字近二十处，使用了"余味""讽味""可味""遗味""味深""研味""滋味""精味"等组合词。刘勰论文，可谓"趣""味"并举，但并未将"趣""味"合为一词。钟嵘《诗品·序》云："五言居文词之要，是众作之有滋味者也。"③ 其明确将"滋味"提炼为诗歌艺术的审美标准。另外，《诗品》也用了"趣"字，如评阮籍"归趣难求"，

---

① 何世剑.中国画论视野中的画"趣"论［J］.江苏广播电视大学学报，2007（6）：38-42.

② 李昌舒.身份与趣味：论苏轼的士人画思想［J］.艺术百家，2017，33（5）：162-169.

③ 钟嵘.诗品［M］.上海：上海古籍出版社，2007：36.

评郭璞"非列仙之趣"，评谢瞻等"殊得风流媚趣"，"趣"字均与倾向于否定或格调不高的言辞连用。《诗品》虽并称"趣""味"，但尊"味"抑"趣"态度明显，"味"与"趣"也未合为一词。"趣""味"合用为一词，最早见于郦道元《水经注》卷三十四《江水二》："清荣峻茂，良多趣味。"① 刘勰、钟嵘与郦道元生年接近，大致可以说，文艺品评中的"趣""味"论，正是通过他们这一代人定型的。不过，其时趣味论主要用于评说自然山水和文辞，而未用于论画。而且，"趣"主要指精神层面向外的主动追求，往往未抵达具体目标或根本没有具体目标，他人也不容易把握。"味"主要指精神层面向内的身心体验，表现状态为感觉愉悦舒适，他人也不容易知会。"趣"与"味"虽均强调个性化的独特感受，但有指向外在世界和沉浸于内在身心感受的不同。对于论画而言，"趣"字一般用于描述作画者的心理状态，而"味"字一般用于描述画作欣赏者的心理状态，由于落脚点不同，在深明"趣""味"本义的北宋士人那里，二字确实难以合成一词。可以说，苏轼咏画时并没有现成的"趣味"这个画学理论术语可以直接借鉴。

那么，苏轼咏画时对"趣""味"这两个概念的使用情况如何呢？根据笔者统计，现存苏轼的咏画诗中没有提到"味"字，大致可以说明他不认可"滋味说"对画作鉴赏的价值。"趣"字出现 2 次，分别为"奇趣""高趣"。"故人有奇趣"一句，所说与画的创作行为和鉴赏活动无关。"寄其高趣"出现在苏轼的咏画诗题中，用于描述王晋卿画《往生图》这一常人难以理解的创作兴致。相对于现存的 160 首苏轼咏画诗而言，"趣"字的使用频率很低，说明"趣论"远谈不上是苏轼咏画的一种坚持。另根据童强主编的《艺术理论基本文献：中国古代卷》，苏轼画论中最重要的部分也没有"趣""味"二字。② 由此不难发现，苏轼咏画根本就不重视趣味。或者说，苏轼咏画有意回避"趣

---

① 郦道元. 水经注 [M]. 长沙：岳麓书社，1995：499.

② 童强. 艺术理论基本文献：中国古代卷 [M]. 北京：生活·读书·新知三联书店，2014：161-164.

味"一词。

苏轼在生活中也是"趣""味"分别的。据宋代叶梦得的《避暑录话》记载，苏轼被贬黄州和惠州期间喜好谈鬼。[①]清代纪昀完成《阅微草堂笔记》后，感慨地吟诗："平生心力坐消磨，纸上烟云过眼多。拟筑书仓今老矣，只因说鬼似东坡。"可以看出，谈鬼系苏轼经营事业之余的不经之谈，有跳脱书本知识、现实生活和伦理道德束缚的野趣，这是精神世界向外拓展的意外收益，表现出的心理倾向就是求"趣"。苏轼是有名的美食家和美食创造者，其吟咏美食的诗歌自成一类，并多次强调"味"这个核心关键词，如《浣溪沙·细雨斜风作晓寒》云："人间有味是清欢。"《东坡八首》其四云："行当知此味，口腹吾已许。"《二月十九日携白酒鲈鱼过詹使君食槐叶冷淘》云："醉饱高眠真事业，此生有味在三余。"《狄韶州煮蔓菁芦菔羹》云："中年失此味，想像如隔生。"《山村五绝》云："岂是闻韶解忘味，迩来三月食无盐。"大致而言，在苏轼那里，"趣"是形而外的追求，味是形而下的追求，与咏画不在一个层面上。苏轼强调"诗画一律"，赞赏"诗中有画""画中有诗"。而诗从周代以降为传统文化的大宗，其文化性质整体而言应属于形而上范畴。所以在苏轼那里，咏画基本上是立足于形而上立场的，与谈鬼之趣、美食之味的文化指向不同。

那么，苏轼咏画的形而上立场与追求，到底有哪些具体表现呢？我们可以从以下三个方面进行分析。

一、苏轼咏画、论画尚意

宋人在审美方面以尚意为特色，这一点已成为学界共识。书法领域最早在理论方面对此进行总结，明后期书法大家董其昌《容台别集》卷二

---

① 叶梦得.避暑录话［M］//宋元笔记小说大观：第 3 册.上海：上海古籍出版社，2001：2583.

《书品》谓："晋人书取韵，唐人书取法，宋人书取意。"① 这一论述在清朝流传甚广，如梁巘《评书帖》根据董说，提出"晋人尚韵、唐人尚法、宋人尚意、元明尚态"。② 又如道光年间（1821—1850年）举人周星莲同治七年（1868年）所著《临池管见》云："晋人取韵，唐人取法，宋人取意，人皆知之。"③ 由于苏轼《评草书》曾说过："吾书虽不甚佳，然自出新意，不践古人，是一快也。"④ 我们也可以认为，由董其昌启发的"宋尚意"之论，在一定程度上是受苏轼影响的。由于中国书画关系密切，我们容易由此推论：宋画当亦尚意。苏轼在论画时，确实强调"意"的重要性。以下略举三例。⑤

> 《文与可画筼筜谷偃竹记》：子由未尝画也，故得其意而已。若予者，岂独得其意，并得其法。
>
> 《净因院画记》：合于天造，厌于人意。盖达士之所寓也欤？
>
> 《书朱象先画后》称引朱象先语：文以达吾心，画以适吾意而已。

第一例从鉴赏画作的角度强调"得意"，即努力把握画家之意。第二例从画作者的角度强调"寓意"，即绘画在艺术形象的一般特征之外，要能别出新意。第三例为讨论艺术的功能，从赏画与作画的角度强调"适意"，即作画与赏画能使自己的精神追求得到满足。据以上引文可知，"意"在苏轼画论中是一个较为醒目的关键词。

---

① 董其昌.容台别集［M］.杭州：西泠印社出版社，2012：598.

② 梁巘.承晋斋积闻录［M］.上海：上海书画出版社，1984：108.

③ 周星莲.临池管见［C］//美术丛书初集：第六辑.杭州：浙江人民美术出版社，2013：17.

④ 苏轼.苏东坡全集：第5卷［M］.北京：中华书局，2021：2474.

⑤ 童强.艺术理论基本文献：中国古代卷［M］.北京：生活·读书·新知三联书店，2014：162-163.

同梅尧臣一样，苏轼在咏画时多次用到"意"字，考虑到欧阳修鉴赏画作也很强调画意，而他们是诗文创作领域最有影响的一批人，其"尚意"显然是当时文士咏画的一种风气。这里列表统计苏轼咏画诗用"意"字诗例并略作分析（见表2-1）。

表2-1 苏轼咏画诗用"意"字的诗例

诗题	例句	简要分析	结论
《赠写真何充秀才》	问君何苦写我真，君言好之聊自适。黄冠野服山家容，意欲置我山岩中。	何充自觉好玩，画了一幅"黄冠野服"的苏轼像。苏轼由此领会到，自己在何充眼中，最好的人生角色应该是隐居山林。	"意"，指画家的创作意图。
《仆曩于长安陈汉卿家见吴道子画佛，碎烂可惜》	觉来落笔不经意，神妙独到秋毫颠。	谓吴道子作画的特殊性在于"不经意而能神妙"，正说明"经意"是作画的要旨。	"经意"，指画家用心锤炼的立意过程。
《宋复古画潇湘晚景图》其一	会有衡阳客，来看意渺茫。	"意渺茫"，指来自衡阳的客人因观画产生了浓烈的思乡情感，而未及体验画意。"幽意""非人意"含义相近，指画家喜欢寻找和表达不寻常的景境，作为生活的爱好。	赏画有一种状态谓"动情"，由于沉浸在感性状态中而不能很好地知解画家之意。
《宋复古画潇湘晚景图》其二	知君有幽意，细细为寻看。		
《宋复古画潇湘晚景图》其三	自说非人意，曾记是马蹄。		
《高邮陈直躬处士画雁》其一	野雁见人时，未起意先改。	诗句中的两个"意"字，均指画雁的意欲。前者野雁因见人而意乱，后者野雁因离群而自得其意。"意"字之用，肯定了离群索居的价值。	雁非人，其"意"难知，系诗人（鉴赏者）以己意度之。
《高邮陈直躬处士画雁》其二	徐行意自得，俯仰若有节。		
《狄咏石屏》	雪近势方壮，林远意殊深。	诗句称赞画家的创作技巧，将烟林设置在雪景之外，有良好的艺术效果。	"意殊深"主要是诗人欣赏的结果，未必是画家的创作意图。
《次韵子由书李伯时所藏韩幹马》	丹青弄笔聊尔耳，意在万里谁知之。	诗句指出李伯时画马有"意"，较之唐代韩幹只追求形象之美，体现了文艺精神的不断进步。	绘画是形象艺术，"妙意"是超越形象的更高价值。
《柏石图诗（并叙）》	当年落笔意，正欲讥韩子。	创作者将"柏石"形象画得丑怪荒寒，让人毛发倒竖。	诗人认为《柏石图》讽刺"韩子俯仰人，但爱平地美"。此未必是作画者原意。
《书林次中所得李伯时〈归去来〉〈阳关〉二图后二首》其一	龙眠独识殷勤处，画出阳关意外声。	所谓"画出阳关意外声"，大概是指在王维的诗作之外或乐曲《阳关三叠》之外别出新意。	这里的"意"，系画家的新意相对诗、乐两种艺术形式的旧意。

续表

诗题	例句	简要分析	结论
《生日，蒙刘景文以古画松鹤为寿，且贶佳篇，次韵为谢》	尘心洗长松，远意发孤鹤。	从句子结构看，这两句属于倒装类型，即画中的长松使自己的尘心得到洗涤，而孤鹤引发了自己悠远的情思。	这里的"意"不是作家之意，而是观画所得之意。
《次韵李端叔谢送牛戬〈鸳鸯竹石图〉》	平生师卫玠，非意常理遣。	诗句意思是：自己的生活追求，是能够像魏晋之际清谈名士卫玠那样谈玄说理以解人疑惑。句中"非意"一词，与画的关系若有若无。	"意"强调可理解，"理"强调应服从。
《题李伯时〈渊明东篱图〉》	东篱理黄华，意不在芳醪。白衣挈壶至，径醉还游遨。悠然见南山，意与秋气高。	六句中出现两个"意"字，是对陶渊明诗《饮酒》其五"此中有真意"的回应。"意"字虽未直接用于评述画作，但诗是题写在画上的，就相当于对画作的说明。	苏轼这次咏画时强调，陶渊明题材的画作当以阐发其人生意兴为旨归。
《自题临文与可画竹》	借君妙意写篔筜，留与诗人发吟讽。	苏轼临摹文与可画竹，主要是解其意、临其意。	此"意"既是作者之意，也是临摹者之意，也可谓鉴赏者之意。

从艺术接受的角度看，苏轼咏画诗所用之"意"字，其在含义上出现了以下几种倾向：①淡化主体意识，以认真客观的鉴赏态度领会画家的创作意图；②淡化画家的创作意图，突出自由观画时所得之意；③以咏画诗人的身份，站在画家的立场，述说画作取材的立意；④作为临摹者，揣度画作的用意，并传达给其他观画者。

虽然尚意是具有北宋时代特征的审美观念，尚意的代表人物也不止一人，但苏轼论画时对"意"这个概念解释得最为充分，使之具有了理论品质。《宝绘堂记》云[1]：

君子可以寓意于物，而不可以留意于物。寓意于物，虽微物足以为乐，虽尤物不足以为病；留意于物，虽微物足以为病，虽尤物不足以为乐。《老子》曰："五色令人目盲，五音令人耳聋，五味令人

---

[1] 童强.艺术理论基本文献：中国古代卷［M］.北京：生活·读书·新知三联书店，2014：163.

口爽，驰骋田猎令人心发狂。"然圣人未尝废此四者，亦聊以寓意为耳。刘备之雄才也，而好结髦；嵇康之达也，而好锻炼；阮孚之放也，而好蜡屐。此岂有生色臭味也哉而乐之终身不厌？凡物之可喜，足以悦人而不足以移人者，莫若书与画。然至其留意而不释，则其祸有不可胜言者。钟繇至以此呕血发冢，宋孝武、王僧虔以此相忌，桓玄之走舸，王涯之复壁，皆以儿戏害其国，凶其身。此留意之祸也。

苏轼提出了"寓意""留意"这两个语词，指出二者在含义上的区别，并认为对待书画事业的态度应以"寓意"为本。苏轼先明确提出观点，之后从批评老子的观点开始张本，最后又以批评钟繇、宋孝武、王僧虔、桓玄、王涯形成结论。值得注意的是，苏轼批评老子时，以"圣人"作为依傍；批评钟繇等人，是以《尚书·旅獒》所谓的"玩物丧志"作为思想根基。据此大致可以判断，苏轼咏画、论画尚意的思想根源应该来自儒家思想，其主要包括以下三个来源。

（一）源自《周易·系辞》

《苏轼文集》卷二《既醉备五福论》明确提出了"深观其意"的诗歌鉴赏方法："夫诗者，不可以言语求而得，必将深观其意焉。"[1]苏轼对易学思想系统做过深入研究，有《东坡易传》传世。由于苏轼观画常出以诗性思维和哲学思考，因此其咏画、论画常用的一个基本思想原则就是《周易·系辞》上所谓的"圣人立象以尽意"。

---

① 苏轼.苏轼文集［M］.北京：中华书局，1986：51.

（二）源自《大学》理论

儒家经典《大学》"八条目"中最基础的三项依次为：格物—致知—诚意。所谓"格物"，指把握事物的性状，于绘画而言就是要把握绘画对象的形象与特征。所谓"致知"，指掌握处置事物的知识，于绘画而言就是要熟习表现事物的技能。所谓"诚意"，指确立处置事物的态度、立场和目标，于绘画而言就是要通过绘画呈现自己的主体性。苏轼尚意，并不否定绘画具有"格物""致知"之用，他更强调通过绘画确立主体性，以及通过观画培养主体性意识。

（三）源自孟子思想

《孟子·万章上》云："故说《诗》者，不以文害辞，不以辞害志；以意逆志，是为得之。"[①] 这为解诗提供了"意—心"的精神上升通道。苏轼在咏画、论画时，并未指示"意—心"这条途径。《书朱象先画后》在称引朱氏名言"文以达吾心，画以适吾意"后，发了这样一个感慨："昔阎立本始以文学进身，卒蒙画师之耻"[②]，传达了"画不如文"的思想，而这在当时大致也是士大夫阶层的共识。"画不如文"最主要的原因，就是绘画不像文章可以"达心"，难以介入公共道德领域，根本无法成为"经国之大业，不朽之盛事"。由此可见，苏轼咏画、论画用"意"字的尺度是很严谨的。

可以说，苏轼咏画、论画时用到的批评术语"意"，是从属于儒家话语体系的一个概念。在苏轼看来，画家在作品中的寓意、欣赏者观画后的得意，均是可以明确进行解释和分析的。

---

① 杨伯峻.孟子译注［M］.北京：中华书局，1960：215.

② 童强.艺术理论基本文献：中国古代卷［M］.北京：生活·读书·新知三联书店，2014：163.

二、苏轼咏画、论画尚神

苏轼咏画尚神，主要体现在他用了四对概念：凝神、传神、神妙、神授。凝神，见于《书晁补之所藏与可画竹三首》其一云：

> 与可画竹时，见竹不见人。岂独不见人，嗒然遗其身。
>
> 其身与竹化，无穷出清新。庄周世无有，谁知此凝神。

"凝神"一词，语出《庄子·达生》："用志不分，乃凝于神。"同篇又云："以天合天，器之所以疑神。"王先谦集解认为，"疑神"同于"凝於神"。[①]此后，刘宋时期颜延之《五君咏·嵇中散》有句："形解验默仙，吐论知凝神。"其所用"凝神"一词，也与道家思想、玄学语境密切关联。从"庄周世无有"句看，苏轼咏画用"凝神"，应是直接化用《庄子·达生》中捕蝉者、操舟者、削木成器者心无旁骛的工作状态来描述文与可"专心致志"的创作过程：①心中只有竹，没有其他人、事的干扰；②不是以竹就我，而是忘掉自我身心的主体性，将精神集中于创作对象；③不是以我就竹，要忘掉竹之为外物的客体性；④凝神于竹，我之精神与竹之形象浑化融合为一，创作出独有的艺术形象。而唐张彦远《历代名画记》也曾议论："凝神遐想，妙悟自然，物我两忘，离形去智，身固可使如槁木，心固可使如死灰，不亦臻于妙理哉！"[②]如果说苏轼这首咏画之作受张彦远《历代名画记》论述的启发，也未尝不可。大致地说，苏轼咏画诗中的"凝神"是用于描述绘画创作状态的，其思想渊源出于庄子。"凝神"之"神"，根据苏轼的咏画诗来理解，是出自创作主体本质的心理动力。

---

① 王先谦.庄子集解［M］.西安：三秦出版社，1998：250＋260.

② 张彦远.历代名画记［M］.北京：人民美术出版社，2016：28.

苏轼的咏画诗中，"传神"一词出现过两次。《书鄢陵王主簿所画折枝二首》其一有句云"赵昌花传神"，系当时定评。《宣和画谱》卷十八谓赵昌[①]：

> 善画花果，名重一时。作折枝极有生意，傅色尤造其妙。兼工于草虫，然虽不及花果之为胜，盖晚年自喜其所得，往往深藏而不市，既流落则复购以归之，故昌之画，世所难得。且画工特取其形似耳，若昌之作，则不特取其形似，直与花传神者也。

苏轼用"赵昌花传神"回应诗题中的"画折枝"，可谓贴切。而《题过所画枯木竹石三首》其一有句云："老可能为竹写真，小坡今与石传神。"将苏过画石的风格和文与可画竹"写真"对比，说明画石之妙，不在于写实，而在于传达对象的精神实质。"传神"一词，源于东晋顾恺之。年岁稍长而基本属于苏轼同时代的文人张师正曾撰《括异志》，其中"许偏头"条曾两用"传神"，说明画家技艺高超。苏轼论画，非常重视这个术语，其《传神记》有云[②]：

> 传神之难在目。顾虎头云："传形写影，都在阿睹中。"其次在颧颊。吾尝于灯下顾自见颊影，使人就壁模之，不作眉目，见者皆失笑，知其为吾也。目与颧颊似，余无不似者。眉与鼻口可以增减取似也。传神与相一道，欲得其人之天，法当于众中阴察之。

"传形写影，都在阿睹中。"《世说新语·巧艺》第十三条作"传神写照，正在阿堵中"[③]。苏轼所言，或为误记。画人如何做到传神？苏轼认为重点在

---

① 宋徽宗朝宫廷画院.宣和画谱［M］.长沙：湖南美术出版社，1999：366.

② 童强.艺术理论基本文献：中国古代卷［M］.北京：生活·读书·新知三联书店，2014：161.

③ 刘义庆.世说新语［M］.北京：中华书局，2007：849.

于通过反复观察，注意眼睛与颧颊这两处特征的形态表现。对于画花、画石，苏轼并未强调"传神"的技巧，而只是将"传神"一词用于描述艺术创作所取得的良好效果。苏轼咏画时所用"传神"，是借用绘画评论领域固有的一个概念，"神"指最能反映人物客观外在形象的典型特征。

苏轼咏画诗中，两次提到"神妙"。《仆曩于长安陈汉卿家见吴道子画佛，碎烂可惜。其后十余年，复见之于鲜于子骏家，则已装背完好，子骏以见遗，作诗谢之》有句："觉来落笔不经意，神妙独到秋毫颠。"《韦偃〈牧马图〉》有句："神工妙技帝所收，江都曹韩逝莫留。""神工""妙技"虽各有语源，合而观之也包含有"神妙"的含义。"神妙"一词，最早见于曹植《求自试表》，用于描述曹操行军用兵之势。南朝姚最《续画品》用于论画，"湘东殿下"条云："王于象人，特尽神妙，心敏手运，不加点治。"杜甫在诗作中将其用于评画，《戏为双松图歌》有句"绝笔长风起纤末，满堂动色嗟神妙"，《韦讽录事宅观曹将军画马图》有句"国初已来画鞍马，神妙独属江都王"，这些可以视为苏轼咏画所用"神妙"一词的直接语源。另外，我们应注意到，唐李嗣真、张怀瓘提出将书法创作区分为逸品、神品、妙品、能品诸等级，朱景玄《唐朝名画录》据此形成"四品论画"的理论主张，对后世影响深远。[①] 苏轼是绘画领域的行家里手，其使用的"神妙"一词应该也隐含了"四品论画"的理论背景。"神妙"一词，主要是从鉴赏品评的角度言画作艺术效果好、艺术品位高，具有画家的独特气质，为其他画家所不能模仿和企及。

"神授"一词，在苏轼咏画诗中出现两次。《仆曩于长安陈汉卿家见吴道子画佛，碎烂可惜。其后十余年，复见之于鲜于子骏家，则已装背完好，子骏以见遗，作诗谢之》有句："吴生画佛本神授，梦中化作飞空仙。"唐张彦远《历代名画记》云："张既号书颠，吴宜为画圣，神假天造，英灵不穷。"[②] "神

① 俞剑华.中国历代画论大观第一编：先秦至五代［M］.南京：江苏凤凰美术出版社，2015：62.

② 张彦远.历代名画记［M］.北京：人民美术出版社，2016：24.

假"意思略同"神授"，此或为苏轼用语来源。而《赠写御容妙善师》有句："梦中神授心有得，觉来信手笔已忘。"虽然"神授"一词出现较早，但用于咏画场景则以梅尧臣《观居宁画草虫》诗为先："宁公实神授，坐使群辈伏。"考虑到苏轼与梅尧臣关系密切，笔者认为苏轼咏画诗中的"神授"一词，源于梅尧臣的咏画诗。"神授"，主要是指画家从难以明确阐述的神秘力量中获得创作灵感。"神授"中的"神"字，指画家有出人意料的灵感思维能力，从苏轼咏画诗用"神授"一词的诸诗例看，只有极少数的画家能偶然地通过灵感思维激发创作冲动并形成杰作。

为准确理解苏轼咏画、论画用"神"字的思想脉络，兹列表略举苏轼以前及同时代画评用"神"字诸例如下（见表2-2）。

表2-2 苏轼以前及同时代画评中"神"字用例

提出者	用 例	出处
顾恺之	"神灵""神仪""传神"	《历代名画记》《世说新语》
宗炳	"感神""神超""神本无端""神思""畅神"	《画山水序》
王微	"明神"	《叙画》
谢赫	"极妙参神""神韵""入神""神气"	《古画品录》
姚最	"神明""神妙""神气""风神"	《续画品》
朱景玄	"神品""凝神定照"	《唐朝名画录》
张彦远	"神气""神假天造""神工""凝神"	《历代名画记》
荆浩	"神妙"	《笔法记》
黄休复	"神格"	《益州名画录》
郭熙	"柳子厚善论为文"条，单用"神"字4次；又用"精神"2次。"欲夺其造化，莫神于好。"	《林泉高致》
郭若虚	"神气""神之又神而能精"	《图画见闻志》

由表 2-2 可以看出，从东晋至北宋时期的绘画领域，"神"字与其他单字结合，形成了"神×""×神"这样一类词系，被画家文士用于评论绘画。苏轼兼采众说，咏画、论画时所用之"神"，含义既可指创作者的主体性追求，也可指创作对象的本质特征，还可指游离主客体之外偶然生发难以预知的灵感，更可指主客体交合产生的艺术形象的良好品质，其思想出于庄子，而受《齐物论》的影响最为直接。可以说，苏轼在咏画、论画时所用的"神"字具有鲜明的理论品格。

三、苏轼咏画、论画尚理

苏轼的咏画诗出现若干处"理"字，但与所咏之画有关的只有《柏石图诗》："君看此槎牙，岂有可移理。""此"指柏木，"槎牙"指枝杈错落不齐之状。诗句所谓的"理"，就是前四句所言"柏生两石间，天命本如此。虽云生之艰，与石相终始"。其义为物体无论形状如何丑恶，所处环境多么艰苦，能够自然生成即合理。"岂有可移理"可以算是苏轼提出的一个绘画理论命题：画家不能因为物体形状丑恶而否定其具有入画的价值，也不能让其入画但试图加以美化，而应该尊重自然生成之理，画出其与众不同的禀赋与特质。这一观点，为绘画创作拓宽取材范围提供了理论支撑。

苏轼论画，曾专门阐释"理"的重要性，并将"常理"和"常形"当作相对的概念加以分析。《净因院画记》[①] 云：

> 余尝论画，以为人禽、宫室、器用皆有常形。至于山石竹木、水波烟云，虽无常形而有常理。常形之失，人皆知之；常理之不当，虽晓画者有不知。故凡可以欺世而取名者，必托于无常形者也。虽

---

① 童强. 艺术理论基本文献：中国古代卷 ［M］. 北京：生活·读书·新知三联书店，2014：162.

然，常形之失，止于所失而不能病其全，若常理之不当，则举废之矣。以其形之无常，是以其理不可不谨也。世之工人，或能曲尽其形，而至于其理，非高人逸才不能办。与可之于竹石枯木，真可谓得其理者矣。

苏轼所说的常理，可以从三个层面来理解。从"格物"的层面看，"常理"基本上就是物理。《书黄筌画雀》云："黄筌画飞鸟，颈足皆展。或曰：'飞鸟缩颈则展足，缩足则展颈，无两展者。'验之信然，乃至观物不审者，虽画师且不能，况其大者乎？君子是以务学而好问也。"①《书戴嵩画牛》云："有一牧童见之，拊掌大笑曰：'此画斗牛也，牛斗，力在角，尾搐入两股间，个乃掉尾而斗，谬矣。'"② 这是苏轼举的两个合乎常形而不合物理的画例。从"致知"的层面看，"常理"主要指画法。《传神记》云："吾尝见僧惟真画曾鲁公，初不甚似。一日往见公，归而甚喜，曰：'吾得之矣。'乃于眉后加三纹，隐约可见，作俯首仰视眉扬而颊蹙者，遂大似。"③《书吴道子画后》云："道子画人物，如以灯取影，逆来顺往，旁见侧出，横斜平直，各相乘除，得自然之数，不差毫末。"④ 这些具体的技法其实就是画家需要掌握和遵循的绘画知识。从"诚意"的层面看，"常理"就是"寓意于画"。《净因院画记》云："如是而生，如是而死，如是而挛拳瘠蹙，如是而条达畅茂，根茎节叶，牙角脉缕，千变万化，未始相袭，而各当其处，合于天造，厌于人意。盖达士之所寓也欤？"⑤ 当画家有所寓意时，虽画面会有不合物理处，或有不合绘画技法处，但只要寓意完整可取就合乎绘画之常理。

---

① 童强. 艺术理论基本文献：中国古代卷［M］. 北京：生活·读书·新知三联书店，2014：163.
② 童强. 艺术理论基本文献：中国古代卷［M］. 北京：生活·读书·新知三联书店，2014：163.
③ 童强. 艺术理论基本文献：中国古代卷［M］. 北京：生活·读书·新知三联书店，2014：161.
④ 童强. 艺术理论基本文献：中国古代卷［M］. 北京：生活·读书·新知三联书店，2014：161.
⑤ 童强. 艺术理论基本文献：中国古代卷［M］. 北京：生活·读书·新知三联书店，2014：162-163.

为准确理解苏轼咏画、论画用的"理"字，兹以列表的方式略举苏轼以前及同时代画评用"理"字诸例（见表2-3）。

表2-3 苏轼以前及同时代画评中"理"字用例

提出者	用　　例	出处
宗炳	"应目会心为理""神超理得""理入影迹""理气"	《画山水序》
谢赫	"穷理尽性，事绝言象"	《古画品录》
姚最	"摈落蹄筌，方穷致理""虽复语迹异途，妙理同归一致"	《续画品》
张彦远	"此得天理，虽曰妙解，不见笔踪，故不谓之画""唯顾生画古贤得其妙理"	《历代名画记》
荆浩	"文理合仪""致其理偏""甚亏其理""李将军理深思远"	《笔法记》
郭熙	"高山而孤，体干有仆之理。浅山而薄，神气有泄之理""更如前人言：'诗是无形画，画是有形诗。'哲人多理之谈，此言吾之所师。"	《林泉高致》
郭若虚	"理无妄下，以状高侧深斜卷折飘举之势。"	《图画见闻志》
沈括	"世之观画者，多能指摘其间形象、位置、彩色瑕疵而已，至于奥理冥造者，罕见其人。"又言王维《袁安卧雪图》"造理入神，迥得天意"。"画牛虎皆画毛"条言及"理亦不应见毛""理须有别""理当画毛""不可与论理""自有妙理"	《梦溪笔谈》

由此可知，论画尚"理"以宗炳为早，他将"理得"作为绘画（观画）"畅神"的前提和基础，将"理"确立为绘画领域的理论术语。之后谢赫、姚最、张彦远论画也偶然出现"理"字，不过仅在一般意义上使用，不具有画学理论的高度。从五代荆浩至北宋，"理"字又得到重视，并且多次作为画学理论术语加以使用，而沈括是论画尚"理"的代表人物。考虑到沈括在"乌台诗案"发生前与苏轼情好交密，则苏轼论画尚"理"，应该与沈括在观点上相互激发有关。作为科学家，沈括论画重"理"，在一定程度上体现了其擅长科学的思维特点。而苏轼论画重"理"，如前所述，思维方向与沈括不一致，是基于儒家提出的"格物—致知—诚意"这一理论。苏轼咏画、论画尚"理"的贡献，主要在于他提出了"常理"这个概念。其用"理"字，意思与荆浩、郭熙、郭若虚、沈括等论画者略同。而"常理"之"常"，虽非苏

轼咏画、论画之要旨，但也是一个有理论价值的字眼，这里也顺带加以论述。北宋著名画家郭熙论画（后编入《林泉高致》）时曾专门提及。[①]

> 君子之所以爱夫山水者，其旨安在？丘园养素，所常处也；泉石啸傲，所常乐也；渔樵隐逸，所常适也；猿鹤飞鸣，所常观（一作亲）也；尘嚣缰锁，此人情所常厌也；烟霞仙圣，此人情所常愿而不得见也。

郭熙为解释山水画兴盛的原因而提出的"六常"，可以简化为"二常"，即发乎常情与见于常景，这可以算是在探讨北宋文人画创作发生的基本原理。而苏轼提出"常形""常理"的相对关系，则为文人画的创作和鉴赏，提供了可循之而入的法门。合二者而观之，"常"字所包含的"出乎常情""取于常景""不拘常形""不悖常理"诸含义，大致透露了宋代绘画领域追求日常审美的倾向。由于郭熙年长，于绘画为专长，苏轼咏画、论画注重"常理"有可能是受到郭熙的启发，也有可能是当时部分画家和文人的一致认识。

小　结

苏轼"尚意 - 尚神 - 尚理"的主张，前人或同时代的文人画家曾零散地提出过，苏轼合诸家观点成一己之画论，为文人画勾勒出基本的价值内涵，这是第一个贡献。苏轼对用于评述绘事的"意""神""理"做了较为充分的阐述，使之具有理论术语的品格，远胜前人和同时代的文人画家，这是第二个贡献。苏轼"尚意""尚理"源自儒家思想体系，而"尚神"源自道家（庄子）思想体系，而"尚常"似又受到禅宗思想的影响，这说明苏轼咏画、论画思想来源丰富且复杂。苏轼咏画、论画的思想可以用"博大精深"进行评价。

---

① 童强.艺术理论基本文献：中国古代卷［M］.北京：生活·读书·新知三联书店，2014：148.

第二节 基于出入观解读苏轼的咏画诗

苏轼在文学创作上的博大气象，可以用前贤范仲淹这样几句评诗之语来形容："范围乎一气，出入乎万物，卷舒变化，其体甚大。"① 苏轼的不少咏画诗，可展现其精神气质善于出入画作的特点，这在其他作者的咏画诗那里较为少见。因此，我们选择"出入"这个关键词作为观察苏轼咏画诗的一个切入点。

"出入"作为一种人生观和价值观，早在先秦时期就已经出现。老子《道德经》谓"出生入死"，这是从哲学角度说明当人、事、物脱离一种旧状态，虽进入新状态却立即走向其对立面。包括孔子在内的儒家学者经常讨论出仕入仕的问题，这是站在如何实现人生价值和社会价值的角度考虑疏远一些社会群体，而加入另外一些社会群体。以庄子为代表的一些道学家，追求远离人群、遗世独立而与天地自然往还。后来兴起的佛家文化，则基于探索生命本体意义的宗旨，寻求出世、入世的方便法门。苏轼精通儒佛道三家文化，特别是其在仕途上屡遭挫折，人生境遇无常感强烈。因而他在观赏画作及创作咏画诗时贯穿"出入观"是自然而然的。从文艺理论的角度看，南朝刘勰《文心雕龙》早已说过"观文者披文以入情"。从哲学角度看，与苏轼同时代的理学家程颢、程颐提出"心本无出入""人心缘境，出入无时"的观点，在当时颇有影响。② 如果我们说"出入观"是苏轼观画及创作咏画诗时具有的一种自觉意识或心理惯性，也未尝不可。

---

① 范仲淹.范仲淹全集［M］.成都：四川大学出版社，2007：185.

② 李可心.由心的出入问题反思张栻之学的式微［J］.中国哲学史，2016（3）：86-96.

根据当代学者的一般看法，历经南宋至清代，"出入说"已成为中国古代文论中的一种重要学说。其肇始于南宋陈善在《扪虱新语》卷四总结的一种读书法①：

> 读书须知出入法。始当求所以入，终当求所以出。见得亲切，此是入书法；用得透脱，此是出书法。盖不能入得书，则不知古人用心处；不能出得书，则又死在言下。惟知出知入，乃尽读书之法也。

清代以降，"出入说"文论渐趋定型。前有汪琬以"出入"论文章写作："凡为文者，其始也必求其所从入，其既也必求其所从出。彼句剽字窃、步趋尺拟言工者，皆能入而不能出者也。"②后有王国维《人间词话》论诗歌创作："诗人对宇宙人生，须入乎其内，又须出乎其外。入乎其内，故能写之。出乎其外，故能观之。入乎其内，故有生气。出乎其外，故有高致。"③而清代张式《画谭》论画，也曾以"出入"观之："初以古人为师，后以造物为师。画之能事尽乎？曰：能事不尽此也。从古人入，从造物出。"④但是这些议论对"出入"一词的运用主要基于其平常语义，而并未有标准、统一、精确的理论内涵。

由于"出入说"文艺观是在苏轼之后才逐渐发展和成熟的，所以这里用于观照苏轼咏画诗的"出入观"，并非中国古代文艺理论系统中的一种学说，而是作为人生观、价值观和艺术创作鉴赏的心理习惯。具体地说，所谓

① 陈善.扪虱新语［M］.丛书集成初编.上海：商务印书馆，1939：15.

② 汪琬.尧峰文钞［M］.上海：商务印书馆，1922：14.

③ 王国维.人间词话译注［M］.增订本.长沙：岳麓书社，2008：145.

④ 潘运告.清代画论［M］.云告，译注.长沙：湖南美术出版社，2003：317.

"入"，指对画中的景、象、境、意有实质性感知，并以积极的态度进行精神层面的投射。所谓"出"，指注意力从画内转移到画外，或将画中的景、象、境、意迁移到现实生活场景，并借此回顾自己的人生经历或传达自己的人生理想和生活态度。

一、思绪入画而不出

苏轼有一些咏画诗，只写自己沉浸在画中的感受，可以说是"入于其中而不出"。最有代表性的作品无疑是《惠崇春江晓景二首》，其首句写所见画作之景象，挑选最有印象的竹、桃花在诗中表出。"外"字精练，虽为描述相对位置的普通字眼，却能在不经意间点出画家创作之匠心，即越是边缘之处，越能显出生命自然的活力；这也显出诗人观画用心之仔细。第二句谓鸭先知春江水暖，其实是苏轼心灵幻入画中，与鸭通感，而生合乎情理之揣测。第三、第四句单看只是写画中景物，但"正是……时"这种句式揭示了苏轼所感受到的盎然春意。第四句中的"河豚欲上"，如钱锺书所言，并不在画中，是苏轼的想象之语。[①] 这种想象揭示了苏轼在赏画时，以沉浸的态度与时空悬隔的画家惠崇展开心灵对话：按照画中景物提示的季节，河豚是正当时的美食，你为什么不画上几笔呢？这首诗的每一句都不出至画外，却紧扣着画的景、象、境、意来写，皆蕴含着诗人观画的兴致和情思，是即兴式咏画。

《惠崇春江晓景二首》其二通篇拟人，通过赋予人情写活了飞雁。雁之离群，相当于被集体抛弃，在文学作品中多被认为是无奈悲哀之事，而此诗首句通过"欲"字，将其离群化为主动之作为，而使所写之雁带有类人的积极情思。第二句中"依依"，语出《诗经·小雅·采薇》"昔我往矣，杨柳依

---

① 钱锺书.谈艺录［M］.北京：中华书局，1984：544.

依"，是说物态同于人情，不忍亲人离家。具体到第二句的意思，就是喻示人雁同情，说飞雁像自己这样的北归之人一样，充满着对江南美好春景的留恋之情。第三句所谓的"朔漠多风雪"，对雁而言是由感觉而累积的生存经验，而"遥知"为人类的理性认识，这是以人格来涵盖物性。第四句回应前两句，点出"欲离群""依依"的原因：原来飞雁想在江南多待半个月的时间，以领略将至的大好春光。诗人写每一句，都在以己情度画中飞雁之意，而将画物之趣渲染为出乎人格的情韵。这种因物性通于人性而将人情赋予雁体的写法，是通感式咏画。

《李思训画长江绝岛图》通篇围绕画面内容来写，可以分成三部分。"山苍苍，水茫茫，大孤小孤江中央。崖崩路绝猿鸟去，惟有乔木攙天长。"这是第一部分，所写的是最直观的画面主体部分，包括大小孤山所处的环境及其自身的景象。第二部分以"客舟何处来"的发问，将诗情引入别境。之后三句，"棹歌中流声抑扬""沙平风软望不到""孤山久与船低昂"，其中的所闻、所盼、所感均为画家不能画者，是诗人通过拟想自己置身船中而有的身心感受。第三部分牵引男女之情，因画兴发情趣。"峨峨两烟鬟，晓镜开新妆。"写画中小孤山清秀，仿佛清晨刚打扮好的美丽女子。"舟中贾客莫漫狂，小姑前年嫁彭郎。"诗人以对话的方式进入画作，打趣画中乘舟经过的有钱人妄起好色之心，其实仍是在称赞画作中小孤山之可爱动人。诗人调动目、口、耳、身、心进入画境，写出了欣赏《长江绝岛图》的多重心理活动，是动情式咏画。

苏轼的咏画诗虽有将近160首之多，但真正表现为"入而不出"状态的，严格来说只有这三首。这三首诗的吟咏对象，都是著名画家流传于世的风景画名作。这似乎揭示了一个艺术接受现象：鉴赏众所推崇的风景画时，思维更容易避开现实人事的干扰，走向较为纯粹的审美状态。

二、思绪出入画作的脉络分明

苏轼的另一些咏画诗是先写入画、后写出画，出入脉络交代得清晰明白。章法结构比较简单的当数《题王晋卿画》和《韩幹马十四匹》。《题王晋卿画》云："两峰苍苍暗石壁，中有百道飞来泉。人间何处有此景，便欲往买二顷田。"首两句别无介绍，直言画中之景，在写法上单刀直入。第三句跳出画外，第四句转向人间寻求佳境。"何处有此景"之问，揭示了诗人曾入画至深，是诗意由入画转为出画的关键短语。《韩幹马十四匹》前面十二句，将韩幹所画十四匹马按照动作特征，以"2+2+1+1+8"的数量分群做了生动描述："二马并驱攒八蹄，二马宛颈鬃尾齐。一马任前双举后，一马却避长鸣嘶。老髯奚官奇且顾，前身作马通马语。后有八匹饮且行，微流赴吻若有声。前者既济出林鹤，后者欲涉鹤俯啄。最后一匹马中龙，不嘶不动尾摇风。"写马的动作用词丰富，且能有针对性地加以区别，可以判断出诗人看画时，全神贯注，观察细致入微。后面四句跳出画面抒发感慨："韩生画马真是马，苏子作诗如见画。世无伯乐亦无韩，此诗此画谁当看？"与其他咏画诗沿着画作单向延展不同，这首诗出画时将自己的诗与韩幹的画并列而论，难免显得有些突兀。这两首诗中，出入画作的基本模式均为"由内至外"。

苏轼咏画诗出入章法规范严整的，要数《书王定国所藏〈烟江叠嶂图〉》《郭熙画秋山平远》《书韩幹牧马图》。《书王定国所藏〈烟江叠嶂图〉》共分四个部分写。第一部分径直写画面内容："江上愁心千叠山，浮空积翠如云烟。山耶云耶远莫知，烟空云散山依然。但见两崖苍苍暗绝谷，中有百道飞来泉。萦林络石隐复见，下赴谷口为奔川。川平山开林麓断，小桥野店依山前。行人稍度乔木外，渔舟一叶江吞天。"诗句中一系列动词的使用，如"愁""积""暗""赴""开""断""依""度""吞"等，均有炼字之妙，由此可见诗人观画之时聚精会神。这一部分诗句，可谓"深入画中"。第二部分思维由画内向画外过渡："使君何从得此本，点缀毫末分清妍。不知人间何处有此境，径欲往买二顷田。"前二句将思维从画中逐渐导出，虽仍在说画，但已不是在说画面内容，而在讨论画本的来历。后两句把由赏画而生出的向往之情带出画作，指向真实的人间生活场景。第三部分完全脱离画面："君不见武昌樊口幽绝处，东坡先生留五年。春风摇江天漠漠，暮云卷雨山娟娟。丹枫翻鸦伴水宿，长松落雪惊醉眠。桃花流水在人世，武陵岂必皆神仙。江山清空我尘土，虽有去路寻无缘。"回忆自己被贬黄州的五年，虽遭遇人生的困厄，但因此体会了几年闲适幽居的美好时光。只是仕途坎坷，想再过黄州的那种幽居生活，却身不由己，不可复得了。第四部分照应诗题和第一部分，回到画作："还君此画三叹息，山中故人应有招我归来篇。"诗句说这次赏画活动勾起了自己离开仕途的想法，特别希望与二三友人找一个像《烟江叠嶂图》这样的地方隐居。这里出入画作的基本模式为：直接入于画内—渐至作为内外交界的画本—跳脱至画外—在画外言画本。

《郭熙画秋山平远》首二句为："玉堂昼掩春日闲，中有郭熙画春山。"从周围环境入手，引出郭熙《秋山平远图》画本，这是一种柔和有趣的导入方式。接下来的八句写画面内容："鸣鸠乳燕初睡起，白波青嶂非人间。离离短幅开平远，漠漠疏林寄秋晚。恰似江南送客时，中流回头望云巘。伊川佚老鬓如霜，卧看秋山思洛阳。"诗句提及画中最主要的景象，包括山水、云天、林鸟、人物等。"初睡起""非人间""恰似""望云巘""思洛阳"这些带有强烈主观情感色彩的判断，表明诗人对画作内容不是泛览而过，而是用心体会过的，据此可以将这一部分诗句归为处在"入画状态"。最后一部分诗人跳出画作，述说自己与画的主人在艺术层面上的互动："为君纸尾作行草，炯如嵩洛浮秋光。我从公游如一日，不觉青山映黄发。为画龙门八节滩，待向伊川买泉石。"诗以行草写就，附在画作后面。由于多年交情，苏轼因观画而生出感触，因此约画主人到洛阳一地隐居画画，去过一种"游于艺"的生活。这里出入画作的基本模式为：由画的周围环境导入—入画写画面内容—跳脱至画外与画主人互动。

《书韩幹牧马图》全诗 26 句，其中 22 句用于回顾历史场景，追寻所赏之画的创作背景："南山之下，汧渭之间，想见开元天宝年。八坊分屯隘秦川，四十万匹如云烟。骓駓骊骆骊骝骟，白鱼赤兔骍騵骃。龙颅凤颈狞且妍，奇姿逸态隐驽顽。碧眼胡儿手足鲜，岁时翦刷供帝闲。柘袍临池侍三千，红妆照日光流渊。楼下玉螭吐清寒，往来蹙踏生飞湍。众工舐笔和朱铅，先生曹霸弟子韩。厩马多肉尻膥圆，肉中画骨夸尤难。金羁玉勒绣罗鞍，鞭箠刻烙伤天全，不如此图近自然。"这些想象虽不在画面之中，但由韩幹所画之马牵引而有，其思维状态仍可谓飘拂在画面之上。韩幹画马的一般特点，唐代杜甫早有定评："幹惟画肉不画骨。"但苏轼此诗勾勒出韩幹画马的历史背景是大唐盛世，指出此画能"肉中画骨""不伤天全""近自然"，因此确认韩幹所画之马为绝佳精品。诗中真正写画面的只有两句："平沙细草荒芊绵，惊鸿脱兔争后先。""王良挟策飞上天"，典出《晋书·天文志》，即"王良五星，在奎北，居河中，天子奉车御官也"[1]。尾二句合在一起的意思是，善于驾驭的王良已飞天成为星宿，作为千里马不能发挥所长，又何必为了一点口粮恭顺地为人拉车呢？很显然，诗人已将自己不与权势小人苟且合作的志气，寄托于画中之马。这里出入画作的基本模式为：陈述韩幹画马故事—入画写画面内容—借画讽时言志。

苏轼将出入脉络交代得清晰明白的咏画诗数量并不多，这类诗所观之画，以文人山水和画马题材为主。入山水画之深，是为了纾解事务繁杂带来的压抑心理；而出画之后产生避世隐居之情，是为了给自己寻找一片可以安顿心灵的自由空间。入马画之深，是由于千里马或被赏识或被埋没的命运，能成为仕途穷达的隐喻；而出画之后愤世嫉俗，则难免暗含对时政的讽刺。苏轼

---

① 房玄龄.晋书［M］.北京：中华书局，1974：296.

的这一类咏画诗，艺术感受明确，写作程式相对固定，可当作学写咏画诗的范例。

三、思绪出入画作的脉络不明晰

多数情况下，苏轼的咏画诗虽有入出画作的痕迹与线索，但脉络并不明晰。苏轼的一些咏画诗让人难以判断所提及的景象是否出现在画作中。例如，《书王定国所藏王晋卿画著色山二首》其一云：

> 白发四老人，何曾在商颜。烦君纸上影，照我胸中山。山中亦
> 何有，木老土石顽。正赖天日光，涧谷纷斓斑。我心空无物，斯文
> 定何间。君看古井水，万象自往还。

首二句说的"白发四老"，指汉初著名的"商山四皓"，从诗句的表述很难判断其有没有作为艺术形象出现在画中。还有倒数第二句的"古井水"，由于原画现已无存，同样难以判断是否指画中物象。诗语所言是否为画面内容这一点，对判断"出入"问题很重要：如果"白发四老"或"古井水"不在画中，那么诗人的心神就是出离在画外；反之，如果出现在画中，诗人的心神就是投入画中了。第三、第四句以"纸上影""胸中山"对照并说，则诗人的注意力并未完全集中于所观之画，而颇有以画就我心胸的倾向。第五句以"亦何有"设问，第七句以"正赖"做理性判断，都表明诗人看画的心思时入时出，并没有较长时间持续专注地进行鉴赏。在诗歌语言的层面上可以断定，诗人入画不深，且出画、入画时有间歇，咏画的整体表现属于出入脉络不够清晰。

苏轼有的咏画诗通篇在写所看之画作，但不直接说出，如《李伯时画其弟亮工旧隐宅图》就是这样的诗例。

乐天早退今安有，摩诘长闲古亦无。五亩自栽池上竹，十年空看辋川图。近闻陶令开三径，应许扬雄寄一区。晚岁与君同活计，如云鹅鸭散平湖。

苏轼所看之画，是好朋友李公麟所作。画面内容是李公麟的弟弟李亮工过去的隐居之所。画面应该有池塘、竹林、隐居的庭院及其通道。但诗人并不直接写画面，而以借用典故的方式表现。第三句回应首句，化用白居易《池上竹下作》中"十亩闲居半是池"，传达类似"何必悠悠人世上，劳心费目觅亲知"的避世之情。第四句回应第二句，化用王维经营辋川别业并创作《辋川图》的故事，暗示李亮工曾在此隐居十载。第五句化用陶渊明辞官归隐名作《归去来兮辞》："三径就荒，松菊犹存。"第六句化用扬雄早年隐居读书故事，《汉书》卷八十七上《扬雄传上》："处岷山之阳曰郫，有田一廛，有宅一区，世世以农桑为业。"[①]从咏画的角度看，诗作多用典故，知识性较强，而感受性较差，从中难以发现诗人进入画作的方式和深浅程度。

像《书晁说之〈考牧图〉后》这首咏画诗，其入画方式写得极不明确。考牧，意思指官府派员考核牧事。若牧事有成，常让画家作《考牧图》藏入府库。其创作动因与《丰收图》颇为接近，故北宋末期画家马逵曾作《丰年考牧图》。大概因为《考牧图》题材固定，画面内容无可称新，说来乏味，所以诗人干脆不写。诗的大半篇幅是在回忆自己少年时期牧牛的场景："我昔在田间，但知羊与牛。川平牛背稳，如驾百斛舟。舟行无人岸自移，我卧读书牛不知。前有百尾羊，听我鞭声如鼓鼙。我鞭不妄发，视其后者而鞭之。泽中草木长，草长病牛羊。寻山跨坑谷，腾趠筋骨强。"全诗共计 18 句，这一部分就占了 14 句。之后就接着描述自己遭遇贬谪的现实处境："烟蓑雨笠长林下，老去而今空见画。世间马耳射东风，悔不长作多牛翁。"倒数第二句，

---

① 班固.汉书［M］.北京：中华书局，1962：3513.

典出李白《答王十二寒夜独酌有怀》中的"世人闻此皆掉头，有如东风射马耳"，寓意自己的政治见解不能为世所用，后悔走上仕途，而应一直在家牧养牛羊以至终老。全篇诗句对《考牧图》画作内容基本上未曾言及。从"空见画"三字判断，诗人是有入画、出画心理过程的，但诗中未写，读者自然无从梳理其脉络。

《宋复古画潇湘晚景图三首》单从题目看是典型的咏画诗。所咏之画，或即《宣和画谱》所记载御府收藏的《潇湘秋晚图》。所赏虽名家之画，诗中一以贯之的却是对画家怀才不遇心情的关注。其诗云：

> 西征忆南国，堂上画潇湘。照眼云山出，浮空野水长。旧游心自省，信手笔都忘。会有衡阳客，来看意渺茫。
>
> 落落君怀抱，山川自屈蟠。经营初有适，挥洒不应难。江市人家少，烟村古木攒。知君有幽意，细细为寻看。
>
> 咫尺殊非少，阴晴自不齐。径蟠趋后崦，水会赴前溪。自说非人意，曾经是马蹄。他年宦游处，应话剑山西。

三首诗均说到"意"，第一首谓"意渺茫"，第二首谓"幽意"，第三首谓"非人意"，再加上第二首中的"落落君怀抱"，这就明确地指出画家本来的志向在于建功立业（马蹄），而非操笔作画。诗人意识到，宋复古作《潇湘晚景图》，是为了抒发自己不得意的郁结之情。所以此诗确系因画而作，但主要不是为画而作，有关画面内容的诗句，如"照眼云山出，浮空野水长""江市人家少，烟村古木攒""径蟠趋后崦，水会赴前溪"等，被切割成图画碎片零散地分布在三首诗中，而无法让人寻绎出观画的先后次序、景象相互组合的方式。

苏轼这一类咏画诗数量较多。诗人入画、出画脉络不清晰，既由所观看的画作题材平凡所导致，也与诗人对画家较为熟悉难以激发兴奋感有关。但最主要的原因在于苏轼作诗习惯于任性使气，喜欢立意寻志、主观情绪的过度表达，这难免会影响观画者对画作进行细致的观察和准确的评判，也容易让观画者忽视画作本身所要表现的意境。

四、没有提示思绪出入画作的线索

苏轼的一些咏画诗没有明确提示入画、出画的线索，画面内容及其审美价值处于被遮蔽的状态。例如，《陈季常所蓄朱陈村嫁娶图二首》只提了一下画作的名称，对画作相关内容基本是避而不谈的。

何年顾陆丹青手，画作《朱陈嫁娶图》。闻道一村惟两姓，不将门户买崔卢。

我是朱陈旧使君，劝农曾入杏花村。而今风物那堪画，县吏催钱夜打门。

唐代白居易有诗作《朱陈村》，该诗描写了一个民风淳朴、保守自足的乡村典范，这是"朱陈村"典型的文化形象。之后画家据诗意衍为丹青，据《益州名画录》记载，五代画家赵德玄有《朱陈村图》。[①] 苏东坡所见陈季常所蓄《朱陈村嫁娶图》，显然不是上述赵图。其一前二句只是生发无从知晓画家及创作年代的感慨。而其一的后两句，诗人以"闻道"作提示，其写作思维已从画本转移开，直接回应白居易诗作中"一村唯两姓，世世为婚姻（其村唯朱、陈二姓而已）"的相关记述。其二意在批判时政，离画作更远。诗人以曾在当地为官的亲身经历说明，朱陈村所在的徐州一带因为新法实施峻急，百姓遭受苛

---

① 黄休复 . 益州名画录［M］. 成都：四川人民出版社，1982：36-37.

捐杂税的压迫，乡村文化已不复旧貌。"而今风物那堪画"，确实能引动读者观看画中旧时风物的兴致，但画中旧时风物如何，诗中却没有明说。

《戏书吴江三贤画像三首》虽可归为咏画诗，但实际上并未述说画面内容，基本上就是因画怀古，串讲历史故事。

第一首写范蠡：

> 谁将射御教吴儿，长笑申公为夏姬。却遣姑苏有麋鹿，更怜夫子得西施。

前两句讲的是申公巫臣携夏姬私奔事，后来为了给家族报仇雪恨，亲自到吴国，教会吴国士兵驾驶战车和射箭。第三句典出《史记·淮南衡山列传》："臣闻子胥谏吴王，吴王不用，乃曰'臣今见麋鹿游姑苏之台也'。"[1] 言范蠡出兵灭吴。第四句用范蠡进献西施迷惑吴王夫差的故事。

第二首写张翰：

> 浮世功劳食与眠，季鹰真得水中仙。不须更说知机早，只为莼鲈也自贤。

这首诗主要化用两处典故。《世说新语·任诞》："张季鹰纵任不拘，时人号为'江东步兵'。或谓之曰：'卿乃可纵适一时，独不为身后名邪？'答曰：'使我有身后名，不如即时一杯酒。'"[2]《晋书·张翰传》载："翰因见秋风起，乃思吴中菰菜、莼羹、鲈鱼脍，曰：'人生贵得适志，何能羁宦数千里以邀名爵乎！'遂命驾而归。"[3]

---

① 司马迁.史记［M］.北京：中华书局，1959：3085.

② 刘义庆.世说新语［M］.北京：中华书局，2011：730.

③ 房玄龄.晋书［M］.北京：中华书局，1974：2384.

第三首写陆龟蒙：

　　千首文章二顷田，囊中未有一钱看。却因养得能言鸭，惊破王孙金弹丸。

首二句以陆龟蒙诗文集、《新唐书·陆龟蒙传》为据，化用杜甫《空囊》诗句"囊空恐羞涩，留得一钱看"，言陆龟蒙之贫。后两句亦有史料记载，如《葆光录》载："陆龟蒙才名播海内，居吴中，然性浮薄。时有内官，经长洲，于水滨见一花鸭，弹之而毙。守者告之，乃乘小舟，修表章，告内官曰：'某养此鸭，能人言；方欲上进，君何杀之？'乃将表示之。内官惊而且惭，酬之银盎。临行询之：'竟解何言语？'陆曰：'教来数载，能自呼名尔。'"①

上述三首诗牵引的历史故事或趣谈虽见诸典籍记载，但不会出现在画像中，故此三首诗中的观画行为浮光掠影，虽系咏画，其实同于怀古。

人物画像以写实为导向，内容一望而知，促发审美灵感之处不多，可产生审美联想的余地较少，故诗人咏画常不深究画面内容。苏轼《自题金山画像》也是如此：

　　心似已灰之木，身如不系之舟。问汝平生功业，黄州惠州儋州。

苏轼所题之自身画像为好友李公麟所作，如《金山志》记载："李龙眠画东坡像留金山寺，后东坡过金山寺，自题。"②虽在咏画，但实际上整首诗都在自我反省。"问汝"二字既然是题写在画作上，当指现实中的自己问画像。实际上，若将"问汝"理解为画像问现实中的自己，也未尝不可。而"问汝"

---

① 龚明子. 葆光录［EB/OL］.（2022-05-27）［2023-08-25］. https://www.360doc.com/document/13/0825/13/7741790_309763859.shtml.

② 慈舟. 新编金山志［M］. 扬州：广陵古籍刻印，1993：176.

的真正含义，其实是反躬自问，即自己问自己。作为文坛领袖，在晚年总结自己一生到底做了什么有价值的事，这是苏轼必然要完成的意愿。而金山寺的画像，只是触发苏轼反躬自问的一个机缘。这幅画像的意义在于做了一个提醒：过往之我，于现实之我而言，已成可以进行理性审视的功利客体。诗人看自己的画像，不再带着审美的期待，也无意从中寻求创作灵感，所以画作的内容及其创作水平如何更是不会顾及的。

另一种值得注意的情形是，当咏画者同时面对诗和画这两种类型的艺术作品时，诗人对画的注意力会被冲淡，甚至有时画作会被处置到边缘的地方。以《李颀秀才善画山以两轴见寄仍有诗次韵答之》为例：

> 平生自是个中人，欲向渔舟便写真。诗句对君难出手，云泉劝
> 我早抽身。
> 年来白发惊秋速，长恐青山与世新。从此北归休怅望，囊中收
> 得武陵春。

苏轼善与人同，首二句言自己和李颀一样，平生喜欢浪迹山水，爱好写诗、绘画。第三、第四句说自己至今不能遵从内心召唤退出官场徜徉山水之间，所以诗句充满羞愧之意。第五、第六句说春秋更迭，时光易逝，不知不觉间惊讶地发现自己已满头白发。前六句一直没有提到李颀秀才寄送的画作。到第七、第八句才说，我将你的山水画收入囊中，一直跟着我北去，这好比是将南方的春光带在身边，随时展玩以抒解对南国的思念。通观全篇，李颀的画作仅到最后才被提及，显然不受重视，说明诗人所言有应酬客套的性质。至于画作有些什么内容，在诗作中一点也没有展开来说，所以这也是一篇"未入画境"状态的诗作。

苏轼这一类咏画诗，数量较少。这类诗所观之画，以人物画为主。相对而言，人物画难以提供充分的艺术接受空间，诗人咏画时往往对画面一掠而

过。苏轼写作时没有明确提示入画、出画的线索，或者因为触画生出紧张或黯淡的情绪无法进入画面内容进行欣赏，或者因为诗人对画面历史人物的故事烂熟于心，注意力很快由画面转向对历史知识的温习，这也是其他诗人咏人物画时经常出现的问题。

小　结

诗人观画产生的审美感受与其咏画之作能写出来的审美感受是相关但又不同的两个问题。凡是观画未能有充分审美感受，咏画诗自然难以呈现动人的美感。即使观画有充分的审美感受，咏画诗也未必能呈现动人的美感，因为这里还存在一个审美感受是否能够得到有效表达的问题。苏轼通过诗歌语言表达审美感受的能力强，因此，我们大致能够根据咏画诗中的出画、入画情况对其观画的状态加以判断，并区分出不同类型。

第三节　基于心理距离说考察苏轼的咏画诗

苏轼咏画诗的美感呈现，在北宋咏画诗人中最为丰富和充分。如果要在北宋时期寻找能为中国现代文艺美感理论提供审美经验资源的诗歌文本，苏轼的咏画诗无疑是最优质的选项。而朱光潜是中国现代美学的重要奠基者之一，这里拟做一次文本比照分析，试图用朱光潜的心理距离说来观照苏轼的咏画诗。

从学术渊源的角度看，朱光潜的心理距离说虽然主要依据瑞士心理学家布洛（Edward Bullough）的相关论述，但是融合了中国古代的出入观。在一定程度上可以说，朱光潜的心理距离说是一种具有现代理论性质的出入观。相对于苏轼的咏画诗而言，心理距离说具有一般性。相对于心理距离说而言，苏轼的咏画诗具有特殊性。这里将朱光潜《文艺心理学》第二章"美感经验的分析（二）：心理的距离"中的一些重要理论表述摘录如下①，并与苏轼的若干咏画诗例比照并加以分析，目标是验证心理距离说的适用性，并循此考察苏轼的咏画诗对充实心理距离说的意义和价值。

一、基于"美感"经验学的考察

朱光潜认为："在美感经验中，我们所对付的也还是这个世界，不过自己跳脱实用的圈套，把世界摆在一种距离以外去看。"

这一段论述提到了"美感经验"，但没有明确界定美感主体，如果细致分析，应该包括"创作的美感经验"和"欣赏的美感经验"。苏轼的咏画诗将自身作画经验写得较为充分的有《郭祥正家醉画竹石壁上郭作诗为谢且遗古铜剑》，前八句云：

空肠得酒芒角出，肝肺槎牙生竹石。森然欲作不可回，吐向君家雪色壁。

平生好诗仍好画，书墙涴壁长遭骂。不嗔不骂喜有余，世间谁复如君者。

诗人在主人家雪白的墙壁上画"竹石"，是出于醉意而产生的创作冲动，甚至是在明知可能冒犯主人情况下的故意行为，这显然是服从自我表达的需要，而非出于功利目的，这就是"跳脱实用的圈套"。至于诗人所画的"竹石"，已经不再是眼睛所看到的简单物象，而是经过艺术体验和诗情酒意过滤的心灵印象，并通过笔锋运作使之成为墙壁上的竹石形象，这个创作过程，就是将竹石

_____

① 朱光潜.文艺心理学［M］.上海：复旦大学出版社，2005：12-28.

（世界）摆到一种距离以外去看的，完全符合朱光潜论述的美感原理。

若从"欣赏的美感经验"这一角度验证苏轼的咏画诗，则朱光潜的上述论断有待商榷。一般而言，画家在创作时已将画从实用圈套中解脱出来，并与现实世界有所隔离。合格观画者的主要任务，首先是理解画家与实用圈套、画面与现实世界之间的距离，而这凭借相应的知识积累和一定的理解能力就能实现，这往往不是生发美感的过程。苏轼写作咏画诗，有一种"将画境带入现实"的心理习惯，即由画境的优美延伸出对未来生活图景的积极期待。例如，《李伯时画其弟亮工旧隐宅图》结尾云："晚岁与君同活计，如云鹅鸭散平湖。"《郭熙画秋山平远》结尾云："为画龙门八节滩，待向伊川买泉石。"《题王晋卿画》云："人间何处有此景，便欲往买二顷田。"《书王定国所藏〈烟江叠嶂图〉》云："不知人间何处有此境，径欲往买二顷田。"

通过上述咏画诗可分析出，诗人在咏画时会将自己从幻想中拉回到现实，同时拒绝将现实中的名利带入诗作中，其中隐含着诗人对当下状态的不满。诗人因画而营造的理想生活，于画作而言已经别有天地，于当前的生存状态而言则形成鲜明反差，这些便是心理距离，而由此产生的期待、满足和暂时的遗憾正是美感生发的情感基础。这里观画者出现了相对于画作的精神偏移及再造的精神空间，是朱光潜论述时所未曾料及的。

在另外的诗作里，苏轼咏画将思维从画作移入现实生活时，由于没有再造与自身经历保持一定距离的虚拟空间，就没有美感生发。如《陈季常所蓄朱陈村嫁娶图二首》中的"而今风物那堪画，县吏催钱夜打门"两句，诗人的批评矛头直指弊端丛生却正在推行的新政，可以说是带着激烈情绪直接介入政治争论，意味着他的心神重新回到真实的生活（工作）场景，这种现实参与性让看画行为失去了"距离感"。从苏轼咏画的正反诗例不难得出这样的结论：缘所观之画再造精神空间，是艺术欣赏生发美感的重要条件之一，这似可用来补充朱光潜"心理距离说"的不足。

二、基于距离说的考察

朱光潜认为："距离"含有消极的和积极的两方面。就消极的方面说，它抛开实际的目的和需要；就积极的方面说，它着重形象的观赏。它把我和物的关系由实用的变为欣赏的。就我说，距离是"超脱"；就物说，距离是"孤立"。从前人称赞诗人往往说他"潇洒出尘"，说他"超然物表"，说他"脱尽人间烟火气"，这都是说他能把事物摆在某种"距离"以外去看。反过来说，"形为物役"、"凝滞于物"、"名缰利锁"，都是说把事物的利害看得太"切身"，不能在我和物中间留出"距离"来。

从这一段论述中，我们可以总结出艺术创作如何生发美感的经验：①要过滤创作对象的实用价值，使之摆脱物品可用的功能；②要改变创作对象给人的一般印象，将其从日常生活场景中剥离出来；③赋予创作对象以特定人文内涵，并与人类的精神追求形成相合、相反或相成的对应关系。

由于苏轼有较多吟咏画马的诗篇，这里就以画马为例展开分析。按照朱光潜的理论，面对画马的主题，那么距离说所提示的相关艺术鉴赏和艺术创作的美感经验应为：①要过滤马的实用价值，画面中的马不能呈现坐骑或承重的功能；②要改变马给人的一般印象，将其从与人有附属关系的生活场景中剥离出来；③赋予马以特定人文内涵，能反映人类追求奋斗，向往自由、自然、自在的心理特征。这里运用上述美感经验列表分析，判断苏轼十余首咏画马诗的美感发育程度（见表2-4）。

表2-4　苏轼咏画马诗的美感经验分析

诗题	A 言及马实用价值的诗句	B 言及马一般印象的诗句	C 言及马艺术形象的诗句	D 赋予马以人文内涵的诗句
《书韩幹牧马图》	"碧眼胡儿手足鲜，岁时翦刷供帝闲。"明确指出所画之马乃为"供闲"，而非实用	"俯首服短辕"，但以"何必"二字否定这种状态在艺术上的合理性	"骓駓骃骆骊骝骐，白鱼赤兔驊騜騠。龙颅凤颈狞且妍，奇姿逸态隐弩顽。""平沙细草荒芊绵，惊鸿脱兔争后先。"写了两类画工对马形象做不同的艺术处理。	"王良挟策飞上天"，以善于御马的神话人物为引领，赋予马以积极向上的精神追求。
《韩幹马十四匹》	—	—	"并驱攒八蹄""宛颈鬃尾齐""任前双举后""却避长鸣嘶""微流赴吻若有声""不嘶不动尾摇风"，诗人赋予马以生动的感觉形态	—
《次韵子由书李伯时所藏韩幹马》	—	—	"天马西来从西极，势与落日争分驰。龙膺豹股头八尺，奋迅不受人间羁。元狩虎脊聊可友，开元玉花何足奇。"渲染马纵横于"天"的气势。	—
《和王晋卿题李伯时画马》	"一朝见紫策"，写千里马被发现，被人利用。	—	"蚁封惊肉飞"，反衬千里马的昂扬。	"马不遇"，马无所谓遇不遇，乃诗人之情投射于其身。
《戏书李伯时画御马好头赤》	"立仗归来卧斜日"，写御马受人待遇之优渥。	—	"饥无肉""夜嚼长稭如嚼竹"，写战马艰苦，用于对比。	"不信天山有坑谷"，赋予战马以大无畏的精神。
《书韩幹二马》	"赤髯碧眼老鲜卑，回策如萦独善骑。"写马为人坐骑。	—	"赭白紫骝俱绝世"，未写马的动作神态，艺术提炼不足。	—
《韩幹马》	—	—	—	"人间驽骥漫争驰"，以反衬之笔，赋予韩幹所画马以不争的品格。

诗题	A 言及马实用价值的诗句	B 言及马一般印象的诗句	C 言及马艺术形象的诗句	D 赋予马以人文内涵的诗句
《申王画马图》	"扬鞭一蹙破霜蹄""翠华按辔从天回"，写马为申王坐骑。	—	"飞电流云绝潇洒""万骑如风"，写马动作飞快，形态风流。	—
《韦偃〈牧马图〉》	—	八蛮六辔，指人给马装配的盛装。但以"非马谋"否定了这种状态在艺术上的合理性。	"霜蹄踏长楸""沙苑茫茫蒺藜秋，风鬣雾鬣寒飕飕。"写马之独立寒秋。	"长秸短豆岂我羞""古来西山与东丘"，赋予马以人的骨气。
《书〈龙马图〉》	"仗下曾骑玉骆骢"，写马为玄宗坐骑。	—	—	—
《次韵黄鲁直画马，试院中作》	"短策横""御史骢"，将马用为坐骑。	"十年髀肉磨欲透"，此系与马相关的日常叙述。	—	—

　　根据"距离说"，表2-4中A、B栏以"无"或"有+其艺术合理性被否定"为佳。据此，上述各诗的美感发育程度由充分到不充分的大致顺序为：《韦偃〈牧马图〉》→《书韩幹牧马图》→《韩幹马十四匹》→《次韵子由书李伯时所藏韩幹马》→《韩幹马》→《戏书李伯时画御马好头赤》→《和王晋卿题李伯时画马》→《书韩幹二马》→《申王画马图》→《书〈龙马图〉》→《次韵黄鲁直画马，试院中作》。这与我们直接阅读诗作的感觉基本一致。而苏轼一些咏画马的诗作美感不足，主要是由于诗人没有调整好与"画马"之间的心理距离，当然问题也有可能出在画家本身就没有在画马与真马之间区隔出恰当的距离。朱光潜的"距离说"，对于分析苏轼吟咏画马的诗作而言是合适的理论资源。

三、基于切身论的考察

朱光潜认为：观赏美的形象时须"失落自我"，何以现在又说艺术是最"切身的"活动呢？这两句话不但不冲突，而且归根到底还只是一句话，就是说，艺术不能脱离情感。情感是"切身的"，在美感经验中，情感专注在物的形象上面，所以我忘其为我。所谓"距离"是指我和物在实用观点上的隔绝，如果就美感观点说，我和物几相叠合，距离再接近不过了。

这里"艺术是最切身的活动"，可以指艺术活动中创作者与创作对象融合为一，也可以指鉴赏者与鉴赏对象融合为一。而能使艺术活动主体与客观对象融合为一的心理动力是情感的专注和投入，使己心与客观物象相互交融，生成新的艺术形象；使己心融入既有艺术形象，从而产生新印象或新理解。朱光潜提出的"切身"，即艺术活动主体切合身心进行感受，这是艺术活动中美感发生的一种重要机制。

苏轼对绘画创作时"切身"这一美感发生机制是有深刻理解的，而且其咏画诗对此描述得更为具体生动，议论也更为透彻。《书晁补之所藏与可画竹三首》其一云：

> 与可画竹时，见竹不见人。岂独不见人，嗒然遗其身。
> 其身与竹化，无穷出清新。庄周世无有，谁知此凝神。

"见竹不见人"，指画家文与可先将竹子从真实的自然环境和生活场景中隔离出来，使之成为独立的物象。"嗒然遗其身"，指文与可将自己的感觉和思维从受生活羁绊的身体中升华出来，使之成为相对自由的心灵。这种自由心灵与独立物象以不同的方式交融，形成造化无穷的创作状态，苏轼称为"凝神"。苏轼指出创作美感在形成过程中应先有一个铺垫：使物离其本体以即我，亦使己离身体以即物。与朱光潜的论述比较，苏轼所述更为细致，显然更有说服力。而"凝神"一词，虽系袭用前人的说法，但较之意思宽泛的"切身""情感专注"等语词的运用，似能更确切地描述绘画过程中创作美感的发生机制。

从咏画诗写作情况看，苏轼欣赏画作时善于将心灵融入画中，从而获得一种切身的艺术感受。例如，《又书王晋卿画四首·西塞风雨》云：

> 斜风细雨到来时，我本无家何处归。仰看云天真箬笠，旋收江海入蓑衣。

众所周知，"西塞风雨"这一文艺意象源于张志和创作的《渔歌子·西塞山前白鹭飞》："西塞山前白鹭飞，桃花流水鳜鱼肥。青箬笠，绿蓑衣，斜风细雨不须归。"苏轼所观看的《西塞风雨》画作，作者不详，今已不存，但根据苏轼所咏诗作基本可以确定，画面内容就是张志和这首《渔歌子·西塞山前白鹭飞》中的情景，画中应有一渔父，或即张志和。苏轼咏此画用的"我"字，大有意蕴，耐人寻味。若将"我"理解作张志和（画中人），则此诗为代言体，代人发声，要深切体会其人的身心状态及所处的环境。若将"我"理解作苏轼，则诗人俨然成为画中人，而不复见画中人。这两种状态都符合朱光潜的论述："我和画中人几相叠合，距离再接近不过了。"不过，揆诸诗意，苏轼咏画时潇洒自如地张扬自我，寻绎不到诗人有"失落自我""我忘其为我"的心理表现，这一点又不是朱光潜的理论所能解释的。

还有这样的情况：苏轼咏画时，对画作中艺术形象的情感投入程度根本就谈不上"切身""忘我"，但同样创造了富于美感的艺术形象。例如，《惠崇春江晓景二首》其二云：

> 两两归鸿欲破群，依依还似北归人。遥知朔漠多风雪，更待江南半月春。

首先，我们确认诗中的归鸿形象是拟人的，也可以称为抒情的，或者称为人情化的。其次，我们大致可以判断，这种富有人情色彩的归鸿形象并不符合画家的创作意图。惠崇是画僧，其画多表达人与其他生物的自得之意，以及万物共存无碍的和谐图景。由于僧人身份，其画于人情应该多有回避，因而不可能在画中故意赋鸿以情。苏轼咏画诗赋鸿以情，显然遮蔽了惠崇所画归鸿的创作意图，相当于将归鸿从画中剥离出来，成为一个独立的物象。然后再将人类离别留恋的情感赋予归鸿，重新塑造有别于画作的语言艺术形象。需要注意的是，诗人塑造人性化的归鸿这一艺术形象时，并没有涉及自己个性化的情感，而是从人类诸多类型的共通情感中选择了一种。由于诗人并未融己情于雁体，因而并不存在"切身""忘我"的问题。诗人咏画虽然有着心灵上的投入，但其所专注的并非画作上的归鸿形象，而是从画本中转移出来的独立的归鸿物象。像《惠崇春江晓景二首》其二这首诗所反映的这种美感生成的复杂性，朱光潜论述美感经验时并没有考虑在内。

四、基于距离矛盾说的考察

朱光潜认为：在美感经验中，我们一方面要从实际生活中跳出来，一方面又不能脱尽实际生活；一方面要忘我，一方面又要拿我的经验来印证作品，这不显然是一种矛盾吗？事实上确有这种矛盾，这就是布洛所说的"距离的矛盾"（the antinomy of distance）。创造和欣赏的成功与否，就看能否把"距离的矛盾"安排妥当，"距离"太远了，其结果是不可了解；"距离"太近了，其结果又不免让实用的动机压倒美感，"不即不离"是艺术的一个最好的理想。

这段论述最核心的一句话是"看能否把'距离的矛盾'安排妥当"，但朱光潜所说的应该是单向的距离。从欣赏的角度看，艺术接受者是双向展开距离的：处在核心位置的是作为美感主体的艺术接受者，距离的一端是现实世界（实际生活），另一端是艺术作品。主体能否获得美感的关键在于能否在"实际生活—艺术作品"之间获得距离平衡感。苏轼有一些咏画诗对"美感主体—实际生活—艺术作品"之间的距离矛盾，成功地进行了协调。基本的写作技巧为：通过自己新造虚境切近所观赏的画作，同时与现实生活隔开距离。这里举三种情况。

第一种情况是回忆与画作内容相似的过往经历。例如，《书晁说之〈考牧图〉后》用很大篇幅回忆自己早年放牧牛羊的生活经历，密切回应《考牧图》中"牧"这个主题。另外，放牧牛羊虽然可以算是日常景象，但在此诗中只是记忆的场景，而非现实生活。再如《题卢鸿一〈学士堂图〉》前八句云："昔为太室游，卢岩在东麓。直上登封坛，一夜茧生足。径归不复往，峦壑空在目。安知有十志，舒卷不盈辐。"诗句回忆自己曾攀游嵩山，由于不了解唐代著名隐士、大画家卢鸿一，而未拜访其隐居遗迹草堂，深感遗憾。这种追忆隔开了诗语与当前现实生活的距离，同时通过自己与画家失之交臂的遗憾，自然地融合得以观赏《学士堂图》的欣慰之情。上述两诗例中的回忆内容与事情发生实际场景的时间距离可能是 20 年、30 年，甚至更多年，如果诗人记忆力好，时间距离是可以衡量的。然而，诗人与现实生活的空间距离是模糊的。

第二种情况是牵引相关的历史知识。典型的情况如《书韩幹牧马图》，这首诗开篇 20 句系根据杜甫《丹青引赠曹将军霸》《新唐书》等文史资料的记述，勾勒韩幹画马的时代背景，这是在远离现实功利的心态下，展现出深入理解画作内容的强烈意向。《题王维画》前 10 句是根据以前的相关诗文记载，复述王维作为唐代著名画家的特色与成就："摩诘本词客，亦自名画师。平生出入辋川上，鸟飞鱼泳嫌人知。山光盎盎著眉睫，水声活活流肝脾。行吟坐咏皆自见，飘然不作世俗辞。高情不尽落缣素，连山绝涧开重帏。"《李伯时画其弟亮工旧隐宅图》开篇即化用白居易和王维的诗句，以营造隐居的氛围，也属于这种情况。这些历史知识图景的构建，既能快速切近所观赏的画作，也很自然地达到了与世俗物质生活隔开距离的效果。

第三种情况是"造梦—入诗"。例如，《次韵子由书王晋卿画山水二首》："老去君空见画，梦中我亦曾游。桃花纵落谁见，水到人间伏流。山人昔与云俱出，俗驾今随水不回。赖我胸中有佳处，一樽时对画图开。"诗人与所观赏的画作之间隔着画的作者王晋卿，隔着酒杯，隔着梦境。但这些间隔，特别是梦境，与画作内容是兼容相与的，于诗人而言，可谓是欣赏画作的桥梁。再如《王晋卿得破墨三昧，又尝闻祖师第一义，故画》云："前梦后梦真是一，彼幻此幻非有二。正好长松水石间，更忆前生后生事。"邢和璞、房琯论前生事，可参苏轼《破琴诗（并引）》："旧说，房琯开元中尝宰卢氏，与道士邢和璞出游，过夏口村，入废佛寺，坐古松下。和璞使人凿地，得瓮中所藏娄师德与永禅师书，笑谓琯曰：'颇忆此耶？'琯因怅然，悟前生之为永师也。"[①] 画的意思，谓前生乃实有。诗的意思，谓今生即前生之后生，而今生亦梦幻，不知前生者能否料及后生？诗人引入"梦幻"这个语，则与现实世界截然两分，而将前生、后生混为一谈而作三生循环之说，与图画内容和前生论明显有所区隔。

在以上用于举例的六首诗中，诗人都能通过自设虚境的方式，恰当地处

---

① 苏轼. 苏轼全集校注［M］. 石家庄：河北人民出版社，2010：3706-3707.

理观画咏画过程中出现的"距离的矛盾"。但这些诗并没有因此具有丰富的美感。这说明把"距离的矛盾"安排妥当，只是艺术欣赏生发美感的必要条件，而非充分条件。

五、基于旁观分享论的考察

朱光潜认为：艺术的理想是距离近而却不至于消灭。距离近则观赏者容易了解，距离不消灭则美感不为实际的欲念和情感所压倒。

欣赏者对于所欣赏事物的态度通常分为"旁观者"和"分享者"两类，"旁观者"置身局外，"分享者"设身局中，分享者往往容易失去我和物中应有的距离。

朱光潜的第一段论述提醒艺术接受者，艺术观赏需要保持距离。苏轼咏画时，确实曾因找不到恰当的欣赏距离而有所抱怨。例如，《赵令晏崔白大图幅径三丈》云：

扶桑大茧如瓮盎，天女织绡云汉上。往来不遣凤衔梭，谁能鼓臂投三丈。人间刀尺不敢裁，丹青付与濠梁崔。风蒲半折寒雁起，竹间的皪横江梅。画堂粉壁翻云幕，十里江天无处着。好卧元龙百尺楼，笑看江水拍天流。

关于崔白的这幅画，元代书画鉴赏家汤垕《画鉴》有记载："独有一大轴，绢阔一丈许，长二丈许，中浓墨涂作八大雁，尽飞鸣宿食之态。"[1] 苏轼诗的前六句强调画的载体面积大，宽一丈多，长二丈多。宋代一丈约为3.07米，

---

① 汤垕.画鉴［M］.北京：人民美术出版社，1958：51.

所以该绢对于当时的画家而言可谓巨幅。在这样巨幅绢面上画 8 只大雁，我们可以测算出来，画雁形体大小，基本上等同于现实世界中的成年大雁，由于这一点，该画呈现了较强的写实性。不过，如果像大雁一样，按照体形的实际比例画，十里江天就无法安放于绢面之上。这样，画面有些物象比例基本如实，而有些物象比例大为缩小，从画理上看就有矛盾。在诗的倒数第三句，苏轼对画家不将画作（雁）与现实世界拉开距离明确表达了不满的意思，并用最后两句释怀：既然画面上找不到所期待的，我还是学习三国时的陈登好了，自己找个高楼远眺大江流往天际的壮美。设置百尺楼上的眼界，是为了故意拉开与平常视角的距离，这说明苏轼对"艺术创作应为艺术欣赏者预留出距离"是有透彻理解的，也是很重视的。

引文的第二段论述指出了欣赏艺术的态度，有"旁观者"和"分享者"之别。所谓"旁观"，指艺术接受者能始终清醒地意识到己身与画本存在分界。而所谓"分享"，则指艺术接受者沉浸在艺术作品中，在心灵层面与画家寻求沟通，或为画境所吸引而忽略了己身与画本之间的分界。苏轼咏画诗的数量多，诗句反映他在欣赏画作时有着旁观与分享这两种态度是不言而喻的。困难在于，当我们面对苏轼的某一首咏画诗时不易明确指证这是旁观视角的，还是分享视角的，抑或混合了旁观与分享的态度。所以笔者在这里提出一个简易的分辨方法：①用眼看是观画的应有之义，凡是用眼看到的画面内容，均属"旁观的视角"；②凡是用心介入画面，或由心灵引领身体器官神游画面的，则属于"分享的视角"。

依据这一标准，《惠崇春江晓景二首》其一第一句以"外"字分出主客，第二句中的"知暖"，以及想象画面中不存在的"河豚欲上"，都有想象和视觉外的感知介入画面，所以是以分享倾向为主的诗作。而《题王晋卿画后》则表现为不同的情况，诗云："丑石半蹲山下虎，长松倒卧水中龙。试君眼力看多少，数到云峰第几重。"诗的前三句基本上是写视觉感知的，属于旁观的态度。最后一句中的"数"字，是要用心的，甚至可以将手指头点戳的形象带入，则属于分享的态度。而在《李思训画长江绝岛图》中，"猿鸟去"是揣测式想象；"棹歌中流声抑扬"携听觉入诗；"孤山久与船低昂"带身体的综合感觉入诗；而"客舟何处来"为发问，"舟中贾客莫漫狂，小姑前年嫁彭郎"两句为告诫，系带口语入诗，诗人与画家分享艺术作品的姿态明显。苏轼的咏画诗中基本上没有分享态度的诗作，以《题文与可墨竹》为例，诗云："斯人定何人，游戏得自在。诗鸣草圣余，兼入竹三昧。时时出木石，荒怪轶象外。举世知珍之，赏会独予最。知音古难合，奄忽不少待。谁云死生隔，相见如龚隗。"苏轼的这首诗是题写在画上的，因此他对画作内容当然是熟悉的。但这首诗所展示的态度，却是对画作熟视无睹的姿态，并没有展现出对所题写的画作本身进行艺术分享的欲望。出现这种情况的主要原因，一则是诗人对画作没有陌生感，难以生发新鲜的感性，二则是艺术分享的兴致为怀念故人的深厚感情所遮蔽。也就是说，由于诗人因画追忆，身心沉浸在回想与画家昔日交往的心理状态中，因此没有在诗作中呈现用心调动身体感官来积极感知画面内容的迹象。

六、基于时空适切论的考察

朱光潜认为："艺术家的剪裁以外，空间和时间也是"距离"的两个要素。愈古愈远的东西愈易引起美感。……文艺好比老酒，年代愈久，味道愈醇。但是时空的"距离"如果太远，我们缺乏了解所必需的经验和知识，也就无从欣赏。

就艺术欣赏而言，这一论断仍然强调欣赏者与欣赏对象在时空距离上保持适切性，缩小欣赏对象的外延，而将欣赏对象明确定位于"文物类艺术品"。这一论断的最后部分颇有理论内涵，其合情合理之处可通过苏轼咏画诗《阎立本〈职贡图〉》来证明。其诗云：

> 贞观之德来万邦，浩如沧海吞河江，音容伧狞服奇庞。横绝岭海逾涛泷，珍禽瑰产争牵扛，名王解辫却盖幢。粉本遗墨开明窗，我喟而作心未降，魏徵封伦恨不双。

阎立本是由隋入唐的画家，名盛于唐太宗年间，距苏轼生活的年代约有400年，二人在时间距离上比较远。通过阅读典籍的相关记载，苏轼可了解阎立本及其画作的相关情况。职贡，在古代指称藩属或外国向朝廷按时纳贡的制度与行为。职贡题材画作的主要功用是彰显王朝的伟大。苏轼处于北宋时期，虽然北宋朝廷会接受来自弱小藩国的进贡，但每年也要向辽国、西夏进贡钱币物品，职贡题材的文艺创作在当时是有一定忌讳的。苏轼对于400年前的阎立本这个历史人物没有亲切感，属于时间距离太远的情形。而大唐王朝接受万方贡献，与弱宋向辽夏奉献岁币，已是截然不同的政治环境，属于空间距离太远的情形。所以苏轼在吟咏《阎立本〈职贡图〉》时，由于对职贡之事心存芥蒂，必无自豪之感，且心态抑郁，不能放松，难以在艺术欣赏层面生发愉悦之情，所以这首诗写得并无美感。

所以，朱光潜说"古远的东西"作为审美对象能引发艺术接受者的美感，并不仅仅因为其在提供遥远的时空距离方面具有优势，而同样需要艺术接受者把握住一个合适的时空距离。《惠崇春江晓景二首》其一是美感内涵极为丰富的咏画之作，诗人之所以能妙手偶得写出如此佳作，其原因就在于艺术接受者与画家有合适的时空距离。从时间距离上看，惠崇于苏轼而言，已为作古之人，故可谓之远；但苏轼约在惠崇去世后20年出生，在其成长过程中尚能接触到惠崇较多的画作，甚至接触与惠崇交游过的文人墨客，惠崇的文人气息仍是一种真实可感的文化精神，又可谓之近。从空间距离上看，惠崇为僧，苏轼为官，职业之别可谓之远；但二人均致力于经营诗情画意，文人气息浓厚，心志颇同，又可谓之近。苏轼观赏惠崇的画作特别有心得，能从惠崇画作中得到丰足的美感，其中一个最重要的原因，就是苏轼与画家惠崇之间的时空距离合适，有利于审美体验。

这里我们还要结合苏轼咏画诗讨论朱光潜没有注意到，或者说没有明确指出来的另一个美感经验问题：如果艺术接受者与艺术创作者之间的关系过于切近，有时也会导致艺术接受者不能专注处理其与艺术作品的距离，从而抑制美感的生成。例如，《题文与可墨竹（并叙）》云：

> 故人文与可为道师王执中作墨竹，且谓执中勿使他人书字，待苏子瞻来，令作诗其侧。与可既没八年而轼始还朝，见之，乃赋一首。
>
> 斯人定何人，游戏得自在。诗鸣草圣余，兼入竹三昧。时时出木石，荒怪轶象外。举世知珍之，赏会独予最。知音古难合，奄忽不少待。谁云死生隔，相见如龚隗。

从诗序可知，这是为文与可"墨竹之画"而作，且题写在画面之内画竹之侧，是咏画诗中真正的题画之作。由于画家已去世，苏轼所观看的《墨竹图》，也可谓之"文物类艺术品"。从诗的内容看，与"墨竹"相关的有第四、第五、第六三句，只占全诗篇幅的1/4，且所写是看画者都能得到的一般印象，而非出于神思沉浸画作的独特心得，从欣赏画作的角度看，这首诗的美感内涵是不足的。出现这种情况的主要原因在于，苏轼与文同熟识且相交甚好，对文同画墨竹的情形甚为了解，由于艺术接受者与艺术创作者（艺术作品）之间关系过于切近，拉不开时空距离，导致诗人难以形成对艺术作品的审美注意力，而情思迅速转移为对故人的深切怀念，最终审美感受未能成为咏画的主要内容。

结 语

通过对朱光潜心理距离说与苏轼咏画诗进行比照分析可知，苏轼咏画诗有着丰富的美感经验及表达美感经验的高超技巧，有些可为现代艺术理论作例证，有些可以弥补现代艺术理论体系的不足，有些还是待发掘的富有中国特色的艺术理论资源。

苏轼的咏画诗具有特殊的学术史价值，这一点学界已有认识，如论者所言："不仅表达出众多绘画理论上的高超见解，显示出灵活自如地驾驭诗画艺术规律的高超才能，展现出诗人各种各样丰富真挚的思想感情，而且全面地发掘了题画诗的功能，把题画诗真正提高到'以诗赏画，以诗阐画，以诗补画，以诗导画'的位置上。"[1] 但苏轼咏画艺术经验的理论指向，尚未得到深入阐释。[2] 本章所论主要想说明，苏轼是中国古代咏画的杰出代表，其咏画诗所包蕴的理论内涵经过今人阐发，无疑能为中国特色艺术理论体系的建构提供有益的理论资源。

---

① 陈才智 . 苏轼题画诗述论 [J] . 乐山师范学院学报，2004（6）：1-7.

② 李向阳，陈国安 . 近 30 年苏轼题画诗研究综述 [J] . 乐山师范学院学报，2017（6）：16-22.

第三章 黄庭坚：咏画诗的书卷气特征

　　黄庭坚所作咏画诗数量虽然较多，但在 1912 年前从咏画角度对其进行赏析的文字多为零散评点。中国古代学人多关注黄庭坚对江西诗派形成与发展的影响，而未曾将其咏画诗当作整体研究对象，这一点通过阅览傅璇琮《黄庭坚和江西诗派资料汇编》便可了解。^①1984 年凌左义发表《建国以来黄庭坚研究情况综述》，未提到有研究黄庭坚题画诗方面的论著。^②

　　1997 年凌左义发表《十年来黄庭坚研究综述》，提到凌左义《风斜兼雨重　意出笔墨外——论黄庭坚的题画诗》（1986）与祝振玉的《发明妙慧笔补造化——黄庭坚题画诗略论》（1988）。^③未被该文提及的同时期论文有傅秋爽的《试论黄庭坚题画诗的艺术特色》。^④而美国学者艾朗诺在 1983 年曾发表《论苏轼与黄庭坚的题画诗》，试图比较苏轼与黄庭坚的题画诗^⑤，对中国学者也产生了一些影响。据此笔者将研究黄庭坚咏画诗的开始阶段定为 20 世纪 80 年代。

　　20 世纪 90 年代，美国学者萨进德沿着艾朗诺的学术路径，发表了一篇

---

① 傅璇琮.黄庭坚和江西诗派资料汇编［M］.北京：中华书局，1978：1-1005.

② 凌左义.建国以来黄庭坚研究情况综述［J］.九江师专学报，1984（3）：23-28.

③ 凌左义.十年来黄庭坚研究综述［J］.文学遗产，1997（4）：117-125.

④ 傅秋爽.试论黄庭坚题画诗的艺术特色［J］.河北学刊，1986（3）：95-99.

⑤ EGAN R C. Poems on paintings：Su Shih and Huang T'ing-chien［J］. Harvard Journal of Asiatic Studies，1983，43（2）：413-451.

以"题跋的逆向运动：苏轼与黄庭坚的题画诗"为主题的文章。① 白化文从单篇鉴赏的角度，发表了《一首讽喻性的题画诗——说黄庭坚〈题伯时画揩痒虎〉》。但上述两篇文章均未被《十年来黄庭坚研究综述》收录。1998 年，黄宝华的《黄庭坚评传》出版，其中第八章艺术论部分第一节从本体论、创作论、风格论三个方面阐述了"（黄庭坚）画论与北宋文人画思潮"这一主题。② 该节内容虽引用了黄庭坚的少数咏画诗作为例证材料，但没有体现出将黄庭坚题画诗当作整体对象加以重视的意识。出现这种情况的原因，当然跟其写作任务要突出黄庭坚画论思想而非咏画技巧有关，但也反映了当时有关黄庭坚题画诗的研究成果确实较少，不成规模，缺乏深广度，因此难以引起著者的重视。

21 世纪以来，题画诗研究成为一个醒目的学术方向，其中许多论著难免要涉及黄庭坚的咏画诗，如刘继才的《中国题画诗发展史》③、廖伟的《苏轼题画诗考论》④。这些论著对黄庭坚咏画诗的专题研究有很大拓展，首要的标志是出现了一些高水平的论文。张高评的《苏轼黄庭坚题画诗与诗中有画：以题韩幹、李公麟画马诗为例》一文，选取苏轼、黄庭坚吟咏韩幹、李公麟马画之作 20 首，两相比较，分析异同，论述题画诗之传承与开拓，并借以发掘题画诗在美术史、美学史上的价值。⑤ 张高评另作《诗、画、禅与苏轼、黄庭坚咏竹题画研究：以墨竹题咏与禅趣、比德、兴寄为核心》，认为黄庭坚题咏墨竹画 11 首类型丰富，或以比德，或以兴寄，咏物之妙，蔚为大观，而成诗、

---

① Sargent H. Colophons in countermotion：poems by Su Shih and Huang T'ing-chien on paintings［J］. Harvard Journal of Asiatic Studies，1992，25（1）：263-302.

② 黄宝华 . 黄庭坚评传［M］. 南京：南京大学出版社，1998：398-421.

③ 刘继才 . 中国题画诗发展史［M］. 沈阳：辽宁人民出版社，2010：173-182.

④ 廖伟 . 苏轼题画诗考论［D］. 福州：福建师范大学，2008：49-68.

⑤ 张高评 . 苏轼黄庭坚题画诗与诗中有画：以题韩幹、李公麟画马诗为例［J］. 兴大中文学报，2008（24）：1-34.

画、禅三者跨际会通的新奇特色。[①] 陈志平的《"文字禅"与北宋"诗文书画一体"：以黄庭坚的论述为中心》一文认为，"诗文书画一体"论是北宋文化整合的产物，也是禅与诗文书画相结合的结果，黄庭坚在北宋"诗文书画一体"论形成的过程中扮演了重要角色。[②]

同时期黄庭坚的咏画诗研究得到拓展的第二个标志，就是专题研究论著数量显著增加，出现了李广艳的《黄庭坚题画诗研究》、翁晓瑜的《黄庭坚题画诗研究》、原军慧的《黄庭坚题画诗中的美学思想研究》等硕士论文，公开发表的论文有孙红阳的《黄庭坚题画诗、跋蕴含的绘画思想研究》、赵文焕的《论黄庭坚贬谪时期的题画诗》等20余篇，大大拓展了黄庭坚咏画诗研究的思路。

在阅读并理解以上相关研究的基础上，笔者选取两个尚未为被学界注意的学术视角，以文献整理为基础，对黄庭坚咏画诗展开分析。

第一节　黄庭坚咏画诗的大致情况及简要分析

历代汇集黄庭坚咏画诗的情况，相关学者已做过统计：《声画集》收71题87首，《御定历代题画诗类》收61题74首，《山谷集》收84题103首，《山谷集诗注》收67题84首。[③] 为便于分析，这里根据中华书局于2003年5月出版的《黄庭坚诗集注（全五册）》加以统计，并依照创作时间的先后顺序，分"诗题""作诗时间""相关背景""人物关系"等四项列表陈述黄庭坚咏画诗创作的相关情况（见表3-1）。

---

① 张高评. 诗、画、禅与苏轼、黄庭坚咏竹题画研究：以墨竹题咏与禅趣、比德、兴寄为核心 [J]. 人文中国学报，2013（9）：1-42.

② 陈志平. "文字禅"与北宋"诗文书画一体"：以黄庭坚的论述为中心 [J]. 文艺研究，2012（12）：103-109.

③ 翁晓瑜. 黄庭坚题画诗研究 [D]. 成都：四川大学，2003.

表3-1 黄庭坚咏画诗创作情况

诗题	作诗时间	相关背景	人物关系
《观崇德君墨竹歌》	熙宁四年（辛亥，1071 年），27 岁	是年在叶县。后叶县任满，赴洛阳候调官职。此诗当作于在洛阳或京城开封候调期间。	崇德君系李常妹，黄庭坚姨母。米芾《画史》："朝议大夫王之才妻南昌县君，尚书李公择之妹，能临松竹木石画，见本即为之，难卒辨。"
《姨母李夫人墨竹二首》	元丰三年（庚申，1080 年），36 岁	元丰三年初在京师，罢北京（今河北省大名县）学官任，赴吏部，改知吉州太和县（今江西省泰和县）。秋，携家自汴京到太和赴任。此诗当作于京城（今开封）。	如诗题所交代。此"李夫人"当指崇德君。
《题李夫人偃竹》	元丰三年（庚申，1080 年），36 岁		李夫人，当为黄庭坚姨母，即崇德君。
《拜刘凝之画像》	元丰三年（庚申，1080 年），36 岁	秋，携家眷离汴京赴太和任。过高邮，访秦观。十月，经舒州怀宁。十一月，上潜峰。十二月，过南康军。到庐山一游。此诗当于是年十二月作于庐山一带。	南朝刘宋时期有高尚之士刘凝之，爱好山水，隐居不仕。诗题所谓刘凝之，根据"弃官清颍尾，买田落星湾"判断，与刘宋时期刘凝之事迹不合，当为北宋高士。欧阳修有诗《庐山高赠同年刘中允归南康》，刘中允或即刘凝之。
《铜官僧舍得尚书郎赵宗闵墨竹一枝笔势妙天下为作小诗二首》	元丰三年（庚申，1080 年），36 岁	唐代诗人杜甫晚年出蜀，至长沙一带，作《铜官渚守风》诗。故黄庭坚诗题所谓"铜官"，地理位置当与今湖南望城一带铜官镇相对应。	邓椿《画继》卷四：赵宗闵，为尚书郎。山谷载铜官僧舍墨竹一枝，笔势妙天下，为作小诗云："省郎潦倒今何处？败壁风生霜竹枝。满世间刘专翰墨，谁为真赏拂蛛丝。"又云："独来野寺无人识，故作寒崖雪压枝。想得平生藏妙手，只今犹在鬓成丝。"
《摩诘画》	元丰六年（癸亥，1083 年），39 岁	在吉州太和任官。与王巩（定国）相遇于江滨。十二月移监德州德平镇。	摩诘，指唐代著名诗人和画家王维。其画充盈文人气息，为苏黄所推崇。
《题仁上座画松》	元丰六年（癸亥，1083 年），39 岁		上座，一般指出家时间较长的僧人，或对年岁较大或德高望重僧人之尊称。仁上座，生平不详。

诗题	作诗时间	相关背景	人物关系
《次韵子瞻子由题憩寂图二首》	元祐元年（丙寅，1086 年），42 岁	是年在秘书省。三月，受司马光举荐，与范祖禹等共同校定《资治通鉴》。六月十六日，与张耒、晁补之等九人参加以苏轼为主考官的学士院考试，以充馆阁。十月二日，除神宗实录院检讨官，集贤校理。	子瞻，指苏轼。子由，指苏辙。清查慎行《补注东坡先生编年诗》："子由诗叙云：元祐三年，子瞻、伯时为柳仲远作《松石图》，取杜子美诗'松根胡僧憩寂寞'四句之意，复求伯时画此，目为《憩寂图》。"
《次韵子瞻题郭熙画秋山》	元祐二年（丁卯，1087 年），43 岁		郭熙，山水师法李成，画山石创"卷云皴"。熙宁年间宫廷画院重要成员，在画论方面总结出山水构图"三远"法等。黄庭坚另有《题郭熙山水扇》云："郭熙虽老眼犹明"，可见郭黄二人相识。
《咏李伯时摹韩幹三马次苏子由韵简伯时兼寄李德素》	元祐二年（丁卯，1087 年），43 岁	是年在秘书省兼史局。正月十八日，除著作佐郎。九月，哲宗敕书授黄庭坚秘书省兼史局著作佐郎编修官。是年与苏轼、张耒、秦观、晁补之、米芾、李公麟、圆通大师等 16 人雅集于驸马王诜的西园，李公麟作《西园雅集图》，米芾作《西园雅集图记》。	李伯时，北宋著名画家。《宣和画谱》卷七："（龙眠）尤工人物，能分别状貌，使人望而知其为廊庙、馆阁、山林、草野、闾阎、臧获、占舆、皂隶。至于动作态度、颦伸俯仰、大小善恶，与夫东西南北之人才分点画、尊卑贵贱，咸有区别，非若世俗画工混为一律。贵贱妍丑止以肥红瘦黑分之。大抵公麟以立意为先，布置缘饰为次，其成染精致，俗工或可学焉，至率略简易处，则终不近也。"苏东坡《书李伯时山庄图后》称赞："其神与万物交，其智与百工通。"李德素，见后简介。
《次韵子瞻和子由观韩幹马因论伯时画天马》	元祐二年（丁卯，1087 年），43 岁		韩幹，唐代杰出画家，尤工写生画马，北宋李伯时画马，从韩幹处取法甚多。

诗题	作诗时间	相关背景	人物关系
《次韵子瞻题无咎所得与可竹二首粥字韵戏嘲无咎人字韵咏竹》	元祐二年（丁卯，1087年），43岁	是年在秘书省兼史局。正月十八日，除著作佐郎。九月，哲宗敕秘书授黄庭坚秘书省兼史局著作佐郎编修官。是年与苏轼、张耒、秦观、晁补之、米芾、李公麟、圆通大师等16人雅集于驸马王诜的西园，李公麟作《西园雅集图》，米芾作《西园雅集图记》。	无咎，即晁无咎，"苏门四学士"之一，工书画，能诗词，善属文，爱好书画收藏。文与可，苏轼从表兄，擅诗文书画，所画墨竹尤为苏轼及其友朋所称赏。
《题刘将军雁二首》	元祐二年（丁卯，1087年），43岁		刘将军，当为刘永年。
《戏题小雀捕飞虫画扇》	元祐二年（丁卯，1087年），43岁		—
《题画孔雀》	元祐二年（丁卯，1087年），43岁		—
《睡鸭》	元祐二年（丁卯，1087年），43岁		—
《小鸭》	元祐二年（丁卯，1087年），43岁		—
《题晁以道雪雁图》	元祐二年（丁卯，1087年），43岁		晁以道，即晁说之，宋代制墨名家，亦擅诗文写作与绘画，与苏轼及苏门文人、黄庭坚等江西诗派作家关系密切。
《谢郑闳中惠高丽画扇二首》	元祐二年（丁卯，1087年），43岁		韩维《郑闳中挽辞二首》其一："南宫平昔佐文衡，丽赋亲聆掷地声。群进士中连得隽，四先生里旧知名。严凝□□来何暮，潇洒安舆去已轻。万里故乡归不得，要离家畔有佳城。"其二："守道贫原宪，传经老伏生。声名徒自振，心虑淡无营。废卷多怀古，衔杯靡吝情。思君最深处，始卒尽纯诚。"
《题惠崇画扇》	元祐二年（丁卯，1087年），43岁		惠崇，北宋初期著名诗僧、画僧。其"文人画"气息在北宋中后期得到苏轼等人的重视。
《题郭熙山水扇》	元祐二年（丁卯，1087年），43岁		郭熙，山水师法李成，画山石创"卷云皴"。熙宁年间宫廷画院重要成员，在画论方面总结出山水构图"三远"法等。黄庭坚另有《题郭熙山水扇》云："郭熙虽老眼犹明"，可见郭黄二人相识。

诗题	作诗时间	相关背景	人物关系
《题郑防画夹五首》	元祐二年（丁卯，1087年），43岁		郑防，当为北宋时期藏画家，生平情况不详。
《题刘将军鹅》	元祐二年（丁卯，1087年），43岁		刘将军，当为刘永年。
《答王道济寺丞观许道宁山水图》	元祐二年（丁卯，1087年），43岁	是年在秘书省兼史局。正月十八日，除著作佐郎。九月，哲宗敕书授黄庭坚秘书省兼史局著作佐郎编修官。是年与苏轼、张耒、秦观、晁补之、米芾、李公麟、圆通大师等16人雅集于驸马王诜的西园，李公麟作《西园雅集图》，米芾作《西园雅集图记》。	王道济，生平不详。司马光有《谢王道济惠古诗古石器》。许道宁，北宋画家。《宣和画谱》卷十一《山水》："许道宁，长安人。善画山林泉石，甚工。初市药都门，时时戏拈笔而作寒林平远之图以聚观者，方时声誉已著。而笔法盖得于李成。晚遂脱去旧学，行笔简易，风度益著。张士逊一见赏咏之，因赠以歌，其略云：'李成谢世范宽死，唯有长安许道宁。'时以为荣，今御府所藏一百三十有八。"
《题老鹤万里心》	元祐二年（丁卯，1087年），43岁		—
《题韦偃马》	元祐二年（丁卯，1087年），43岁		韦偃，唐代画家。《宣和画谱》："韦偃，父鉴善画山水松石，时名虽已籍籍，而未免堕于古拙之习。偃虽家学而笔力遒健，风格高举，烟霞风云之变，与夫轮囷离奇之状，过父远甚。然世唯知偃善画马，盖杜子美尝有《题偃画马歌》，所谓'戏拈秃笔扫骅骝，倏见骐驎出东壁'者是也。然不止画马，而亦能工山水、松石、人物，皆精妙。岂非世之所知，特以子美之诗传耶？"
《题画鹅雁二首》	元祐二年（丁卯，1087年），43岁		—
《题归去来图二首》	元祐二年（丁卯，1087年），43岁		—
《题阳关图二首》	元祐二年（丁卯，1087年），43岁		—

诗题	作诗时间	相关背景	人物关系
《题伯时画松下渊明》	元祐三年（戊辰，1088年），44岁		渊明，即陶潜，南朝刘宋时期著名隐士。
《次韵子瞻咏好头赤图》	元祐三年（戊辰，1088年），44岁		子瞻，即苏轼。
《咏伯时画太初所获大宛虎脊天马图》	元祐三年（戊辰，1088年），44岁		伯时，即李伯时。
《咏伯时画冯奉世所获大宛象龙图》	元祐三年（戊辰，1088年），44岁		伯时，即李伯时。
《题竹石牧牛》	元祐三年（戊辰，1088年），44岁		—
《观伯时画马》	元祐三年（戊辰，1088年），44岁	是年在秘书省兼史局。正月，苏轼、孙觉等知贡举，山谷为参详，晁补之、李公麟等为其属。二月二十一日，与苏轼、蔡肇等会于李公麟斋舍，作鬼仙诗。五月，诏新除著作郎，以监察御史赵挺之故依旧为著作佐郎。六月，与苏轼、秦观等游兴国浴室院。自编其所作诗，名《退听堂录》。是年，黄庭坚、张耒、晁补之、秦观等同任馆职，诗文一出，洛阳纸贵，"苏门四学士"之美名，起于此时。	伯时，即李伯时。
《自门下后省归卧酴池寺观卢鸿草堂图》	元祐三年（戊辰，1088年），44岁		卢鸿（又作鸿一），唐朝画家。《宣和画谱》卷十《山水一》："卢鸿字浩然，本范阳人，山林之士也，隐嵩少。开元间，以谏议大夫召，固辞，赐隐居服，草堂一所，令还山。颇喜写山水平远之趣，非泉石膏肓，烟霞痼疾，得之心，应之手，未足以造此。画《草堂图》，世传以比王维《辋川》。草堂盖是所赐，一丘一壑，自己足于此生，今见之笔，乃其志也。今御府所藏三。"
《题子瞻寺壁小山枯木二首》	元祐三年（戊辰，1088年），44岁		子瞻，即苏轼。
《题子瞻枯木》	元祐三年（戊辰，1088年），44岁		子瞻，即苏轼。
《题伯时画揩痒虎》	元祐三年（戊辰，1088年），44岁		伯时，即李伯时。
《题伯时画观鱼僧》	元祐三年（戊辰，1088年），44岁		伯时，即李伯时。
《题伯时画顿尘马》	元祐三年（戊辰，1088年），44岁		伯时，即李伯时。
《题伯时画严子陵钓滩》	元祐三年戊辰（1088年），44岁。		伯时，即李伯时。严子陵，曾为汉光武帝刘秀同学好友，东汉著名隐士。

诗题	作诗时间	相关背景	人物关系
《题伯时天育骠骑图二首》	元祐三年（戊辰，1088年），44岁		伯时，即李伯时。
《老杜浣花溪图引》	元祐三年（戊辰，1088年），44岁		老杜，即杜甫，唐代著名诗人，其题画之作被后世奉为典范。
《戏题大年防御芦雁》	元祐三年（戊辰，1088年），44岁	是年在秘书省兼史局。正月，苏轼、孙觉等知贡举，山谷为参详，晁补之、李公麟等为其属。二月二十一日，与苏轼、蔡肇等会于李公麟斋舍，作鬼仙诗。五月，诏新除著作郎，以监察御史赵挺之故依旧为著作佐郎。六月，与苏轼、秦观等游兴国浴室院。自编其所作诗，名《退听堂录》。是年，黄庭坚、张耒、晁补之、秦观等同任馆职，诗文一出，洛阳纸贵，"苏门四学士"之美名，起于此时。	大年，即赵令穰，北宋画家，宋太祖赵匡胤五世孙。《宣和画谱》卷二十《墨竹（附小景）》："处富贵绮纨间，而能游心经史，戏弄翰墨，尤得意于丹青之妙，喜藏晋宋以来法书名画，每一过目，辄得其妙，虽艺成而下，得不愈于博弈狗马者乎？至于画陂湖林樾、烟云凫雁之趣，荒远闲暇，亦自有得意处，雅为流辈之所贵重。然所写特于京城外坡坂汀渚之景耳，使周览江浙、荆湘，崇山峻岭，江湖溪涧之胜丽，以为笔端之助，则亦不减晋宋流辈。尝因端午节进所画扇，哲宗尝书其背：'朕尝观之，其笔甚妙。'因书'国泰'二字赐之，一时以为荣。"
《伯时彭蠡春牧图》	元祐三年（戊辰，1088年），44岁		伯时，即李伯时。
《观刘永年团练画角鹰》	元祐三年（戊辰，1088年），44岁		刘永年，北宋外戚大臣、画家，宋真宗章献明肃皇后侄孙，荣国公刘从德之子。《宣和画谱》卷十九《花鸟五》谓刘永年："乃能从事翰墨丹青之学，濡毫挥洒，盖皆出于人意之表。作鸟兽虫鱼尤工。又至所画道释人物，得贯休之奇逸，而用笔非画家纤毫细管，遇得意处，虽埀帚可用。此画史所不能及也。"
《题伯时马》	元祐三年（戊辰，1088年），44岁		伯时，即李伯时。
《题燕邸洋川公养浩堂画二首》	元祐三年（戊辰，1088年），44岁		燕邸洋川公，生平不详。

诗题	作诗时间	相关背景	人物关系
《题子瞻墨竹》	元祐三年（戊辰，1088 年），44 岁	是年在秘书省兼史局。正月，苏轼、孙觉等知贡举，山谷为参详，晁补之、李公麟等为其属。二月二十一日，与苏轼、蔡肇等会于李公麟斋舍，作鬼仙诗。五月，诏新除著作郎，以监察御史赵挺之故依旧为著作佐郎。六月，与苏轼、秦观等游兴国浴室院。自编其所作诗，名《退听堂录》。是年，黄庭坚、张耒、晁补之、秦观等同任馆职，诗文一出，洛阳纸贵，"苏门四学士"之美名，起于此时。	子瞻，即苏轼。
《题大年小景二绝》	元祐三年（戊辰，1088 年），44 岁		大年，即赵令穰。
《题东坡竹石》	元祐三年（戊辰，1088 年），44 岁		东坡，即苏轼。
《题王晋卿平远溪山图》	元祐三年（戊辰，1088 年），44 岁		王晋卿，即驸马都尉王诜。《宣和画谱》卷十二《山水三》："诜博雅该洽，以至弈棋图画，无不造妙。写烟江远壑、柳溪渔浦、晴岚绝涧、寒林幽谷、桃溪苇村，皆词人墨卿难壮之景。"
《题刘氏所藏展子虔感应观音二首》	元祐四年（己巳，1089 年），45 岁	是年在秘书省兼史局；七月除集贤校理。	刘氏，姓名不详。展子虔，北朝至隋时期画家。《宣和画谱》卷一谓展子虔："而所画台阁，虽一时如董展不得以窥其妙。写江山远近之势尤工，故咫尺有千里趣。僧琮谓：'子虔触物留情，备皆绝妙。'是能作难写之状，略与诗人同者也。今御府所藏二十。"
《次韵章禹直开元寺观画壁兼简李德素》	元祐八年（癸酉，1093 年），49 岁	是年居丧分宁。二月一日，葬母于台平祖域之内，馆于墓旁居住，名"永思堂"。七月二十七日，除秘书丞，提点明道宫，兼国史编修官。九月，服除，具奏辞免编修之命。	章禹直，史容《山谷外集诗注》卷九题注："禹直，字嗣功。尝以书上言新法，羁管洪州，详诗中语意。山谷未赴太和家居时作。"李德素，名粲，张激《白莲社图跋》谓："伯时、德素皆诸舅也。"李德素为李伯时弟。
《题苏若兰回文锦诗图》	绍圣三年（丙子，1096 年），52 岁。	是年在黔南。五月六日，弟叔达携带山谷之家眷抵黔南。黔州守曹谱、通判张诜待之甚厚。	苏蕙，字若兰，前秦时期女诗人、文学家，以织锦回文诗著名。
《蚁蝶图》	绍圣四年（丁丑，1097 年），53 岁	是年在黔南。	—
《次韵黄斌老所画横竹》	元符二年（己卯，1099 年），55 岁	是年在戎州。初春迁于城南，亲作僦舍，名之曰"任运堂"。	邓椿《画继》："黄斌老，不记名。潼州府安泰人，文湖州之妻侄也。登科，尝任戎倅。适山谷贬戎州，与定交，且通谱。善画竹，山谷有咏其《横竹》诗。"

诗题	作诗时间	相关背景	人物关系
《次韵谢黄斌老送墨竹十二韵》	元符二年（己卯，1099年），55岁	是年在戎州。初春迁于城南，亲作僦舍，名之曰"任运堂"。	邓椿《画继》："黄彝，字子舟，斌老之弟。其名字初非彝与子舟也，山谷以其尚气，故取二器以规之。自后折节遂为粹君子。"
《用前韵谢子舟为予作风雨竹》	元符二年（己卯，1099年），55岁		
《再用前韵咏子舟所作竹》	元符二年（己卯，1099年），55岁		子舟，即黄彝。
《戏咏子舟画两竹两鹡鸰》	元符二年（己卯，1099年），55岁		子舟，即黄彝。
《戏题斌老所作两竹梢》	元符二年（己卯，1099年），55岁		斌老，即黄斌老。
《咏子舟小山丛竹》	元符二年（己卯，1099年），55岁		子舟，即黄彝。
《题石恪画尝醋翁》	元符三年（庚辰，1100年），56岁	是年在戎州。五月，复宣德郎，监鄂州在城盐税。以江涨未能下峡。七月，自戎舟行，省其姑于青神。十月，改奉议郎，签书宁国军节度判官。十一月，自青神还戎州。十二月，离戎州，过江安，为石谅挽留过年，并将其女嫁山谷子相，结秦晋之好。	《宣和画谱》卷七《人物三》："石恪字子专，成都人也。喜滑稽，尚谈辩。工画道释人物。初师张南本，技进，益纵逸不守绳墨，气韵思致，过南本远甚。然好画古僻人物，诡形殊状，格虽高古，意务新奇，故不能不近乎谲怪。孟蜀平至阙下，被旨画相国寺壁，授以画院之职，不就。力请还蜀，诏许之。今御府所藏二十有一。"
《题王居士所藏王友画桃杏花二首》	元符三年（庚辰，1100年），56岁		王居士，当为王朴，字子厚。王友，北宋画家，沈括《图画歌》："赵昌设色古无如，王友刘常亦堪并。"今传《春光先到图》，为美国大都会艺术博物馆收藏。
《题石恪画机织图》	元符三年（庚辰，1100年），56岁		

诗题	作诗时间	相关背景	人物关系
《题子瞻画竹石》	建中靖国元年（辛巳，1101 年），57 岁	正月，离江安东下。二月，抵万州，与太守高仲本游西山南浦、三游洞。三月，至峡州，得知改复奉议郎权知舒州之命。	子瞻，即苏轼。
《次前韵谢与迪惠所作竹五幅》	建中靖国元年（辛巳，1101 年），57 岁	四月，至江陵，泊家沙市，又召以为吏部员外郎，因体弱多病，辞免恩命，乞知太平州，留荆南待命。十二月，得知苏轼已逝，深表痛惜。	与迪，即黄彝。
《谢胡藏之送栗鼠尾画维摩二首》	崇宁元年（壬午，1102 年），58 岁	是年春初在荆南。正月二十三日发荆州，二十六日登岳阳楼。二月六日至通城，入黄龙山，拜谒灵源寺惟清。三月二十四日，寓万载广慧道场。四月一日到萍乡，与其兄黄大临相聚。	
《书郭功甫家屏上东坡所作竹》	崇宁元年（壬午，1102 年），58 岁	十五日赴江州与其家相会。五月抵江州，游庐山。是月系舟于大云仓之达观台下。六月初九领太平州事，九日而罢。八月二十五日，诏管勾洪州玉隆观。九月至鄂州，寓居年余。九月，蔡京定包括黄庭坚在内的元祐党籍120人，立元祐奸党碑。	《东都事略》："郭祥正，字功甫，当涂人也。其母梦李太白而生，祥正少有诗名，梅尧臣曰'天才如此'，真太白后身也。"郑獬《寄郭祥正》："天门翠色未饶云，姑孰波光欲夺春。怪得溪山不寂寞，江南又有谪仙人。"
《题李亮功家周昉画美人琴阮图》	崇宁二年（癸未，1103 年），59 岁	是年在鄂州。因在荆州作过《承天院塔记》，转运判官陈举承执政赵挺之旨，摘其间数语，诬以幸灾谤国之名，遂除名，编隶宜州，故有十一月之宜州谪命。十二月初，发鄂渚，岁末抵长沙。四月，诏毁三苏、秦观、黄庭坚文集。九月，第二次设立元祐党籍碑98人，立碑遍及各地。	李亮功，即李德素。周昉，《宣和画谱》卷六《人物二》谓："昉于诸像，精意至于感通梦寐，示现相仪，传诸心匠，此殆非积习所能致，故俗俗画摹临，莫克仿佛。至于传写妇女，则为古今之冠。其称誉流播，往往见于名士诗篇文字中。"
《题李亮功戴嵩牛图》	崇宁二年（癸未，1103 年），59 岁		李亮功，即李德素。戴嵩，《宣和画谱》卷十三："戴嵩，不知何许人也。初韩滉晋公镇浙右时，命嵩为巡官，师滉画皆不及，独于牛能穷尽野性，乃过滉远甚。至于田家川原，皆臻其妙。"
《追和东坡题李亮功归来图》	崇宁二年（癸未，1103 年），59 岁		东坡，即苏轼。李亮功，即李德素。

诗题	作诗时间	相关背景	人物关系
《题小景扇》	崇宁二年（癸未，1103 年），59 岁	是年在鄂州。因在荆州作《承天院塔记》，转运判官陈举承执政赵挺之旨，摘其间数语，诬以幸灾谤国之名，遂除名，编隶宜州，故有十一月之宜州谪命。十二月初，发鄂渚，岁末抵长沙。四月，诏毁三苏、秦观、黄庭坚文集。九月，第二次设立元祐党籍碑 98 人，立碑遍及各地。	
《浯溪图》	崇宁三年（甲申，1104 年），60 岁		
《题花光画》	崇宁三年（甲申，1104 年），60 岁	正月过衡山。二月过洞庭。三月六日，泊浯溪，观摩崖碑刻。十四日到永州，寓其家于永州。四月发全州，五月十八日，至宜州（今广西河池市宜州区）贬所。十一月四日，迁居城南，名其庐所"喧寂斋"。正月，诏毁三苏及苏门四学士文集。六月，重定党人，第三次设立元祐党籍碑。	花光，即衡州花光寺住持仲仁，擅书画，以画墨梅著名。惠洪《跋行草墨梅》称其"以笔墨作佛事"。《跋四君子帖》将其书法作品与秦观、黄庭坚、王定国、邹浩相提并论。
《花光仲仁出秦苏诗卷思二国士不可复见开卷绝叹》	崇宁三年（甲申，1104 年），60 岁		花光仲仁，同上。苏、秦，指苏轼和秦观。秦观，"苏门四学士"之一，北宋著名文人，擅长作词。
《题花光画山水》	崇宁三年（甲申，1104 年），60 岁。		花光，同上
《题花光为曾公卷作水边梅》	崇宁三年（甲申，1104 年），60 岁		花光，同上。曾公卷，即曾纡，北宋名相曾布之子，诗人，书法家。事迹入载《御定书画谱》。
《题王子厚所藏节女图》	时间不详	不详	王子厚，名朴，隐居之士。
《刘五草虫扇子》	时间不详	不详	刘五，不详。
《画墨竹赞》	时间不详	不详	不详。
《睢阳五老图》	时间不详	不详	睢阳五老，指宋仁宗时期住在南都商丘的五位德高望重的老人杜衍、王涣、毕世长、冯平、朱贯。
《题孟浩然画像》	时间不详	不详	孟浩然，唐代著名隐居诗人。
《写真自赞五首》	时间不详	不详	

一、黄庭坚咏画诗创作阶段划分

据表 3-1，黄庭坚的咏画诗创作大致可以分为试笔期、始发期、止笔期、高峰期、偶作期和缘人而发期等六个阶段。

（一）试笔期

熙宁四年（1071 年）至元丰二年（1079 年），计九年，其间"入集"的咏画诗仅《观崇德君墨竹歌》一首（1071 年），这是黄庭坚咏画诗创作的试笔期。该诗写得很长，也写得客套，援用历史上出现的许多女才子的故事，赞扬姨母崇德君在画竹方面胜于须眉的才气。诗中写到自己向姨母崇德君求画，以及姨母向自己索歌的艺术互动，但对于画的创作状态、所画墨竹的创作成就及赏画的心得感受，则未具体写。这说明当时黄庭坚的咏画水平尚处于未得要领的阶段。此后八年（1072—1079 年），黄庭坚在北都大名府掌管国子监教育。大名府在北宋时期是"控扼河朔，北门锁钥"的军事重镇，武风盛行，不适合优游闲适的文风成长。在此期间，黄庭坚虽为大名府知识文化界的名流，但没有经营咏画诗，这与大名府特殊的地理位置及其城市文化氛围有关。

（二）始发期

元丰三年（1080 年）至元丰六年（1083 年），是黄庭坚咏画诗创作的始发期。黄庭坚于元丰二年（1079 年）从大名府离任，元丰三年（1080 年）回京城开封待吏部改任令，其间无政务烦劳，有咏李夫人墨竹诗计 3 首。赴任太和途中，因回故乡及游历庐山一带，心情愉快，而有数篇咏画之作。知太和县期间，从《登快阁》中的"痴儿了却公家事，快阁东西倚晚晴"看，诗人虽然尽心致力于公事，但太和地偏人少，还是有闲适时光的，所以这一时期也有数篇咏画之作。这一时期诗人通过创作若干诗篇彰显其对咏画的兴趣，但缺乏群体创作氛围的驱动，创作数量不多。

（三）止笔期

宋神宗元丰七年（1084年）至宋神宗元丰八年（1085年），是黄庭坚咏画诗的止笔期。知太和县任满之后，被贬为德平监镇。其间黄庭坚基本上未创作咏画诗，可能与其心情压抑有关。

（四）高峰期

元祐二年（1087年）至元祐三年（1088年），是黄庭坚咏画诗的创作高峰期。这两年黄庭坚创作的咏画诗数量分别为21题27首、24题28首，占其咏画诗总数一半以上。黄庭坚咏画高峰期出现是与苏黄密切交往这一事实联系在一起的，苏黄是在1078年文字订交8年后才初次见面，黄庭坚于元祐元年（1086年）创作的《次韵子瞻子由题憩寂图二首》可以归入这一时期，笔者将其视为黄庭坚咏画高峰出现的前兆。黄庭坚咏画高峰期的出现，主要原因在于：①宋代统治者重视图画，宫廷有专门机构供养画师，从事藏画和绘画事业；由于京城开封是当时的政治经济文化中心，有着最便捷的书画交易流通市场，因而画家云集，私人藏画的风气甚浓。②许多诗人作画藏画，也有不少画家写诗，诗人与画家互动频繁，京城开封形成了诗画交辉的文士交往圈子。著名的"西园雅集"，与集者有王诜、李公麟、苏轼、苏辙、黄庭坚、秦观、米芾、蔡肇、李之仪、郑靖老、张耒、王钦臣、刘泾、晁补之、僧圆通、道士陈碧虚等，汇集了当时一流的诗人、画家。在这种氛围中，咏画之风流行一时。③这两年苏轼在京城开封任翰林学士、知制诰、知礼部贡举等要职，以苏轼为中心形成了一个具有影响的文士群体，文学史上称为"苏门"，黄庭坚作为这个圈子的核心成员，有许多机会参与雅集咏画。

（五）偶作期

元祐四年（己巳，1089年）至绍圣二年（1095年），黄庭坚有咏画诗2首，属于偶作期。其间黄庭坚很少创作咏画诗的原因在于：①元祐四年（己巳，1089年），苏轼由于与保守党当权者政见不合，自请出京外任。少了这层关系，黄庭坚的咏画机会减少，而咏画兴趣衰减。②元祐五年（庚午，1090年），对黄庭坚有养育之恩的舅舅李常去世。元祐六年（辛未，1091年）六月，黄庭坚因母亲去世，此后丁忧至元祐八年（1093年）九月。在舅病舅卒、母病母卒及服丧期间，咏画显然是不适合的。③绍圣元年（甲戌，1094年）至绍圣二年（乙亥，1095年），章惇、蔡卞以编修《神宗实录》有附会之言为借口，打击报复黄庭坚。其间黄庭坚忙于申诉自辩，被贬为涪州别驾后又辗转迁徙，自然没有咏画的心情。这一阶段黄庭坚所作的两题咏画诗，都与佛事有关，耐人寻味。

（六）缘人而发期

从绍圣三年（丙子，1096年）至崇宁三年（甲申，1104年），属于缘人而发期。其间除了元符元年（戊寅，1098年）因移至戎州安置无暇咏画，其他年份均有咏画之作。这一时期黄庭坚创作咏画诗，有的年份多，有的年份少，无一定的规律，主要看是否遇到同好之人。比如，元符二年（己卯，1099年）与画家文与可的妻侄黄斌老、黄彝交好，二人均爱好绘画；崇宁元年至崇宁二年（1102—1103年）拜访故交李德素；崇宁三年（甲申，1104年）途经衡州与花光寺仲仁和尚有笔墨往还，所以这几年黄庭坚的咏画之作较多。而元符三年（庚辰，1100年）由于黄庭坚与画家石恪的后人（或后代族人）江安县令石谅结为儿女亲家，所以也有3首咏画诗，其中2首是关于石恪画的。这一时期其他诸作，则基本上属于随性而发。

二、黄庭坚所咏画家的基本情况

从表3-1看，黄庭坚咏宋代以前的画家之作，包括咏隋代展子虔画1次，咏唐代王维画1次，咏唐代韦偃画1次，咏唐代卢鸿画1次，咏唐代周昉画

1次，咏唐代戴嵩画1次。其所题苏若兰回文锦诗图，虽然有可能为后人作，但图文的样式出自苏若兰，可以算咏前秦苏蕙图1次。通计黄庭坚咏前代画家之作7题，占其现存咏画诗数量约8%。出现这种情况的原因在于，黄庭坚在绘画方面没有接受过专门训练，也没有藏画的爱好，因而对古画关注较少。还有一种可能，就是古画流传至北宋后赝品较多，真假难辨，黄庭坚咏画态度谨慎，只选择那些确定为真品的古代名家画作作为吟咏对象。至于黄庭坚咏前代画家作品，以唐代为主，也在一定程度上反映了其追慕唐代文化的旨趣。

黄庭坚咏北宋（包括由五代入宋）有名或有姓的画家之作，按照次数多少排列，包括咏李伯时画16题，咏苏轼画7题，咏黄彝画4题，咏李夫人（崇德君）画3题，咏刘永年（刘将军）画3题，咏郭熙画3题，咏黄斌老画3题，咏花光画3题，咏惠崇画2题，咏石恪画2题，咏赵令穰画2题，咏赵宗闵画1题，咏仁上座画1题，咏文与可画1题，咏晁以道画1题，咏郑阆中画1题，咏徐生画1题，咏许道宁画1题，咏王诜画1题，咏王友画1题，咏李功亮画1题。据表3-1统计，黄庭坚咏画之作共有87题。其中咏当代有名或有姓的画家之作58题，占其现存咏画诗数量约66%。而北宋画家中，石恪、惠崇于黄庭坚而言为古人，王友、许道宁、赵宗闵、赵令穰与黄庭坚或不相识，黄庭坚咏这些画家作品的诗计有9题。扣除9题，黄庭坚吟咏相识画家的诗作，有49题，占现存咏画诗数量约56%。这说明，黄庭坚深明咏画的功能在于为文士的交往生活助成风雅，因而尤其重视吟咏友朋的画作。对于友朋，黄庭坚咏李伯时画作最多，体现了他对北宋中期画坛翘楚李伯时的尊重。其实，黄庭坚与李伯时之弟李德素交情更好，但只为他题画1次，这足以说明黄庭坚咏画，对所咏画家的名望和所咏画作的品质是很挑剔的。苏轼画作并非一流水平，但黄庭坚吟咏其画作7次，体现了对真挚友情的珍惜。特别是在苏轼去世后，黄庭坚仍通过吟咏苏轼画作以寄托怀念之情，堪为咏画风雅的楷模。

　　此外，黄庭坚还有 20 余题咏画诗，没有交代所咏之画的作者，包括《戏题小雀捕飞虫画扇》《题画孔雀》《睡鸭》《小鸭》《题郑防画夹五首其四》《题郑防画夹五首其五》《题老鹤万里心》《题画鹅雁二首》《题归去来图二首》《老杜浣花溪图引》①《题燕邸洋川公养浩堂画二首》《次韵章禹直开元寺观画壁兼简李德素》《蚁蝶图》《谢胡藏之送栗鼠尾画维摩二首》《题小景扇》《浯溪图》《题王子厚所藏节女图》《刘五草虫扇子》《画墨竹赞》《睢阳五老图》《题孟浩然画像》《拜刘凝之画像》《写真自赞五首》。这些诗所咏之画，绝大多数当非流传有自的古代名画，也非当代知名画家所作。黄庭坚出于应酬需要或其他原因偶有咏画，有的即使知道画家为谁，但并非亲故友朋，在画坛也默默无闻，所以也就没有必要在诗中提及。

第二节　黄庭坚咏画诗对杜诗的化用

　　"点铁成金""夺胎换骨"是源于黄庭坚的诗学法则，其在写作形式上主要表现就是好用典故；在创作风貌上的主要表现，就是呈现出浓厚的书卷气息。"崇奉杜甫"是黄庭坚重要的作诗态度，这一点可以算是其家法。北宋陈师道《后山诗话》云："唐人不学杜诗，惟唐彦谦与今黄亚夫庶、谢师厚初学之。鲁直，黄之子，谢之婿也。其于二父，犹子美之于审言也。"②据黄庭坚自述，其姨母崇德君认为他有杜甫的文采风流，《观崇德君墨竹歌》云："见我好吟爱画胜他人，直谓子美当前身。"考察黄庭坚咏画化用杜诗的基本情况和特点，有助于我们深入理解宋代咏画诗的写作方式。

---

① 《老杜浣花溪图引》或作苏洞诗，兹不取。

② 陈师道 . 后山诗话 ［M］. 北京：中华书局，2004：307.

一、黄庭坚咏画诗化用杜诗的基本情况

黄庭坚的诗集注本，在宋代有任渊《山谷诗集注》、史容《山谷外集诗注》和史季温《山谷别集诗注》。本小节根据这三种注本整理出黄庭坚咏画诗化用杜诗的例句[①]，并以表格的方式予以展示（见表3-2）。笔者所做的工作，主要包括以下三个方面的内容：①找出上述图书所注出的化用杜诗的例句，并根据仇兆鳌《杜诗详注》完善杜诗例句所在诗作的诗题；②上述图书所注出的化用杜诗的例句有些为常用词，难以确证黄庭坚一定化用了杜诗，故予以剔除，并存于表格内另外一栏；③黄庭坚的部分咏画诗句化用了杜诗而上述图书未曾注明，则予以增补并作简要说明。

表3-2　黄庭坚咏画诗化用杜诗情况

黄庭坚题句		化用杜诗例句	剔除的例句情况	
题	句		被剔除句	剔除原因
《次韵子瞻和子由观韩幹马因论伯时画天马》	电行山立气深稳。	顾视清高气深稳（《韦讽录事宅观曹将军画马图》）。	翰林评书乃如此，贱肥贵瘦渠未知。	杜诗云："书贵瘦硬方通神。"因为杜甫未曾在翰林，且"书贵瘦硬"是中唐以前崇尚的书法风格，这是杜甫的总结，而非其独创，故不作为引杜的例句。
	一日真龙入图画。	斯须九重真龙出（《丹青引赠曹将军霸》）。		
	曹霸弟子沙苑丞，喜作肥马人笑之。	弟子韩幹早入室，亦能画马穷殊相。幹惟画肉不画骨，忍使骅骝气凋丧。（《丹青引赠曹将军霸》）。		
	况我平生赏神骏。	可怜九马争神骏（《韦讽录事宅观曹将军画马图》）。		
《咏李伯时摹韩幹三马苏子由韵简伯时兼寄李德素》	太史琐窗云雨垂。	落架垂云雨《陪诸公上白帝城宴越公堂之作（越公杨素所建）》。	若失其一望路驰。马官不语臂指挥。	老杜诗：马官厮养森成列。马官乃常用语，未必自出杜诗。
	绝尘超日精爽紧。	魏侯骨耸精爽紧（《魏将军歌》）。	乃知仗下非新羁。吾尝览观圹马，惊骇成列无权奇。缅怀胡沙英妙质，一雄可将千万雌。	老杜《天育骠骑歌》："当时四十万匹马，张公叹其材尽下。"故独写真传世人，见之座右久更新。"看不出这两组诗句之间的紧密联系。
	李侯画隐百僚底。	有才无命百僚底（《寄狄明府博济》）。		

---

① 黄庭坚.黄庭坚诗集注［M］.北京：中华书局，2003：25.

续表

黄庭坚题句		化用杜诗例句	剔除的例句情况	
题	句		被剔除句	剔除原因
《次韵子瞻题郭熙画秋山》	黄州逐客未赐环，江南江北饱看山。玉堂卧对郭熙画，发兴已在青林间。	云山已发兴，玉佩仍当歌（《陪李北海宴历下亭》）。	坐思黄柑洞庭霜，恨身不如雁随阳。	老杜诗：君看随阳雁，各有稻粱谋。按：随阳雁为当时常用语，未必引自杜诗。
	江村烟外雨脚明，归雁行边余叠巘。	锦里烟尘外，江村八九家（《为农》）。雨脚如麻未断绝（《茅屋为秋风所破歌》）。		
	但熙肯画宽作程，十日五日一水石。	十日画一水，五日画一石（《戏题王宰画山水图歌》）。		
《题郭熙山水扇》	一段风烟且千里。	炯如一段清冰出万壑（《入奏行，赠西山检察使窦侍御》）。又诗："风烟含越鸟。"	—	—
《题惠崇画扇》	惠崇笔下开江面。	将军下笔开生面（《丹青引赠曹将军霸》）。	—	—
《题郑防画夹五首》其一	坐我潇湘洞庭。	悄然坐我天姥下（《奉先刘少府新画山水障歌》）。	—	—
《题郑防画夹五首》其四	折苇枯荷共晚。	菱荷枯折晚风涛（《曲江三章，章五句》其一）。	—	—
《题画孔雀》	桄榔暗天蕉叶长，终露文章婴世网。	不露文章世已惊（《古柏行》）。	—	—
《小鸭》	自知力小畏沧波。	翅开遭宿雨，力小困沧波［《舟前小鹅儿（汉州城西北角官池作官池即房公湖）》］。	睡起晴沙依晚照。	杜诗："前轩颓仅照。"黄诗例句与杜诗例句情境不合，不可谓之引用。
《题刘将军雁二首》其一	滕王蛱蝶双穿花。	穿花蛱蝶深深见（《曲江》）。	—	—
《题刘将军雁二首》其二	乞与失群沙宿雁，笔间千顷暮江寒。	宿雁聚圆沙。又诗：波涛万顷堆琉璃。	—	—
《次韵子瞻题无咎所得与可竹二首粥字韵戏嘲无咎人字韵咏竹》其二	地下文夫子，风流绝此人。	地下苏司业（《怀旧》）。一代风流尽，修文地下深（《哭李常侍峄二首》）。	—	—
《戏和文潜谢穆父松扇》	想见僧前落松子。	叶里松子僧前落（《双松图歌》）。	—	—
《观伯时画马》	风帘官烛泪纵横。	四座泪纵横（《羌村三首》其三）。	—	—
	眼明见此玉花骢。	吾与汝曹俱眼明（《春水生二绝》其一）。先帝天马玉花骢，画工如山貌不同（《丹青引赠曹将军霸》）。	—	—

续表

黄庭坚题句		化用杜诗例句	剥除的例句情况	
题	句		被剥除句	剥除原因
《题伯时画揩痒虎》	枯楠未觉草先低。	老杜有《枯楠》诗。	—	—
《题伯时画顿尘马》	—	—	忽看高马顿风尘。	老杜诗：高马勿捶面。黄诗例句与杜诗例句意思不合，不可谓之引用。
《题伯时画松下渊明》	幽尚亦可观。	幽事亦可悦（《北征》）（按：此为笔者增补）。	—	—
《题子瞻寺壁小山枯木二首》其二	海内文章非画师。	海内文章伯《暮春陪李尚书、李中丞过郑监湖亭泛舟（得过字韵）》。	能回笔力作枯枝。	又诗：溟涨与笔力。笔力为当时常用语，未必引自杜诗。
	豫章从小有梁栋，也似郑公双鬓丝。	郑公樗散鬓成丝，酒后常称老画师（《送郑十八虔贬台州司户伤其临老陷贼之故阙为面别情见于诗》）。		
《和子瞻戏书伯时画好头赤》	李侯画骨不画肉。	干惟画肉不画骨（《丹青引赠曹将军霸》）。	—	—
	秦驹虽入天仗图，犹恐真龙在空谷。	斯须九重真龙出，一洗万古凡马空（《丹青引赠曹将军霸》）。		
《咏伯时画太初所获大宛虎脊天马图》	四蹄雷电去。	四蹄雷电云，一日天地（《画马赞》）。	—	—
《题伯时天育骠骑图二首》其一	玉花照夜今无种。	先帝御马玉花骢，画工如山貌不同（《丹青引赠曹将军霸》）。曾貌先帝照夜白（《韦讽录事宅观曹将军画马图》）。		
	枥上追风亦不传。	须公枥上追风骠（《徒步归行》）。	—	—
	想见真龙如此笔，蓁蓁沙晚草迷川。	斯须九重真龙出，一洗万古凡马空（《丹青引赠曹将军霸》）。		
《题伯时天育骠骑图二首》其二	明窗槃礴万物表，写出人间真乘黄。邂逅今身犹姓名，可非前世江都王。	国初已来画鞍马，神妙独数江都王。将军得名三十载，人间又见真乘黄（《韦讽录事宅观曹将军画马图》）。	—	—
《姨母李夫人墨竹二首》其一	深闺静几试笔墨，白头腕中百斛力。	三尺角弓两斛力（《虎牙行》）。	—	—
	荣荣枯枯皆本色，悬之高堂风动壁。	挂君高堂之素壁（《戏题王宰画山水图歌》）。		

续表

黄庭坚题句		化用杜诗例句	剔除的例句情况	
题	句		被剔除句	剔除原因
《姨母李夫人墨竹二首》其二	—	—	健妇果胜大丈夫。	老杜诗：纵有健妇把锄犁。《玉台新咏·陇西行》：健妇持门户，胜一大丈夫。此为黄诗例句出处。
《次韵子瞻子由题憩寂图二首》其二	龙眠不似虎头痴，笔妙天机可并时。	刘侯天机精，爱画入骨髓（《奉先刘少府新画山水障歌》）。	—	—
《次韵黄斌老所画横竹》	公与此君俱忘形。	忘形到尔汝（《醉时歌》）。	中安三石使屈蟠。	老杜诗：沉吟屈蟠树。贾思勰《齐民要术·桃》引汉卫宏《汉旧仪》："东海度朔山有桃，屈蟠三千里。"黄诗例句或源出于此，未必出自杜诗。
《次韵谢黄斌老送墨竹十二韵》	咫尺莽苍外。	咫尺应须论万里（《戏题王宰画山水图歌》）。	—	—
《用前韵谢子舟为予作风雨竹》	经营鬼神会。	那知根无鬼神会（《阆山歌》）意匠惨淡经营中（《丹青引赠曹将军霸》）。	—	—
	风斜兼雨重，意出笔墨外。	轻燕受风斜（《春归》）。晓看红湿处，花重锦官城（《春夜喜雨》）。		
《再用前韵咏子舟所作竹》	—	—	笔力今尚在	老杜诗：溟涨与笔力。"笔力"为常用词。
《戏咏子舟画两竹两鹠鸰》	风晴日暖摇双竹，竹间对语双鹠鸰。鹠鸰之肉不可肴，人生不才果为福。	有鸟名鹠鸰，力不能高飞逐走蓬。肉味不足登鼎俎，何为见羁虞罗中［《冬狩行（时梓州刺史章彝兼侍御史留后东川）》］。	子舟之笔利如锥，千变万化皆天机。	老杜歌曰：刘侯天机精，爱画入骨髓。《庄子·大宗师》："其耆欲深者，其天机浅。"黄诗例句或源出于此，未必出自杜诗。
《次前韵谢与迪惠所作竹五幅》	非君一起予，衰病岂能诗？	汤休起我病，微笑索题诗（《大云寺赞公房四首》其一）。	—	—
	我有好东绢，晴明要会期。	我有一匹好东绢，重之不减锦绣段。已令拂拭光凌乱，请公放笔为直干（《戏为韦偃双松图歌》）。		
	开图慰满眼，何时遂臻兹。	君来慰眼前［《示侄佐（佐草堂在东柯谷）》］。		
《谢益修四弟送石屏》	石似江沧落日明，鸬鹚乌鹊满沙汀。	山头落日半轮明（《越王楼歌》）。鸬鹚西日照，晒翅满鱼梁（《田舍》）。	—	—

续表

黄庭坚题句		化用杜诗例句	剔除的例句情况	
题	句		被剔除句	剔除原因
《谢胡藏之送栗鼠尾画维摩二首》	—	—	丹青貌金粟影。	老杜有《丹青引赠曹将军霸》：画工如山貌不同。杜诗原无"丹青貌"这一短语。
《拜刘凝之画像》	身在菰蒲中，名满天地间。	诗卷长留天地间（《送孔巢父谢病归游江东兼呈李白》）。	—	—
《题李亮功戴嵩牛图》	韩生画肥马，立仗有辉光。	弟子韩幹早入室，亦能画马穷殊相（《丹青引赠曹将军霸》）。	—	—
《花光仲仁出秦苏诗卷思二国士不可复见开卷绝叹》	写尽南枝与北枝，更作千峰倚晴昊。	乱插繁花向晴昊（《苏端薛复筵简薛华醉歌》）	长眠橘洲风雨寒，今日梅开向谁好？	老杜诗所谓"橘洲田土仍膏腴"也。
			何况东坡成古丘，不复龙蛇看挥扫。	老杜诗：龙蛇动箧蟠银钩。
			更作千峰倚晴昊。	老杜诗：雷声急送千峰雨。橘洲、龙蛇、千峰均为常用语词，不可谓必出自杜诗。
《题花光画》	—	—	云沙真富贵，翰墨小神仙。	老杜《祠南夕望》：兴来犹杖屦，目断更云沙。杜诗例句兴味与黄诗例句小同大异，不可谓之化用。
《浯溪图》	更作老夫船，樯竿插苍石。	前临洪涛宽，却立苍石大（《万丈潭》）。	—	—
《次韵章禹直开元寺观画壁兼简李德素》	拂尘开藻鉴。	持衡留藻鉴[《上韦左相二十韵（见素）》]。	依稀吴生手，旌旆略可识。	又云：依稀橘奴迹。依稀是当时的常用语词，不可谓必出自杜诗。
	志士泪沾臆。	人生有情泪沾臆（《哀江头》）。		
	依稀吴生手，旌旆略可识。	画手看前辈，吴生远擅场（《冬日洛城北谒玄元皇帝庙》）。		
		冕旒俱秀发，旌旆尽飞扬（《冬日洛城北谒玄元皇帝庙》）。		
	鸿蒙插楼殿。	东山气鸿蒙，宫殿居上头[《奉同郭给事汤东灵湫作（骊山温汤之东有龙湫）》]。		
		殿脚插入赤沙湖（《岳麓山道林二寺行》）。		
	毫发数动植。	直欲数秋毫（《八月十五夜月二首》其一）。		
	人人开生面。	凌烟功臣少颜色，将军下笔开生面（《丹青引赠曹将军霸》）。		

续表

黄庭坚题句		化用杜诗例句	剔除的例句情况	
题	句		被剔除句	剔除原因
《次韵章禹直开元寺观画壁兼简李德素》	李侯天机深。	刘侯天机精（《奉先刘少府新画山水障歌》）。	依稀吴生手，旌旆略可识。	又云：依稀橘奴迹。依稀是当时的常用语词，不可谓必出自杜诗。
	指点目所及。	指点虚无是归路（《送孔巢父谢病归游江东兼呈李白》）。		
	四邻碪声急。	白帝城高急暮砧（《秋兴八首》其一）。		
《题阳关图二首》其二	龙眠貌出断肠诗。	貌得山僧及童子（《奉先刘少府新画山水障歌》）。	—	—
《题画鹅雁二首》其一	右军数能来。	邻家送鱼鳖，问我数能来（《春日江村五首》其四）。	—	—
《题韦偃马》	韦侯常喜作群马，杜陵诗中如见画。	韦偃画（《题壁上韦偃画马歌》自注云）。	—	—
	忽开短卷六马图，想见诗老醉骑驴。	骑驴十三载（《奉赠韦左丞丈二十二韵》）。		
	龙眠作马晚更妙，至今似觉韦偃少。	天下几人画古松，毕宏已老韦偃少［《戏为双松图歌（韦偃画）》］。		
	一洗万古凡马空，句法如此今谁工。	须臾九重真龙出，一洗万古凡马空（《丹青引赠曹将军霸》）。		
《观刘永年团练画角鹰》	全诗综合化用《画鹘行》《画鹰》《姜楚公画角鹰歌》《杨监又出画鹰十二扇》四首，化用例句情况详见后文分析。统计时各算1题1次。按，此为笔者所增补。		—	—
《答王道济寺丞观许道宁山水图》	忽呼绢素翻砚水。	诏谓将军拂绢素（《丹青引赠曹将军霸》）。	巾冠欹斜更索酒。	杜诗：不通姓字粗豪甚，指点银瓶索酒尝。索酒乃常用语词，不可谓必出自杜诗。
	醉拈枯笔墨淋浪。	戏拈秃笔扫骅骝（《题壁上韦偃画马歌》）。		
	数尺江山万里遥。	咫尺应须论万里（《戏题王宰画山水图歌》）。		
	山僧归寺童子后。	貌得山僧及童子（《奉先刘少府新画山水障歌》）。		
	原是天机非笔力。	刘侯天机精，爱画入骨髓（《奉先刘少府新画山水障歌》）。	满堂风物冷萧萧。	杜诗：满堂动色嗟神妙。满堂乃当时常用语词，不可谓必出自杜诗。
		溟涨与笔力（《殿中杨监见示张旭草书图》）。		
	蛛丝煤尾意昏昏。	头白昏昏只醉眠（《因许八奉寄江宁旻上人》）。		
	几年风动人家壁。	挂君高堂之素壁（《戏题王宰画山水图歌》）。		
	雨雪潺潺满寺庭。	潺潺塞雨繁（《秦州杂诗二十首》其十）。		

黄庭坚题句		化用杜诗例句	剔除的例句情况	
题	句		被剔除句	剔除原因
《老杜浣花溪图引》	拾遗流落锦官城。	花重锦官城（《春夜喜雨》）。	落日塞驴驮醉起。	杜诗：塞驴破帽随金鞍。按：此条乃注者误记。该诗句不见于杜诗，出自苏轼的《续丽人行》。
	故人作尹眼为青，碧鸡坊西结茅屋，	时出碧鸡坊（《西郊》）。		
	百花潭水濯冠缨	万里桥南宅，百花潭北庄（《怀锦水居止二首》其二）。		
	故衣未补新衣绽，空蟠胸中书万卷。	读书破万卷（《奉赠韦左丞丈二十二韵》）。		
	探道欲度羲皇前，论诗未觉国风远。	未及前贤更勿疑，递相祖述复先谁？别裁伪体亲风雅，转益多师是汝师！（《戏为六绝句》其六）（此为笔者增补）。		
	干戈峥嵘暗宇县。	宇县复小康（《壮游》）。		
	杜陵韦曲无鸡犬。	时论同归尺五天（《赠韦七赞喜》）。俚语云："城南韦杜，去天尺五。"（《赠韦七赞喜》自注云）。		
	老妻稚子且眼前。	老妻画纸为棋局，稚子敲针作钓钩（《江村》）。		
	弟妹飘零不相见。	干戈犹未定，弟妹各何之（《遣兴》）。丧乱闻吾弟，饥寒傍济州。人稀吾不到，兵在见何由〔《忆弟二首》（时归在南陆浑庄）〕。		
	此公乐易真可人，园翁溪友肯卜邻。	溪友得钱留白鱼（《解闷十二首》其一）。共少及溪老（《园人送瓜》）王翰愿卜邻（《奉赠韦左丞丈二十二韵》）。		
	邻家有酒邀皆去。	田父要皆去，邻家闹不违（《寒食》）。		
	得意鱼鸟来相亲。	细雨鱼儿出，微风燕子斜（《水槛遣心二首》其一）。舍南舍北皆春水，但见群鸥日日来（《客至》）。自来自去梁上燕，相亲相近水中鸥（《江村》）（此为笔者增补）。		
	浣花酒船散车骑，野墙无主看桃李。	手种桃李非无主，野老墙低还似家（《绝句漫兴九首》其二）。桃花一簇开无主（《江畔独步寻花七绝句》其五）。		

续表

黄庭坚题句		化用杜诗例句	剔除的例句情况	
题	句		被剔除句	剔除原因
《老杜浣花溪图引》	宗文守家宗武扶	熊儿幸无恙，骥子最怜渠（《得家书》）又有《示宗文、宗武》两诗，《宗武生日诗》注云：宗武小字骥子	落日蹇驴驮醉起	杜诗：蹇驴破帽随金鞍。按：此条乃注者误记。该诗句不见于杜诗，出自苏轼的《续丽人行》
	落日蹇驴驮醉起	迎旦东风骑蹇驴（《画像题诗》）衣冠往往乘蹇驴[《惜别行送刘仆射判官（仆射乃其主将刘乃仆射之判官也）》]（此为笔者改注）		
	愿闻解鞍脱兜鍪，老儒不用千户侯	老儒不用尚书郎（《忆昔》）		
	中原未得平安报	夕烽来不近，每日报平安（《夕烽》）		
	醉里眉攒万国愁。生绡铺墙粉墨落。	佳此志气远，岂惟粉墨新（《通泉县署屋壁后薛少保画鹤》）		
	平生忠义今寂寞。儿呼不苏驴失脚，犹恐醒来有新作。常使诗人拜画图，煎胶续弦千古无。	麟角凤觜世莫识，煎胶续弦奇自见（《病后遇王倚饮赠歌》）（此为笔者增补）		
《题刘氏所藏展子虔感应观音二首》其一	常恐花飞蝴蝶散，明窗一日百回看。	自今已后知人意，一日须来一百回（《绝句》其二）	—	—
《题刘氏所藏展子虔感应观音二首》其二	群盗挽弓江簸船	浪簸船应坼（《遣闷奉呈严公二十韵》）	—	—
《题子瞻墨竹》	—	—	眼入毫端写竹真	杜诗：必逢佳士亦写真。黄诗例句与杜诗例句意思不甚合，不可谓之引用
《题宗室大年画二首》其一	—	—	年来频作江湖梦，对此身疑在故山	杜诗：故山多药物。故山乃当时常用语词，不可谓必出自杜诗
《题宗室大年画二首》其二	—	—	轻鸥白鹭定吾友	杜少陵诗：轻鸥故不还。"轻鸥"为常用语，不可谓必出于杜诗。
			卧游到处总伤神	杜诗：回首一伤神。伤神乃当时常用语词，不可谓必出自杜诗。

黄庭坚题句		化用杜诗例句	剔除的例句情况	
题	句		被剔除句	剔除原因
《书东坡画郭功父壁上墨竹》	惜哉不见人如玉。	惜哉功名忤，但见书画传（《观薛稷少保书画壁》）。	惜哉不见人如玉	老杜诗：惜哉结实小。惜哉乃常用文言语词，不可谓必出自杜诗。
《题李亮功家周昉画美人琴阮图》	—	—	敷腴竹马郎	杜诗：得我色敷腴。南朝刘宋时期鲍照《拟〈行路难〉十八首》其五：意气敷腴在盛年。不可谓必出自杜诗。

二、黄庭坚咏画诗化用杜诗的特点

（一）常化用杜甫咏画诗

据表 3-2 统计，黄庭坚咏画诗化用杜诗咏画之作 14 题，共计 41 处，化用的具体次数大略为：《丹青引赠曹将军霸》13 次，《奉先刘少府新画山水障歌》6 次，《戏题王宰画山水图歌》5 次，《韦讽录事宅观曹将军画马图》4 次，《双松图歌》3 次，《题壁上韦偃画马歌》2 次，《画马赞》1 次，《画像题诗》1 次，《通泉县署屋壁后薛少保画鹤》1 次，《观薛稷少保书画壁》1 次，《画鹘行》1 次，《画鹰》1 次，《姜楚公画角鹰歌》1 次，《杨监又出画鹰十二扇》1 次。当然，可能还有其他引用情况难以辨识或未被发现。严谨地说，黄庭坚咏画诗化用杜诗咏画之作不少于 14 题 41 处。

仇兆鳌《杜诗详注》存有杜甫咏画之作 20 首：《画鹰》（五言 8 句律诗）、《天育骠骑歌》（20 句七言古诗）、《奉先刘少府新画山水障歌》（36 句杂言古诗）、《题李尊师松树障子歌》（16 句七言古诗）、《题壁上韦偃画马歌》（8 句七言歌行）、《戏题王宰画山水图歌》（15 句杂言歌行）、《画鹘行》（20 句五言歌行）、《戏为韦偃双松图歌》（17 句七言歌行）、《姜楚公画角鹰歌》（8 句七言歌行）、《题玄武禅师屋壁》（8 句五言律诗）、《观薛稷少保书画壁》（20 句五言歌行）、《通泉县署屋壁后薛少保画鹤》（五言 20 句）、《韦讽录事宅观曹将军画马图》（34 句杂言歌行）、《丹青引赠曹将军霸》（七言 40 句）、《奉观严郑公厅事岷山沱江画图十韵》（20 句五言律诗）、《观李固请司马弟山水图三首》（8 句五言律诗）、《杨监又出画鹰十二扇》（20 句五言歌行）、《画马赞》（24 句四言古体）、《画像题诗》（4 句七言绝句）。由于杜诗整理与注释的工作在北宋时期已经比较成熟，因而黄庭坚所能见到的杜甫咏画诗篇与此数应出入不大。考虑到杜甫传世诗作有 1500 首左右，则黄庭坚咏画诗化用杜诗时能将目光投向这些咏画之作，可以说体现了他有传承、拓展杜诗咏画传统的明确意识。

黄庭坚咏画诗化用杜甫咏画诗，有如下几个特点：①黄庭坚咏画诗引用杜诗咏画马题数最多，次数最多。主要原因在于：黄庭坚在京城开封任职期间，与擅长画马的李伯时交往频繁，鉴赏画马的机会较多，鉴赏画马的水平相对较高，因而容易对杜诗中吟咏画马之作产生共鸣。②黄庭坚咏画诗引用杜诗咏画长篇歌行体较多，而较少引用其咏画诗的律体之作。这可能反映了黄庭坚的一种认识：杜诗咏画以歌行体见长。黄庭坚现存最早的咏画作品《观崇德君墨竹歌》提到姨母说自己"直谓子美当前身"，而学杜又是其家风，故基本可以判断，黄庭坚咏画诗最早也是从杜诗取法的。至于《观崇德君墨竹歌》有 43 句，超过杜甫咏画诗最长篇幅 40 句的《丹青引赠曹将军霸》，也不妨看作黄庭坚带有与古人竞技的创作动机。③黄庭坚咏画诗化用杜诗，化用《丹青引赠曹将军霸》次数最多，可谓情有独钟。仇兆鳌《杜诗详注》引申涵光评《丹青引》语："此章首尾振荡，句句作意，是古今题画第一手。"又引洪迈《容斋五笔》语："至于《丹青引》'斯须九重真龙出，一洗万古凡马空'，不妨独步也。"[1]北宋时期杜诗注家虽多，但对杜诗经典之作的诗注则不如明清时期的注论详尽。黄庭坚对《丹青引赠曹将军霸》的重视，既在一定

---

[1]　杜甫.杜诗详注 [M].北京：中华书局，1979：1152.

程度上反映了北宋文人对这首诗的偏好，也从创作模仿的角度确认了杜甫这首咏画诗的经典地位，可谓眼光独到。

（二）好组合化用杜诗

化用前人诗句，是古代诗人写作的基本技巧。常见情况是在一整首诗中偶尔化用，某些诗人即使化用较多，也不过一句一用。而黄庭坚的咏画诗，有较多地方出现一句诗化用两首以上杜诗的情况，例如：①由于杜甫有《江村》诗，《为农》有句"锦里烟尘外，江村八九家"，而《茅屋为秋风所破歌》有句"雨脚如麻未断绝"，《次韵子瞻题郭熙画秋山》中的"江村烟外雨脚明"，可以视为综合化用例句；②《用前韵谢子舟为予作风雨竹》中的"风斜兼雨重"，其字面意思清晰明了，但若说化用了《春归》"轻燕受风斜"及《春夜喜雨》中的"晓看红湿处，花重锦官城"，也完全能够成立；③"眼明"，系文言"目明"的俗语，在杜甫之前的诗作中鲜见。玉花骢系唐玄宗良马的名称，虽见载史籍，以杜诗而为人传诵，《观伯时画马》中的"眼明见此玉花骢"，可以视为化用了《春水生二绝》其一中的"吾与汝曹俱眼明"，以及《丹青引赠曹将军霸》中的"先帝御马玉花骢"；④"鬼神会"作为诗语，出自杜诗《阆山歌》"那知根无鬼神会"，"经营"一词虽出于《诗·大雅·灵台》，但唐诗咏画用"经营"的例句，则以《丹青引赠曹将军霸》"意匠惨淡经营中"最为有名，《用前韵谢子舟为予作风雨竹》中的"经营鬼神会"，可以视为化用了这两句诗；⑤马在空谷的形象，出自杜甫《白驹》："皎皎白驹，在彼空谷。"将良马比喻为"真龙"，《丹青引赠曹将军霸》首开其例，即"斯须九重真龙出"，而《和子瞻戏书伯时画好头赤》中"犹恐真龙在空谷"，就是对杜诗这两处的化用。一句化用两首以上的诗，难度较大；而一句两用杜诗，尤为难得。黄庭坚咏画诗化用杜诗的密度大、难度大，说明他对杜诗烂熟于心，故能运用自如。

《观刘永年团练画角鹰》是综合化用杜诗的典型诗例。"杀气棱棱动秋色"，句法出自《画鹘行》"飒爽动秋骨"；"杀气棱棱"，系从《姜楚公画角鹰歌》"杀气森森到幽朔"句化出。"爪拳金钩觜屈铁，万里风云藏劲翮"，可以理解成是对《画鹘行》"长翮如刀剑"句的扩写。"兀立槎枒不畏人"，系合《画鹘行》中"何得立突兀""人寰可超越"两句而化成。"眼看青冥有余力"与《画鹘行》"侧脑看青霄"句意思相近。"此时轩然盍飞去"，诗语当源于《画鹘行》"轩然恐其出"句和《画鹰》"轩楹势可呼"句。"何乃巉岏立西壁"，化用自《画鹘行》"何得立突兀"句。"祇应真骨下人世"句中的"真骨"一词，虽早见于钟嵘《诗品》，但杜诗《杨监又出画鹰十二扇》有"真骨老崖嶂"句，《姜楚公画角鹰歌》也有"却嗟真骨遂虚传"，以理解为化用杜甫这两首诗为宜。"造次更无高鸟喧，等闲亦恐狐狸吓"两句，提示了比照角鹰雄迈形象的对比物：鸟雀与狐狸，以平凡者和狡黠者反衬征服者的伟大，而这正是杜诗咏画中对猛禽的写法。如《画鹰》云："何当击凡鸟，毛血洒平芜。"《杨监又出画鹰十二扇》云："为君除狡兔，会是翻鞲上。"而《姜楚公画角鹰歌》有句"梁间燕雀休惊怕，亦未抟空上九天"，《画鹘行》有句"乌鹊满樛枝""宁为众禽没"，虽然没有突出击杀和征服的形象，但采用以众禽之平凡与猛禽之不凡相对比的写法，也是显然的。据上所述，《观刘永年团练画角鹰》全诗综合化用了杜甫《画鹘行》《画鹰》《姜楚公画角鹰歌》《杨监又出画鹰十二扇》，这四首又都是杜诗中吟咏猛禽画的，可以说极为切题。

（三）多化用杜甫生平经历

《题韦偃马》"想见诗老醉骑驴"句，其所化用的是《奉赠韦左丞丈二十二韵》"骑驴十三载"，作于天宝七年（748 年），系杜甫早年对旅食京华艰辛生活状态的抒写。《次韵黄斌老所画横竹》"公与此君俱忘形"句，其所化用《醉时歌》"忘形到尔汝，痛饮真吾师"，作于天宝十四年（755 年），其中蕴含着杜甫与朋友间可以肝胆相照的情谊。《次韵章禹直开元寺观画壁兼简李德素》"志士泪沾臆"句，其所化用《哀江头》"人生有情泪沾臆"，作于至德二年（757年）春，当时杜甫拘困于沦陷的长安城，产生了对盛唐繁华毁灭的惋惜之情。《观伯时画马》"风帘官烛泪纵横"句，化用《羌村三首》其三"四座泪纵横"，该诗作于至德二年（757年）闰八月，其中饱含杜甫对国事、家事和自己命运前途的迷惘。《答王道济寺丞观许道宁山水图》"雨雪浐浐满寺庭"句，其所化用的《秦州杂诗二十首》"浐浐塞雨繁"，作于乾元二年（759年）秋，其中充盈着杜甫伤时感乱之情和个人身世遭遇之悲。《次韵章禹直开元寺观画壁兼简李德素》"四邻碪声急"句，化用《秋兴八首》其一"白帝城高急暮砧"，该诗系大历元年（766年）秋杜甫在成都失去依靠后，沿江东下滞留夔州期间所作，年暮多病、知交零落、壮志难酬之情，都融汇其中。

　　黄庭坚的咏画诗涉及杜甫生平最丰富的，是其入川后的经历。元祐三年（1088年），黄庭坚在京城开封任职，作《老杜浣花溪图引》①，通篇记述杜甫在成都的生活状况。第一、第二句介绍杜甫入川的原因，性质是流落他乡，缘由是当地军政长官严武邀请。这一点新旧《唐书》记载明确，似不必援引《春夜喜雨》"花重锦官城"作注。第三、第四句写杜甫来到成都之后的定居之地在碧鸡坊西郊，靠近百花潭。宋黄希原本、黄鹤补注《黄氏补注杜诗》卷二十一注引《益州记》："成都之坊，百有二十，第四曰碧鸡坊。"② 杜甫《西郊》："时出碧鸡坊，西郊向草堂。"《怀锦水居止二首》其二："万里桥西宅，百花潭北庄。"又《狂夫》："万里桥西一草堂，百花潭水即沧浪。"这些均可为证。第五、第六句化用汉代《艳歌行》"故衣谁当补"和《奉赠韦左丞丈二十二韵》"读书破万卷"，写杜甫初到成都时经济窘迫，无所作为，只能通过读书作诗以寄托忧患之情的尴尬处境。第七、第八句写杜甫在草堂读

---

① 史容.山谷外集诗注［M］.上海：上海古籍出版社，2003：735.

② 杜甫.杜诗详注［M］.北京：中华书局，1979：1152.

古书古诗，探求古圣贤治国之道，重温《诗经》的深厚思想。第九、第十句写干戈四起，杜甫担忧祖籍地杜陵受到侵扰。第十一句写老妻、稚子尚在眼前，杜甫因此心有安慰。第十二句写弟妹飘零不相见，杜甫难免时兴悲伤。第十三至第十八句写杜甫在成都安定以后，与草堂周围居民及自然环境和谐相处的得意之情。第十九至第二十八句，写杜甫虽因严武的关照获得工部员外郎的职衔，但与自己的政治抱负相去甚远，因而并不以职事为意，而宁愿沉浸于诗酒书画。

黄庭坚还有一些咏画诗在化用杜诗时，也涉及杜甫在成都的生活场景。《次韵子瞻题郭熙画秋山》"江村烟外雨脚明"句，如上所言，既化用《为农》"锦里烟尘外，江村八九家"，又化用《茅屋为秋风所破歌》"雨脚如麻未断绝"，杜甫的这两首诗都是写自己在成都所见之景与所经历之事。而《次前韵谢与迪惠所作竹五幅》有句："我有好东绢，晴明要会期。"如表 3-2 所示，化用了杜诗《戏为韦偃双松图歌》。这首咏画诗作于杜甫到成都后与韦偃相识之际，创作时间约在上元元年（760 年）。至于《题画鹅雁二首》其一诗句化用的《春日江村五首》其四"问我数能来"，《题刘氏所藏展子虔感应观音二首》其二化用的《遣闷奉呈严公二十韵》"浪簸船应坼"，也都是杜甫在成都生动的生活场景。

（四）《题伯时天育骠骑图二首》为何不化用杜诗《天育骠骑歌》

黄庭坚有《题伯时天育骠骑图二首》，根据常情推断，其在写作上借鉴化用杜甫《天育骠骑歌》是理所当然的。但按照表 3-2 所示，《题伯时天育骠骑图二首》其一化用杜诗，包括《丹青引赠曹将军霸》两处："先帝御马玉花骢，画工如山貌不同。""斯须九重真龙出，一洗万古凡马空。"《韦讽录事宅观曹将军画马图》一处："曾貌先帝照夜白。"《徒步归行》一处："须公枥上追风骠。"《题伯时天育骠骑图二首》其二则可视为对《韦讽录事宅观曹将军画马图》以下四句的回应："国初已来画鞍马，神妙独数江都王。将军得名三十载，人间又见真乘黄。"那么，《题伯时天育骠骑图二首》为何不化用杜诗《天育骠骑歌》呢？以下略做探讨。

从第二句"今之画图无乃是"句可以判断，杜甫《天育骠骑歌》也是一首咏画诗。诗先用了六句描写画中天育马的雄杰姿态："是何意态雄且杰，骏尾萧梢朔风起。毛为绿缥两耳黄，眼有紫焰双瞳方。矫矫龙性合变化，卓立天骨森开张。"然后交代《天育骠骑图》的创作背景："伊昔太仆张景顺，监牧攻驹阅清峻。遂令大奴守天育，别养骥子怜神俊。当时四十万匹马，张公叹其材尽下。故独写真传世人，见之座右久更新。"最后由良马而推想至沦落之士，感慨知马者难逢，其中或含有自叹不遇之意："年多物化空形影，呜呼健步无由骋。如今岂无骐骥与骅骝，时无王良伯乐死即休。"杜甫《天育骠骑歌》吟咏的重点在于"马如何"，而并不关注"画如何"。至于"画家如何"，则全然没有提及。

黄庭坚《题伯时天育骠骑图二首》是为画作题写的。出于与画家的友情，以及考虑到李伯时画马在当时的独一无二地位，黄庭坚《题伯时天育骠骑图二首》写作的重点必然是"画如何""画家如何"，而非"马如何"。《题伯时天育骠骑图二首》其一前两句指出："玉花照夜今无种，枥上追风亦不传。"既然诗人说天育骠骑马种在宋代已经绝迹，不复是真实的存在，那么在诗人那里，由于描写或讨论该马的雄杰形象失去了事实根据和现实意义，其便不可能成为关注的重点。到第三、第四句诗人就指出，经过李伯时的用心经营，天育骠骑重新入画，但脱离了与现实的联系，成为可供欣赏的纯粹艺术形象。诗人赞赏的重点显然不是良马，而是画家。至于《题伯时天育骠骑图二首》其二第二、第四句，基本上是在表扬画家。攀礴，形容李伯时恣意挥洒的用笔。乘黄，典出《山海经·海外西经》，系背上有角、毛色呈黄的神马，形状与人间之马不同。"人间真乘黄"，赞扬李伯时绘常马之形貌，而能展现非凡的神姿。后两句故作疑问，说李伯时莫非是唐朝以画马著称的江都王李绪转世？这样写显然意不在马，其真正用意也是在推崇李伯时擅长画马，不让古贤。

可以说，黄庭坚《题伯时天育骠骑图二首》的主要内容是赞扬画家李伯时，用于张扬自身所属文人交际圈的风雅。而杜甫《天育骠骑歌》的主要内容是歌颂天育骠骑的神俊，借以抒发自己怀才不遇的心情。黄诗的写作性质是应酬，杜诗的写作性质是咏怀，二者迥然异趣，这应该就是《题伯时天育骠骑图二首》没有化用杜甫《天育骠骑歌》的主要原因。

结 语

南宋邓椿《画继》卷九评价："予尝取唐宋两朝名臣文集，凡图画纪咏，考究无遗。故于群公，略能察其鉴别，独山谷最为精严。"[①]据此，黄庭坚咏画诗化用杜诗，择取有度，可谓之严；化陈出新，可谓之精。精严之誉，当之无愧。

黄庭坚咏画诗好化用杜诗，体现了他始终不忘书卷的诗歌创作习惯。书卷气，不仅赋予黄庭坚咏画诗柔和的气息、高雅的旨趣，更传达了一种清醒的理性力量。这与苏轼咏画诗经常渲染身心忘我投入画境的心理感受，在美感经验上是有差别的。苏轼和黄庭坚都喜欢在吟画时故作诙谐之语，但苏轼多基于切身的实际生活作出乎意料之语，黄庭坚则远离生活经验发轻松之辞。黄庭坚能够写出与苏轼风格迥然不同的吟画诗，就在于他对书卷的执着眷念，这也让他与画作之间隔出了心理距离，从而得以保持理性的写作态度。

---

① 邓椿.画继［M］.黄苗子，点校.北京：人民美术出版社，2016：115.

中编

论北宋咏画典型现象

第四章 《睢阳五老图》诸篇：南都画事与诗情

北宋名相杜衍退休居住在南都（睢阳，今河南商丘）后，发起以宴聚吟诗为内容的"五老会"。由于杜衍德高望重，又有应天府长官南都留守欧阳修等的支持，因此"五老会"声名鹊起。王辟之《渑水燕谈录》卷四略云：

> 庆历末，杜祁公告老，退居南京，与太子宾客致仕王涣、光禄卿致仕毕世长、兵部郎中分司朱贯、尚书郎致仕冯平，为五老会，吟醉相欢，士大夫高之。……五人年皆八十余，康宁爽健，相得甚欢。故祁公诗云："五人四百有余岁，俱称分曹与挂冠。"……是时欧阳文忠公留守睢阳，闻而叹慕，借其诗观之，因次韵以谢。卒章云："闻说优游多唱和，新诗何惜借传看。"①

"五老会"诗酒之风流，为南都人津津乐道，因而"形于绘事以纪其盛"，成《睢阳五老图》。在杜衍的推动下，与之交好的诸多名流以杜衍诗所用之"冠""桓""寒""看"依次行韵奉和，并对后世产生影响。与《睢阳五老图》相关的北宋诸诗篇，见诸祝穆《事文类聚》、谢维新《古今合璧

---

① 王辟之.渑水燕谈录［M］.北京：中华书局，1981：47-48.

事类备要》、方回《瀛奎律髓》、赵琦美《铁网珊瑚》、陈邦彦《历代题画诗类》。今所知者，有杜衍、王涣、朱贯、冯平、毕世长、欧阳修、范仲淹、晏殊、韩琦、富弼、文彦博、司马光、胡瑗、范纯仁、邵雍、张载、程颢、程颐、苏轼、苏辙、张商英、黄庭坚、苏颂所作 23 首。这些诗作，除范仲淹 1 首外，均已被《全宋诗》录入。《睢阳五老图》原作现存，华盛顿弗利尔美术馆藏有王涣、冯平像，耶鲁大学博物馆藏有杜衍、朱贯像，美国大都会艺术博物馆藏有毕世长像和钱明逸书写的《睢阳五老图序》，上海博物馆藏有《睢阳五老图》题跋册，书画界对《睢阳五老图》的研究也已经展开。①②③对于北宋《睢阳五老图》次韵诸作，存在一些疑义未见深入研究，兹略作探讨。

第一节 《睢阳五老图》次韵诸篇产生的缘由

在讨论《睢阳五老图》次韵诸篇时，要区分以下几个概念：①五老会；②五老诗；③《睢阳五老图》；④《睢阳五老图》诗。五老会最先出现，有固定聚会，吟诗成为惯例，而后有五老诗。五老会和五老诗形成影响，而后有《睢阳五老图》。《睢阳五老图》出，而后有围绕着《睢阳五老图》的次韵诗篇。《睢阳五老图》的次韵诸篇包含有五老的诗作，但更多的是他人的次韵之作。《睢阳五老图》次韵诸篇将诗画交互关系推向一个新的高度，有其特定的文化背景。

---

① 王连起.宋人《睢阳五老图》考［J］.故宫博物院院刊，2003（1）：7-21，i001，i008.

② 孟晗.《睢阳五老图》与商丘［J］.中国书法，2018（4）：193-208.

③ 庄程恒.从耆老雅集到图像旌表:《睢阳五老图》与北宋士人肖像观念研究［J］.美术学报，2016（1）：4-13.

一、继承中唐以来诗人写真以见风流的雅集传统

白居易《香山九老会诗序》云：

> 会昌五年三月二十四日，胡、吉、刘、郑、卢、张等六贤，皆多年寿，予亦次焉。于东都敝居履道坊，合尚齿之会。七老相顾，既醉且欢。静而思之，此会希有，因各赋七言韵诗一章以记之，或传诸好事者。其年夏又有二老，年貌绝伦，同归故乡，亦来斯会，续命贯姓名、年齿，写其形貌附于图右，仍以一绝赠之云：'雪作须眉荷（据集本补）作衣，辽东华表暮双归。当时一鹤尤希有，何况今逢两令威。'（注：会中遗老李元爽年一百三十六，禅僧如满归洛年九十五。）又云，时秘书狄兼谟、河南尹卢贞以年未及七十，虽与会而不及列。"①

序言中提到的白居易七言六韵《七老会诗》照录如下：

> 七人五百七十岁，拖紫纡朱垂白须。手里无金莫嗟叹，尊中有酒且欢娱。
>
> 诗吟两句神还王，酒饮三杯气尚粗。嵬峨狂歌教婢拍，婆娑醉舞遣孙扶。
>
> 天年高过二疏傅，人数多于四皓图。除却三山五天竺，人间此会更应无。

而睢阳五老会的特点，正如钱明逸在《睢阳五老图序》里所说，也是"形于绘事以纪其盛"。《睢阳五老图序》还特别提到，五老会是对白居易九老

---

① 祝穆，富大用. 新编古今事文类聚前集［M］. 北京：日本株式会社中文出版社，1982：21.

会在文化形式上的成功接续。①

> 昔唐白乐天居洛阳，为九老会，于今图识相传，以为胜事。距
> 兹数百年无能绍者。以今况昔，则休烈巨美过之。

这一点，五老那里也是有自觉意识的。杜衍《睢阳五老图》首句云："五
人四百有余岁"，与白居易《七老会诗》首句"七人五百七十岁"相似，显
然是故意效仿，以示承传之意。而朱贯《睢阳五老会诗》云："九老且无元老
贵，莫将西洛一般看。"其诗作也将睢阳五老会与白居易的九老会作对比。
　　其实在睢阳五老会之前，北宋就有李昉在汴京做过一次欲效仿白居易九
老会的策划，但事与愿违，最终未能成功。其事见于王禹偁《小畜集》卷
二十为吴僧赞宁所作《右街僧录通惠大师文集序》，大略云②：

> 故相文正公悬车之明年，年七十一，思继白少傅九老之会。得
> 旧相吏部尚书宋琪年七十九，左谏议大夫杨徽之年七十五，郢州刺
> 史判金吾街仗事魏丕年七十六，太常少卿致仕李运年八十，水部郎
> 中直秘阁朱昂年七十一，庐州节度副使武允成年七十九，太子中允
> 致仕张好问年八十五，大师时年七十八，凡九人焉。文正公将宴于
> 家园，形于绘事，以声诗流咏播于无穷。会蜀寇作乱，朝廷出师，
> 不果而罢。

又有徐祐苏州九老会，杜衍还曾赠诗，但这次怡老会缺乏"形于绘事以
纪其盛"的风雅。龚明之《中吴纪闻》卷二"徐都官九老会"条记载如下：③

①　王连起.宋人《睢阳五老图》考［J］.故宫博物院院刊，2003（1）：7-21，i001，i008.

②　王禹偁.王黄州小畜集［M］.北京：北京图书馆出版社，2004：9.

③　龚明之.中吴纪闻［M］.北京：中华书局，1985：30.

徐祐，字受天，擢进士第。为吏以清白著声。庆历中，屏居于吴，日涉园庐以自适。时叶公参亦退老于家，同为九老会。晏元献、杜正献皆寓诗以高其趣。晏之首题云"买得梧宫数亩秋，便追黄绮作朋俦。"杜之卒章云"如何九老人犹少，应许东归伴醉吟。"时与会者才五人，故杜诗及之。

相比较而言，睢阳五老会不仅应南都社会各界的要求，形成了五老的写真画像，而且悬挂在南都国子监翘馆，作为教育后世的典范。同时，杜衍还请朋友圈中的名流贤士围绕五老的写真画像次韵奉和。以上两点为中唐九老会所不及。可以说，追慕并试图效仿中唐九老会的北宋怡老会很多，而睢阳五老会第一次真正地继承并发扬了白居易晚年的居洛风流。

二、北宋写真开放风气的推动

在吟醉相欢的建筑物里悬挂昔贤图像，在北宋前期是一种风尚。朱弁《风月堂诗话》载欧阳修等在颖州聚星堂燕集赋诗。[①]

又赋壁间画像，公得杜甫，申公得李文饶，刘原父得韩退之，魏广得谢安石，焦千之得诸葛孔明，王回得李白，徐无逸得魏郑公。

而在雅集场所的昔贤壁画图像旁侧，增列当世名流画像的情况，也已经出现。《邵氏闻见录》卷八记述[②]：

天圣、明道中，钱文僖公自枢密留守西都，谢希深为通判，欧

---

① 惠洪，朱弁，吴沆.冷斋夜话·风月堂诗话·环溪诗话［M］.北京：中华书局，1988：101-102.
② 邵伯温.邵氏闻见录［M］.上海：上海古籍出版社，2012：47.

> 阳永叔为推官，尹师鲁为掌书记，梅圣俞为主簿，皆天下之士，钱
> 相遇之甚厚。一日，会于普明院，白乐天故宅也，有《唐九老画
> 像》。钱相与希深而下，亦画其旁。

虽然缺乏材料支撑，但根据情理推断，当时不大可能让钱惟演等的肖像
上墙，不仅因为换壁的工程麻烦，而且出于健在之人在政治上和品德上难可
定论，所以普明院应该是悬挂钱惟演等的绢制画像作为刻在墙壁上白居易画
像的陪衬，以增广风流佳事。《睢阳五老图》的特殊之处在于，其不复依傍前
贤画像，而自为风流佳事之主体，如钱明逸《睢阳五老图序》所言："以今况
昔，则休烈巨美过之。"而杜衍等五老之所以有这样的勇气和信心，与北宋时
期写真风尚有关。

写真图像的功用，宋代以前就有名士做过很好的概括。西晋文学家陆机
云："存形莫善于画。"大意为：写真的基本功用是存形留像。南朝齐梁间谢赫
《古画品录》专门谈到肖像写真的政治功能。[1]

> 图绘者，莫不明劝戒，著升沉，千载寂寥，披图可鉴。

而唐代张彦远《历代名画记·叙画之源流》也说[2]：

> 以忠以孝，尽在于云台。有烈有勋，皆登于麟阁。见善足以戒
> 恶，见恶足以思贤。留乎形容，式昭盛德之事。具其成败，以传既
> 往之踪。

唐裴孝源《贞观公私画史·序》则进一步强调肖像写真的教化功能。

---

① 谢赫，姚最.古画品录·续画品录［M］.北京：人民美术出版社，1962：1.

② 张彦远.历代名画记［M］.北京：人民美术出版，2016：3.

其于忠臣孝子，贤愚美恶，莫不图之屋壁，以训将来。或想功烈于千年，聆英威于百代。乃心存懿迹，默匠仪形。其余风化幽微，感而遂至；飞游腾窜，敩之目前，皆可图画。

北宋继承之前的传统，写真风尚由上层社会走入各个阶层。皇族之御容，功勋之大臣，当然有宫廷画师为之写真，珍藏以备用。即使是一般官员，朝廷也保藏其写真肖像，《宋史·唐介传》记载[1]：

介为人简伉，以敢言见惮。每言官缺，众皆望介处之，观其风采。神宗谓其先朝遗直，故大用之。然居政府，遭时有为，而扼于安石，少所建明，声名减于谏官、御史时。比疾亟，帝临问流涕，复幸其第吊哭，以画像不类，命取禁中旧藏本赐其家。

从家族文化保护和发展角度出发，存留祖先写真肖像，并用于教育子孙，也蔚为风尚，《邵氏闻见录》记载[2]：

尹师鲁以贬死，有子朴，方襁褓。既长，韩魏公闻于朝，命官。魏公判北京，荐为幕属，教育之如子弟。朴少年有才，所为或过举，魏公挂师鲁之像哭之。

而民间出现了之前历代罕见的现象：地方民众为表达对官员的感恩戴德之情，"画像祠之"。《续资治通鉴》卷五记载[3]：

① 脱脱，等.宋史 [M].北京：中华书局，1977：10330-10332.

② 邵伯温.邵氏闻见录 [M].北京：中华书局，1983：96.

③ 毕沅.续资治通鉴 [M].北京：中华书局，1957：107.

通判真定贾琏，始建议开浚，刺史王奇谓浚之犯井龙，役夫不肯进，琏亲执锸兴役，逾年而至泉脉，初炼盐日三百斤，稍增日三千六百斤。琏上其事，即诏琏知州事。琏后卒于官，州人画像祠之。

还出现了为在世者画像以立生祠的情况，《续资治通鉴》卷五十二记载[1]：

（仲淹）为政主忠厚，所至有恩，邠、庆二州之民与属羌，皆画像立生祠事之。

正因为当时社会形成了丰富多元的写真风尚，以杜衍为首的五老在提供自己生人写真像作为南都诗酒文化典范方面，没有任何心理障碍。

三、适应南都的文化建设需要

睢阳在宋太祖、仁宗两朝为宋州，宋真宗景德三年（1006 年）二月，升为应天府，意为"顺应天命"。大中祥符七年（1014 年）正月，应天府改称为南京，当时诗文也常称为"南都"。应天府能获得朝廷如此优待，不仅在于其为帝业肇基之地，而且因其地理位置优越，水陆交通便利，同时农业经济、商业经济和社会发展状态良好。应天府升格为南都后，城市文化建设的要求也就相应提高。

自五代末以来，睢阳一地文化最有特色之处体现在应天府书院的建设和发展。从睢阳学舍到应天府书院再到南京国子监，应天府书院一以贯之的做法，是特别强调儒家经典的讲习与研修。而以石介为代表的应天府书院学者，在坚持儒家思想方面态度坚决，甚至显得偏激固执。石介在景祐元年至宝元

① 毕沅.续资治通鉴［M］.北京：中华书局，1957：1271.

元年（1034—1038 年）提举应天府书院期间，应天府知府刘随循例视察，要求清除府学中所存的非圣人之书。不过，刘随在翻阅《三教画本》后认为："佛与老氏与吾圣人为三教，三教皆可尊也。"[①] 但石介本着独尊儒家思想的立场，对此表示强烈不满，不顾刘随的指示，自作主张下令去掉佛、老二像，独留孔子一像，并作《去二画本记》记述此事。

另外，以石介为代表的应天府书院学者，为在政治层面和社会领域快速有效地振兴儒家思想，将注重经营形式而轻视经世治国的"西昆体"确立为打击目标。范仲淹就曾明确指出西昆派作品"上不主乎规谏，下不主乎劝诚"。而石介对"西昆体"指责尤多，如《上蔡副枢书》云[②]：

> 今夫文者，以风云为之体，花木为之象，辞华为之质，韵句为之数，声律为之本，雕镂为之饰，组绣为之美，浮浅为之容，华丹为之明，对偶为之纲，郑、卫为之声，浮薄相扇，风流忘返。

又《怪说》云[③]：

> 今杨亿穷研极态，缀风月，弄花草，淫巧侈丽，浮华纂组，刓镂圣人之经，破碎圣人之言，离析圣人之意，蠹伤圣人之道。

由于后来石介任国子监直讲，影响甚大，以至于"新进后学不敢为杨刘体，亦不敢谈佛老"。[④] 受应天府书院贤达执着于儒家思想的影响，作为真宗、仁宗两朝复兴儒学发源地之一的应天城，在文风上难免显得偏颇：力求经世

---

① 石介. 徂徕石先生文集［M］. 陈植锷点校. 北京：中华书局，1984：153.

② 石介. 徂徕石先生文集［M］. 陈植锷点校. 北京：中华书局，1984：144.

③ 石介. 徂徕石先生文集［M］. 陈植锷点校. 北京：中华书局，1984：62.

④ 朱熹. 五朝名臣言行录［M］. 北京：北京图书馆出版社，2003：69.

致用而有躁进之嫌，没有展现出与都城地位相匹配的雍容大度气象。

如果放到仁宗时期应天城文化建设的层面考量，则《睢阳五老图》诸诗篇地域文化建设的意义凸显。杜衍仕途履历丰富，又曾在朝廷主政，他致仕退居睢阳后，对以上所述应天城文化的优缺点应能一目了然。杜衍在应天城发起五老会及公开《睢阳五老图》，表面上只是在展示小群体悠游容与的文化生活，究其实则能解读出深意：文化生活丰富，是都城文化发展的核心内容。杜衍将唐代会昌年间的九老会奉为睢阳五老会、《睢阳五老图》的文化渊源，可能意在提醒：排斥佛老，反对西昆体的影响，固然是不错的，但意识形态问题主要是精英知识分子阶层的思想斗争。而都城文化建设，要能够普惠民众，使市民都能融入其中。应天城市民将五老会"形于绘事以纪其盛"，足以说明五老会所倡导的休闲文化生活，对以往功利躁进的城市风气起到了矫正作用，为南都文化建设指示了合适的方向。

第二节 《睢阳五老图》次韵诸篇产生的时间和背景

《睢阳五老图》次韵诸篇的作者时间跨度大，最早的毕世长生于963年，最晚的黄庭坚生于1045年，相差82岁。显然，《睢阳五老图》次韵诸篇不是同一批次的作品。那么，探讨《睢阳五老图》次韵诸篇的写作时间，对于我们理解诗歌在《睢阳五老图》传播过程中的作用就很有必要。

一、第一批次作品

（一）睢阳五老的诗作

睢阳五老在写诗时，保存至今的那五幅肖像图是否已经完稿，不能确定，也不重要。因为五老都是从朝廷致仕的，朝廷或有御赐写真，至少五老所在家族都会有各自的写真画像以备用。而且五老有固定的聚会，经常见面，不用肖像画也能写出诗来，所以不必苛求保存至今的五幅肖像图的创作时间与五老的诗歌创作时间保持一致。确定五老诗篇的创作时间是可以找到内证的。

冯平诗有句云："退傅况兼为隐伴"，退傅，指致仕退居的杜衍。杜衍于皇祐元年（1049 年）被朝廷封为太子太傅，在皇祐五年（1053 年）七月升授为太子太师、资政殿大学士。据此判断，五老之诗必作于皇祐元年（1049 年）至皇祐五年（1053 年）之间。

杜衍诗有句云："五人四百有余岁"。由于五老生卒年基本清楚，由此可以推算创作时间。杜衍生于 978 年，冯平生于 979 年，王涣生于 972 年，朱贯生于 976 年，毕世长生于 959 年，则至少要到 1052 年，五人合龄（虚岁）才能超出 400 岁。据此判断，五老之诗必作于皇祐四年（1052 年）之后。

欧阳修于皇祐二年（1050 年）七月至皇祐四年（1052 年）三月知应天府兼任南京留守。其《借观五老诗次韵为谢》必作于这一时期，之后他回颍州丁母忧，应会遵守礼制要求，不去发此闲情。这说明，皇祐四年（1052 年）三月之前，欧阳修已经看到了五老诗。

综合以上时间推论，取其交集，可以断定：睢阳五老的这五首诗作的全部完成时间在皇祐四年（1052 年）正月至三月间。

（二）欧阳修的诗作

欧阳修当时在南都（睢阳）任职，其次韵诗的写作应与五老之作差不多先后同时，在时间上可归入第一批次。欧阳修集收录了《借观五老诗次韵为谢》，诗题中的"借观"二字，应该包含有借阅《睢阳五老图》的意思。若只是借诗来读，是不必用"观"字的。从诗题中的"次韵"一词看，欧阳修所借阅的，是五老亲自书写的用"冠""桓""寒""看"韵的这五首诗，而非五老会产生的其他诗篇。不过，欧阳修诗句中并没有任何地方提及《睢阳五老图》，文不对题让人感到奇怪。

这里提供的解释是：五老亲自书写的用"冠""桓""寒""看"韵的这五首诗，不是一般的集会之作，而是《睢阳五老图》之配诗。即官府确定图像合格后，认可其在特定公共场所悬挂，或在特定公共场所刻壁，同时配上五老的诗作。欧阳修借阅五老诗作并次韵，既出于对恩师杜衍的情谊，也是尽主政长官的义务。当然，作为重要的捧场信物，欧阳修手书的次韵之作也一定会随附《睢阳五老图》悬挂或刻壁。作为主政长官，欧阳修对于所借阅之画作，负有审查的责任，他应该会召集相关人员讨论斟酌，对改善画像提出修改意见。就欧阳修所借观的诗画而言，五老诗是用来欣赏与奉和的，《睢阳五老图》是作为草稿供批评的。欧阳修《借观五老诗次韵为谢》出现文不对题的情况，可能反映了他对看到的五老写真图样不满意，要求进行修改，所以在诗作里就不予提及。

（三）苏颂的诗作

苏颂当时也在南都（睢阳）任职，其次韵诗的写作应与五老之作、欧阳修次韵之作差不多同时，在时间上也应归入第一批次。苏颂的诗作只称颂了杜衍，而没有兼及五老。首联有句云："衣钵承传宰辅冠"——五老中只有杜衍当过宰辅。次联有句云："沾恩新赐立危桓"，指皇祐元年（1049年）九月，仁宗下诏命杜衍赶赴都城开封府陪祀明堂，令应天府敦促派遣杜衍上道，都亭驿站设置帐具、几杖等待他。第三联誉为"文星"，第四联"直笔当时修国史"，主要指杜衍做宰相时，兼集贤殿大学士之职，其他四老均不能当之。如果系为《睢阳五老图》作诗，这样的写法显然是不礼貌的，也是不规范的。苏颂是北宋时期知礼遵礼的著名人士，不可能犯这样的低级错误。

苏颂在南都任职期间，与杜衍往来频繁。《魏公谭训》卷六记述："杜相在南都，尤待遇祖父（按，指苏颂）。每一月不往，必曰：'子容欲为不可得而亲疏耶？何待老夫之薄也！'"① 所以苏颂有机会在第一时间得到杜衍的《睢阳五老图诗》并奉和。从诗句"堂堂严貌依龙衮"判断，苏颂也阅览了杜衍准备用于《睢阳五老图》的个人画像。至于苏颂作诗不去旁涉其他四老，应该是出于一种谨慎的考虑：《睢阳五老图》悬挂或刻写在公共场所，是应天城的文化盛事，因着杜衍的声望，陪衬捧场的随附次韵诗作，多出于当时名公巨卿之手。而自己位卑名微，次韵诗作只写杜衍，表达对这位长辈知己的尊敬和礼貌，原在情理之中。但如果兼及五老，其实就流露了希望随同悬挂（刻写）的意愿，而难免有攀附贤达以求虚名的嫌疑。作为有自知之明的儒者，苏颂当然会刻意去回避这一点。

欧阳修和苏颂的次韵诗，因为他们当时都在南都（睢阳）任职，创作时间应与五老之作先后完成，在时间上可归入第一批次。

二、第二批次作品

《睢阳五老图》进入公共场所刻壁或公开悬挂，乃是南都文坛之盛事，按照当时的风尚，作为主事者的杜衍和欧阳修，一定会邀请与其交好且声望隆高者次韵捧场。就皇祐四年（1052年）正月至三月而言，晏殊、范仲淹、文彦博、富弼、韩琦、胡瑗均符合这两个条件。

在庆历新政中，晏殊曾任次相，范仲淹曾任参知政事，文彦博曾任宰相，富弼曾任枢密副使，韩琦曾任枢密副使，杜衍曾任次相，欧阳修曾任知制诰。他们以文才相尚，在政治上一致支持革新，为庆历新政的核心人物。庆历新政失败后，他们均遭到贬谪或自请退居，但都坚持革新的政治立场不

---

① 苏颂，苏魏公文集：附录七《丞相魏公谭训》［M］.苏彦铭、李伟国，校点.上海：上海辞书出版社，2014：768.

妥协。皇祐四年（1052年）正月至三月，他们任职的情况为：杜衍致仕退居应天城（南都）。欧阳修知应天府兼南京留守。晏殊以户部尚书、观文殿大学士出任永兴军（今陕西西安）节度使。范仲淹以资政殿学士，正由知青州调整为知颍州。文彦博以观文殿大学士知许州。富弼以大学士知蔡州。韩琦以观文殿大学士知定州。胡瑗主要从事教育事业，并不处于政治斗争的旋涡，身上没有支持庆历新政的标签，但他的仕途一直受知于范仲淹，与上述革新派诸公亲善。庆历四年（1044年）范仲淹推行新政，取胡瑗教学法撰为《学政条约》颁行全国，并效法湖州的办学经验兴办了一所中央太学。皇祐四年（1052年），胡瑗升为国子监直讲，主持太学，在当时属于高官和名流。

或许有人会说，皇祐五年（1053年）正月至三月，晏殊在长安，范仲淹在青州，文彦博在许昌，富弼在淮西，韩琦在河北定州，胡瑗在京城开封，这些人分散在各地，不可能到应天城会合，为《睢阳五老图》次韵捧场。考虑这一点是非常必要的。不过，从来没有规定说，次韵酬和一定要求唱和者在同一时间于同一地点现场进行，唐代元稹被贬通州、白居易被贬江州时，其唱和就是以往复邮寄的方式进行的。为《睢阳五老图》诗次韵，从杜衍和欧阳修方面来说，可以是寄请，即将《睢阳五老图》样本及首倡之诗邮寄给晏殊、范仲淹、文彦博、富弼、韩琦、胡瑗等人。对于应天府来说，虽然要以杜衍和欧阳修的名义约请，但这确实是公事，可以派公差。对晏殊、范仲淹、文彦博、富弼、韩琦、胡瑗来说，是寄和，即将次韵之作交付差人或邮寄给应天府衙。

北宋皇祐三年（1051年）十一月，担任京西转运使的苏舜元，请范仲淹手书《乾卦》，范仲淹以《乾卦》字多，而选择写韩愈《伯夷颂》："示谕写黄素，为《乾卦》字多，眼力不逮，且写《伯夷颂》上呈。"[1]之后，苏舜元将

---

① 范仲淹.范仲淹全集［M］.成都：四川大学出版社，2007：732.

此手写帖分别寄给文彦博、晏殊、富弼、杜衍和欧阳修等新政的支持者题跋。杜衍记述了自己为范仲淹手墨题跋的原委。[①]

> 远蒙运使度支以资政范公所寄黄素小字韩文公《伯夷颂》。许昌文公、淮西富公题诗于后，才翁复缀雅什。兼寄长安晏公，公亦有作。衍久兹休退，人事仅废，不意雅故未遗，悉以副本为贶，俾愚继之。对此怔忪，既感且愧，率成拙句奉呈，敢言亦骥之乘？聊为续貂之比耳。

可以说，《睢阳五老图》诸篇系通过寄请次韵而成雅集，这一点基本上毋庸置疑。从思想层面看，《睢阳五老图》题咏不妨看成对范仲淹《伯夷颂》手札题咏的一种效仿。二者的共同点在于：通过题咏遥相呼应，鼓励庆历党人团结一致，彼此关心，相互慰藉。不同之处在于范仲淹《伯夷颂》手札强调拒绝与朝廷奸臣合作，要坚定不屈；而《睢阳五老图》更像是在引导旧日同僚要抛弃政治斗争的执念，以平和之心享受安居的生活。

按照常情常理推断，最初进入南都国子监翘馆入刻或悬挂的作品，《睢阳五老图》而外，应包括杜衍、冯平、朱贯、王涣、毕世长、欧阳修、晏殊、范仲淹、文彦博、富弼、韩琦、胡瑗的诗作。苏颂当时任南京留守推官，官职与威望不足，其称赞杜衍画像的诗作或未入列，但应该会附录于公库保存的《睢阳五老图》副本。

三、第三批次作品

这一批诗人的年龄，与五老相差 40 ～ 74 岁。据现存史料，他们的仕途履历，与包括杜衍在内的睢阳五老基本上没有交集。这里将这一批诗人放置

---

① 陈思.两宋名贤小集［M］.台北：台湾商务印书馆影印文渊阁四库全书，1986：735-737.

在一起，是找到了他们在同一时间、同一地点为《睢阳五老图》雅集作诗的线索。

嘉祐二年（1057 年）二月五日，一代名相杜衍在应天府的家中去世。其时欧阳修为翰林学士，被差遣担任礼部贡举的主考官，主持进士考试，不便前往。而司马光作有《祁国正献公挽歌三首》，其二有句云："先子同乌府，知音诚皦然。"杜衍任御史中丞时，司马池曾兼侍御史知杂事，为杜衍下属，故司马光有其父与杜衍同事并受到赏识这一说法。又云："脱缞来拜伏，抚首辱哀怜。"从诗意看，司马光是亲往吊唁的。这一年，司马光由并州通判入为太常博士、直秘阁，而欧阳修兼判秘阁、秘书省，欧阳修为司马光的上司。因为杜衍的去世，《睢阳五老图》故事在京城（开封）文士圈子里再次流传广布，而主考官欧阳修曾得到杜衍提携这层关系，无疑也会得到参加科举考试士子的关注。

嘉祐二年（1057 年）二月后的数月内，张载、苏轼、苏辙、程颢在京城开封参加进士科考试，之后被录取者仍要停留待选，程颐当时在太学读书，司马光如上所述为太常博士（直秘阁），六人均在京城（开封）。由于他们或系欧阳修的下属，或系欧阳修名下的考生，因此他们聚在一起围绕着欧阳修的《睢阳五老图》次韵之作组织一次雅集是合情合理的。以下我们据此做进一步探讨。

现存这 6 首诗作，苏轼题作《次韵借观睢阳五老图》，显然是在奉和欧阳修《借观五老诗次韵为谢》。根据次韵奉和的规矩，在同一场合次韵奉和，那么最先成稿的，应该写上"次韵 + 原作"这个标题，之后依次完成的可以直接写诗句，而不必另外再写题目。根据目前的文献载录情况判断，苏轼最先成稿，所以有《次韵借观睢阳五老图》这个诗题，司马光、苏辙、程颐、程颢、张载等后来完成，所以只有诗句。他们的诗作有《睢阳五老图》这个标题，应该是后人抄录时添加的，并不意味着他们雅集时就一定见到了画作。

《铁网珊瑚》将欧阳修《借观五老诗次韵为谢》误作司马光诗，这是一个重要的信息。《铁网珊瑚》是著录书画的图书，卷末有署名海虞清常道人赵琦美于万历二十八年（1600 年）自序，称是书乃合海虞秦氏藏本、焦弱侯校本及所见真迹编成。书画著录一般会经眼实录，司马光、欧阳修的书法真迹历代流传，很容易辨识，专业书画鉴定家对二者的区别不可能不知。出现这种辨识误差，最可能的原因就是，欧阳修《借观五老诗次韵为谢》被当作这次雅集奉和的原作，但欧阳修未在场，也没有亲自书写自己的诗作。欧阳修《借观五老诗次韵为谢》是由司马光书写传阅的，由于在场众人皆知，因此诗作没有署上作者欧阳修的姓名。传至后世，就很容易被误解为是司马光的诗作。

司马光、苏轼、苏辙、程颐、程颢、张载的这些诗作虽不能说与《睢阳五老图》无关，但实际上只是对欧阳修诗作的奉和，在性质上属于文字风流，严格地说并不能算咏画之作。但好事者附庸风雅，将其附缀于画，亦人之常情，无可厚非。这些诗作，客观上反映了年轻士子对一代文宗欧阳修的敬慕，以及希望得到提携的心情。

四、另当别论之作

（一）邵雍的诗作

邵雍与睢阳五老无交故，但与司马光往还密切，所以他作《睢阳五老图》次韵诗篇，当出于司马光的嘱托。司马光从熙宁四年（1071 年）四月开始退居洛阳编撰《资治通鉴》，而邵雍卒于熙宁十年（1077 年）七月，邵雍《睢阳五老图》诗篇必作于其间。邵诗云："政事浑如春梦闲，人情嚣薄恶儒冠。"又云："乾元恰似诸公意，符节还同一揆看。"认为杜衍等的儒家事业难免招致人生艰难，过后想来也不过春梦一场，但努力奋发的品德符合《易经》乾卦自强不息的精神。这种本着道家思想和易学原理来观察儒家事业的角度体现了理学家的立场，这与其他诗篇立意迥然不同。

（二）张商英的诗作

张商英与睢阳五老无交故。杜衍作为前朝名臣，深受元祐时期大臣文彦博、司马光、韩忠彦等的推崇。张商英在仕途上较为投机，元祐元年（1086年）为了谋取谏官职位，与苏轼等元祐保守派政治力量靠近，次韵《睢阳五老图》诗篇应该是他在此时试图取悦元祐旧党当权者的一种表示。

（三）范纯仁的诗作

范纯仁为范仲淹之子，早年家住应天，熟识杜衍，曾在应天府求学读书，他深谙《睢阳五老图》次韵故事，为此作诗寄托对前贤的怀念，可以出于多种缘由。范诗里有"耆英后会成威烈，相貌前图壮世寒"。耆英会，当指文彦博在洛阳组织的耆英会，则此诗当作于元丰五年（1082年）后。"世寒"，表明当时范纯仁仕途正处于艰难时期。尾联"吾道欲如公道立，百年藻鉴动人看"，则说自己准备像杜衍那样致仕，过一种怡然自乐的平静生活。范纯仁于哲宗绍圣元年（1094年）四月罢相，随后以观文殿大学士加右正议大夫知颍昌府、京西北路安抚使，复徙知河南府，改知陈州，又落职知陈州。绍圣四年（1097年）二月，贬武安军节度副使，永州安置，这一年范纯仁71岁。考虑到杜衍是70岁左右准备致仕的，据此判断，范纯仁此诗应作于1096年前后。

（四）黄庭坚的诗作

黄庭坚诗题为《次韵谢借观五老图》，说明他写这首诗是步苏轼的后尘。诗有句云："妖术图奸梁木坏，党碑雷震雹冰寒。"众所周知，崇宁元年（1102年）九月，宋徽宗在蔡京的怂恿下，令中书省进呈元祐年间反对新法及在元符年间有过激言行的大臣姓名，并刻石立碑，黄庭坚在害政之臣"余官类"

位列第二。"党碑雷震雹冰寒"，是描述自己被列入元祐党籍所遭受的沉重打击。"妖术图奸梁木坏"，诗人并没有埋怨宋徽宗，而是清醒地指出，是蔡京用奸邪的手段打击朝廷大臣。从用语的激烈程度看，这首诗应该写于党籍名单公布之后不久，即崇宁二年（1103 年）九月至十二月，其时黄庭坚黜落为看管玉龙观，其实是在赋闲。黄庭坚之所以要在这时回顾《睢阳五老图》，应该是他因奸臣蔡京的作为而深刻领会到，像杜衍这样的宰相真是难能可贵。

以上梳理了有关《睢阳五老图》次韵诸篇一些可信的线索，由于史料不足，更富有说服力的细节论证难以展开。理出这些线索，主要想说明一个问题，《睢阳五老图》流传有序，次韵诸篇文献记载确凿，也能得到合情合理的解释，如果没有切实的文献证据，则不应通过简单推理轻易怀疑其为后世伪作。

第三节　从钱序看《睢阳五老图》次韵诸篇的流传

钱明逸《睢阳五老图序》是《睢阳五老图》接受过程中出现的一种重要文献。其手写原文今藏美国大都会艺术博物馆，录文字如下 ①：

> 夫蹈荣名而保终吉，都贵势而跻遐耇，白首一节，人生所难。今致政宫师相国杜公，雅度敏识，圭璋岩庙；清德令望，龟准当世。功成自引，得谢君门。视所难得者则安享之，谓所难行者则恬居之。燕申睢阳，与太原王公、故卫尉河东毕卿、兵部沛国朱公、驾部始平冯公，咸以耆年挂冠，优游乡梓，暇日宴集，为五老会。赋诗酬唱，怡然相得。宋人形于绘事以纪其盛。昔唐白乐天居洛阳，为九

---

① 王连起.宋人《睢阳五老图》考［J］.故宫博物院院刊，2003（1）：7-21.

老会，于今图识相传，以为胜事。距兹数百年，无能绍者。以今况昔，则休烈巨美过之。明逸游公之门久矣，以乡闾世契倍厚常品。今假守留钥，日登翘馆，因得图像，占述序引，以代乡校咏谣之万一。至和丙申中秋日，钱明逸序。

这篇序文透露了几条重要信息：①杜衍位尊望重，是五老会的核心人物；②五老会的主要内容是赋诗酬唱，产生的诗作无疑很多，由此可以推断上述五首诗系专为配图而作；③绘画《睢阳五老图》最初是民间行为，后来上升为官府项目，置于南都国子监翘馆供人瞻仰；从"乡校咏谣"一词看，同一时间应天府其他学堂也有安置《睢阳五老图》的，而且以《睢阳五老图》为题作诗在当地还形成了一种风气；④杜衍与钱明逸的父亲钱易交好，又同为浙人，因着这些关系，钱明逸以前经常向杜衍请教。出于对杜衍的情谊，加之钱明逸身为睢阳一地的行政长官，所以他主动收藏《睢阳五老图》，并写这篇序记述相关情况。

　　要注意的第一个问题是，《睢阳五老图》显然不止一种：①南都（应天）国子监中有睢阳五老的画像，而且很有可能是刻在墙壁上的；②应天府（南京留守司）的公库里应藏有睢阳五老写真图若干种；③国子监之外的乡校中应该也挂有睢阳五老的图像。那么，钱明逸所收藏并为之写序的《睢阳五老图》，当出于应天府公库，或另请高明画为复本。由于钱明逸作序时杜衍尚在世，即使翘馆五老图为悬挂之绢本画像，钱明逸也断不可能摘取据为己有。故钱明逸作序之画本，当为《睢阳五老图》传播线路其中之一的起点。

　　要注意的第二个问题是，钱明逸《睢阳五老图序》绝口不提欧阳修、晏殊、范仲淹、文彦博、富弼、韩琦、胡瑗等的次韵诸篇，尽管这是传诵一时的文坛佳话。其原因在于：这些诗人是庆历新政的中坚力量，而钱明逸属于与之相对立的吕夷简政治集团。钱明逸曾为吕夷简出面，首劾范仲淹、富弼。①

> 更张纲纪，纷扰国经。凡所推荐，多挟朋党。乞早罢免，使奸
> 诈不敢效尤，忠实得以自立。

这直接导致范仲淹、富弼被罢免，甚至杜衍被免相也与钱明逸有一定关系，只是双方没有公开矛盾伤及情面而已。钱明逸知应天府和南京留守司事后，对于世交前贤故相杜衍经营的五老会及《睢阳五老图》唱和这一地方文化盛事，不可能不有所附和。对于表扬杜衍和其他四老，在一定程度上可以说是他作为晚辈和地方长官的应尽义务，这当然没有心理障碍。但是要奉和范仲淹、文彦博、富弼、韩琦等曾经与自己相互攻讦的政敌，可能就会贻人口实。由于富弼、文彦博已于至和二年（1055 年）重回朝廷拜相，钱明逸只要为《睢阳五老图》次韵就难免被人误解为改弦更张攀附旧敌。应该是为了避嫌，他最后决定以个人收藏为由，题文于《睢阳五老图》之后。无疑，身为地方长官，钱明逸的序文也一定会被刻写或悬挂，置于翘馆。但文之于诗，已是截然不同的两种体式，而政治立场的相异，也就隐含其中不言自明。

根据钱明逸所作的序文分析，《睢阳五老图》次韵题咏和为文题跋是按照不同的路径分别传播的。一方面，题咏这一传播路径要保持次韵的纯粹性，再则《睢阳五老图》次韵的作者多系刚直守正的儒家知识分子，对官德不正的钱明逸是排斥的，故其诗作断不会与钱序同列。另一方面，正如前文所指出的，钱明逸为文作序，其实也是自觉地与次韵诸公保持距离。明代赵琦美《铁网珊瑚》卷三著录《睢阳五老图》，情况大致如下。②

---

① 脱脱，等.宋史：卷317［M］.北京：中华书局，1985：10346-10347.

② 王连起：宋人《睢阳五老图》考［J］.故宫博物院院刊，2003（1）：7-21，i001，i008.

钱明逸《五老图序》后录有《五老会诗》，下注"真迹诸诗并亡"。依次为杜衍、王涣、毕世长、朱贯、冯平。依"冠""桓""寒""看"为韵作七律诗唱和。后以《次韵借观五老图》冠之的欧阳修、晏殊、张商英、范仲淹、富弼、韩琦、胡瑗、苏颂、邵雍、文彦博、司马光、张载、程颢、程颐、苏轼、黄庭坚、苏辙、范纯仁的依韵和诗，下注"以上真迹俱亡"。后题"绍兴以来诸跋"计：蒋璨、杜绾、钱端礼、胡安国（下注"真迹亡"）、朱熹（注"真迹亡"）、吕祖谦、王铚、李南寿、谢规、洪迈、张贵谟、游彦明、范成大、欧阳希逊、洪适、黄缨、谢如晦、杨万里、俞端礼、何异、朱子荣、赵孟頫、虞集、李道坦、程钜夫、姚燧、马煦、元明善、刘致、曹鉴、刘巨川、段天祐、王守诚、曹元用、马祖常、张翥、俞焯、韩庸、赵期颐、郭畀、钱琼、斡玉伦徒、泰不华、柳贯、杜本、李祁、周伯琦、王逊。

如果确曾出现过次韵诸篇与题跋诸文合册随附《睢阳五老图》的情形，那一定是后人重新誊写过的，或者将诸公原作汇集后重新装裱过的。

方健《北宋士人交游录》一书对现存元代以前《睢阳五老图》及诗文题跋是否为真迹，提出了质疑。[①] 由于作者非书画鉴定专家，仅从文献著录的角度加以推理，所论不能成立。对于《睢阳五老图》次韵诸篇，方文认为除欧阳修一首外，其余均为伪作。方文立论存有潜在的误解，即《睢阳五老图》只有一种画本，只有前后相续的一个流传脉络，《睢阳五老图》次韵诸篇是在同一场合一次性完成的，这些前文已经予以澄清，不再辩驳。至于方文提出《睢阳五老图》次韵诸篇基本不见于诗人传世文集这一观点涉及咏画诗流传的问题，兹略作探讨。

---

① 方健. 北宋士人交游录［M］. 上海：上海书店出版社，2013：23-35.

《声画集》是南宋时期编纂的咏画诗集，后人常用此对北宋别集进行辑佚校勘，《四库全书总目》评价《声画集》云[①]：

> 其所录如刘莘老、李廌、折中古、夏均父、徐师川、陈子高、王子思、刘叔赣、僧士珪、王履道、刘王孟、林子来、李商老、李元应、喻迪孺、李诚之、潘邠老、崔德符、蔡持正、王佐才、曾子开、陶商翁、崔正言、林子仁、吴元中、张子文、王承可、曹元象、僧善权、祖可、璧师、闻人武子、韩子华、蔡天启、程叔易、李成年、赵义若、谢民师、李膺仲、倪巨济、华叔深、欧阳辟诸人，其集皆不传。且有不知其名字者，颇赖是书存其一二，则非惟有资于画，且有资于诗矣。

这则材料说明，北宋时期题咏画作之诗不见于别集，乃是一种常见现象，其原因可从以下几个方面去理解。

一、北宋时期知识界崇尚诗画一律的风气

郭熙《林泉高致》引述前人语："诗是无形画，画是有形诗。"[②]苏轼《书摩诘〈蓝田烟雨图〉》云："味摩诘之诗，诗中有画；观摩诘之画，画中有诗。"[③]《书鄢陵王主簿所画折枝二首》其一云："诗画本一律，天工与清新。"晁补之《和苏翰林题李甲画雁二首》其一云："诗传画外意，贵有画中态。"这是北宋时期诗画深度融合发展状况的反映，但诗画一律被如此强调，反证之前一直存在着"诗画不均衡"的问题：诗因能言志述情写意，被视为品位端居

---

① 永瑢.四库全书总目提要［M］.北京：中华书局，1965：1697.

② 童强.艺术理论基本文献：中国古代卷［M］.北京：生活·读书·新知三联书店，2014：153.

③ 童强.艺术理论基本文献：中国古代卷［M］.北京：生活·读书·新知三联书店，2014：164.

绘形之图画以上；而诗人在社会上的文化地位，整体而言也远过于画工。基于这种社会认知，自《文选》至于有唐一代，文人编集时一直对题画诗不够重视，这一偏见在北宋时期无疑会有所延续。因此，那些早年不够成熟或出于应酬率尔操觚的咏画诗作，在编集时往往会被故意忽略。

二、咏画诗的流传途径

北宋咏画诗一般是在雅集的场合或出于雅集的要求而创作的，个人咏画之作是雅集咏画诗的一部分，随附画作供人观赏收藏是咏画诗流传的基本方式。而好事者将咏画诗唱酬之作单独辑录出来，离开图画当作唱和诗系列阅读也是一种流传方式。但析出某篇咏画诗单独流传是不合情理的。具体到个人文集的编纂，当编集者准备析出某篇咏画诗纳入文集时，特别是参与咏画的诗人尚有在世者的情形下，他一定会考虑要不要将其他的酬唱之作随附入集，以免引起"离则有缺"的非议和误解；可若将他作随附入集，则别集的纯粹性又会受损。既然存在两难，不取咏画诗入集自然就是一种可行的选择。苏峛于淳熙二年（1175 年）和韩元吉一起编辑《许昌唱和集》，让未入苏轼别集的唱和诗流行，有助于我们理解这个问题。

根据以上两点，我们大致可以判断：《睢阳五老图》次韵诸篇未入个人别集的主要原因，在于作者认为所作之诗已通过整体酬唱助成风雅，单独析出纳入个人文集意义不大，所以并未着意存留，而图画散落后则往往不为后之编集者所知。例外的情况包括杜衍、范纯仁、张商英、欧阳修、黄庭坚。杜衍是五老会的发起人，《睢阳五老图》诗对他有特殊意义，理应收入个人文集。范纯仁 70 岁时作《睢阳五老图》次韵追慕前贤，寄寓生活理想，诗篇品格较高，也应收入个人文集。张商英作《睢阳五老图》次韵，本系投元祐执政诸公之所好，这首诗对他的写作事业而言价值不大，应该不会收入个人文集。可惜杜衍、范纯仁与张商英都没有完整的诗集留存，对此难以证实。作为主管应天府和南都的地方行政长官，欧阳修于《睢阳五老图》盛事有促成之功，或者说这可以算是他的政绩之一，所以他乐意将《借观五老诗次韵为谢》纳入文集。黄庭坚《次韵谢借观五老图》中有"妖术图奸梁木坏，党碑雷震雹冰寒"这两句，是抨击蔡京等奸佞之臣的，而当时及以后十余年蔡京及其党羽还在执政，所以该诗多为得画者收录私藏，断不可以公开传播，这样也就难以为后之编集者所了解。

结 语

北宋睢阳五老会系追慕中唐白居易在洛阳发起的"香山九老会"而成事，同样以怡老乐岁为主题，促进了所在地应天一带文化事业的发展。其不同点在于，诗人次韵奉和以《睢阳五老图》为中心展开，咏画的特征较为明显。而先后两任地方行政长官的参与，包括欧阳修奉和为诗及钱明逸援笔作序，表明睢阳五老会、《睢阳五老图》及其相关诗篇形成的系列活动得到了官府的大力支持，具有一定的官方背景，这与"香山九老会"自由自在的诗酒风流是有所区别的。至于奉和之人中多有"庆历新政"的干将与支持者，隐约透露出同声相应、同气相求的政治立场，这与"香山九老会"借诗酒以怡情适性的纯粹娱乐性质大有不同。

附 录

《睢阳五老图》次韵诸篇（计22首，范仲淹1首暂缺）

杜衍《睢阳五老图》

五人四百有余岁，俱称分曹与挂冠。天地至仁难补报，林泉幽致许盘桓。花朝月夕随时乐，雪鬓霜髯满座寒。若也睢阳为故事，何妨列向画图看。

冯平《睢阳五老会诗》

诏恩分务许优闲，肯借留都獬豸冠。名宦倘来空扰攘，丘园归去好盘桓。醉游春圃烟霞暖，吟听秋潭水石寒。退傅况兼为隐伴，红尘那复举头看。

王涣《睢阳五老会诗》

分曹归政养耆年，李下何由更正冠。贤相赋诗同啸傲，圣君优诏去盘桓。庞眉老叟俱称寿，凌雪乔松岂畏寒。屈指五人齐五福，乡人须作二疏看。

朱贯《睢阳五老会诗》

各还朝政遇尧年，鹤发俱宜预道冠。乍到林泉能放旷，全抛簪绶尚盘桓。君恩至重如天覆，相坐时亲畏地寒。九老且无元老贵，莫将西洛一般看。

毕世长《睢阳五老图诗》

非才最忝预高年，分务由来近挂冠。敢造钜贤论轨躅，幸依都府得盘桓。篇章捧和惭风雅，眷待优隆荷岁寒。倘许衰容参盛列，愿凭绘事永传看。

苏颂《睢阳五老图》

归休谢事乐时闲，衣钵承传宰辅冠。感德旧曾亲善政，沾恩新赐立危桓。堂堂严貌依龙衮，粲粲文星荷月寒。直笔当时修国史，英豪迈古后来看。

欧阳修《借观五老诗次韵为谢》

脱遗轩冕就安闲，笑傲丘园纵倒冠。白发忧民虽种种，丹心许国尚桓桓。鸿冥得路高难慕，松老无风韵自寒。闻说优游多唱和，新篇何惜尽传看。

晏殊《次韵谢借观五老图》

道明回诏乐清闲，便向中朝脱冕冠。百日秉枢登相府，千年青史表旌桓。泰运正隆嫌气热，乾纲初整畏冰寒。逍遥唱和多高致，仪象霜风俾后看。

富弼《睢阳五老图》

休官致政老年闲，庙堂尝享著袍冠。调和鼎鼐施霖雨，燮理阴阳佐武桓。念国不忘先世烈，归乡岂念旧庐寒。我辈若从亲炙授，仪容如在使人看。

韩琦《睢阳五老图》

治道刚明老始闲，礼义曾着一朝冠。观农省岁知民瘼，退寇安邦建夏桓。法驾六龙亲善御，吟游五老薄时寒。清名迈古今人慕，稷契余风后学看。

胡瑗《睢阳五老图》

始同优烈晚同闲，五福俱全戴角冠。典午山河遵大道，调元宗社对穷桓。羌夷谁敢窥中夏，朝士猜疑畏岁寒。肱股赓歌遗韵在，惟吾后进祗膺看。

文彦博《睢阳五老图》

辅政何时退省闲，清平告老谢簪冠。两朝耆宿真英武，一代谋谟实柱桓。太史尚瞻星有烈，小民犹念德无寒。谁知我辈登枢要，严貌冰威祗肃看。

司马光《睢阳五老图》

图谋已就乐时闲，晓向田园喜脱冠。心志不灰犹有策，星长还在尚无桓。朝阳鸣凤身轻暖，赴壑刚蛇齿健寒。仪表珍藏传不朽，每于清士敬持看。

张载《睢阳五老图》

太平气象养高闲，宴赏诸公老致冠。朝野已闻亲相业，庙堂曾睹漆丹桓。形容杰出新图粲，德泽雄沾旧俗寒。一片忠心涵国史，桑田虽变迥谟看。

程颢《睢阳五老图》

大道刚明孰肯闲，拳拳心志尚遗冠。饭蔬饮水时行乐，定礼删诗国建桓。终身恋阙存忠厚，薄味供先表塞寒。鸿钧幸得循清运，余烈凭人仔细看。

程颐《睢阳五老图》

天朝罢命锡归闲，富寿康宁老税冠。国史标名知骨鲠，邦人图像胜楹桓。龙飞天上时还暖，鱼跃波心气未寒。惟我潜心于易理，备知先哲应时看。

苏轼《次韵借观睢阳五老图》

　　国老安荣心自闲，紫袍金带旧簪冠。星骑箕簸扬糠秕，斗掌权衡表汉桓。冬有愆阳嫌薄热，夏多沴气畏轻寒。赖得五贤清雅出，俾人敬慕肃容看。

苏辙《次韵借观睢阳五老图》

　　贤才冠世得优闲，免向金门老赘冠。颂德华名盈满轴，规章文献表穹桓。宦家有道生忠烈，夷夏初宁谏齿寒。正是紫微垣里客，如今列上画图看。

邵雍《睢阳五老图》

　　政事浑如春梦闲，人情嚣薄恶儒冠。四朝遗列承平日，两世观风树大桓。经济安民心不晦，保全传嗣骨无寒。乾元恰似诸公意，符节还同一揆看。

张商英《睢阳五老图》

　　德政调元向道闲，天朝诏许实辞冠。丹心耿耿悬象魏，青史昭昭照玉桓。晚节友贤阳凤暖，老年忧世谷驹寒。太平犹自存龟鉴，后进仪刑仰慕看。

范纯仁《睢阳五老图》

　　荣名雅望退休闲，声誉清高已纳冠。匡国多方开五老，齐名有道列双桓。耆英后会成威烈，相貌前图壮世寒。吾道欲如公道立，百年藻鉴动人看。

黄庭坚《次韵谢借观五老图》

　　五老天然一会闲，太平时节振儒冠。相君于理回天诏，辅国驱夷立塞桓。妖术图奸梁木坏，党碑雷震雹冰寒。丹心忠厚来安泰，惠泽垂流仰止看。

第五章 从北宋《鬼拔河图》诸篇看诗画交互关系
——兼论早期鬼神题材壁画诗的发展

现存北宋有关《鬼拔河图》的诗作有 3 首，作者分别为梅尧臣、苏颂和晁补之。根据这三首诗作反映的情况，可知江邻几曾在京城开封组织过观看《鬼拔河图》的诗会。作为咏画诗，《鬼拔河图》诸篇诗作有其特殊性：①所观看的图画为壁画的揭本；②写作内容涉及对绘画鬼趣题材的看法；③咏画时出现了较为严厉的批判态度。这些有助于我们深入、全面地了解北宋时期咏画的风气和咏画的社会功能。由于佛寺鬼神壁画成为诗歌题材的历史脉络对理解《鬼拔河图》诸篇诗作具有重要意义，因此本章先对此加以梳理。

第一节 宋代以前佛寺鬼神题材壁画诗的发展情况

宋代以前佛寺鬼神题材壁画诗虽有所发展，但一直没有成为创作的热点。鬼神壁画题材、鬼神壁画所处的环境难以激发诗人的创作热情，所以相关作品数量较少。

一、先唐时期无吟咏鬼神题材壁画的诗作

先唐时期无吟咏鬼神题材壁画诗作的依据之一是《文选》。萧统有很深的佛学修养，其父萧衍是佞佛之君，萧统主持编纂《文选》，如果有吟咏佛教（佛寺）主题的诗作，不可能不予立类收录。《文选·序》论及不收录作品的范围时提到"姬公之籍""孔父之书""老庄之作""管孟之流"等，未有一字涉及佛教作品。[①] 所以《文选》中没有吟咏佛教（佛寺）主题的诗作，说明中国佛教文化在从汉至南朝的发展历程中，与中国本土诗歌创作异途别路，并未有实质性融合。洪修平《中国佛教文化历程》将中国佛教主题的诗歌创作起点定为唐代禅诗的出现[②]，也可以说明先唐时期不可能出现吟咏鬼神题材壁画的诗作。

另一个依据是学界相关文献统计结果。先唐时期，以画为中心或由画生发的咏画诗，在现存文献中计有 35 首。其中，晋代有题画诗 3 首，即桃叶《答王团扇歌》2 首，支遁《咏禅思道人诗》1 首；南朝时期有题画诗 6 首，即南齐有丘巨源《咏七宝画图扇诗》1 首，梁代有鲍子卿《咏画扇诗》1 首，费昶《和萧洗马画屏风诗》2 首，历仕三朝的江淹《班婕妤咏扇诗》1 首，陈周弘让《春夜醮五岳图文诗》1 首；北朝时期有题画诗 26 首，即北齐有萧悫《屏风诗》1 首，北周有庾信《咏画屏风诗》25 首；隋代有题画诗 1 首，即大义公主的《书屏风诗》。[③] 在这些咏画诗中，并无吟咏佛寺壁画的诗作，自然不可能有关于佛寺鬼神题材的壁画诗。

---

① 萧统.文选［M］.上海：上海古籍出版社，1998：序言页.

② 洪修平.中国佛教文化历程［M］.南京：江苏教育出版社，1995：291-294.

③ 王友群，刘运好.导夫先路：先唐题画诗论［J］.江淮论坛，2022（1）：179-187.

二、唐代中晚期诗歌发展深受鬼神题材壁画的影响

初唐、盛唐时期涉及佛寺壁画的诗作数量很少。其中张说《灉湖山寺》对壁画内容写得较为详细："楚老游山寺，提携观画壁。扬袂指辟支，睅眄相斗阅。险哉透撞儿，千金赌一掷。成败身自受，傍人那叹息。"其他均一两笔带过，如孙逖《宿云门寺阁》中的"画壁余鸿雁"，崔国辅《宿法华寺》中的"壁画感灵迹"，岑参《出关经华岳寺访法华云公》中的"长廊列古画"，杜甫《大云寺赞公房四首》其二中的"天阴对图画，最觉润龙鳞"。正如相关研究所指出的，佛寺壁画在初唐、盛唐时还没有被当作独立的艺术作品，真正进入诗人的创作视野。① 这些诗作基本上未涉及佛寺壁画鬼神题材。

中唐、晚唐时期，诗人对佛寺壁画明显有了更多的关注。明确写壁画的诗作数量近30首，是初唐、盛唐的数倍。② 这些诗作提及佛寺壁画处，多不言壁画之鬼神，仍效初唐、盛唐惯例一笔带过，或有取壁画景物入诗的，如李群玉《长沙元门寺张璪员外壁画》云："片石长松倚素楹，儵然云壑见高情。"郑谷《传经院壁画松》云："危根瘦尽耸孤峰，珍重江僧好笔踪。"而《游长安诸寺联句》诸诗有数首涉及壁画，其中《常乐坊赵景公寺·吴画联句》云："惨澹十堵内，吴生纵狂迹。风云将逼人，神鬼如脱壁。（段成式）其中龙最怪，张甲方汗栗。黑云夜窸窣，焉知不霹雳。（张希复）此际忽仙子，猎猎衣舄奕。妙瞬乍疑生，参差夺人魄。（郑符）往往乘猛虎，冲梁耸奇石。苍峭束高泉，角膝惊欹侧。（段成式）冥狱不可视，毛戴腋流液。苟能水成河，刹那沈火宅。（升上人）"就现存文献而言，这首联句第一次以壁画的鬼神形象及相关场景作为诗的重点内容，写作姿态以被动接受壁画的恐怖景象为主要倾向。

---

① 贾晓峰，闫建阁. 论唐宋佛寺壁画诗之演进［J］. 太原师范学院学报（社会科学版），2019，18（5）：16-19.

② 贾晓峰，闫建阁. 论唐宋佛寺壁画诗之演进［J］. 太原师范学院学报（社会科学版），2019，18（5）：16-19.

另外，中唐、晚唐新奇险怪诗境的创造，多受佛寺鬼神壁画的影响。陈允吉《论唐代寺庙壁画对韩愈诗歌的影响》从"奇踪异状""地狱变相""曼荼罗画"三个方面说明了佛寺鬼神壁画对韩愈诗歌风格形成的影响，并提出以下观点。[①]

> 唐代寺庙壁画的出现，首先影响到杜甫，杜甫诗集中有少数作品，已经显露出尚怪的端倪，这种现象似与寺庙壁画不无关系。以后又影响到韩愈、卢仝和李贺，这在他们诗中就表现得愈加显著深刻。饶宗颐先生曾经指出，卢仝的《月蚀诗》即参用地狱鬼神的形象来描写天上的魔鬼。而李贺诗中亦多写神仙鬼魅，它们的原型好多就是佛寺道观中的鬼神图象。李贺的诗歌，本身受到过韩愈的影响，转而又影响到李商隐和温庭筠，又影响着韦楚老、庄南杰及赵牧等人。而以韩诗影响之深远，不但波及孟郊、张籍、皇甫湜的一部分诗歌，而且又开了宋诗一代风气之先。

可见，中唐、晚唐时期的佛寺壁画与诗歌创作的交互关系渐趋融合，诗歌创作接受佛寺壁画影响的积极性高且效果显著；而诗歌创作对壁画创作产生反向的作用较弱，效果不明显。

三、五代时期出现了成熟的鬼神壁画题材诗作

五代时期鬼神壁画题材的诗作数量仍然不多，但是出现了代表作，就是欧阳炯的长篇诗作《题景焕画应天寺壁天王歌》，全诗如下：

> 锦城东北黄金地，故迹何人兴此寺。白眉长老重名公，曾识会稽山处士。

---

① 陈允吉. 论唐代寺庙壁画对韩愈诗歌的影响 [J]. 复旦学报（社会科学版），1983（1）：72-80.

寺门左壁图天王，威仪部从来何方。鬼神怪异满壁走，当檐飒飒生秋光。

我闻天王分理四天下，水晶宫殿琉璃瓦。彩仗时驱狒䄵装，金鞭频策骐骥马。

毗沙大像何光辉，手擎巨塔凌云飞。地神对出宝瓶子，天女倒披金缕衣。

唐朝说著名公画，周昉毫端善图写。张僧繇是有神人，吴道子称无敌者。

奇哉妙手传孙公，能如此地留神踪。斜窥小鬼怒双目，直倚越狼高半胸。

宝冠动总生威容，趋跄左右来倾恭。臂横鹰爪尖纤利，腰缠虎皮斑剥红。

飘飘但恐入云中，步骤还疑归海东。蟒蛇拖得浑身堕，精魅搦来双眼空。

当时此艺实难有，镇在宝坊称不朽。东边画了空西边，留与后人教敌手。

后人见者皆心惊，尽为名公不敢争。谁知未满三十载，或有异人来间生。

匡山处士名称朴，头骨高奇连五岳。曾持象简累为官，又有蛇珠常在握。

昔年长老遇奇踪，今日门师识景公。兴来便请泥高壁，乱抢笔头如疾风。

逡巡队仗何颠逸，散漫奇形皆涌出。交加器械满虚空，两面或然如斗敌。

圣王怒色览东西，剑刃一挥皆整齐。腕头狮子咬金甲，脚底夜叉击络鞮。

马头壮健多筋节，乌觜弯环如屈铁。遍身蛇虺乱纵横，绕领髑
髅干孑裂。

眉粗眼竖发如锥，怪异令人不可知。科头巨卒欲生鬼，半面女
郎安小儿。

况闻此寺初兴置，地脉沈沈当正气。如何请得二山人，下笔成
成千古事。

君不见明皇天宝年，画龙致雨非偶然。包含万象藏心里，变现
百般生眼前。

后来画品列名贤，唯此二人堪比肩。人间是物皆求得，此样欲
于何处传。

尝忧壁底生云雾，揭起寺门天上去。

这首诗篇幅较长，共七十八句五百余言，有三处较为完整地陈述了应天
寺壁画的内容（详见前文画线处诗句）。其中第一、第二处写东壁孙位的画
作，第三处写西壁景焕的画作。而欧阳炯，在一定程度上也算是景焕现场作
画的参与者。对此，当事人景焕在其著述《野人闲话》"应天三绝"条[①]中交
待得很清楚。

唐禧宗皇帝翠华西幸之年，有会稽山处士孙位随驾止蜀。位有
道术，兼攻书画，皆妙得笔精。曾于应天寺门左壁上画天王一座，部
从鬼神。奇怪斯存，笔势狂纵，莫之与京，三十余年无有敌者。景焕
其先亦专书画，尝与翰林欧阳学士炯，乃忘形之交。一日连骑同游兹
寺，偶画右壁天王以对之，渤海在旁（在旁二字原空缺，据黄本补），

---

① 李昉，等.太平广记［M］.北京：中华书局，1961：1639-1640.

观其逸势，复书歌行一篇以纪之。续有草书僧梦龟后至，又请书之于廊壁上。故书、画、歌行，一日而就，倾城人看，阗咽寺中，成都之人故号为"应天三绝"。

欧阳炯《题景焕画应天寺壁天王歌》对佛寺鬼神壁画内容的吟咏，属于独立创作，较之段成式、张希复、郑符、升上人联句成篇，为画作诗的姿态更为积极主动。景焕壁画与欧阳炯歌行在同一现场、同一时段相互对照完成，展现了诗画之间密切的互动交融性。而欧阳炯的诗歌被书于应天寺的廊壁上，与壁画相映成趣，并被推崇为"应天之绝"，这也体现了诗歌艺术与壁画艺术以平等的态度相互接纳。据此我们认为，在五代时期，诗歌与佛寺鬼神壁画已产生密切的交互关系。

四、鬼神题材壁画诗渐进发展的原因

中国佛教文化至魏晋时期才初具规模，而在此期间中国诗歌创作蔚为大观。诗歌是中国本土文化之大宗，诗人们对于正处于成长期的外来佛教文化持轻视、提防甚至排斥态度，因此魏晋时期难以出现属意于佛教文化（包括佛寺）的中国诗歌，乃情理之当然。南北朝时期中国佛教文化趋于繁兴，其间广建佛寺，寺绘事业勃兴。但佛寺壁画的作者整体而言属于画工阶层，壁画创作又有一种力求感化多数庶民的倾向，在文化性质上是通俗的。而文人诗歌的写作由于有包括皇族在内统治集团的参与扶持，具有精英文化的性质。受南北朝时期士庶阶层等级区分这一现状的影响，当时的诗歌创作跟佛寺壁画绘制，在文化属性上基本难以相与。

有唐一代，诗歌文化得到普及，诗歌创作与阅读鉴赏成为全民性的文化活动。另外，唐代佛教文化鼎盛，成为社会文化的主流之一，佛寺壁画的文化地位相应提升。因而诗人将佛寺鬼神壁画作为写作素材（对象），不再有心理障碍，这是鬼神壁画得以成为唐诗写作题材的重要文化背景。不过，由于诗歌和鬼神壁画有各自的艺术特点和文化追求，产生交集的空间较为有限，这就决定了以吟咏鬼神壁画为主题的诗作数量仍然不可能有很多。

中国诗歌发展至唐代，表现功能大为拓展，在言情、明志、写意、摹景、咏物、说理、叙事等方面，形成了丰富的趣尚。① 相对于唐代诗歌而言，鬼神壁画非可言之人情，非可明之心志，非可写之幽意，非可摹之美景，非可咏之实物。就壁画而言，说相应之佛理自有禅语和偈语，叙相应之佛事自有佛教典籍作为文本依托，并无借助诗歌创作的必要。

从诗歌写作的角度看，佛寺里的神鬼壁画一般而言并非作诗好用的题材。首先，诗人到佛寺游玩有了创作兴趣或创作任务，基本上会以整个佛寺或游览过程为写作对象，跟宏伟的庙宇、壮观的佛塔、庄严的氛围相比，壁画往往不值一提。所以诗人写佛寺，若注意到壁画，多只是顺带提及。其次，唐代佛寺里墙壁上鬼神的画法有着比较严格的程式标准，所以不同佛寺里鬼神壁画的形象与内容大同小异，很难作为一个独立的艺术品触发诗人的创作灵感。此外，《淮南子·本训经》中有"仓颉作书，而天雨粟，鬼神泣"的记述，中国古代道士以画字符驱遣鬼神为职业，而杜甫诗有句"诗成泣鬼神"，这些都可以说明在中国古人那里有这么一种认知：文字具有压制鬼神的神秘力量，文字与鬼神是违和的。既然诗歌是精心创作的文字，那么让鬼神壁画内容过多屡入，无疑会使阅读者产生不舒适感，所以绝大多数诗人不会有这种选择。

从环境角度看，鬼神壁画所在的场所不适宜文人在此进行创作。唐诗有两大来源：一是为着科举考试而进行诗歌练习，二是文人因着各种事由集会作诗。由于看鬼、写鬼有禁忌，就吟咏鬼神壁画而言，从创作动机和接受效应的角度分析，基本可以排除一个人观览佛寺后闭门造诗的可能性。至于文

---

① 孙桂平.唐诗诠辨［M］.北京：中国社会科学出版社，2015：56.

士雅集吟咏鬼神壁画，需要佛寺提供落座的场所和用于书写的笔墨纸砚，这一点并不容易办到。段成式、张希复、郑符《常乐坊赵景公寺·吴画联句》是咏鬼神壁画的，但有升上人参与。欧阳炯《题景焕画应天寺壁天王歌》能著于佛寺廊壁，也因有草书僧梦龟的参与。大致可以说，在佛寺雅集吟咏鬼神壁画，一则文人中当有贤达之士，再则要邀请佛寺代表性僧人参与。依照这个条件，一般文人够不上贤达这个社会阶层，而且他们应该也不愿意费麻烦到寺庙去雅集。

第二节 《鬼拔河》壁画应非隋朝展子虔所作

《鬼拔河图》系宋代河中府某佛寺壁画的搨本。嘉祐三年（1058年），江邻几、梅尧臣、苏颂等文人以鉴赏《鬼拔河图》为主题在开封雅集作诗[①]，现存梅尧臣《和江邻几学士画鬼拔河篇》和苏颂《和诸君观画鬼拔河》。受此影响，二十年后晁说之寻访鬼拔河壁画原迹，因而有诗，以叙代题云："至河中首访鬼拔河图有画人云因陆学士移其壁乃毁寸尽令人感慨终日有作。"北宋以降，咏画诗虽多，但咏壁画之作数量甚少，而咏鬼神题材壁画之作尤为鲜见，故上述三篇作品对我们了解诗与壁画的交互关系具有特别的意义，这里对相关问题进行讨论。

梅尧臣《和江邻几学士画鬼拔河篇》云："画者隋代展子虔。"二十年后，晁说之在《至河中首访鬼拔河图有画人云因陆学士移其壁乃毁寸尽令人感慨终日有作》中云："画手何人展子虔"，也肯定壁画作者是展子虔。今之学者也多从此说。马新广《唐五代佛寺壁画的文献考察》著录为："鬼拔河图。河中

---

① 吴瑞侠，吴怀东.梅尧臣题画诗考论［J］.山东师范大学学报（人文社会科学版），2018（4）：39-49.

府某寺展子虔画鬼拔河图。"① 刘玉龙在《历史与想象：晋唐山水画原型及其重塑》中云："杨慎（明）《昇庵集》卷七十，《鬼拔河图》。"②

但是，论者往往有意无意地忽略了苏颂《和诸君观画鬼拔河》诗中有这么几句："展吴画格入神品，陆法尤长写灵异。蒲津古寺笔迹奇，世疑二子之绁置。"苏颂认为，从《鬼拔河图》判断，鬼拔河壁画确实有展子虔、吴道子的品格，甚至在笔法上有陆探微的意思，所以有人猜测是展子虔或吴道子亲手画在佛寺墙壁上的。苏颂虽没有明确表态，但与梅尧臣言之凿凿相比，显然透露着这么一层意思：对展子虔创作了鬼拔河壁画这一观点，应该置疑。虽然苏颂没有亲眼见过鬼拔河壁画原作，但他是当时最渊博的学者之一，作诗时已连续在朝廷秘阁担任了6年馆职，主持图书校勘、编辑和管理工作，遍览馆阁典藏。苏颂的表态意味着，之前典籍中从未记载展子虔创作过鬼拔河壁画，梅尧臣的观点应该是存疑的。

苏颂对鬼拔河壁画为展子虔所作这一点提出疑问，但说得比较隐晦，未予明确辨正。原因在于，在诗中过于计较鬼拔河壁画是否展子虔所作，就会对藏画之人江邻几的艺术鉴赏水平形成质疑，这不仅会让江邻几心生不快，而且会搅扰赏画雅集的欢乐和谐气氛。但作为一名正直负责的知识分子，苏颂对此又不能不略作提醒。我们认为苏颂的观点较为可信，兹联系鬼拔河壁画的文化内涵，作分析如下。

鬼拔河壁画虽然置于佛寺，但没有充分体现隋唐时期佛教的文化特点。南朝以降，佛寺壁画事业繁荣，从唐人张彦远《历代名画记·记两京外州寺观画壁》可见一斑。③ 由于鬼在佛教文化体系中特指人死后堕入饿鬼道的情状，有时也包括地狱行刑的夜叉，所以隋唐时期佛寺壁画上的鬼形象一般具有以下特点。

---

① 马新广. 唐五代佛寺壁画的文献考察 [D]. 西安：西北大学，2008.

② 刘玉龙. 历史与想象：晋唐山水画原型及其重塑 [D]. 北京：中国艺术研究院，2014.

③ 张彦远. 历代名画记 [M]. 北京：人民美术出版社，2016：49-73.

第一，形象是丑恶恐怖、使人感到害怕的。例如，《唐朝名画录》所载：

> 尝闻景云寺老僧传云："吴生画此寺地狱变相时，京都屠沽渔罟之辈，见之而惧罪改业者，往往有之，率皆修善。"①

又如北宋黄伯思《跋吴道玄〈地狱变相图〉后》中所记述：

> 吴道玄作此画，视今寺刹所图，殊弗同。了无刀林、沸镬、牛头、阿旁之像；而变状阴惨，使观者腋汗毛耸，不寒而栗，因之迁善远罪者众矣②。

第二，参考吴道子《地狱变相图》等壁画内容并结合前文援引的鬼神壁画诗等可知，南朝至唐代，鬼题材的壁画一般被归在神鬼类，群鬼的形象不单独出现，或相对于诸神而存在，或相对于人身而出现，或与龙蛇牛马等恶畜同处。以唐代言，中国佛教寺院壁画创作的主题是为佛、菩萨和各种护法神示庄严之相，鬼形象用于反向衬托。③例如，佛"三十二相、八十种好皆具，而慈悲威重，有巍巍天人师之容"④。其护法诸神则"七宝庄严衣甲，左手持戟槊，右手托腰上。其神脚下作二夜叉鬼，身并作黑色。其毗沙门面，作甚可畏形，恶眼视一切鬼神势"⑤。鬼拔河图画的 24 只鬼是画面的主体，但鬼的形象并不令人感到恐怖，反而让人觉得滑稽有趣。

鬼拔河图画所宣扬的鬼趣，其文化渊源可追溯至六朝志怪中的滑稽鬼形象。这些鬼趣的故事，主要在民间为人津津乐道，而为文人好事者记录形成

---

① 朱景玄.唐朝名画录［M］.成都：四川美术出版社，1985：4.

② 黄伯思.东观余论［M］.北京：人民美术出版社，2010：162.

③ 王光照.唐代长安佛教寺院壁画［J］.敦煌学辑刊，1993（1）：77-82+97.

④ 李廌.德隅斋画品［M］.上海：上海人民美术出版社，1982：158.

⑤ 不空三藏.北方毗沙门天王随军护法仪轨［M］.北京：北京汇聚文源文化发展有限公司，2015：225.

文本。从根本上说，六朝精英阶层的文化旨趣在于谈玄论文作诗，鬼趣则归为小说末流。这种谈鬼得趣的风习一直延续到有唐一代，并被文人演绎为许多传奇故事。从"释氏辅教之书"《冤魂志》看，六朝佛寺也积极利用世情化的鬼故事借以弘教。而在荀氏《灵鬼志》所载咸康三年（337年）周子长"武昌寒溪转读经呗"故事中，鬼卒调戏书生而不敢见佛寺长老。这也说明稍为有趣的鬼形象是不为佛寺庄严的氛围所接纳的。从周子长的故事可以看出，虽然佛寺乐于利用鬼故事弘教以争取信众，但就其文化立场而言，对鬼拔河这样有趣的壁画，是持拒绝态度的。

从现存文献记载看，将鬼趣入画并形成艺术传统的，自吴道子画钟馗始。卢肇《唐逸史》记载，略云：①

> 明皇因痁疾昼卧，梦一小鬼盗太真香囊及上玉笛，上叱问之，奏曰："臣乃虚耗也，能耗人家喜事成忧。"上怒，欲呼武士，俄见一大鬼，破帽蓝袍，角带朝靴，捉小鬼刳其目，劈而啖之。上问："尔何人？"曰："臣终南进士钟馗也。武德中应举不第，触阶而死，得赐绿袍以葬，感恩发誓，为帝除虚耗妖孽之事。"言讫，梦觉，而疾遂瘳，乃诏道子画之。道子沉思，若有所睹，成图以进。上视之曰："是卿与朕同梦也。"

从这则记述可以看出，在吴道子的钟馗画中，钟馗可视为大鬼（良鬼），其余基本上为小鬼（恶鬼），整个画面可谓纯粹的鬼图。另外，吴道子所画钟馗形象有不同于庄严之神的异趣，其捉鬼、虐鬼"刳其目"动作生动，是画中的传神之笔，终唐以至五代时期为人所关注。《太平广记》引《野人闲话》②：

---

① 祝穆.古今事文类聚前集（卷六）[M].明万历三十二年金陵书林唐富春德寿堂本：爱如生数字再造古籍.

② 郭若虚.图画见闻志[M].北京：人民美术出版社，1963：152-153.

昔吴道子所画一钟馗，衣蓝衫，鞹一足，眇一目，腰一笏，巾裹而蓬发垂鬓。左手捉一鬼，以右手第二指刳鬼眼睛。笔迹遒劲，实有唐之神妙。收得者将献伪蜀主，甚爱重之。常悬于内寝。一日，召黄筌令看之。筌一见，称其绝妙。谢恩讫。昶谓曰："此钟馗若拇指掐鬼眼睛，则更较有力。试为我改之。"筌请归私第。数日看之不足。别绡绢素，画一钟馗，以拇指掐鬼眼睛。并吴本一时进纳。昶问曰："比令卿改之，何为别画？"筌曰："吴道子所画钟馗，一身之力，气色神貌，俱在第二指，不在拇指。所以不敢辄改。筌今所画，虽不及古人，一身之力，意思并在拇指。"昶甚悦，赏筌之能。遂以彩缎银器，旌其别识。

在吴道子的钟馗画里，群鬼独立成图，而各富鬼趣，是来自中华本土而与佛教文化无关的一种艺术形态，这无疑是鬼拔河壁画题材及趣尚最主要的艺术渊源。由此带来一个问题：佛寺壁画是从什么时候开始接纳鬼趣题材的？黄休复《益州名画录》记载：僖宗驾回之后，府主陈太师于宝历寺置水陆院，请南本画天神地祇、三官五帝、雷公电母、岳渎神仙、自古帝王，蜀中诸庙一百二十余帧，千怪万异，神鬼龙兽，魍魉魑魅，错杂其间，时称大手笔也。[①]

宝历寺是佛寺，而张南本在单独设置的水陆院所画天神地祇包括佛教之外中国古代社会的主要神明，以及魑魅魍魉、土精木魅、石怪山妖等民间鬼怪。[②] 我们可以将这一艺术事件当作一个转折点，其标志着佛寺文化转型，使鬼趣图渐渐走入佛寺壁画。

但鬼趣图在佛寺上墙还需要"容鬼""好鬼""写鬼"社会氛围的支撑。北宋太平兴国三年（978 年）编成的《太平广记》，其中就有鬼部 40 卷，这意

---

① 黄休复 . 益州名画录［M］. 北京：人民美术出版社，1964：14.

② 李远国，李黎鹤 . 道教水陆大醮与水陆画的历史研究［J］. 世界宗教研究，2022（2）：52-61.

味着中国鬼文化的成熟：①将有关鬼的传说，从民间话语形态和零散的记录状态提升成系统的文本材料；②这些有关鬼的故事文本经过 13 位学识丰富的高官挂名主编，并且进入北宋皇朝钦定的类书，实际上已成为当时主流文化的一部分；③《太平广记》的编纂，又会推动以谈鬼为乐趣社会风气的形成，其中宋代读书人普遍喜欢谈鬼，与此直接有关。佛寺的生存发展需要应时变化，在这种情况下让鬼趣图在佛寺上墙，就显得合乎情理。

根据以上所述，笔者认为：从艺术渊源的角度看，鬼拔河壁画源于钟馗画，其特色在于描绘鬼趣。在晚唐前，佛寺是抵制鬼趣图的。晚唐五代，由于时代变化、文化转型，鬼趣图才有可能进入佛寺成为壁画的内容。因此，鬼拔河壁画不可能为隋代展子虔所作，其最有可能创作于宋初，在《太平广记》编成后不久。

第三节 《鬼拔河图》诗所体现的艺术功能

《鬼拔河图》提供了一种非同寻常的壁画题材，对咏画者而言虽是一种别致的观看体验，但对写作而言无疑是一种挑战，《鬼拔河图》诗也因此体现出较为丰富复杂的艺术功能。

一、对图画有原则地加以宣介

北宋文人雅集，以围绕同一主题作诗为主要形式。画作介入雅集，多用于供参与雅集者鉴赏以作为诗歌创作的题材。北宋前期主要有三类画作经常介入雅集。

（一）名流写真画

北宋仁宗庆历八年（1048 年），梅尧臣见欧阳修，有扬州写真会，张师曾《宛陵先生年谱家世》记述："欧公既命来嵩写其真，又令画先生像相对，其交情之厚如此。"[①] 梅尧臣因而有《观永叔画真》《画真来嵩》二首诗作。宋仁宗皇祐二年至三年（1050—1051 年），有画家为致仕后归老南都商丘的杜衍、朱贯、毕世长、冯平、王涣各绘图像，世称《睢阳五老图》，图成之后五老及当时名士集会作诗记述其事以广其传。

（二）私人藏画

北宋藏画之风浓厚，有许多学养深厚的官员爱好藏画，还出现了宋次道、苏轼、文同、王诜、李公麟、晁补之、米芾等藏画名家。藏家对所藏之画往往束之高阁以为珍宝，但会在文人集会场合予以展览，一则提升雅集层次，二则可供同好评鉴，并以集会之诗为画作增益文化附加值。例如，梅尧臣《同蔡君谟江邻几观宋中道书画》、苏轼《书王定国所藏王晋卿画著色山二首》等，就是以诗给私人藏画捧场的。

（三）馆阁（官府）藏画

北宋朝廷有"曝书画"的制度设置，将久藏的书画拿出晾晒，以防蠹去霉。宋罗畸《蓬山志》载："秘省所藏书画，岁一曝之，自五月一日始，至八月罢。"[②] 开曝之日，朝廷召集尚书、侍郎、学士、待制、御史中丞、开封尹、殿中监、大司成两省官暨馆职，阅览平时难得一见的图书器画等，题名于榜，并设置宴会招待受邀者。仁宗皇祐五年（1053 年）宋次道主持的三馆曝书画会，催生了梅尧臣《二十四日江邻几邀观三馆书画录其所见》、刘敞《酬宋次

---

① 周义敢，周雷.梅尧臣资料汇编［M］.北京：中华书局，2007：315.

② 江少虞.宋朝事实类苑［M］.上海：上海古籍出版社，1981：399.

道忆馆阁曝书七言》、苏颂《和宋次道戊午岁馆中曝书画》、王珪《依韵和宋次道龙图阁曝书》、刘挚《秘阁曝书画次韵宋次道》等许多诗作，让后人得以了解这次雅集的盛况。①

《鬼拔河图》是被江邻几以个人藏画的名义带入雅集的，属于上述第二种情况，却呈现出非同一般的特殊性。

如前所述，由于壁画绘在佛寺廊壁上，观看者基本上身处众声喧嚣的开放场合，与文人墨客小群体集会氛围大相径庭，所以壁画原作介入雅集的情况极为少见。《鬼拔河图》是壁画的绢本复制品，由于做了载体的转换，才得以成为介入文人雅集的合适画本。但这种复制的图画藏品会给参与雅集者造成写作困扰：集会者在为画作诗时，如果注意到鬼拔河壁画原作与鬼拔河绢制图的区别，难免会产生写作立场的疑惑，如：我是在吟咏壁画原作呢，还是在吟咏壁画搨本？苏颂的诗作对原作与搨本作了明确区分，因而写作立场在原作与搨本之间有所游移。如果粗心地不考虑鬼拔河壁画原作与鬼拔河绢制图的区别，吟咏时又容易出现将原作与搨本混为一谈的瑕疵。梅尧臣的诗作对原作与搨本就未作区分，写作时直接将搨本等同于原作。

一方面，文人集会之所以被视为"雅"，在于其能展现高尚的文化情趣和良好的审美水平。为《鬼拔河图》作诗，与雅集的性质是相违和的。谈鬼的俗趣，文人墨客与下里巴人在非正式场合均可参与体会。但要将鬼形象放到雅集的场合当作题材用诗的形式公开书写出来加以传布，诗人们定会感到有一种"难以变谑俗为雅趣"的心理障碍。另一方面，图中诸鬼丑态百出，难以按照雅集的习惯作审美化表达，对诗人来说，这无疑也是一个写作挑战。无论是梅尧臣，还是苏颂，写诗时均没有按照集会应酬的惯例对画作及收藏者进行表扬，说明他们对如何以诗歌方式对画作进行审丑这一陌生化命题也是费了心思的。

① 成明明.宋代馆阁曝书活动及其文化意义［J］.社会科学家，2008（5）：144-147.

　　江邻几将《鬼拔河图》这样一幅并不切合氛围的画作带到雅集现场，按照当时书画收藏的风尚，应该是想借助名流的诗作对画作进行宣介。一则，江邻几通过收藏《鬼拔河图》满足了好奇心，但仍想借助集会上名流的吟咏加以确认，使收藏的获得感转化为社会认可的成就感。二则，通过名流的吟咏，增益藏画的文化附加值，从而提升其在转手和交易过程中的估值。三则，按照江邻几的预估，名流的吟咏会促发人们了解壁画原作的兴趣，而对所在寺庙产生正面宣介作用。不过，从现存两首诗作看，其作者梅尧臣和苏颂虽然认可江邻几藏画的好奇心，却均未肯认《鬼拔河图》具有特别的艺术价值，甚至对《鬼拔河图》流传可能造成负面社会影响提出了批评。《鬼拔河图》诗咏画而不积极迎合藏画者的心理预期，这并非雅集赏画的常见现象。

二、记录可备辑佚

　　《鬼拔河图》及其壁画原作已佚，但是通过现存《鬼拔河图》诗诸篇，我们大致可以得知鬼拔河壁画的来龙去脉。

　　根据梅尧臣、苏颂诗作，河中府某寺有鬼拔河图壁画，名未远传，但佛寺方面宣称是隋代展子虔所画，不过也有人说是唐代吴道子所画。苏颂诗云："观风使者集贤翁，每游其下几忘味。因令揔手裂齐纨，横卷传看得形似。"《宋会要》卷百十五记载：嘉祐三年八月十二日命"集贤校理江休复……考试国子监举人。"[①] 江邻几在嘉祐三年（1058 年）官居集贤校理时，曾接受朝廷派遣到河中府一带考察民情，看到当地一座古寺中的鬼拔河壁画，觉得耳目一新，非常喜欢，因而令人做了绢制揢本作为藏品。回到开封后，就请梅尧臣等同好、同事集会赏玩，有了一批以吟咏《鬼拔河图》为主题的诗篇，但其中多篇散佚，现仅存二首。

---

① 　徐松.宋会要辑稿［M］.北京：中华书局，1957：4568-4569.

根据晁说之诗，壁画原作的结局为：元丰元年（1078 年）已不见于佛寺中。至于鬼拔河壁画为何消失，晁说之提供了多种传闻，如被人偷走、壁画上的鬼自行遁逃等。其中最为晁说之重视也相对可靠的一种说法是，陆经出知河中府时，"但欲便坐易瞻玩"，就连壁带画移徙，不想古壁在拆迁过程中全部毁坏，导致鬼拔河壁画寸片无遗。但揆诸情理，私人院宅或官府衙门置放和展示鬼拔河壁画多有忌讳，故这种说法过于牵强。陆经于熙宁八年（1075 年）出知河中府，熙宁十年（1077 年）再次获任。根据陆经《宋故乐夫人墓志铭》，元丰元年（1078 年）他仍知河中府。后朝廷召知审官东西院，但未及赴任而卒。[①] 陆经与欧阳修友善，是北宋诗文革新运动的参与者之一。北宋诗文革新运动的根本宗旨是复兴儒家思想，并有意削弱佛教在政治和社会领域的影响。从这个角度看，鬼拔河图壁画更像是陆经为防止其产生不良社会影响下令毁坏的，而这种行为的合理性与合法性苏颂在其诗作中早有提示。还有一种可能的情况为：因与江邻几、梅尧臣相识，陆经知道鬼拔河图雅集一事，认为鬼拔河图属于文物，因此下令移至公家府衙专门机构珍藏，挪移过程中墙壁毁坏。至于江邻几所藏鬼拔河壁画绢制搨本，流转及亡佚情况不明。

此外，诗作相对完整地记录了鬼拔河壁画的内容。梅尧臣《和江邻几学士画鬼拔河篇》云：

> 分明八鬼拔河戏，中建二旗观却前。东厢四鬼苦用力，索尾拽断一鬼颠。西厢四鬼来背挽，双手搋下抵以肩。龙头鱼身霹雳使，持铖植立旗左偏。拔山夜叉右握斧，各司胜负如争先。两旁挝鼓鼓四面，声势助勇努眼圆。臂枭张拳击捧首，似与暴谑意态全。当正大鬼按膝坐，三鬼带鞲一执旃。操刀摄囊力指督，怒发上直筋旧缠。虎尾人身

---

① 刘德清．陆经诗文酬唱及其对宋代文学的贡献［J］．江西社会科学，2007（1）：219-224.

又踣顾，蒺藜短挺金锤坚。高下尊卑二十四，二十四鬼无黄泉。

梅诗对 24 只鬼的神态动作进行了细微的描述，逼真地再现了整个画面。苏颂《和诸君观画鬼拔河》云：

> 旗门双立众鬼环，大石当中坐渠帅。蓬头圆目互奋踊，植鼓扬桴各凌厉。东西挽引力若停，赋彩自分倾夺势。

苏诗与梅诗所述的《鬼拔河图》画面内容既足以互证，又可以互补。前文引述的这些诗句，因为具有描述性，可以当作《鬼拔河图》画记看。清代陈邦彦所编《康熙御定历代题画诗类》收诗 8962 首，其中涉及"画记入诗"的作品有 33 首，其中就包括梅尧臣《和江邻几学士画鬼拔河篇》（神鬼类）。[①]有了这些文字记录，后人可以了解已经亡佚的鬼拔河壁画的具体内容，并可以据此对鬼拔河佚画进行文献著录，后世画家甚至能够依照诗作复制该画。所以苏颂、梅尧臣和晁说之的鬼拔河诗，既有记事功能，也有述画功能，还有辑佚之功用。

三、导读与辨正

以观阅画作为主题的雅集，无疑是针对画作的评鉴会。文士们在写作诗歌时，一般会融入自己对画作的解读意见，以期形成评价画作的特定观点，从而影响社会舆论，引导一般观众认识和理解画作。梅尧臣、苏颂和晁说之《鬼拔河图》诸诗，比较全面地表达了对鬼拔河壁画的评鉴意见，对后人认识该画作能起到较好的导读和辨正作用。

梅尧臣诗对《鬼拔河图》的评鉴意见体现在这两句："角雄竞强欲何睹，

---

① 蔡德龙 . 韩愈《画记》与画记文体渊源［J］. 文学遗产，2015（5）：118.

曷不各各还荒诞。"其大致意思是，你们本已鬼态恐怖，却偏偏要作人间拔河之戏角雄竞强，弄得丑态百出，简直令人目不忍睹。我看你们还是回到荒诞的鬼神世界，那才是你们该置身的环境。这两句诗包含了诗人对作画者构思的质疑：鬼是臆想虚构的荒诞形象，拔河是真实存在的人间场景，在绘画题材上属于不同的类别。画鬼拔河，是将虚构与写实这两种画法混杂在一起，在梅尧臣看来，这显然是不合适的。而晁说之针对梅尧臣提出的问题，站在作画者的立场上作了解释。

> 画手何人展子虔，妙不戏人惟戏鬼。更无狞厉可严怖，既曰依人人是拟。家家贾勇负胜余，见之心宁不知耻。最是隋宫窈窕春，汗妆蓬发羞相比。

晁说之认为，从北朝一直盛行到隋唐的拔河游戏，造成"宁愿丑态百出也要争胜好强"的不良社会风气。而最高统治者出于娱乐目的将这一游戏引入宫廷，组织大臣参与，组织宫女参与，让他们丑态百出以为笑乐，也为有识之士所批评。所以，鬼拔河壁画是通过鬼的丑态警戒人，其中寄予了讽刺的意思。梅尧臣和晁说之解释的方向不同，一则是质疑其画法的，一则是肯定其创作思想的，但都能帮助人们深化对鬼拔河壁画的认识。

苏颂是个学问家，所以在诗作中强调阅读该画作所应掌握的知识背景。一是关于拔河的掌故。

> 关中古有拔河戏，传闻始盛隋唐世。长絙百尺人两朋，递以勇力相牵制。芳华乐府务夸大，黎园公卿谩轻肆。拔山扛鼎乌足矜，引绳排根非胜事。

这几句概括地陈述了南朝梁宗懔《荆楚岁时记》、唐封演《封氏闻见记》、《新唐书·中宗本纪》、唐武平一《景龙文馆记》等典籍文献有关拔河的记载，也参照汇融了薛胜的《拔河赋》、唐玄宗／张说拔河诗中的相关描述。其中"引绳排根"，是出自《史记·魏其武安侯列传》的典故。这些展现了儒家学者知识渊博的素养和"掉书袋"的写作习惯。二是回顾画史为鬼拔河壁画溯源。

展吴画格入神品，陆法尤长写灵异。蒲津古寺笔迹奇，世疑二

子之绋置。

"展"，指展子虔，隋代著名画家，擅绘壁画，遗迹遍长安、洛阳、江都等地寺院，代表性作品有《法华经变》《授塔天王图》。"吴"，指吴道子，唐代著名画家，有"画圣"之称，壁画代表作有《地狱变相图》。"陆"，应指陆探微。张彦远《历代名画记》卷二："其后陆探微亦作一笔画，连绵不断，故知书画用笔同法。陆探微精利润媚，新奇妙绝，名高宋代，时无等论。"[1]苏颂从古代众多画家中挑出展、吴、陆三位大家，为鬼拔河壁画进行艺术定位，便于观者把握鬼拔河壁画的技法和风格。

苏颂诗最后十六句对鬼拔河壁画（包括绢制揭本《鬼拔河图》）进行了批判，认为其流传会造成负面社会影响。

鬼神冥漠不可诘，岂有便能人勇智。仙官佛像亦如斯，变态随

时转奇丽。遂令来者信有说，塔庙从而增侈费。后贤虽欲究端倪，

竟亦无由革颓弊。因知怪诞一崇长，渐靡成风滋巧伪。兹图他日遂

流传，更使人心惑魑魅。

---

① 张彦远.历代名画记［M］.北京：人民美术出版社，2016：23.

苏诗明确表达了基于儒家思想立场的艺术观念：①崇尚写实的艺术，反对迷信的艺术，在艺术创作方面提倡"不语怪力乱神"；②反对巧伪怪诞的艺术创作，认为其传播会导致不良社会风气；③反对寺庙铺张浪费钱财制作怪奇风格的艺术作品吸引信众、游客。

苏颂《和诸君观画鬼拔河》诗指示了看待艺术作品的一种理性态度：有艺术价值的画作，不一定就是能产生社会价值的画作。有些画作虽有较高的艺术价值，适合收藏，但不能在社会层面进行广泛宣传。

第四节 鬼拔河壁画的艺术接受

有关《鬼拔河图》的诗篇写作，是中国古代艺术接受的一个典型案例。《鬼拔河图》诗篇在艺术接受方面最富有成效之处在于：当鬼拔河壁画及其揭本均已亡佚时，其艺术生命仍通过雅集产生的诗作在延续，而且二十多年后还有人因为受到这些咏画诗的影响，心慕神往，不远千里去寻访壁画原作。套用接受美学的观点来表述就是：当作为文本的鬼拔河壁画已经消亡，而作品鬼拔河壁画仍在诗歌文字里生动地活着。这里对《鬼拔河图》诗篇的形成与影响过程加以梳理，并从艺术接受的角度对其特点加以总结。

一、江邻几观画是鬼拔河壁画艺术接受的起点

在江邻几观画之前，鬼拔河壁画曾长时间摆放在河中府古寺里，既然佛寺里有僧众、信众和香客进进出出，难免会有不少人看到这幅画，而且会对外传说有关内容。但是，在江邻几观画之前大众对鬼拔河壁画仅停留在"被动发现""随意观看""肤浅理解"的层面。按照接受美学理论，观画者或因缺乏审美鉴赏力、艺术素养、文化修养、人生阅历等，不是艺术接受的主体；

有的虽具备审美鉴赏力、艺术素养、文化修养、人生阅历等主观条件，但对鬼拔河壁画关注不足，未积极能动地展开审美实践活动，因而没有完成艺术接受过程。但这些非艺术接受状态的观看会形成有关鬼拔河壁画的传闻，使鬼拔河壁画进入艺术传播的过程。江邻几以朝廷使者身份到河中府观风，知道某座古寺中有这么一幅不同寻常的壁画，无疑是艺术传播的结果。可见，江邻几观画是对鬼拔河壁画进行艺术接受的起点。

为何说江邻几观看鬼拔河壁画可以视为艺术接受行为？

江邻几是北宋有名的文人，文化水平高，文学修养和审美鉴赏力不俗，著有《唐宜鉴》十五卷、《春秋世论》三十卷、《文集》二十卷和《江邻几杂志》二卷（补一卷、续补一卷）。江邻几在书画方面是内行，他曾应朝廷之命，主持当时优秀文士参与的鉴赏书画的集会，王安石《江邻几邀观三馆书画》记录了此事。江邻几人生阅历丰富，年十九中进士，历任桂阳监、蓝山尉、州司法参军、大理寺丞、知县、殿中丞、集贤校理、刑部通判等[①]，他以朝廷使者身份至河中府观风时，年五十又三，为当世名流。可以说，对于鬼拔河壁画而言，江邻几算得上是完全合格、资历深厚的艺术接受主体。另外，江邻几在现场观看鬼拔河壁画的状态，苏颂形容为"每游其下几忘味"。每游，指多次去游玩观看。忘味，语本《论语·述而》："子在齐闻《韶》，三月不知肉味。"因知画意，沉醉其中，因而忘味。这说明江邻几对于鬼拔河壁画，是"主动寻访""认真鉴赏"。在观风任务结束返回京城开封时，他让人用绢制成搨本，说明他能"深入理解"鬼拔河壁画的艺术价值，所以决定制成搨本加以收藏。与一般大众"被动发现""随意观看""肤浅理解"的观画状态相比，江邻几对鬼拔河壁画积极能动地展开了审美实践活动，这当然是艺术接受行为了。

二、梅尧臣、苏颂咏画属于对鬼拔河壁画的二度艺术接受行为

江邻几是现场观赏鬼拔河壁画的，这无疑属于一度艺术接受行为。而梅尧臣与苏颂并没有看到鬼拔河壁画原作，只根据江邻几提供的鬼拔河壁画复制品进行诗歌创作，这是以他人的艺术接受成果作为基础展开的艺术接受行为，可以称为二度艺术接受行为。

二度艺术接受行为的顺利完成要以二度艺术接受的主体对于一度艺术接受主体的充分信任为前提。就观阅《鬼拔河图》的集会而言，在二度艺术接受的主体那里，可能引发不信任的问题包括：①没有亲见鬼拔河壁画，存在造假的可能性；②不知会不会因为揭工水平差，导致鬼拔河壁画的揭本不能完整、如实地反映原作风貌；③一度艺术接受主体对鬼拔河壁画背景知识的相关陈述，其可信度如何。阅读梅尧臣和苏颂关于《鬼拔河图》的诗作，其实可以体会二人对一度艺术接受主体的信任程度是有所不同的。

对于《鬼拔河图》确系古寺壁画的揭本，基于江邻几的品行声望，本着文士间的心理认同，梅尧臣和苏颂均不会认为有造假的可能。对于江邻几表述的"鬼拔河壁画系展子虔所作"这一看法，梅尧臣是相信的，所以诗中径言"画者隋代展子虔"。而苏颂倾向于认为鬼拔河壁画是伪托展子虔的，所以在诗中委婉地说"世疑二子之纰置"。

虽然江邻几为雅集现场所作的《鬼拔河图》诗已佚，但可以判断，他会在诗中描述（或者在雅集现场口头介绍）自己在河中府访画、赏画、叫人揭画及请同好观画的过程。苏颂诗对此做了回应："观风使者集贤翁，每游其下几忘味。因令揭手裂齐纨，横卷传看得形似。"复述意味着一种信任。梅尧臣诗将写作目标定位于描述《鬼拔河图》的画面内容，因而对江邻几在古寺赏画的场景只字不提，这多半是出于写作技巧的原因，但有可能是出于"不尽信则不误传"的考虑。

梅尧臣和苏颂在其《鬼拔河图》诗篇的结尾部分，都表达了对《鬼拔河

图》的批判态度。这种写作态度不尽出于艺术原则的考量或道德规范的要求，更有可能是对一度艺术接受主体信任不足的故意表现。因为北宋藏画风气浓厚，而托古冒名假造画作以兜售牟利的情形多有发生，集会上为画作捧场的诗人不能不有所提防。如果一味奉承和溢美江邻几，万一鬼拔河壁画原作被好事者证实为后人伪托假冒，或者摹本"鬼拔河图"有失原貌，那么梅尧臣和苏颂的审美鉴赏力就要受到质疑，而诗人自身也会产生讹传误导的内疚之情。在诗作结尾着笔批判，则表明自己对《鬼拔河图》造假失真等问题已有所估计，这样出了问题，或许可以挽回一些颜面。

三、晁说之咏画不属于有效的艺术接受行为

晁说之为《鬼拔河图》创作诗歌不能称为有效的艺术接受行为，因为他没有机会看到鬼拔河壁画原作和江邻几私藏的摹本。晁诗有云：

> 邻几舍人有摹本，诗翁赋诗名更起。咏诗想画二十年，客舍此
> 邦心自喜。揽真永绝伪物欺，顾影岂尽形仪美。

江邻几于 1060 年去世，他私藏摹本《鬼拔河图》后来的去向也缺乏文献记载。晁说之《至河中首访鬼拔河图有画人云因陆学士移其壁乃毁寸尽令人感慨终日有作》写于 1078 年，他所谓的"伪物欺"，当然不会指江邻几的摹本，而是指市面上流传着多种粗制滥造的《鬼拔河图》。"咏诗想画"，表明晁说之对江邻几、梅尧臣、苏颂等的诗歌，虽然是欣然接受的，但认为其相对于鬼拔河壁画而言，不过是折射的影像而已，不能当作鉴赏对象。而对自己所看到的粗制滥造的《鬼拔河图》，晁说之则明确表示反感，拒绝承认其是艺术品，也不承认其是高质量的艺术复制品。既然晁说之不认为他见过能够代表鬼拔河壁画艺术水平的图画，则他为鬼拔河壁画创作的诗歌自然不能称为有效的艺术接受行为。

不过，晁说之在诗中充分展现了他对鬼拔河壁画的期待视野。在文本层面，他期待见到壁画原作，期待有机会观察壁画中鬼拔河的位置、形态和笔法，从而与前辈所写的《鬼拔河图》诗篇相互印证。同时他期待通过与实物真品对照，借以有根有据地指责市面伪画之劣。在意象层面，晁说之根据前辈诗篇对《鬼拔河图》的描述，期待壁画上的鬼形象能提供一种介乎人鬼之间的游戏滑稽感："更无狞厉可严怖"，即能让观者感到熟悉开心，而不是让人感到恐怖害怕。在意蕴方面，晁说之期待鬼拔河壁画至少能寄寓两层含义：一是以鬼戏仿人间拔河的图景，调侃人们为了争胜好强而宁愿丑态百出；二是从壁画原作中解读出讽刺的意图，以证明展子虔是借以讽刺隋炀帝荒淫无耻，让宫女拔河尽显丑态以为笑乐。虽然鬼拔河壁画遭毁坏，晁说之的文本期待、意象期待和意蕴期待都没有得到验证，但这足以说明，相对于鬼拔河壁画而言，他已经是一个优秀的艺术接受主体。

四、雅集为诗是《鬼拔河图》被文士接受的重要特点

从江邻几个人在蒲中古寺用心体会，到开封文士们雅集观画，这些活动促进了对《鬼拔河图》的艺术接受。鬼拔河壁画在早期自然传播，未进入有文字记录的艺术鉴赏状态，遑论趋近艺术评论阶段？江邻几属于知识精英阶层，他在古寺里屡次体味鬼拔河壁画，在性质上属于艺术鉴赏。至于他将揭本带回京城开封后，借助流行的雅集形式放置到文人墨客交际圈子里进行公开讨论，则属于艺术评论范畴。

但雅集涉及人际交往，难免粘带人情世故，而这会导致参与者对艺术作品的评鉴出现立场偏差。例如，梅尧臣诗说："画者隋代展子虔。"展子虔是从北朝入隋的佛寺壁画大家，《鬼拔河图》揭本的拥有者为江邻几，而江邻几是打着展子虔为壁画作者的名头携《鬼拔河图》参加集会的。梅尧臣没有亲眼见过鬼拔河壁画，对壁画的来历并不清楚，但他是江邻几的好友，客随主便，直接

认可了"作者是展子虔"的说法，这符合交际应酬的礼貌。若权衡苏颂在这一问题上的看法，则梅尧臣显然是出于客套而无意去深究壁画作者的来历。

　　另外，北宋佛寺发展受到政府管制①，许多佛寺为了生存发展，力图借助诗文扬名。王珪书写《枫桥夜泊》并刻石立碑，成功地使苏州寒山寺声名鹊起，这件事虽然发生在《鬼拔河图》雅集之后，但足以说明寺庙寻求与名士合作推出品牌吸引信众，是北宋流行的风气。《鬼拔河图》被带到京城，对于壁画所在的佛寺会产生广告效应：京城开封精英知识分子阶层的口碑无疑会提升寺庙的名望，使之得到官府和佛教信众的高度认可。一件未曾被典籍记载的名人壁画的揭本，跨越千里突然出现在京城知识分子的交际圈；一座向来不知名的古寺，随之进入京城知识分子的视野。出于友情和交际应酬的惯例，参与集会的文人墨客在鉴赏壁画揭本后，要写诗对鬼拔河壁画的价值进行表态，但会谨慎考虑愿不愿意顺带为寺庙做个广告。苏颂诗严厉批评《鬼拔河图》传播的危害，实际上就是拒绝为佛寺代言。

　　雅集是中国古代精英知识分子开展文学艺术活动的集会。宋代雅集与绘画关系密切，雅集经常陈列绘画作品以供观览，而文人墨客在赏画后往往写诗捧场。雅集作为一种艺术接受方式，迥异于独处静观默想的状态，而呈现出一种互动性、合他性与自律性。观看《鬼拔河图》的雅集，主题是赏画，重点却在写诗。这种艺术接受既要照顾画作主人的情面，应和他人的见解，也要突出自己的独特看法。按照现在通行的艺术接受理论，雅集时艺术接受者相互干扰，是难以完成"审美注意—审美期待—审美感知—审美体验—审美理解"这样逐渐深入的艺术审美过程的，因而艺术接受整体性是缺失的。但实际情况是，中国古代的文人墨客在雅集过程中完成了许多成功的艺术接受范例。所以我们需要找到新的理论，解释雅集环境下的艺术接受问题。

---

① 刘长东.论宋代的僧官制度［J］.世界宗教研究，2003（3）：52-62.

结　语

《鬼拔河图》诸篇是非常特殊的咏画之作，反映了北宋时期围绕诗画关系展开的一种别样的文艺生态：（1）佛寺需要借助诗画等艺术形式进行宣传，但借诗扬名似乎效果更好，即使是鬼拔河壁画这么新奇的内容，也要通过诗人的吟咏才能发挥其广告效应；（2）京城不仅是人员密集之地、信息畅通之枢、商品辐辏之市，也是人才汇聚之府，让《鬼拔河图》广泛传播的目标需要借助京城文士雅集活动才能实现，而开封无疑是北宋诗画互动最为密切而深入的首选之区；（3）梅尧臣、苏颂诗作对《鬼拔河图》的质疑和批判，说明诗人对画作的评鉴，有着不受朋友交际圈情面干扰的自由裁量权。

附　录

《梅尧臣集编年校注》卷二十八《和江邻几学士画鬼拔河篇》

蒲中古寺壁画古，画者隋代展子虔。分明八鬼拔河戏，中建二旗观却前。东厢四鬼苦用力，索尾拽断一鬼颠。西厢四鬼来背挽，双手搋下抵以肩。龙头鱼身霹雳使，持钺植立旗左偏。拔山夜叉右握斧，各司胜负如争先。两旁挝鼓鼓四面，声势助勇努眼圆。臂枭张拳击捧首，似与暴谑意态全。当正大鬼按膝坐，三鬼带鞯一执旃。操刀撷囊力指督，怒发上直筋旧缠。虎尾人身又跲顾，蒺藜短挺金锤坚。高下尊卑二十四，二十四鬼无黄泉。角雄竞强欲何睹，曷不各各还荒诞。

《苏魏公文集》卷三《和诸君观画鬼拔河》

关中古有拔河戏，传闻始盛隋唐世。长絙百尺人两朋，递以勇力相牵制。芳华乐府务夸大，黎园公卿谩轻肆。拔山扛鼎乌足矜，引绳排根非胜事。当时好尚人竞习，鬼物何为亦能是。展吴画格入神品，陆法尤长写灵异。蒲津古寺笔迹奇，世疑二子之绨置。旗门双立众鬼环，大石当中坐渠帅。蓬头圆目互奋踊，植鼓扬桴各凌厉。东西挽引力若停，赋彩自分倾夺势。画来已历数百年，墙壁岿然今不废。观风使者集贤翁，每游其下几忘味。因令搨手裂齐纨，横卷传看得形似。精神气韵信瑰诡，毫发轻浓皆仿佛。持来都下示朋僚，一见飘然动诗思。诸公诗豪固难敌，形容物象尤精致。气完语健隽众口，二子声名转增贵。予观昔之善画者，心手规橅无不至。穷奇极怪千万端，特出一时之用意。鬼神冥漠不可诘，岂有便能人勇智。仙官佛像亦如斯，变态随时转奇丽。遂令来者信有说，塔庙从而增侈费。后贤虽欲究端倪，竟亦无由革颓弊。因知怪诞一崇长，渐靡成风滋巧伪。兹图他日逐流传，更使人心惑魑魅。

晁说之《嵩山文集》卷四《至河中首访鬼拔河图有画人云因陆学士移其壁乃毁寸尽令人感慨终日有作》

坎坎分明拔河戏，盛在北朝唐尚尔。画手何人展子虔，妙不戏人惟戏鬼。更无狞厉可严怖，既曰依人人是拟。家家贾勇负胜余，见之心宁不知耻。最是隋宫窈窕春，汗妆蓬发羞相比。故宜落笔在蒲州，门外河来三万里。邻几舍人有搨本，诗翁赋诗名更起。咏诗想画二十年，客舍此邦心自喜。揽真永绝伪物欺，顾影岂尽形仪美。嗟予断绝百事心，痴处留情独在此。魑魅魍魉好奔迸，文彩风流终弃圮。出门访之无处所，惜哉史君陆子履。但欲便坐易瞻玩，不知壁古难移徙。岂无剥落一寸余，我愿宝之若琼蕊。不然当学补亡诗，收拾粉本细纲纪。或谓前年九鼎成，时无杂糅清如水。虽有高室谁瞰之，亦莫揶揄毛手指。帖壁不祥宜遁逃，彩门抛梭方靡靡。

第六章 为文人画立典型：北宋 诗人对惠崇画作的接受

惠崇是北宋初期的诗僧，善画小景。但他在生前以诗扬名，其画作鲜为人称道，诗名、画名反差显著。北宋后期宫廷画院编纂《宣和画谱》，虽附列"小景"一类，却不收惠崇。这两点足以说明，在整个北宋时期，惠崇一直没有得到以宫廷藏画机构为代表的画坛主流的认可。

南宋时期的袁燮说："惠崇笔迹时一见之，类多赝者。"[①] 这提示，惠崇流传于世的作品真伪混杂莫辨，有可能是北宋宫廷画院不收录其画作的原因之一。但是，既然苏轼、黄庭坚等行家里手曾见过惠崇画作真迹，说明官方若要收集一些惠崇画作的真品，其实并不难。所以，惠崇长期不受北宋画坛主流的认可，除了其僧人身份外，主要因为惠崇不重视传统基本功的严格训练而追求写意的画风，不符合宫廷藏画机构的美学标准和取舍原则。惠崇画作因此一直以私家收藏的方式流传。

北宋诗人吟咏惠崇画作最重要的意义就是以文人集会的方式鉴赏私藏的惠崇画作，在写意的层面上确认了惠崇画作的价值，为北宋文人画发展确立前贤和典范，从而在由宫廷画师主导的画坛上，为文人画争得了话语权和发展空间。

---

① 袁燮.絜斋集［M］.上海：商务印书馆，1935：59.

第一节　北宋诗人吟咏惠崇画作的大致情况

现存古代吟咏惠崇画作的诗歌作品，李裕民在《北宋名僧惠崇的诗与画》一文中曾予辑录。^① 这里基于该文所辑录的北宋诗作，补充王安石《纯甫出释惠崇画要予作诗》、沈括《图画歌》、黄庭坚《题惠崇画扇》，分为"作者""诗题""诗作内容""出处"等四项制成表格。另有叶梦得《题晁公甍惠崇溪山》、曾几《题黄嗣深家所蓄惠崇秋晚画》、朱翌《惠崇芦雁》、朱松《观张上达家惠崇芦雁图二首》，这些作者在由北宋入南宋之际，年龄依次为 50 岁、43 岁、30 岁、30 岁。考虑到叶梦得、曾几、朱翌、朱松均深受北宋咏画之风的影响，且吟咏惠崇之事也确实有可能发生在北宋时期，因而将他们的诗作也归入表格。全表通计诗作 22 首又一句，大致直观地展现了北宋时期诗人吟咏惠崇画作的基本情况（见表 6-1）。

表6-1　北宋诗人吟咏惠崇画作情况表

作者	诗题	诗作内容	出处
王安石	《纯甫出释惠崇画要予作诗》	画史纷纷何足数，惠崇晚出吾最许。旱云六月涨林莽，移我倏然堕洲渚。黄芦低摧雪翳土，凫雁静立将俦侣。往时所历今在眼，沙平水澹西江浦。暮气沈舟暗鱼罟，欹眠呕轧如闻橹。颇疑道人三昧力，异域山川能断取。方诸承水调幻药，洒落生绡变寒暑。金坡巨然山数堵，粉墨空多真漫与。大梁崔白亦善画，曾见桃花净初吐。酒酣弄笔起春风，便恐漂零作红雨。流莺探枝婉欲语，蜜蜂掇蕊随翅股。一时二子皆绝艺，裘马穿赢久羁旅。华堂岂惜万黄金，苦道今人不如古。	《临川先生文集》卷 1

① 李裕民. 北宋名僧惠崇的诗与画 [J]. 太原师范学院学报（社会科学版），1994（2）：17-20.

作者	诗题	诗作内容	出处
沈括	《图画歌》	小景惠崇烟漠漠。	《全宋诗》卷686
苏轼	《惠崇春江晓景二首》	竹外桃花三两枝，春江水暖鸭先知。 蒌蒿满地芦芽短，正是河豚欲上时。	《东坡集》卷15
		两两归鸿欲破群，依依还似北归人。 遥知朔漠多风雪，更待江南半月春。	
黄庭坚	《题郑防画夹五首》其一	惠崇烟雨归雁，坐我潇湘洞庭。 欲唤扁舟归去，故人言是丹青。	《豫章黄先生文集》卷12。这首诗被误认为苏轼所作，收入《东坡续集》卷2，改题为《惠崇芦雁》
黄庭坚	《题惠崇画扇》	惠崇笔下开江面，万里晴波向落晖。 梅影横斜人不见，鸳鸯相对浴红衣。	《山谷诗集注》卷7
贺铸	《题惠崇画扇六言二首之二秋水芦雁》	塞南秋水陂塘，芦叶萧萧半黄。 直北飞来鸿雁，端疑个是潇湘。	《庆湖遗老诗集》卷7
贺铸	《题惠崇画扇六言二首之一梅花雪雀》	春雪霏霏晚梅，抱枝寒雀毰毸。 陇下有人肠断，为衔芳信东来。	《庆湖遗老诗集》卷7
王庭珪	《题惠崇画秋江凫雁》	老崇学画如学禅，中年悟入理或然。 长江未落凫雁下，舒卷忽若无丹铅。 定自维摩三昧里，半幅生绢开万里。 不用并州快剪刀，断取铁围山下水。	《卢溪先生文集》卷4
僧惠洪	《汪履道家观雪雁图》	水落阴湖洲渚生，风折败荷枯苇茎。 白沙凿凿墨云重，熟视满空翻玉英。 湖边两雁谁教汝，稳卧自多高世情。 惠崇逸想巧图画，定应爱汝梦漏清。	《石门文字禅》卷8
李之仪	《惠崇扇面小景二绝》	耳冷无人唱竹枝，归心惟有梦魂知。 杨花扑地烟波阔，犹记征帆欲卸时。	《姑溪居士后集》卷12
		风高雨暗不成群，欲下还飞似畏人。 已是却寻归去路，江南休笑水知春。	
吴则礼	《题惠崇小景扇二首》	惠崇桃坞鹅鸭，春老不画风烟。 看取团团璧月，中吞万里江天。	《北湖集》卷4
		绿鸭白鹅并戏，桃花不隔苍烟。 鸟去自鼙孤影，断魂春水连天。	

续表

作者	诗题	诗作内容	出处
晁补之	《题惠崇画四首》	东风回，江上渚，何处来，双白鹭。灼灼岸间桃，依俙兰杜苗。一衔湍濑鳞，一下青林梢。潇湘绿水春迢迢。（春）	《鸡肋集》卷10
		老柳无嘉色，红蕖羞脉脉。宛在水中洲，双鹅羽苍白。何须玩引颈，颠倒写经墨。惟应一临流，当暑衫絺绤。（夏）	
		一雁孤风乍临渚，两雁将飞未成举，三雁群行依宿莽，芦花已倒江上风，云间分飞那可同？（秋）	
		天高霭霭云昏，江阔霏霏雪繁，渚下鸭方远泛，枝间雀不闻喧。鄙夫此志相依，生涯稊稗同微，欲具沙边短艇，波涛岁晚人稀。（冬）	
叶梦得	《题晁公凳惠崇溪山》	荒林翳宿莽，脱木寒无烟。不知三间茅，中有几醉眠。山远尚见雪，江空欲吞天，归舟定何许？沧波方渺然。 再赋：惠崇残笔老尤奇，袖里溪山每自随。欲识沧波无限意，此间惟许当家知。	《石林居士建康集》卷2
曾几	《题黄嗣深家所蓄惠崇秋晚画》	丛芦受风低，积潦得霜浅。沙勾洲渚净，水澹凫鸭远。禅扉掩昼夜，短纸开秋晚。欲问此间诗，半山呼不返。	《茶山文集》卷1
朱翌	《惠崇芦雁》	我是江湖一漫郎，鸿飞鹭宿见行藏。西风吹尽芦花雪，水驿云程未易量。	《潜山集》卷3
朱松	《观张上达家惠崇芦雁图二首》	先生衰眼失孤鸿，久著瓮天尘雾中。谁卷秋空开四壁，丹青三昧道人崇。 道人一锡攀飞鸟，颇悉南来北去情。画出江南遵渚态，尚余风味叫群声。	《韦斋集》卷5

　　诸诗以沈括所作《图画歌》最为宏观，计用五百六十言，介绍了唐宋以来著名画家的特色和一些画派的发展情况。从"予家所有将盈车，高下百品难俱书"判断，沈括《图画歌》是为自家藏画所作，诗中数点了当时及之前大多数著名画家：王维、李成、荆浩、范宽、关仝、董源、巨然、宋迪、王端、高克明、许道宁、郭熙、徐熙、赵昌、王友、刘常、黄荃、黄居寀、谭宏、艾宣、羊仲甫、易元吉、张泾、胡镶、崔白、崔悫、徐易、王齐翰、顾德谦、曹不兴、孙知微、卢氏楞伽、周方、李元婴、居宁、韦偃、韩幹、包

鼎、曹霸、薛稷、石恪、戴嵩、韩滉、惠崇、僧传古、郭忠恕、侯翼、顾恺之、陆探微、吴道子、僧繇。这首诗虽只有一句评价惠崇画作，但确认了惠崇小景在画史上无可替代的独特价值。王安石"画史纷纷何足数，惠崇晚出吾最许"两句，同样肯定了惠崇在画史上的地位。王诗所谓的"画史"指历史上著名的画家，其"不尽数"与沈诗一一道来，若相呼应。虽然我们很难判断沈诗和王诗孰先孰后，但如果说《纯甫出释惠崇画要予作诗》首二句与《图画歌》存在互文性，这样理解是没有问题的。不过王诗评惠崇之画诉诸己情，不似《图画歌》出诸众论。至于王诗将惠崇的水景、巨然的山体、崔白的花鸟当作北宋三大画派的代表画家相提并论，虽然不够准确，但确实很有意思。王诗"旱云六月涨林莽"及以下十二句，是描述自己对惠崇画所作沉浸式的艺术体验，而沈括诗远没有这么细致深入。

《宣和画谱》虽列"小景"类，但将其附在墨竹类，说明对其认可程度不高。《墨竹（小景）叙论》陈述了"小景"的三个特点：① "不专于形似而独得于象外者"；② "往往不出于画史而多出于词人墨卿之所作"；③ "布景致思，不盈咫尺，而万里可论，则又岂俗工所能到哉？"[①] "独得于象外""出于词人墨卿""非俗工所能到"，指出小景画创作具有文人属性，虽然不一定能达到宫廷画家所要求的专业水平，但有脱俗的好处。《宣和画谱》墨竹小景类录李颇等十二家，未及惠崇。这说明，在北宋时期的宫廷专业画师群体那里，惠崇小景画的专业性和文人性，始终没有得到认可。王安石和沈括是在主流画坛之外，从绘画发展史的角度着眼，以与其他画家进行对比的方式确认了惠崇在绘画史上具有不可或缺的地位。由于王安石和沈括在当时具有广泛的社会影响力，特别是王安石具有政界翘楚和文坛领袖的权威身份，所以《纯甫出释惠崇画要予作诗》《图画歌》这两首诗对惠崇在绘画史上地位的评定最为关键。苏轼、黄庭坚等其他文人无疑也是具有同样认识的，不过他们在

---

① 宋徽宗朝宫廷画院.宣和画谱［M］.长沙：湖南美术出版社，1999：396.

吟咏惠崇画作时，基本不作定性式的宏观概括，主要持类似于王安石的"心许"姿态，以对惠崇单幅或几幅画作的鉴赏为基础，用生动活泼的情思描述观画的心得体会，借以赞扬惠崇小景画的成就。这些诗作与王安石、沈括的诗作相互呼应，以其在文坛舆论的影响力为惠崇及其小景画地位争取了话语空间。

第二节　北宋诗人吟咏惠崇画作的突出趋向

北宋诗人在吟咏惠崇画作时，欣赏的着眼点呈现出一些相同或较为接近的倾向，与当时专业画家的认识有同有异，这里选"江南特色""'水与鸟'组合形象""画作诗意"等三个方面略为阐发。

一、北宋诗人吟咏惠崇画作多突出江南特色

有些直接用诗句点出"江南"一词，如苏轼"更待江南半月春"、李之仪"江南休笑水知春"、朱松"画出江南遵渚态"，还有王安石的"沙平水澹西江浦"。西江，当时一般指长江中下游一带。而在中国古典诗词里，广义的江南泛指长江中下游及其以南至南岭之间的地区，所以王诗所谓的西江，大致也在江南范围之内。有些诗句则突出惠崇画作中具有江南特色的风物，如"烟漠漠""烟雨""潇湘""洞庭""鸳鸯""江""烟波""风烟""江天"等。"江""江天"等景象自然是跟长江有关的。像"烟漠漠""烟雨""烟波""风烟"等景象北方也有，但既往的诗文作品已将其定格为江南典型意象。我国境内的鸳鸯，3—9月在东北繁殖生长，而后飞迁至东南各省。由于当时东北不在宋朝境内，可以推断，惠崇画中的鸳鸯浴水也是典型的江南景象。

至于创作这些咏画诗的 14 位诗人中，有 9 位来自广义上的江南地区：王安石为临川人，沈括为钱塘人，黄庭坚为洪州人，王庭珪为吉州人，惠洪为宜丰人，吴则礼为兴国州（今湖北阳新）人，叶梦得为苏州人，曾几为赣州人，朱松为徽州人。此外，朱翌为舒州人，舒州亦近长江。苏轼为眉山人，眉山有岷江，气候风物与江南有类似处，而他又曾谪居黄州四年多。贺铸出生于卫州（今河南卫辉），为贺知章后裔，从其晚年自号"庆湖遗老"及退居苏州看，平生颇爱江南风景。来自无棣（今河北沧州一带）的李之仪和巨野（今山东荷泽一带）的晁补之，都是苏轼的追随者，他们对惠崇画作江南特色的强调尤为明显，在一定程度上可以说是受苏轼的影响。大致可以说，是一帮在地缘上和情感上亲近江南的文士较为关注惠崇的画作。隐含在这一现象背后的意旨为：以江南风物为主要题材的惠崇画作，长期以来不受画坛的重视，这些文士希望通过诗歌写作改变这一现状。

如所周知，自东晋顾恺之以降，江南画家辈出，一直到延续到唐代。唐张彦远《历代名画记》卷二"论画体工用拓写"条云："江南地润无尘，人多精艺。三吴之迹，八绝之名，逸少右军，长康散骑，书画之能，其来尚矣。《淮南子》云：'宋人善画，吴人善冶（冶，赋色也）。'不亦然乎？""叙师资传授南北时代"条云："精通者所宜详辨南北之妙迹，古今之名踪。"[1] 但毕竟唐代政治中心、文化中心在长安、洛阳一带，著名画家多出自北地，而以京城长安一地为多。终唐一代，来自江南的画家张璪等未能形成气候，也未见突出江南特色。五代十国时期，南唐绘画之风鼎盛，江南地区出现了李煜、徐熙、曹仲玄、周文矩、顾闳中等画家，拓展了绘画的江南特色。入宋之后，赵匡胤在政治文化上推行地域歧视政策，《邵氏闻见录》卷一记载："宋太祖刻石禁中曰：'后世子孙无用南士作相'。"[2] 这一政治文化观念传导至绘画领域就

---

① 张彦远 . 历代名画记 [M] . 北京：人民美术出版社，1964：28，23.

② 邵伯温 . 邵氏闻见录 [M] . 北京：中华书局，1983：4.

表现为：北宋前期南方画家被北方画家压制，以南方风物为题材的画作不受画坛重视。惠崇为北宋初期南方僧人，曾游历北地，其与寇准等达官贵人交往，表明他曾在京城开封推广其诗画的影响。诗歌写作经唐代普及，已无南诗、北诗之分别。但北宋初期画坛话语权掌握在以宫廷画师为主的专业画家手中，故惠崇虽因寇准提携而大得诗名，绘画成就却未被认可。考虑到这些历史原因，北宋诗人吟咏惠崇画不仅有为惠崇抱不平的意思，而且在一定程度上也可以看成文坛热衷绘事的文士试图去分享画坛的话语权。

以苏轼晚辈好友、当时执掌画坛牛耳的米芾为例。其《画史》有建构"江南山水画传统"的明确意图[①]，谓董源"平淡天真多，唐无此品，在毕宏上，近世神品，格高无与比也。峰峦出没，云雾显晦，不装巧趣，皆得天真。岚色郁苍，枝干劲挺，咸有生意。溪桥渔浦，洲渚掩映，一片江南也"[②]。谓巨然"师董源。今世多有本，岚气清润，布景得天真多。巨然少年时多作矾头，老年平淡趣高"[③]。《画史》对惠崇未有专论，仅略提及："道士牛戬笔墨粗豪纵放，亦不俗。格固在艾宣、惠崇、宝觉、张经之上也。"[④]而《宣和画谱》中计言及"江南人"14次[⑤]，说明构建"江南山水画"传统在画坛也是有共识的。米芾之所以没有将惠崇纳入"江南山水画"的代表人物，原因在于其画"格下"：一则没有师承，不尊传统；二则缺少法度，难以传习。而《宣和画谱》不录惠崇，说明米芾的这一看法，代表了宫廷专业画师对惠崇画作基本一致的认识。这是文坛和画界对惠崇评价明显不一致的地方。

---

① 吴湘."江南传统"的形成与董源地位的奠立［J］.南京艺术学院学报（美术与设计版），2018（2）：17-22，209.

② 米芾.画史校注［M］.桂林：广西师范大学出版社，2020：43.

③ 米芾.画史校注［M］.桂林：广西师范大学出版社，2020：40.

④ 米芾.画史校注［M］.桂林：广西师范大学出版社，2020：151.

⑤ 包括赵幹、刘孟松、梁师闵、僧梦休、陆瑾、陆文通、朱义、朱莹、祁序、妇人童氏、顾闳中、顾大中、杨晖、董元.

二、惠崇画中"水与鸟"组合形象得到诗人的关注

北宋诗人在吟咏惠崇画作时，提到的水体有江、湖、塘、渚、潦等类型，以"江"字出现为多，据表格所录诗作统计，包括诗题"江"字计出现15处。提及惠崇画中其他水体次数为："湖"字3处，"陂塘"1处，"潦"字1处。据数据不难发现，在惠崇所画的各类水体中，诗人吟咏时对江水是最感兴趣的。而这很有可能反映了：惠崇喜好画江水，也擅长画江水。

北宋诗人在吟咏惠崇画作时，提到的鸟类有雁（鸿）、凫（野鸭）、鹅、鹭、鸳鸯、雀、鹤等类型，以"雁"字出现为多，据表格所录诗作统计，包括诗题"雁（鸿）"字计出现16处。北宋诗人咏惠崇画提及其他鸟类次数为："凫（野鸭）"字9处，"鹅"字3处，"鹭"字2处，"雀"字2处，"鸳鸯"一词1处。从上述数据不难发现，在惠崇所画的各鸟类中，诗人对雁（鸿）最感兴趣，其次是凫（野鸭）。而这无疑表明：惠崇喜好画凫、雁，也擅长画凫、雁。

表6-1所列的诗作，提及惠崇画中与水景相关的岸体，用得最多的是"洲渚"一词，计出现3次，此外又单用"渚"字4处，单用"洲"字1处。而"沙"字，也用了4处。提及的植物景象包括芦苇、桃花（树）、蒌蒿、梅、荷、竹、杨花、兰、杜、青林、柳、荒林、脱木等，其中言及芦苇次数最多，计有10处。写芦苇的景象也最为丰富，包括"芦芽""（黄）芦叶""芦茎""芦花""芦丛"。凡言及芦苇，必出现凫、雁，几乎是固定搭配；反之则不然。水边"桃花（树）"计出现4处，与"鸭"搭配3次，又与"鹅"搭配2次，与"鹭"搭配1次。至于其他植物景象，在表列诸诗中只是偶尔出现。

郭若虚是北宋最有成就的绘画理论家，其《图画见闻志》是接续唐代张彦远《历代名画记》的绘画理论著作，其对惠崇的评价能够代表画坛的一般

认识。郭若虚《图画见闻志》将惠崇列在"花鸟门"，评云："建阳僧惠（笔者按，或作'慧'）崇，工画鹅雁鹭鸶，尤工小景，善为寒汀远渚，潇洒虚旷之象，人所难到也。"① 相比较而言，郭若虚重视惠崇画中的"汀""渚"，与诗人关注惠崇画中的"洲渚"，方向基本一致。至于诗人们津津乐道于芦苇的各种形态，郭若虚全然不提，为何如此异趣，这是有趣但难以解答的问题。而诗人在吟咏惠崇画作时，与郭若虚同样重视大雁，却不重视"鹅""鹭鸶"的形象，这里对此略加分析。

查《宣和画谱·花鸟一 / 花鸟二》，画鹭者前有唐朝边鸾《鹭下莲塘图》、周滉《蓼岸鹭鸶图》《水石鹭鸶图》《水鹭图》、黄筌《荷花鹭鸶图》《水石鹭鸶图》《秋鹭图》《水石双鹭图》《竹石寒鹭图》等。画鹅者有名家滕昌祐，传至北宋的作品有《牡丹睡鹅图》《芙蓉睡鹅图》《拒霜花鹅图》《药苗鹅图》《茴香睡鹅图》《梳翎鹅图》《水际鹅图》等。而在惠崇以前没有以画凫、雁著称的画家，所流传的画作寥寥可数。《宣和画谱》中记录最早以画雁闻名的是赵宗汉，宫廷藏有其《荣荷宿雁图》《水荭芦雁图》《聚沙宿雁图》。赵宗汉系濮王赵允让（995—1059）之子，年龄远小于惠崇。所以北宋诗人吟咏时，不强调惠崇画作中的鹅、鹭形象，而尤为关注凫、雁形象，可能意在强调其在绘画史上具有独特的价值。

三、对惠崇画作诗意内涵的发掘

北宋诗人吟咏惠崇画作，能够有效地书写自己被画作激发的诗性灵感与思绪，这在其他咏画诗中不易见到。表6-1所列的诗作中，"潇湘"一词三见。黄庭坚有诗句："惠崇烟雨归雁，坐我潇湘洞庭。"这里"潇湘"应该是实指的，即惠崇所画就是潇湘风景。贺铸有诗句："直北飞来鸿雁，端疑

① 郭若虚.图画见闻志校注［M］.上海：上海书画出版社，2020：463.

个是潇湘。"画面是塞南风光。塞南，一般指中原地区，"潇湘"是作为比拟对象被诗人以想象的方式引入。晁补之有诗句："潇湘绿水春迢迢。"这里的"潇湘"是实指的还是虚想的，难以判断。众所周知，"潇湘"作为一种意蕴丰富的文学意象，早在唐诗中就已经定型。而与王安石、苏轼同时代却年纪较大的宋迪，受诗文领域"潇湘意象"的传导，就曾创作出著名的"潇湘八景图"。①当北宋诗人观画而提及潇湘，无论是实指还是虚想，都是在肯定所观看的画作具有诗意。所以，黄庭坚等诗句中所谓的"潇湘"，就是赞赏惠崇画作能够回应一种富有情韵的文学传统，具有骚歌、唐诗般的情景和感染力。

有些作者还强调惠崇画作有一种移己身入画中的魅力，如王安石云："移我翛然堕洲渚"，并由此引动对往日美好经历的回忆，即"往时所历今在眼"。再如黄庭坚咏出诗句"坐我潇湘洞庭"，由此引动效仿范蠡浪荡江湖的夙愿，即"欲唤扁舟归去"。这种感受是以真实体验为基础而加以修饰的，写作态度是基于理性而出诸感性的。另一些诗作则径直忽略惠崇其人、其画，而移人情于雁身。苏轼诗句言雁生离情依依难舍，又说雁能"遥知""更待"，不合动物本性，纯粹出于人情。李之仪写惠崇画作中的雁，用的"耳冷""（欲听）唱竹枝""烟波阔""归心""梦魂""犹记"，也都是基于人的听觉、视觉、感觉和生理特征为雁代言。朱翌诗所谓的"我是江湖一漫郎"，好像是在说在征程中的大雁，又好像在描述自己的生存状态，人雁合一，既有移情于物的效果，又含托物寓意的心情。读这些诗作，我们当然不必太较真，认为诗人观画时确实产生了幻觉，而要明确意识到这是在用夸张或比拟的写作技巧。诗人通过运用文学手法说自己沉醉于画作，其实也是在委婉地称赞惠崇画作有与自己心灵相通的诗意。

---

① 冉毅.宋迪其人及"潇湘八景图"之诗画创意［J］.文学评论，2011（2）：157-164.

据《四库全书总目提要》，惠崇曾有《句图》一卷^①。"句"即诗句，"图"即画面。合而言之，"句图"指因循诗句的佳意而创作的画。这意味着，惠崇作画有从古诗佳句取意的习惯。而北宋诗人在欣赏惠崇画作时，揣摩其画意源自哪些诗句，自然在情理之中，这一点在黄庭坚《题惠崇画扇》中表现得最为典型。首句"惠崇笔下开江面"，化用杜甫《丹青引赠曹将军霸》"将军下笔开生面"，指出惠崇用笔受到杜诗启示，不囿于传统而敢于创新。次句"万里晴波向落晖"，暗示惠崇可能从谢朓《晚登三山还望京邑》"余霞散成绮，澄江静如练"二句取意。第三句"梅影横斜人不见"，认为惠崇取其好友林逋诗句"疏影横斜水清浅"用作画意。第四句说得最明显，指出惠崇扇面鸳鸯戏水之景，系取意于杜牧诗句"鸳鸯相对浴红衣"。另如贺铸诗句"陇下有人肠断"，指明惠崇画取意于北朝民歌《陇头歌辞》；而"为衔芳信东来"，暗示惠崇画雀或有翻用"蓬山此去无多路，青鸟殷勤为探看"之意。又如惠洪谓湖边两雁"稳卧自多高世情"，黄庭坚谓"欲唤（画中）扁舟归去"，均指出惠崇画传达了诗中常见的解脱名缰利锁中的出世之情。对于上述画中诗意，对诗画一律持谨慎态度的宫廷画家，一般不会关注其内涵和倡扬其价值。

第三节　北宋与南宋、金、元诗人吟咏惠崇画作比较

南宋、金、元的时代背景、政治环境、社会文明与北宋均有明显差异，诗人的写作趋向和鉴赏心态也出现变化，这在吟咏惠崇画作时也有体现。表6-2收录南宋、金、元时期吟咏惠崇画的代表作，并与相关北宋诗作进行比较。

---

① 永瑢.四库全书总目［M］.北京：中华书局，1965：993.

表6-2 南宋、金、元诗人吟咏惠崇画情况

朝代	作者	诗题	诗作内容	出处
南宋	刘仙伦	《题惠崇鹭鸶》	清霜著木高柳枯，惊风猎猎吹寒芦。芦根败蓼色惨澹，沙觜无复菰与蒲。风标皎皎四公子，来从西雍有闲思。肝肠澡濯秋水清，雪衣不受泥土滓。偶得一饱即自如，鹏飞万里何关渠。出离风波岸上立，岂只临渊常羡鱼。惠也小景独称步，那知写生尤得趣。傍边谨勿生机心，恐即长鸣过溪去。	《南宋六十家集·招山小集》
	周密	《题惠崇并禽图》	雪尽江南二月初，并禽高下自相呼。静中乐意无人见，一片春声在画图。	《草窗韵语》卷4
	许及之	《题惠崇小景》	寒林几吹折，冻柳不胜垂。老去机心熟，惊鸥莫浪疑。（其一） 崔嵬吾肺腑，面目似庐山。江上风涛稳，扁舟得往还。（其二） 舒徐春昼永，取次小桃红。独爵把枝稳，矜呼立晚风。（其三） 两蛙随步武，先后得位置。不作渴雨鸣，岂不贤鼓吹。（其四）	《涉斋集》卷13
	楼钥	《题惠崇着色四时景物》	旧说惠崇真画师，生绡四幅见天机。鹭翻桃岸韶光妍，鹅漾莲塘暑气微。风劲宾鸿霜始肃，寒欺花鸭雪初飞。分明知是丹青卷，仍欲沙头唤渡归。	《攻媿集》卷9
金	元好问	《惠崇獐猿图》	月啸烟呼本不群，笔头同是一溪云。野情山态令人羡，世路机关不似君。	《元遗山诗集》卷12
元	杨载	《惠崇古木寒鸦》	江上秋云薄，寒鸦散乱飞。未明常竞噪，向晚复争归。似怯霜威重，仍嫌树影稀。老僧修止观，写物固精微。	《杨仲弘诗集》卷3
	龚璛	《惠崇小景》	物外道人方晏坐，身如枯木倚寒江。鸦鸦雁雁集禅观，何以鸳鸯画一双。	《存悔斋集》

朝代	作者	诗题	诗作内容	出处
元	刘仁本	《题南唐惠崇远景画卷》	惠崇毫素出天机，貌得潇湘景物归。极目沧洲生远趣，平川秋思淡晴晖。寒烟断岸巴陵曲，野水枯槎黄鹤矶。诸鸟沙禽来簇簇，江莲葆羽净依依。鸂鶒属玉争群聚，鹥鹕凫鹭散漫飞。随意回翔随吹啄，或相亲近或依违。浪花浩荡鸥波阔，丛苇萧疏雁阵围。乱植蒲篁迷浦溆，列行汀树锁烟霏。枝头倦翼风还静，石角滋芳露欲晞。睥睨闲情齐物化，胚胎元气斡玄微。想当意匠经营际，妙夺神工取次挥。曾是江南夸品绝，忽惊眼底见来稀。摹临不羡双钩笔，盘礴何当一解衣。添却武陵渔艇子，桃花流水鳜鱼肥。	《羽庭集》卷4
	胡祇遹	《题惠崇潇湘烟水图》	惠崇烟霞人，萧散江湖身。心与云水一，禽鸟亦相亲。物我共闲适，万象同阳春。爱画非画师，模写造化仁。獐猿两痴黠，相戏复相驯。鹅鸭杂鸿雁，游泳全天真。汀花迷岸草，茂林连修筠。风蒲霜苇外，红蓼蘸白苹。物物自荣悴，不知忧斧斤。写生得生意，一洗俗笔尘。我生亦良苦，公廨困冠巾。民讼千万端，吏罪如鱼鳞。训谕不能感，笞箠惨伤人。对画空自惭，何时风俗淳？万类各得所，同作太古民。鱼鸟亦咸苦，草木含芳新。	《紫山大全集》卷2
	马祖常	《题惠崇画树林》	下濑生秋响，平林漏曙光。蜀枳阴十亩，闽荔熟千房。不听樵夫伐，无劳匠石伤。灵槎上天汉，全栋架明堂。黯黮云垂幔，霖霖雨湿墙。雁奴呼伴审，鸠妇择栖详。路远逢仙宅，天低近帝乡。春行苔履滑，夕坐笋书香。东绢刀谁剪？西园价尔偿。悬车清渭后，白发洒苍凉。	《石田文集》卷2

一、北宋诗人吟咏惠崇画作的倾向在南宋、金、元得到回应

金代只录得元好问一首，另当别论。周密诗句云"雪尽江南二月初"，刘仁本诗句云"曾是江南夸品绝"，说明南宋、元朝的诗人同样能认识到江南风光是惠崇画作中最有特色的题材。但南宋、金朝、元朝诗作对惠崇画中的江南风物，都未着意进行细致的书写，显然没有渲染突出"江南地域文化"的意旨。其原因可能在于，南宋政治中心、经济中心、文化中心南移至江南一

带，统治阶级轻侮南方文化的心态发生改变，南宋诗人不再刻意去发掘惠崇画作中的江南文化内涵。而金朝与江南在地理上悬隔，元朝的铁腕统治则根本不允许汉人写诗张扬地域文化意识，所以金、元两朝诗人对惠崇画作的江南意蕴，或想不到写，或故意回避不写。

二、南宋诗人和元代诗人不强调惠崇画雁的成就

惠崇善于画雁，南宋和元代咏画诗人是理解的。洪适《盘洲杂韵上碧芦步》云："津头晚风急，欹倒一丛芦。宿雁逢清泚，飞来作画图。"诗句写大雁飞宿丛芦的场景如图画般优美。许及之和作云："霜叶凋残芰，寒花发旧芦。一秋明眼处，落雁惠崇图。"许诗说雁落芦花景象生动，如惠崇画作一样。就表 6-2 所列诸诗看，南宋诗人于惠崇画作中的形象，多次写到鸥鹭（鹭鸶），还提及并禽、鹅、鸭，甚至重点写了蛙鸣，于雁则以"宾鸿"一语而过。也许，鸿雁的南来北往，对因失去广大地域而不能去到北地的南宋人而言，具有一种讽刺的意味，所以诗人尽量不提及。元代诗人吟咏惠崇画作，就没有这重心理障碍。龚璛诗句云："鸦鸦雁雁集禅观"。刘仁本诗句云："丛苇萧疏雁阵围"。胡祗遹诗句云："鹅鸭杂鸿雁"。马祖常诗句云："雁奴呼伴审"。但是元代诗人写惠崇画作中的雁形象，是与鸦、鸳鸯、诸鸟、沙禽、鸡鹕、属玉、鸂鶒、凫鹥、鸥鹭、鹅、鸭、鸠等其他鸟类形象混在一起写的，并不加以突出强调。这说明元代诗人对惠崇善于画鸟这一点有明确认识，但没有意识到惠崇画雁在画史上具有特殊价值。

三、对北宋吟咏惠崇画作诗歌传统的继承

南宋楼钥《题惠崇着色四时景物》，显然与北宋晁补之《题惠崇画四首》一脉相承。其尾二句"分明知是丹青卷，仍欲沙头唤渡归"，于黄庭坚诗

句"欲唤扁舟归去，故人言是丹青"二句，可以说是顺承而翻用。而元代刘仁本《题南唐惠崇远景画卷》、胡祇遹《题惠崇潇湘烟水图》，均可看作黄庭坚"惠崇烟雨芦雁"这一句的具体展开和详细说明。而马祖常"东绢刀谁剪"句，化用黄庭坚《次前韵谢与迪惠所作竹五幅》诗句"我有好东绢，晴明要会期"。"西园价尔偿"句，出自北宋西园雅集故事：王诜请李伯时将自己和苏轼、苏辙、黄庭坚、秦观、米芾、蔡肇、李之仪、郑靖老、张耒、王钦臣、刘泾、晁补之及僧圆通、道士陈碧虚画在一起，取名《西园雅集图》。这些雅士中的苏轼、黄庭坚、李之仪、晁补之正是北宋吟咏惠崇画作的中坚力量。至于元好问《惠崇獐猿图》中的诗句"野情山态令人羡，世路机关不似君"，诗意似与黄庭坚《题郑防画夹五首》其五有一定联系，而议论与黄庭坚《牧童诗》中的"多少长安名利客，机关用尽不如君"若相仿佛，其中无疑隐含着这么一层意思：向北宋时期吟咏惠崇画作的名家致敬。

四、南宋诗人咏惠崇画作的两个新特点

一是重视声画。"诗画一律"，是北宋时期以苏轼为代表的诗人咏画的基本倾向。所谓"诗画一律"，主要指诗意和画意相互融通。南宋文坛对诗画之间关系的描述，有"声画"这种新的提法。例如，孙绍远《声画集》自序云："画有远近，诗有先后。名之曰声画，用有声画、无声诗之意也。"[①] 受"声画"说的启发，南宋诗人在吟咏画作时，比较注重通过联想从画作中挖掘声音资源。表6-2中所列南宋时期吟咏惠崇画的诗结尾均落笔在声音上。刘仙伦《题惠崇鹭鸶》云："恐即长鸣过溪去"。周密《题惠崇并禽图》云："一片春声在画图"。许及之《题惠崇小景》云："不作渴雨鸣"。楼钥《题惠崇着色四时景物》云："仍欲沙头唤渡归"。另一个与北宋诗人明显相区别的特点，就

---

① 孙绍远.声画集［M］.北京：中国书店出版社，2016：6.

是南宋诗作所表现出的鉴赏态度，故意回避沉浸式入画体验，而会将自己冷静而理性地隔在画外。刘仙伦《题惠崇鹭鸶》云："惠也小景独称步""傍边谨勿生机心"。通过提及画家风格、自己的观画者身份，与所观之画形成心理距离。周密《题惠崇并禽图》、楼钥《题惠崇着色四时景物》则直接点出"画图""丹青"。许及之《题惠崇小景》则通过"崔嵬吾肺腑"这样的自我反省及"岂不贤鼓吹"这句讽喻性的议论，提示出自己外在观画的立场与角度。

五、元代诗人吟咏惠崇画作不同于两宋时期的新特点

元代诗人吟咏惠崇画所表现出的鉴赏态度，虽然回避沉浸式入画体验，但主要通过直接评价惠崇的画技显示自己与所观赏的图画存在距离。杨载《惠崇古木寒鸦》云："老僧修止观，写物固精微。"龚璛《惠崇小景》问："何以鸳鸯画一双"。刘仁本《题南唐惠崇远景画卷》云："惠崇毫素出天机""想当意匠经营际，妙夺神工取次挥。曾是江南夸品绝，忽惊眼底见来稀。"胡祗遹《题惠崇潇湘烟水图》云："惠崇烟霞人，萧散江湖身。"而马祖常《题惠崇画树林》云："东绢刀谁剪？西园价尔偿。"这两句有出典，其意思是说：画用的上等好绢，画作内容精彩绝伦。这也是在评价惠崇。另外，根据诗题与画作内容大致可以判断，元代诗人吟咏惠崇画作在篇幅上有讲究：咏长卷多用100字以上的长篇，咏窄幅的则用七言绝句或五言律诗。

结　语

苏轼在惠崇去世约20年后出生，其写作《惠崇春江晓景》应在熙宁四年自请出京之后，即35岁以后。以此为时间基点计算，惠崇的画真正被广泛接受已是他离世半个世纪以后的事了。所以，北宋诗人对惠崇画作的吟咏，是艺术接受具有延迟性的确切例证。以苏轼、黄庭坚为代表的北宋诗人通过对

惠崇画的吟咏，隐约地传达了对宫廷因循守旧画风的不满，坚定了推崇文人画随意出新的立场，为文人画争得了一席之地。北宋诗人的吟咏无疑会提高惠崇画作的收藏价值，有利于惠崇画作在南宋、金朝和元朝的流传，从而促进了吟咏惠崇画作风气的形成及文人画的传承与发展。

下 编

北宋咏画诗释读

第七章　沈括《图画歌》旁证

沈括《长兴集》中有《图画歌》，该诗以评述画家成就为线索，涉及自家诸多藏画，这在北宋是比较异类的咏画诗。根据相关学者的看法，《图画歌》当作于元祐三年（1088 年），沈括当时 58 岁，谪居在秀州（今浙江嘉兴）。全诗内容如下：

画中最妙言山水，摩诘峰峦两面起。李成笔夺造化工，荆浩开图论千里。范宽石澜烟树深，枯木关全极难比。江南董源僧巨然，淡墨轻岚为一体。宋迪长于远与平，王端善作寒江行。克明已往道宁逝，郭熙遂得新来名。花竹翎花不同等，独出徐熙入神境。赵昌设色古无如，王友刘常亦堪并。黄荃居宷及谭宏，鸥鹭春葩蜀中景。艾宣孔雀世绝伦，羊仲甫鸡皆绝品。惟有长沙易元吉，岂止獐鹿人不及。雕鹰飞动美张泾，番马胡瓌屹然立。濠梁崔白及崔悫，群虎屏风供御幄。海州徐易鱼水科，鳞鬣如生颇难学。金陵佛像王齐翰，顾德谦名皆雅玩。老曹菩萨各精神，道士李刘俱伟观。星辰独尚孙知微，卢氏楞伽亦为伴。勾龙爽笔势飘飘，锦里三人共辉焕。西川女子分十眉，宫妆捻缬周昉肥。尧民击壤鼓腹笑，滕王蛱蝶相交飞。居宁草虫名浙右，孤松韦偃称世希。韩幹能为大宛马，包鼎虎有惊人威。将军曹霸善图写，五花骢马今传之。驭人相扶似偶语，老杜咏入丹青诗。少保薛稷偏工鹤，杂品皆奇惟石恪。戴嵩韩滉能画牛，小景惠崇烟漠漠。唐僧传古精画龙，豪端想与精神通。拿珠奋身奔海窟，鬣如飞火腾虚空。忠恕楼台真有功，山头突出华清宫。用及象坤能画鬼，角嘴铁面头蓬松。侯翼曾为王侯图，海山聚出风云乌。尔朱先生著儒服，吕翁碧眼长髭须。恺之维摩失旧迹，但见累世令人模。探微真迹存一本，甘露板壁㧓猊枯。操蛇恶鬼衔火兽，鉴名道子传姓吴。僧繇殿龙点双目，即时便有雷霆驱。仙翁葛老度溪岭，潇洒数幅名移居。辋川弄水并捕鱼，长汀乱苇寒疏疏。予家所有将盈车，高下百品难俱书。相传好古雅君子，睹诗观画言无虚。

　　该作没有融入诗人特别的情感、思想和观察视角，只是一篇平庸的长篇歌行，文学成就不高。[①] 就咏画而言，所述多为时人对所提及画家的一般看法，整体而言也无甚高论。所以这首诗整体上一向不被人推崇，只有"小景惠崇烟漠漠"一句常被引用。不过，如果我们换一个角度，将此诗与米芾的《画史》、《宣和画谱》与沈括所作《梦溪笔谈》对有关画家及其画作的论述相互比照参证，则可以披沙拣金，发现一些有价值的内容，深化我们对咏画诗的认识。

第一节　从《梦溪笔谈》看《图画歌》

　　沈括著有《梦溪笔谈》，其中有一些属于绘画评论范畴的文字段落。将《梦溪笔谈》与《图画歌》参照比看，则可以解读《图画歌》的创作背景和潜在之意。

---

① 俞剑华.中国古代画论类编［M］.上海：人民美术出版社，2000：157.

一、沈括具有良好的鉴画水平

《图画歌》在结尾交待："予家所有将盈车，高下百品难俱书。相传好古雅君子，睹诗观画言无虚。"根据这一提示，沈括家藏画丰富，《图画歌》所述只反映了沈括家较珍贵的一部分藏画的情况。那么，沈括鉴赏画作的水平如何呢？从《梦溪笔谈》有关画作的论述看，沈括鉴赏画作的水平较高。

首先，沈括对当时书画收藏界的弊端有着较为透彻的了解。《梦溪笔谈》卷十七《书画》云[①]：

藏书画者多取空名，偶传为钟、王、顾、陆之笔，见者争售，此所谓"耳鉴"。又有观画而以手摸之，相传以谓色不隐指者为佳画，此又在耳鉴之下，谓之"揣骨听声"。

沈括以"耳鉴""揣骨听声"这两个略带戏谑的语词，对书画收藏时弊予以总结，若非在书画收藏领域浸润既久，评语是难以做到如此举重若轻的。和米芾在《画史》中讥嘲某些书画收藏者的不专业言行一样，指陈"耳鉴""揣骨听声"之弊，体现了沈括对自己藏画鉴画水平的自信。

其次，沈括深谙绘画的一般技法和基本原理。《梦溪笔谈》卷十七《书画》云[②]：

画牛、虎皆画毛，惟马不画，余尝以问画工，工言："马毛细，不可画。"余难之曰："鼠毛更细，何故却画？"工不能对。大凡画马，其大不过盈尺，此乃以大为小，所以毛细而不可画；鼠乃如其大，自当画毛。然牛、虎亦是以大为小，理亦不应见毛，但牛、虎

---

① 沈括.梦溪笔谈［M］.上海：上海书店出版社，2009：140.

② 沈括.梦溪笔谈［M］.上海：上海书店出版社，2009：141-142.

深毛，马浅毛，理须有别，故名辈为小牛、小虎虽画毛，但略拂拭
而已，若务详密，翻成冗长，约略拂拭，自有神观，迥然生动，难
可与俗人论也。若画马如牛、虎之大者，理当画毛，盖见小马无毛，
遂亦不摹，此庸人袭迹，非可与论理也。

沈括就"马不画毛"的问题，剖析画理之所在，观察细致，视角敏锐，
理解深刻。一般的绘画业余爱好者，不容易注意这个问题。有的学画者发现
了这个问题，还以为是前代画家的失误。有一定水平的画工，知晓当如此画
却不知为何如此画。即使是绘画大家，对此也难以解释清楚。沈括对这个问
题予以辨析之后，几乎就成了定论，每为后世论画者所征引。这说明沈括鉴
画、藏画的能力是很专业的。

最后，沈括评赏画家画作，具有较高的理论水平。《梦溪笔谈》卷十七
《书画》[①]云：

书画之妙当以神会，难可以形器求也。世之观画者，多能指摘
其间形象、位置、彩色瑕疵而已，至于奥理冥造者，罕见其人。如
彦远画评言王维画物多不问四时，如画花往往以桃、杏、芙蓉、莲
花同画一景。余家所藏摩诘画袁安卧雪图，有雪中芭蕉，此乃得心
应手，意到便成，故造理入神，迥得天意，此难可与俗人论也。

《周易·系辞》言："形而上者谓之道，形而下者谓之器。"这是中国古
老和影响深远的哲学思想和理论方法。沈括的评语用的就是"道—器"两分
之法。绘画时形象、位置、色彩的经营，是形器之事；绘画的要旨，却在于
心、意、神、理等形而上思想的表达；画家的手感是将心、意、神、理贯通

---

① 沈括.梦溪笔谈［M］.上海：上海书店出版社，2009：140-141.

于形象、位置、色彩的关键媒介。这样的画评是具有哲学思想高度的绘画创作理论。

据此，《图画歌》的创作可以看作赏鉴修养良好的沈括对其藏画进行艺术接受的一个总结。

二、对《图画歌》首二句的延伸解读

由于诗歌体式的限制及写作对象的庞杂，《图画歌》对于所涉及的50余位画家及其画作，多数只能寥寥数语予以评述，有的甚至只言片语、一笔带过。由于诗语评画过于简略，以及在表达上具有意义指向的含混性，因而容易使人觉得评述不够准确或者价值不大。不过，《梦溪笔谈》对《图画歌》所涉及的个别画家及其画作做了阐发，可以帮助我们较为全面地理解《图画歌》中的若干诗句。

《梦溪笔谈》专门论及的著名画家有王维、李成、宋迪、徐熙、黄筌、董源、巨然、吴道子。查《宣和画谱》目录分类，王维、李成、宋迪、董源、巨然归在山水门，徐熙、黄筌归在花鸟门，吴道子归在道释门。显然，《梦溪笔谈》对山水门画家及其作品最为关注。《梦溪笔谈》及后续诸篇论及上述画家，有关王维的条目最多。由此可见，沈括藏画、论画最为钟情山水，而对王维特别关注。这可以帮助我们理解，为何沈括《图画歌》第一句说"画中最妙言山水"，将王维排在所述画家之首。

沈括在《梦溪笔谈》中提到自己收藏有《袁安卧雪图》，如前文所引。《袁安卧雪图》虽为王维首创，但其后的董源、李昇、黄筌、范宽都有摹作，与沈括同时代的李公麟也有同题画作，此外，还有其他佚名者所作《袁安卧雪图》。郭若虚《图画见闻志》卷六载佚名《袁安卧雪图》云 [①]：

---

① 　郭若虚.图画见闻志校注［M］.上海：上海书画出版社，2020：582.

　　丁晋公典金陵，陛辞之日，真宗出八幅《袁安卧雪图》一面，其所画人物车马、林石庐舍，靡不臻极，作从者苦寒之态，意思如生。旁题云："臣黄居寀等定到神品上。"但不书画人姓名，亦莫识其谁笔也。上宣谕晋公曰："卿到金陵日，可选一绝景处张此图。"晋公至金陵，乃于城之西北隅构亭，曰"赏心"，危耸清旷，势出尘表。遂施图于巨屏，到者莫不以为佳观。岁月既久，缣素不无败裂，由是往往为人刬窃。后王君玉密学出典是邦，素闻此图甚奇，下车之后，首欲纵观，乃见窃以殆尽。嗟惋久之，乃诗于壁，其警句云："昔人已化嘹天鹤，往事难寻《卧雪图》。"

　　可见，当时书画收藏界多有《袁安卧雪图》流传，真伪莫辨，难以断定沈括收藏的《袁安卧雪图》就是王维真迹。《梦溪笔谈》卷十七《书画》又载[1]：

　　王仲至阅吾家画，最爱王维画黄梅出山图，盖其所图黄梅、曹溪二人，气韵神检，皆如其为人，读二人事迹还观所画，可以想见其人。

　　《宣和画谱》记载馆阁藏有王维《黄梅出山图一》[2]。因为没有沈括家藏画流入馆阁的记载，而馆阁收藏经过多位专业画师的鉴定，一般而言当为真品。如此，则沈括家的《黄梅出山图》也很有可能不是王维真迹。据米芾《画史》的记述，北宋私家收藏王维画风气甚浓，大部分不是真迹，但也不是全无可观者。对于沈括家收藏的王维画，也当作如是观。由于摹作、仿作在一定程度上能体现原作者王维的绘画特点，因此"摩诘峰峦两面起"的评语，我们

---

① 沈括.梦溪笔谈［M］.上海：上海书店出版社，2009：141.

② 宋徽宗朝宫廷画院.宣和画谱［M］.长沙：湖南美术出版社，1999：212.

可以认为有画本依据。至于"两面起"，向来未见有人解释，应该指王维画山的典型形态，即善于展示两面陡峭直削的山体，使其显得秀美而雄伟。

三、对《图画歌》中其他有关山水画家诗句的延伸解读

"李成笔夺造化工"一句，联系米芾《画史》、郭若虚《图画见闻志》所述，意思指李成画法简练，好用淡墨渲染意韵，独创"画石如动"的"卷云皴"技法。而《梦溪笔谈》卷十七《书画》论述[①]：

> 李成画山上亭馆及楼塔之类，皆仰画飞檐，其说以谓自下望上，如人平地望塔檐间见其榱桷。此论非也，大都山水之法，盖以大观小，如人观假山耳。若同真山之法，以下望上只合见一重山，岂可重重悉见？兼不应见其溪谷间事，又如屋舍亦不应见其中庭及后巷中事。若人在东立则山西便合是远境，人在西立则山东却合是远境，似此如何成画？李君盖不知以大观小之法，其间折高、折远自有妙理，岂在掀屋角也？

这段话批评了作山水画固执于"焦点透视"法的弊端，但自然也会引发读者思考"焦点透视"的长处：忠实再现自己在视点固定情况下所观察到的空间和物体大小，体现了客观理性的审美价值追求；通过变换视点，能使大致相同的绘画对象呈现出丰富多样的图画形态。这既包含了尊重造化的创作原则，也体现了游戏造化的艺术态度。如果我们抛开沈括的原意，将这段文字理解为"李成笔夺造化工"，从字面上看是说得过去的。

"江南董源僧巨然，淡墨轻岚为一体。"这句总结了当时收藏界对董源、巨然画风格的一般看法，与米芾"平淡""天真"的评语类似。《梦溪笔谈》

---

① 沈括.梦溪笔谈［M］.上海：上海书店出版社，2009：142.

卷十七《书画》对董源、巨然二人之画，还有更为详细的阐发。①

> 江南中主时，有北苑使董源善画，尤工秋岚远景，多写江南真山，不为奇峭之笔。其后建业僧巨然祖述源法，皆臻妙理。大体源及巨然画笔皆宜远观，其用笔甚草草，近视之，几不类物象。远观则景物粲然，幽情远思，如睹异境。如源画落照图，近视无功，远观村落杳然深远，悉是晚景，远峰之顶宛有反照之色，此妙处也。

其中提到的"皆宜远观""用笔甚草草""近视之，几不类物象"，更能说明董源、巨然与众不同的特色，以及巨然师法董源的源流关系，可以作为对"淡墨轻岚为一体"句的补充解释。

《图画歌》中"宋迪长于远与平"这一句，《梦溪笔谈》卷十七《书画》有基本相同的表述，并且指出了宋迪"平远山水"画的八幅代表作。②

> 度支员外郎宋迪工画，尤善为平远山水，其得意者有平沙雁落、远浦帆归、山市晴岚、江天暮雪、洞庭秋月、潇湘夜雨、烟寺晚钟、渔村落照，谓之"八景"，好事者多传之。

"平远画法"由来已久，隋朝展子虔《游春图》就以"平远画法"为主，而五代时期董源《潇湘图》《夏景山口待渡图》、郭熙《窠石平远图》、范宽《春山平远图》，都是前朝平远画法的范例。郭熙《林泉高致·画意》谓"山有三远"，平远即为其一，这说明"平远山水"技法在北宋已然成熟。那么宋迪的平远山水有何特异之处呢？《梦溪笔谈》卷十七《书画》记载③：

---

① 沈括.梦溪笔谈［M］.上海：上海书店出版社，2009：146.

② 沈括.梦溪笔谈［M］.上海：上海书店出版社，2009：142-143.

③ 沈括.梦溪笔谈［M］.上海：上海书店出版社，2009：143.

往岁小窑村陈用之善画，迪见其画山水，谓用之曰："汝画信工，但少天趣。"用之深伏其言，曰："常患其不及古人者正在于此。"迪曰："此不难耳。汝先当求一败墙，张绢素讫，倚之败墙之上，朝夕观之。观之既久，隔素见败墙之上高平曲折皆成山水之象，心存目想，高者为山、下者为水，坎者为谷、缺者为涧，显者为近、晦者为远，神领意造，恍然见其有人禽草木飞动往来之象，了然在目，则随意命笔，默以神会，自然境皆天就，不类人为，是谓'活笔'。"

宋迪平远山水的精彩在于不拘泥于实景和成法，善用"活笔"，能形成天趣，这一点一般画家做不到。

四、对《图画歌》其余诗句的延伸解读

"花竹翎毛不同等，独出徐熙入神境。……黄筌居寀及谭宏，鸥鹭春葩蜀中景。"《图画歌》评徐熙时用了两个整句，而且用"入神境"予以推崇。言及黄筌却将其与黄居寀、谭宏并列，三人分享两句，而且评语一般。沈括厚徐熙而薄黄筌的倾向显然，而《梦溪笔谈》卷十七《书画》的记载似也可印证这一点[①]。

国初，江南布衣徐熙、后蜀翰林待诏黄筌皆以善画著名，尤长于画花竹。蜀平，黄筌并子居宝、居寀、居实，弟惟亮，皆隶翰林图画院，擅名一时。其后江南平，徐熙至京师，送图画院品其画格。诸黄画花妙在赋色，用笔极新细，殆不见墨迹，但以轻色染成，谓之"写生"。徐熙以墨笔画之，殊草草，略施丹粉而已，神气迥出，别有生动之意。筌恶其轧己，言其粗恶不入格，罢之。熙之子乃效

①　沈括.梦溪笔谈［M］.上海：上海书店出版社，2009：144.

> 诸黄之格，更不用墨笔，直以彩色图之，谓之"没骨图"，工与诸黄
> 不相下，筌等不复能瑕疵，遂得齿院品，然其气韵皆不及熙远甚。

这段文字介绍了北宋早期花鸟的三种画法：①用淡痕墨迹勾勒而最终以色彩遮蔽之；②突出墨笔的主导性，略施淡粉作为点缀；③没骨画法，即不用墨笔勾勒，直接以彩色画出。在沈括看来，徐熙以行墨为主而辅以色彩的花鸟画气韵生动，品格最高。

"操蛇恶鬼衔火兽，鉴名道子传注吴。"这两句主要称赞吴道子《地狱变相图》壁画的艺术形象，对其道释神像画的艺术成就则略而不提。其原因在《梦溪笔谈》卷十七《书画》有所提示。[①]

> 《名画录》："吴道子尝画佛，留其圆光，当大会中对万众举手一
> 挥，圆中运规，观者莫不惊呼。"画家为之自有法，但以肩倚壁尽臂
> 挥之自然中规，其笔画之粗细则以一指拒壁以为准，自然匀均。此
> 无足奇，道子妙处不在于此，徒惊俗眼耳。

吴道子佛像画善写圆光，一向被视为神来之笔，这也是其道释神像画被认为难以超越的一个绝技。沈括是科学家，认为画圆光不过是肢体运行遵循了简单的物理学知识，并非什么绝技。所以他认为吴道子最有特色的地方，在于地狱变相画，而非众口一词的道释神像画。其实，《梦溪笔谈·补笔谈》还载有吴道子画钟馗的奇闻轶事，但该记述只是讲故事，对理解《图画歌》中的诗句并无助益。

---

① 沈括. 梦溪笔谈 [M].上海：上海书店出版社，2009：144.

第二节　从米芾《画史》推断沈括家藏画状况

米芾《画史》有三处言及沈括藏画，说明沈括是当时有影响的藏画家之一。《画史》对《图画歌》所评述画家的画作在当时的私藏情况也多有记述。以下一一列举。①

王维画。①王维画《小辋川》摹本笔细，在长安李氏，人物好，此定是真。若比世俗所谓王维全不类，或传宜兴杨氏本上摹得。②林虞家有王维六幅《雪图》。

李成画。①山水李成只见二本，一松石，一山水。四轴松石，皆出盛文肃家，今在余家斋。山水在苏州宝月大师处。②李成真迹见两本，伪见三百本。③宝月所收李成四幅（人物）。④林虞家有李成《雪图》。

荆浩画。①王诜尝以二画见送，题云勾龙爽画。而因重背入水，于左边石上有"洪谷子荆浩笔"，字在合绿色抹石之下，非后人作也，然全不似宽。后数年，丹徒僧房有一轴山水，与浩一同而笔乾不圆，于瀑水边题"华原范宽"，乃是少年所作。②荆浩画，毕仲愈将叔处有一轴，段缄家有横披，然未见卓然惊人者。③毕仲钦家有荆浩山水画一轴。

范宽画。①范宽真迹见三十本；②余以范宽图易僧梦休《雪竹》一幅。

关仝画。①关仝真迹见二十本；②毕仲游家有六幅关仝画；③

---

① 米芾.画史校注［M］.桂林：广西师范大学出版社，2020：146.

王钦臣长子有六幅关仝，古本，特奇。

董源画。①余家（有）董源《雾景》横披；②董源真迹见五本；③王钦臣长子有董源四幅，真意可爱；④刁约家有董源《雾景》四轴；⑤林虞家有董源八幅。

巨然画。①今世多有本；②仲爰收巨然半幅横轴，一风雨景，一《皖公山天柱峰图》；③巨然真迹见十本；④苏泌家有巨然山水。

徐熙画。①徐熙大小折枝，吾家亦有，士人之家往往见之。翎毛之伦，非雅玩，故不录。桃一大枝，谓之《满堂春色》，在余家。②徐熙花果见三十本。③苏洎字及之，家有徐熙四花，其家故物。苏汶字达复，有《江南暝禽图》，徐熙一酸榴，余家有丁晋公所收甜榴。滕中孚元直，有徐熙《对花果子》四轴。石扬休有吾家唐画韦侯故事六横幅，山水、人物、车马备具，后人题作张萱，易李邕帖（众物之一也），并徐熙《牡丹》《海棠》两幅也。④魏泰字道辅，有徐熙澄心堂纸画一飞鹑如生。⑤徐熙《海棠》双幅二轴，江南装堂画，富艳有生意，赵叔盎亦有一轴。⑥徐熙《风牡丹图》，叶几千余片，花只三朵，一在正面，一在右，一在众枝乱叶之背；石窍圆润，上有一猫儿。余恶画猫，数欲剪去，后易研与唐林夫。⑦洛阳苏师德家有徐熙鳊鱼蟹。⑧余相国寺中八金得纸桃两枝，绿叶虫透背，二叶著桃上，二桃突兀高出纸素。徐熙真笔也。

黄筌画。①黄筌真迹见百本；②苏子美黄筌《鹡鸰图》，只苏州有三十本，更无少异；③蒋长源以二十千置黄筌画《狸猫颤荔荷》，甚工；④洛阳苏师德家有黄筌六幅著色山水；⑤王晋卿昔易六幅黄筌《风牡丹图》与余。

居寀画。居寀真迹见百本。

易元吉画。余收易元吉逸色笔，作芦如真，上一鹡鸰活动。晋卿借去不归。

胡瓌画。东丹胡瓌蕃马见七八本。

老曹画。余家收纸本曹不兴画《如意轮》一轴。

刘道士画。刘道士真迹见十本。

勾龙爽画。王诜尝以二画见送，题勾龙爽。

周昉画。①蒋长源字永仲家周昉《三杨图》，冯京当世家横卷，皆入神。②沈括存中家收周昉《五星》，与丁氏一同。

韦偃画。蒋永仲收韦侯《松》一幅，千枝万叶，非经岁不成，鳞文一一如真，笔细圆润。

韩幹画。①嘉祐中，一贵人使江南，携韩马一匹行。及回，渡采石矶，风大作，三日不可过。欲过，又大作。于是祷于中元水府庙，典祀也。是夕，梦神言："若留马，当相济。"翌日，诣庙献之，风止，乃渡。至今奠于庙中。②王晋卿尝以韩马《照夜白》题曰："王侍中家物。"……刘（泾）以砚山一石易马去。

曹霸画。薛道祖绍彭家《九马图》合杜甫诗，是真曹笔。

薛稷画。①薛稷鹤，在苏之孟家；②李文定孙奉世子孝端，字师端，收薛稷二鹤。

顾恺之画。①顾恺之《维摩天女飞仙》在余家，《女史箴》横卷在刘有方家。已上笔彩生动，髭发秀润。《太宗实录》载，购得顾笔一卷，今士人家收得唐摹顾笔《列女图》，至刻板作扇，皆是三寸余人物，与刘氏《女史箴》一同。吾家《维摩天女》，长二尺，《名画记》所谓《小身维摩》也。②颍州公库本顾恺之《维摩》百补，是唐杜牧之摹寄颍守本者，置在斋龛不携去，精彩照人。……余因题其顾画幅上云："米芾审定，是杜牧之本。"

吴道子画：①苏轼子瞻家收吴道子画佛及侍者、志公十余人，破碎甚，而当面一手精彩动人，点不加墨，口浅深晕成，故最如活。
王防字元规家《天王》，皆是吴之入神画。行笔磊落，挥霍如蒓菜
条，圆润折算，方圆凹凸，装色如新，与子瞻者同一。周种字仁熟
家《大悲》亦真。②伪吴生见三百本。

僧繇画：①天帝释象在苏泌家，皆张僧繇笔也；②张僧繇画，
世所存者皆生绢。③润州甘露寺张僧繇四菩萨，长四尺，一板长八
尺许。

戴嵩画：（王晋卿）易白戴牛于才翁子鸿字远复，上有太宗御书
"戴嵩牛"三字。后牛易怀素绢帖及陆机、卫恒等摹晋帖，与数种同
归刘泾。

《图画歌》所涉及高克明、郭熙、刘常、谭宏、羊仲甫、张泾、崔白、崔
悫、徐易、王齐翰、顾德谦、卢氏（楞伽）、滕王、居宁、包鼎、石恪、惠
崇、郭忠恕、侯翼、陆探微等画家画作的私藏情况，《画史》则未言及。以米
芾识见之广，鉴赏之精，其所录者，均为古画珍品的收藏情况。其所不录，
则视为无可珍宝者。北宋藏画氛围虽然浓厚，但藏画风气主要在官员文士阶
层流行，圈子并不大。而流传的珍贵古画，绝大多数已被宫廷画院（馆阁）
收藏。所以当时私藏的古画珍品大致有多少，包括落在谁家，在私藏界翘楚
米芾那里大致是一笔明白账。就《图画歌》和《画史》均称道的上述画家而
言，沈括收藏的画作，仅有周昉《五星图》被米芾认为是珍宝。反向可以推
知，沈括津津乐道的"予家所有将盈车"，包括《图画歌》逐一点评的名家画
作，珍品和真品其实并不多。实际上，米芾在《画史》中对沈括的藏画水平
不高与藏画作风不正，有过直接的描述。

沈括存中家收周昉五星，与丁氏一同。以其净处破碎，遂随笔

剪却四边，帖于碧绢上成横轴，使人太息。[①]

沈括存中收唐人壁画两大轴，或一手一面，或半身，是学者记其难处，遂题为真。[②]

沈括收毕宏画两幅一轴。上以大青和墨，大笔直抹不皴，作柱天高，半峰满八分。一幅至向下作斜凿，开曲栏，约峻嵋，一瀑落下，两大石塞路头；一幅作一圆平山，半腰云遮，下碛石数块，一童抱琴，由曲栏转山去。一古木卧奇石，均甚奇古。沈谪秀日见之，及居润，问之，云："已易与人。"竟不再出。至今常在梦寐。[③]

第一则材料说沈括收藏了周昉的珍品《五星图》，但缺乏良好的藏画素养，对原画随意剪贴，破坏了画作的原貌。第二则材料说沈括竟然将学唐人壁画者的局部分解图，误当作唐代壁画遗存，加以珍藏。第三则材料说沈括曾收藏唐代毕宏画两幅一轴，米芾确定为真品。但沈括晚年定居润州后，说是交易给别人，却不说传至谁手，导致毕宏三画作下落不明。在米芾看来，这会增加画作失传的风险，显然不是收藏家负责任的做法。

经眼，不仅是文献著录的基本原则，而且是咏画的前提和基础。沈括是北宋杰出的文献工作者，其《图画歌》云"睹书观画言无虚"，意味着所述基于经眼之实，即凡是诗中所说画家，他都收藏有相关作品。而这些画家的相关作品，虽然绝大多数只是摹本，只要质量较高，也并不会妨碍其作为收藏家的声名。至于依托这些摹本咏画，特别是在兼顾多人、多幅、多轴的情形下，后世读者是不需要在画作真伪问题上过于计较的。

① 米芾. 画史校注［M］. 桂林：广西师范大学出版社，2020：83.

② 米芾. 画史校注［M］. 桂林：广西师范大学出版社，2020：137.

③ 米芾. 画史校注［M］. 桂林：广西师范大学出版社，2020：207.

第三节 《图画歌》与《画史》《宣和画谱》评语对照

沈括《图画歌》可以算是评画之作，单独地看，其品评水平优劣、特色与价值难以判断。这里将《图画歌》与《画史》《宣和画谱》中的相关述评列表加以对照，以比较分析其品评水平优劣、特色与价值（见表7-1）。

表7-1 《图画歌》《画史》《宣和画谱》评语对照表

画家	《图画歌》	《画史》	《宣和画谱》	沈括评点特色
王维	画中最妙言山水，摩诘峰峦两面起。	—	①维善画，尤精山水。当时之画家者流，以谓天机所到，而所学者皆不及。②至其卜筑辋川，亦在图画中，是其胸次所存，无适而不潇洒，移志之于画，过人宜矣。	言王维擅长山水，与《宣和画谱》同。强调王维"峰峦两面起"的画山特点，与众不同。
李成	李成笔夺造化工。	①秀润不凡，松干劲挺，枝叶郁然有阴，荆楚小木无冗笔，不作龙蛇鬼神之状。②《雪景》清润。③《竹图》著色亦好。④（李成人物四幅）路上一才子骑马，一童随，清秀如摩诘画《孟浩然骑驴图》。⑤李成淡墨如梦雾中，石如云动，多巧，少真意	又寓兴于画，精妙初非求售，唯以自娱于其间耳。故所画山林、薮泽、平远、险易、萦带、曲折、飞流、危栈、断桥、绝涧、水石、风雨、晦明、烟云、雪雾之状，一皆吐其胸中而写之笔下。如孟郊之鸣于诗，张颠之狂于草，无适而非此也。	"笔夺造化工"为泛泛之论，不如《画史》《宣和画谱》所论适切画作内容。
荆浩	荆浩开图论千里。	—	博雅好古，以山水专门，颇得趣向。尝谓"吴道玄有笔而无墨，项容有墨而无笔。浩兼二子所长而有之"。	"开图论千里"提示了荆浩山水画作高深回环、大山堂堂的雄伟气势，较之《宣和画谱》论其笔法来历，更为切实。

续表

画家	《图画歌》	《画史》	《宣和画谱》	沈括评点特色
范宽	范宽石澜烟树深。	①范宽山水，巉巉如恒岱，远山多正面，折落有势。晚年用墨太多，土石不分。本朝自无人出其右。溪出深虚，水若有声。其作雪山，全师世所谓王摩诘。②范宽势虽雄杰，然深暗如暮夜晦暝，土石不分。物象之幽雅，品固在李成上。	览其云烟惨淡，风月阴霁，难状之景，默与神遇，一寄于笔端之间。则千岩万壑，恍然如行山阴道中，虽盛暑中，凛凛然使人急欲挟纩也。故天下皆称宽善与山传神，宜其与关、李并驰方驾也。	"远山多正面，折落有势"，"千岩万壑"与"石澜"一词意合。"恍然如行山阴道中"与"烟树深"意思接近。沈氏所述简洁明了。
关仝	枯木关仝极难比。	①关仝人物俗，石木出于毕宏，有枝无干。②关仝粗山，工关河之势，峰峦少秀气。	尤喜作秋山寒林，与其村居野渡、幽人逸士、渔市山驿，使其见者，悠然如在灞桥风雪中，三峡闻猿时，不复有市朝抗尘走俗之状。盖仝之所画，其脱略毫楮，笔愈简而气愈壮，景愈少而意愈长也。而深造古淡，如诗中渊明，琴中贺若，非碌碌之画工所能知。	"枯木难比"与"秋山寒林"类似，乃言其长处，着眼粗细不同。"有干无枝"述其画枯木之特色与师承。三者可以相互补充，说明关仝画木的特点。
董源	淡墨轻岚为一体。	①董源平淡天真多，唐无此品，在毕宏上。近世神品，格高无与比也。峰峦出没，云雾显晦，不装巧趣，皆得天真；岚色郁苍，枝干劲挺，咸有生意；溪桥渔浦，洲渚掩映，一片江南也。②全幅山骨隐显，林梢出没，意趣高古。③董源峰顶不工，绝涧危径，幽壑荒迥，率多真意。	①大抵元所画山水，下笔雄伟，有崒绝峥嵘之势，重峦绝壁，使人观而壮之。②至其出自胸臆，写山水江湖、风雨溪谷、峰峦晦明、林霏烟云，与夫千岩万壑、重汀绝岸，使览者得之，真若寓目于其处也。	沈括强调两位画家用笔追求平淡，米芾亦认可，但别出"天真"之评，于巨然又赋以"清润"一词。《宣和画谱》谓董源画雄伟壮观，又谓巨然并非气质柔弱，与沈括、米芾之所论大相径庭。
巨然		①岚气清润，布景得天真多。②少年时多作矾头，老年平淡趣高。③清润秀拔，林路萦回，真佳制也。④巨然山水，平淡奇绝。	巨然山水于峰峦岭窦之外，下至林麓之间，犹作卵石、松柏、疏筠、蔓草之类，相与映发，而幽溪细路，屈曲萦带，竹篱茅舍，断桥危栈，真若山间景趣也。人或谓其气质柔弱，不然。	

画家	《图画歌》	《画史》	《宣和画谱》	沈括评点特色
宋迪	宋迪长于远与平。	礼部侍郎燕穆之、司封郎宋迪复古、直龙图阁刘明复，皆师李成。复古比二公特细秀，作松枝而无向背，荆楚细，甚秀。	①性嗜画，好作山水，或因览物得意，或因写物创意，而运思高妙，如骚人墨客，登高临赋。②又多喜画松，而枯槎老桥，或高或偃，或孤或双，以至于千株万株，森森然殊可骇也。	宋迪画长于远平，《宣和画谱》"如登高临赋"一语差可证。宋迪之善于画松，《画史》《宣和画谱》皆赞，而《图画歌》未提及。
王端	王端善作寒江行。	王端学关仝人物，益入俗。	未录	只有沈括对王端画作特色有正面评价，弥足珍贵。
高克明	未作画艺方面的评述。	—	①心期得处即归，燕坐静室，沈屏思虑，几与造化者游。于是落笔则胸中丘壑尽在目前。②克明亦善工道释人马、花鸟鬼神、楼观山水等，皆造高妙也。	沈括对高克明的成就没有进行实质性评价，无法与《宣和画谱》相比。
许道宁	未作画艺方面的评述。	①许道宁不可用，模人画，太俗也。②他图画人物丑怪、赌博村野如伶人者，皆许道宁专作成时画。	①善画山林泉石，甚工。②而笔法盖得于李成。③晚遂脱去旧学，行笔简易，风度益著。	沈括对许道宁的成就没有进行实质性评价，无法与《宣和画谱》正面评价相比。《画史》虽指陈许道宁作画之短，亦优于沈评。
郭熙	郭熙遂得新来名。	—	善山水寒林，得名于时。初以巧赡致工，既久，又益精深，稍取李成之法，布置愈造妙处，然后多所自得。至摅发胸臆，则于高堂素壁，放手作长松巨木，回溪断崖，岩岫巉绝，峰峦秀起，云烟变灭，晻霭之间千态万状。	沈括对郭熙的成就没有进行实质性评价，无法与《宣和画谱》正面评价相比。
徐熙	花竹翎毛不同等，独出徐熙入神境。	①滕昌祐、边鸾、徐熙、徐崇嗣花，皆如生。②徐熙画不可摹。③《海棠》二轴，富艳有生意。	①画草木虫鱼，妙夺造化，非世之画工形容所能及也。尝徜徉游于园圃间，每遇景辄留，故能传写物态，蔚有生意。至于芽者、甲者、华者、实者，与夫濠梁唼喋之态，连昌森束之状，曲尽真宰转钧之妙。而四时之行，盖有不言而传者。②且今之画花者，往往以色晕淡而成，独熙落墨以写其枝叶蕊萼，然后傅色，故骨气风神，为古今之绝笔。	《画史》强调徐熙画花有生意。《图画歌》兼赞徐熙善画花竹翎毛，也以画花排在首位。《宣和画谱》评徐熙画花为古今绝笔，而认为其虫鱼也妙夺造化，肯定的范围较《图画歌》更大。

画家	《图画歌》	《画史》	《宣和画谱》	沈括评点特色
赵昌	赵昌设色古无如，王友刘常亦堪并。	赵昌、王友之流，如无才而善佞士。初甚可恶，终须怜而收录，装堂嫁女亦不弃。	善画花果，名重一时。作折枝极有生意，傅色尤造其妙。……且重工特取其形似耳，若昌之作，则不特取其形似，直与花传神者也。	《画史》以比喻之法言赵昌之短，所评难称得当。沈括直言赵昌善于设色，一语中的。《宣和画谱》言其妙在为花果设色，所述更为具体。
王友			未录	有关王友画作特点的记录不多，沈语为贵。
刘常		江南刘常，花气格清秀，有生意，固在赵昌、王友上。	①善画花竹，极臻其妙，名重江左。 ②染色不以丹铅衬傅，调匀深浅，一染而就。	《图画歌》《宣和画谱》言其善于设色。《画史》《宣和画谱》言其以画花见长。合而论之，则刘常设色花别具风味。
黄筌	欧鹭春葹蜀中景。	①黄筌惟莲差胜徐，黄虽富艳，皆俗。 ②黄筌画不足收，易摹。 ③《狸猫颤菏荷》甚工。	筌资诸家之善而兼有之。花竹师滕昌祐，鸟雀师刁光，山水师李昇，鹤师薛稷，龙师孙遇，然其所学笔意豪赡，脱去格律，诸公为多。如世称杜子美诗、韩退之文无一字无来处，所以筌画兼有众体之妙，故前无古人，后无来者，今筌于画得之。凡山水野草、幽禽异兽、溪岸江岛、钓艇古槎，莫不精绝。	与《画史》不同，《宣和画谱》对黄筌评价极高。《宣和画谱》录黄居寀并指出"怪石山景过其父远甚"。于谭宏不录，仅在《花鸟叙》中略加提及。《图画歌》以"鸥鹭春葹蜀中景"一句，评述三个成就迥异的画家，显然失之粗略笼统。
黄居寀			筌以画得名，居寀遂能世其家，作花竹翎毛，妙得天真。写怪石山景，往往过其父远甚。	
谭宏			如侯文庆、僧守贤、谭宏等，皆以草虫果蔬名世。	
艾宣	艾宣孔雀世绝伦。	艾宣、张泾、宝觉大师、翎毛、芦雁不俗。	善画花竹禽鸟，能傅色，晕淡有生意，扣之不衬人指，其孤标雅致，非近时之俗工所能到。尤喜作败荒榛、野色凄凉之趣。以画鹌鹑得名于时。	《图画歌》单言艾宣孔雀绝伦。《画史》点赞范围推扩至翎毛、芦雁。《宣和画谱》点赞范围又推扩至花竹禽鸟，且强调其善画鹌鹑。相比较而言，沈语显得偏颇。
羊仲甫	羊仲甫鸡皆绝品。	—	未录	有关羊仲甫画作特点的记录不多，沈语为贵。

画家	《图画歌》	《画史》	《宣和画谱》	沈括评点特色
易元吉	岂止獐鹿人不及。	①徐熙后一人而已，善画草木叶心，翎毛如唐、徐，后无人继。世但以獐猿称，可叹。 ②逸色笔作芦如真。	①心传目击之妙，一写于毫端间，则是世俗之所不得窥其藩也。 ②写动植之状无出其右者。	沈语简略，《画史》《宣和画谱》所述可用于笺释《图画歌》。
张泾	雕鹰飞动羡张泾。	艾宣、张泾、宝觉大师，翎毛、芦雁不俗。	未录	《画史》所述，可与沈语互证。
胡镶（胡瓌）	番马胡镶屹然立。	虽好，非斋室清玩。	工画番马，铺叙巧密，近类繁冗，而用笔清劲。至于穹庐什器，射猎部属，纤悉形容备尽。凡画骣驰马等，必以狼毫制笔疏染，取其生意，亦善体物者也。	沈语描述其画马形象。《画史》言其画马的收藏价值。《宣和画谱》言其画马之笔法。
崔白		—	①善画花竹羽毛、芰荷凫雁、道释鬼神、山林飞走之类，尤长于写生，极工于鹅。所画无不精绝，落笔运思即成，不假于绳尺，曲直方圆，皆中法度。 ②凡造景写物，必放手铺张，而为图未尝琐碎。作花竹多在于水边沙外之趣。至于写芦汀苇岸、风鸳雪雁，有未起先改之意，殆有得之偏无人之态也。尤喜作兔，自成一家。 ③笙、居寀画法，自祖宗以来，图画院为一时之标准，较艺者视黄氏体制为优劣去取，自崔白、崔悫、吴元瑜既出，其格遂大变。	
崔悫	群虎屏风供御幄。	—		《宣和画谱》言崔氏兄弟绘画成就全面，沈语仅突出二人善于画虎，显得偏颇。
徐易	鳞鬣如生颇难学。	—	未录	有关徐易画作特点的记录不多，沈语为贵。
王齐翰	金陵佛像王齐翰。	—	画道释人物多思致，好作山林丘壑、隐岩、幽卜，无一点朝市风埃气	金陵，点出其得名之地域。佛像，点出其擅长之领域。《图画歌》所述，不及《宣和画谱》深切。

画家	《图画歌》	《画史》	《宣和画谱》	沈括评点特色
顾德谦	顾德谦名皆雅玩。	—	善画人物，多喜写道像，此外杂工动植。论者谓王维不能过，虽疑其与之太甚，然在江南时伪唐李氏亦云："前有恺之，后有德谦。"虽不及王、顾，亦居常品之上矣。	《宣和画谱》"居常品之上"与《图画歌》所谓"雅玩"之评可以互证。
老曹（曹仲元）	老曹菩萨各精神。	—	画道释鬼神，初学吴道玄不成，弃其法别作细密，以自名家；尤工傅彩，遂有一种风格。	老曹菩萨之所以"各精神"，正在于其"尤工傅彩"。
道士刘	道士李刘俱伟观。	刘道士，亦江南人，与巨然同师。巨然画则僧在主位，刘画则道士在主位，以此为别。	未录	《图画歌》"伟观"一语，难以显示二道人画作的特点。《画史》大致说刘道士画神像画风同于巨然，则其山水成就远不及巨然，不言而喻。《宣和画谱》言李道士作画特点甚详。
道士李		—	至于丹青之技，不学而能，益验其夙世之余习焉。写貌甚工，落笔有生意。写神仙故实，嵩岳寺庙内吴道元画壁内《四真人像》，其眉目风矩，见之使人遂欲仙去。设色非画工比，所施朱铅多以土石为之，故世俗之所不能知也。	
孙知微	星辰独尚孙知微，卢氏楞伽亦为伴。勾龙爽笔势飘飘，锦里三人共辉焕。	孙知微作星辰多奇异，不类人间所传，信异人也。然是逸格，造次而成，平淡而生动。虽清拔，笔皆不圜，学者莫及，然自有瓌古圆劲之气。画龙有神采，不俗也。	喜画道释，用笔放逸，不蹈袭前人笔墨畦畛。	《图画歌》所谓"星辰独尚"与《画史》"作星辰多奇异"、《宣和画谱》"不蹈袭前人笔墨畦畛"，意思基本一致。
卢楞伽		—	学画于吴道玄，但才力有所未及。尤喜作经变相，入蜀名益著，虽一时名流，莫不敛衽。	《图画歌》将卢楞伽当作共同散发光辉的"锦里三人之一"，与《宣和画谱》所说"入蜀名益著"可以互证。
勾龙爽		—	好丹青，喜为古衣冠，多作质野不媚之状。观之如鼎彝，间见三代以前篆画也，便觉近为凡陋，而使人有还淳反朴之意。好画故事人物，世多传其本。	《图画歌》言其"笔势飘摇"，与《宣和画谱》所论不相类似。

续表

画家	《图画歌》	《画史》	《宣和画谱》	沈括评点特色
周昉	西川女子分十眉，宫妆捻缅周昉肥。	—	昉于诸像精意，至于感通梦寐，示现相仪，传诸心匠，此殆非积习所能致。故俗画摹临，莫克仿佛。至于传写妇女，则为古今之冠。	《图画歌》言周昉善画唐代宫女之丰美，较之《宣和画谱》所谓"至于传写妇女，则为古今之冠"，更为具体明确。
滕王	尧民击壤鼓腹笑，滕王蛱蝶相交飞。	—	善丹青，喜作蜂蝶。朱景元尝见其粉本，谓能巧之外，曲尽精理，不敢第其品格。	《图画歌》与《宣和画谱》共推滕王画蝶。
居宁	居宁草虫名浙右。	—	喜饮酒，酒酣则好为戏墨，作草虫，笔力劲峻，不专于形似。每自题云"居宁醉笔"。	《图画歌》与《宣和画谱》共推居宁草虫，可以相互证明。
韦偃	孤松韦偃称世希。	—	①偃虽家学而笔力遒健，风格高举，烟霞风云之变，与夫轮囷离奇之状，过父远甚。然世唯知偃善画马。②然不止画马，而亦能工山水、松石、人物，皆精妙。	《图画歌》推许韦偃所画孤松，与"然不止画马"的表述，若合符节。
韩幹	韩幹能为大宛马。	唐韩幹图于阗所进黄马一轴，马翘举雄杰。	开元后，四海清平，外域名马，重译累至，……内厩遂有飞黄、照夜、浮云、五方之乘。……幹之所师者，盖进乎此。所谓"幹唯画肉不画骨"者，正以脱落展、郑之外，自成一家之妙也。	《图画歌》强调韩幹所能者，不仅是画马，而且是大宛名马，与《画史》所谓"于阗所进黄马"及《宣和画谱》所谓"内厩飞黄、照夜、浮云、五方之乘"表述一致。
包鼎	包鼎虎有惊人威。	—	而包鼎之虎，裴文睍之牛，非无时名也，气俗而野，使包鼎之视李渐，裴文睍之望戴嵩，岂不缩手于袖间耶？	《图画歌》正面肯定包鼎画虎的艺术效果。《宣和画谱》则认为包鼎画虎名气虽大，但不入上乘。
曹霸	将军曹霸善图写，五花骢马今传之。驭人相扶似偶语，老杜咏入丹青诗。	—	霸在开元中已得名。天宝末每诏写御马及功臣像。官至武卫大将军。杜子美《丹青引》以谓"丹青不知老将至，富贵于我如浮云"者，谓霸也。	《图画歌》写曹霸的有四句之多，受杜诗影响显然。《宣和画谱》述曹霸其人其画，亦然。

画家	《图画歌》	《画史》	《宣和画谱》	沈括评点特色
薛稷	少保薛稷偏工鹤。	—	善花鸟人物杂画，而尤长于鹤。故言鹤必称稷，以是得名。且世之养鹤者多矣，其飞鸣饮啄之态度，宜得之为详，然画鹤少有精者，凡顶之浅深，氅之皭淡，喙之长短，胫之细大，膝之高下，未尝见有一一能写生者也。又至于别其雄雌，辨其南北，尤其所难，虽名手号为善画，而画鹤以托爪傅地，亦其失也。故稷之于此颇极其妙，宜得名于古今焉。	《图画歌》言"偏工鹤"，与《宣和画谱》言"尤长于鹤"，意同。后者言薛稷画鹤之难得，尤为详细，可用于释读前诗。
石恪	杂品皆奇惟石恪。	—	工画道释人物。初师张南本，技进，益纵逸不守绳墨，气韵思致过南本远甚。然好画古僻人物，诡形殊状，格虽高古，意务新奇，故不能不近乎谲怪。	《宣和画谱》所言正好可以解释《图画歌》诗句。
戴嵩	戴嵩韩滉能画牛。	—	师滉，画皆不及，独于牛能穷尽野性，乃过滉远甚。至于田家川原，皆臻其妙。	《图画歌》于戴、韩之画牛，似无轩轾，然置弟子在前，暗寓高下之分。《画史》言韩牛差瘦，《宣和画谱》谓韩不及戴牛，均不如沈语含而不露。
韩滉		金陵有唐人韩滉画牛，今人皆命为戴，盖差瘦也。	其画人物、牛马尤工。昔人以谓牛马目前近习，状最难似，滉落笔绝人，然世罕得之。	
惠崇	小景惠崇烟漠漠。	道士牛戬笔墨粗豪纵放，亦不俗。格固在艾宣、惠崇、宝觉、张泾之上也。	未录	有关惠崇画作特点的记录不多，沈语为贵。
传古	唐僧传古精画龙，豪端想与精神通。拿珠奋身奔海窟，鬣如飞火腾虚空。	传古龙如蜈蚣。	天资颖悟，画龙独进乎妙。建隆间名重一时，垂老笔力益壮，简易高古，非世俗之画所能到也。	《图画歌》《画史》《宣和画谱》言僧传古画龙之胜处，可以相互补充。
郭忠恕	忠恕楼台真有功，山头突出华清宫。用及象坤能画鬼，角嘴铁面头蓬松。	—	喜画楼观台榭，皆高古，置之康衢，世目未必售也。	《图画歌》言郭忠恕擅长画鬼，此《宣和画谱》所未言及。

画家	《图画歌》	《画史》	《宣和画谱》	沈括评点特色
侯翼	侯翼曾为王侯图，海山聚出风云乌。尔朱先生著儒服，吕翁碧眼长髭须。	—	学吴道元作道释，落墨清骏，行笔劲峻，峭拔而秀，绚丽而雅，亦画家之绝艺也。	《图画歌》以复述其画作内容为主。《宣和画谱》则重在阐发画艺。
顾恺之	恺之维摩失旧迹，但见累世令人模。	笔彩生动，髭发秀润。	①恺之博学有才气，丹青亦造其妙，而俗传谓之三绝：画绝、痴绝、才绝。②恺之世以谓天材杰出，独立无偶，妙造精微，虽荀、卫、曹、张，未足以方驾也。	《图画歌》所云乃泛泛之笔，不若《画史》《宣和画谱》言顾氏画艺具体明确。
陆探微	探微真迹存一本，甘露板壁犹狻枯。	—	①善画，事明帝，在左右，丹青之妙，众所推称。②人谓画有六法，自古鲜能足之，探微得法为备。	《图画歌》但言其甘露寺板壁上所存真迹一本。《宣和画谱》计馆阁藏有十本。所知不同，故所述大异。
吴道子	操蛇恶鬼衔火兽，鉴名道子传姓吴。	①当面一手，精彩动人，点不加墨，口浅深晕成，故最如活。②行笔磊落，挥霍如莼菜条，圆润折算，方圆凹凸，装色如新。	①未冠，深造妙处，若悟之于性，非积习所能致。②大率师法张僧繇，或者谓为后身焉。至其变态纵横，与造物相上下，则僧繇疑不及也。③然每一挥毫，必须酣饮，此与为文章何异？正以气为主耳。至于画圆光最在后，转臂运墨，一笔而成。观者喧呼，惊动坊邑，此不几于神耶！	《图画歌》所言甚浅，无非常识。不及《画史》与《宣和画谱》所论深切。
张僧繇	僧繇殿龙点双目，即时便有雷霆驱。仙翁葛老度溪岭，潇洒数幅名移居。辋川弄水并捕鱼，长汀乱苇寒疏疏。	张笔天女宫女面短而艳，顾乃深靓为天人相。	世谓僧繇画骨气奇伟，规模宏逸，六法精备，当与顾、陆并驰争先。僧繇画释氏为多，盖武帝时崇尚释氏，故僧繇之画，往往从一时之好。	《图画歌》言僧繇画道教人物像，还有山水画，异于他家之说。与《画史》所谓"宫女像"及《宣和画谱》所谓释氏画，构成僧繇创作更为完整的图景。

据表 7-1 内容对比分析可知，从咏画诗的角度看，《图画歌》整体质量不高，评述画家画作还是有可圈可点之处。出现这种情况的原因在于：沈括是一位科学家兼藏画家，理论思维水平高，对藏画观察仔细、理解深入，因而

每见肯綮之论。但《图画歌》评画受两大客观不利因素的局限：①以80句的篇幅言及50余位画家，对多数画家只用一句诗评述，甚至出现用两句诗评述三位画家和用一句诗评述两位画家的情况，这样的写法难免局促而生潦草之弊；②沈括是基于个人藏画对画家进行评述的，个人藏画即使数量较多，也是非常不全面的，故所评易拘于一隅而作片面之词。而私家藏画多出于个人喜好，难免真伪混杂、优劣并存。鉴赏对象数量不足和质量参差不齐，无疑也会给艺术评价带来负面影响。从主观上看，沈括的《图画歌》写得也不甚讲究，诗中对画史上产生重要影响的山水画家董源、黄筌均一笔带过，却用四句诗评述在画史上声名不彰的僧传古，这说明沈括《图画歌》的评述不仅未能遵守咏画诗写作的一般章法，而且没有把握住画史的脉络。

结　语

宋代文士无不能诗，沈括现存60余首诗作（包括残句），但不以诗著称。沈括也是藏画家，私藏图画丰富，但根据米芾的相关记述，藏画品位不高。由于沈括在官场为人处世存在污点嫌疑，再加上科学思维导致的谨慎生活习惯，他参加当时顶流文人朋友圈诗画雅集的机会较少，因而鲜有咏画之作，从现存资料看，这首《图画歌》就是他唯一的咏画诗。这在一定程度上可以作为例证，用以说明北宋咏画诗基本上为应酬而作，因独自看画兴致大发而咏画的情况不是没有，而是不常见。沈括在缺少咏画经验的情况下写出这样一首长诗，可能带有别出一格以与主流争胜的较量心理；而以苏黄为代表、以通识诗画为标志的文士雅致，正是包含沈括在内北宋中后期文人的普遍文化追求。

第八章　从咏画角度辨析苏轼
《惠崇春江晓景》相关问题

　　咏画诗关乎诗与画两种艺术形式，展现了中国古代文人墨客的风雅，因而成为中国古诗的一种重要类型。早在南宋淳熙年间，就有孙绍远专门辑录唐宋人咏画诗，编为《声画集》。咏画诗虽自成一类，然解读未必容易。对于咏画诗的作者，我们姑且不论，可以直接认定他们既精通绘画（赏画），也擅长诗艺，而实际情况确实相去不远。但古代咏画诗的优胜与瑕疵，今天的读者并不易辨识。读者不能兼知古画和古诗，这是主观修养的原因。即使诗画双修的读者，往往因为古画不复存在，找不到与诗作相比照的对象，也就不容易说出个所以然。这就导致了一种现象：我们推崇一首咏画诗，往往是说这是一首好诗，而难以说清楚这是一首好的咏画诗。对苏轼名作《惠崇春江晓景》的解读也存在这种现象，兹选择一些相关问题加以辨析。

第一节　因画解诗：钱锺书相关观点申说

　　钱锺书关注中国古代诗画比较的理论问题时，写过《中国诗与中国画》这样一篇文章，文章提出了"中国传统文艺批评对诗和画有不同的标准"的观点。① 对《惠崇春江晓景》，钱锺书做过深入解读：《谈艺录》辨析了由毛奇龄相关观点引发的学术讨论；《宋诗选注》又将《惠崇春江晓景》当作宋代题画诗的唯一代表作选入。而钱锺书解读《惠崇春江晓景》，能紧扣咏画这个要点，由于受到撰述体例和行文风格的限制，其相关论述过于简约，在这里择要加以申说。

一、钱锺书将诗题确定为《惠崇春江晓景》符合画作的场景

苏轼这首诗的题目，有"春江晚景""春江晓景""惠崇春江晚景""惠崇春江晓景"四种写法，关键的问题在于"晚""晓"之别。宋刊东坡集本作"晓景"，清代以前的注本，基本上作"晚景"，选本则或作"晓景"或作"晚景"。②

"晓""晚"互为异文，在宋代诗词中不少见。另如李清照《声声慢》中的"晚来风急"，还有贺铸《宿芥塘佛祠》中的"待晚先烧柏子香"，"晚"均或作"晓"。诗词中"晚""晓"异文产生的原因，结合书写场景并不难理解。作诗作词时心态活泼灵动，所以古人将自己的创作付诸纸笔时，多以书写速度较快的行书、行草出之。由于汉字"晓"与"晚"的行书草书墨迹形似，古诗刊印校勘时，"晓"或作"晚"，而"晚"或作"晓"，在不同刊刻本中往往相互成为异文，却很难确定孰为作者原文。

《宋诗选注》于贺铸《宿芥塘佛祠》"待晚先烧柏子香"一句中的"晚"字或作"晓"字这一问题，颇费笔墨加以辨析。③ 但选苏轼此诗，题目径作"惠崇春江晓景"④，至于为何如此处理，钱锺书则未置一词，不作辨析，使人

---

① 钱锺书.中国诗与中国画［J］.中国社会科学院研究生院学报，1985（1）：1-13.

② 陈家愉.晓景晚景烟岚融：《惠崇春江晓景》题名再考［J］.汉江师范学院学报，2017，37（5）：32-38.

③ 钱锺书.宋诗选注［M］.北京：人民文学出版社，1989：89-90.

④ 钱锺书.宋诗选注［M］.北京：人民文学出版社，1989：72.

读来意犹未尽。这里顺着钱锺书的结论，从绘画的角度解释一下，该诗题取"晓"而舍"晚"，是合乎情理的。

画晓景，则当顺应自然界光亮不断增强的自然规律，画面趋向明朗清晰，一切栩栩如生。画晚景，则当顺应自然界光亮不断减弱的自然规律，画面趋向朦胧、暗淡、模糊。"芦芽短"，正如相关研究所指出的，是说芦芽初生，其能被仔细观察到，则所画当然是晓景了。[①] 同样地，"桃花三两枝"在暮色中也容易被忽略，只有画在明亮的晓光里，显得形象鲜活，才比较容易引动人的诗兴。

另外，站在赏画的立场上做一对比，也能得到"以'春江晓景'为宜"的结论。假如画的是晚景，就吴地春江而言，赏画者结合生活经验，自然会意识到画面上的水由于夜的降临而渐趋寒冷。假如画的是晓景，则赏画者感觉画面上的水在阳光的照射下，是渐趋暖和的。对于赏画者而言，后者可以谓之水暖，而前者不可以谓之水暖，不言而喻。至于诗中"鸭先知"的"先"字，有"最早""早先"的含义，其在语义上与"晓"字能够呼应，而与"晚"字不相契合也是显然的，对此一般人都能判别，作为语言创作大师的苏轼焉能不知？如果惠崇画的是晚景，这个"先"字，苏轼应该不会用到诗里。钱锺书按照惠崇所画内容为"春江晓景"，对"春江水暖鸭先知"作出阐释："'水暖先知'是（苏轼）设身处地之体会，即实推虚，画中禽欲活而羽衣拍拍。"[②] 从"设身处地"一词的使用看，钱锺书是站到赏画者的立场理解苏轼这首咏画诗，因而对诗题的异文问题作出了正确的判断。

二、钱锺书指出诗中河豚为虚写是兼顾画作的会心之解

对《惠崇春江晓景》中"河豚"句是否符合生活真实的问题，明代以降的学者如胡仔、陈岩肖、高步瀛等有过深入探讨，吴景旭甚至认为"河豚"

---

① 张汉清，方弢.惠崇《春江晚景》题名质疑［J］.辽宁师范学院学报（社会科学版），1983（5）：88.

② 钱锺书.谈艺录［M］.北京：中华书局，1984：544.

是惠崇画中实有的景象。① 在钱锺书以前，并未有学者明确地说《惠崇春江晓景》中的"河豚"是联想出来的画外之物。《宋诗选注》注解《惠崇春江晓景》第一首，认为："这首诗前三句写惠崇画里的事物，末句写苏轼心里的想象。""鸭在惠崇画中，而河豚在苏轼意中。"②《谈艺录》也有相近的表述："'河豚欲上'则见景生情之联想，凭空生有，画外人如馋而口角津津。"③ 在钱锺书看来，河豚在惠崇原画中并不存在，是苏轼写诗时联想出来的。那么钱锺书又是怎么判断出惠崇的画作中并没有河豚的呢？

"正是河豚欲上时"的含义不确定，既可以理解成"欲上而未上"，也可以理解成"欲上而已上"。根据诗语难以判断，惠崇画作中到底有无河豚。若从惠崇创作心态的角度来推敲，则《春江晓景》画作中并不会有河豚，就很容易理解。

宋代知识分子将惠崇画作誉为"小景"，其实也总结了其善于描绘幽美景致的绘画特色。河豚肉味鲜美，但卵巢与肝脏含有剧毒。在北宋时期，每年都会有人因烹调不得法而失去生命，如梅尧臣《范饶州坐中客语食河豚鱼》所言："皆言美无度，谁谓死如麻。"河豚入画，因其形象具有毒杀人命的负面含义，对于画家营造幽美自然的景象，显然是不利的。就惠崇幽美景致的创作倾向而言，河豚无疑算是不和谐的艺术因素，惠崇没有必要画入此物破坏自己的绘画风格。

河豚是味道鲜美的食物，但本身的视觉形象并不优美可人。就宋代画坛风气而言，画河豚难以传达文人的风雅，主要的艺术效果就是《宣和画谱·龙鱼叙论》所说的"使人但垂涎耳"。④ 但惠崇是僧人画家，如果《春

---

① 王水照.生活的真实与艺术的真实：从苏轼《惠崇春江晓景》谈起［J］.文学遗产，1981（2）：76-80.

② 钱锺书.宋诗选注［M］.北京：人民文学出版社，1989：72.

③ 钱锺书.谈艺录［M］.北京：中华书局，1984：544.

④ 宋徽宗朝宫廷画院.宣和画谱［M］.长沙：湖南美术出版社，1999：190-191.

江晓景》中画有河豚，那就难免招致妄起食欲向往鱼腥的讥诮，以及宣扬宰杀水族生物的嫌疑。画入河豚会影响画僧的声名，这一点即使在时隔千年的今天我们都能想到，奉守规矩、崇尚风雅的僧人惠崇对此不可能不加以回避。

根据《宣和画谱》的记述，画"水中之鱼"的技巧直到北宋后期都没有得到充分发展，画鱼容易出现"乏所以为乘风破浪之势""无涵泳嗽喁之态"的流弊。[①]惠崇之于动物，擅长画禽鸟，如北宋郭若虚《图画见闻志》所记述："工画鹅雁鹭鸶，尤工小景，善为寒汀远渚、潇洒虚旷之象，人所难到也。"[②]虽无绘画资料明确记载，但包括惠崇在内的九僧作诗时喜用山、水、风、云、竹、石、花、草、雪、霜、星、月、禽、鸟等景象，其中并不包括"鱼"却是有定论的。这说明，惠崇对鱼类的活动观察不多，也缺乏兴趣，足以旁证画鱼并非惠崇之所能。据此我们可以推断，像惠崇这样一位著名的画家，作画时当然知道如何扬长避短，不会贸然选择画自己未曾致力经营的鱼类河豚，以免露拙。

第二节　离画咏诗：《惠崇春江晓景》其二的创作偏差

《惠崇春江晓景》其一向来备受关注，围绕着毛奇龄"怎只说鸭"及"河豚欲上"的真实性问题，产生了许多争辩[③]，几乎可以列为学案。但《惠崇春江晓景》其二，则一直没有得到学界的足够关注和充分讨论。受此影响，历代有关宋诗的选本和后来的中小学教材，多只选《惠崇春江晓景》其一，而

---

① 宋徽宗朝宫廷画院.宣和画谱［M］.长沙：湖南美术出版社，1999：190-191.

② 郭若虚.图画见闻志［M］.南京：江苏美术出版社，2007：177.

③ 戎默.论毛奇龄对《惠崇春江晓景》的评价［J］.齐齐哈尔大学学报（哲学社会科学版），2014(3)：64-66.

罕选其二。那么，学术界和知识界对《惠崇春江晓景》二首厚此薄彼，原因到底何在呢？对此，我们从咏画的角度切入思考，是能够得到答案的。

一、《惠崇春江晓景》二首咏的是同一幅画

兼顾《惠崇春江晓景》二首的解诗者，有人认为《惠崇春江晓景》二首是为同题的两幅画分别写的[①]，而且这一观点在中小学语文教学界产生了影响。这一看法主要的根据在于：这是两首题画诗，当然要题写在两幅不同的画作上。不过，虽然从现代宽泛的意义上来理解，《惠崇春江晓景》二首算是题画诗，但未必是题画之作。真正意义上的"题画之作"，一般是画家在作品完成之际，正式面世之前，亲自或邀请别人在画面上题写的诗作，有时前置于画页，是绘画创作浑然一体的组成部分。惠崇1017年去世，20年后苏轼才出生，由于阴阳悬隔，苏轼不可能为惠崇现场题画，所以《惠崇春江晓景》二首，应该是收藏画作的主人及其朋友邀请苏轼写的，属于咏画诗。后出的咏画诗，除了像后世乾隆皇帝那样的权势者附庸风雅，一般不会增入原作画面，也不会置于画页之前。当然，名人咏画诗受到重视，常被装裱附在画页后面，这是古代的常情，但不裱附的情况仍然居多。就宋代现存咏画诗而言，同一作者用同一诗题的两首诗作，分别吟咏同一标题下的不同画作，虽然在理论上能够成立，实际上并没有这种情况。惠崇曾画过一年四季的组画并为后来的诗人所吟咏，但诗人一定会在诗题中交待清楚，自己所吟咏的是四幅画，如楼钥《题惠崇着色四时景物》一首、晁补之《题惠崇画四首》（诗后分别表明"春""夏""秋""冬"），而绝对不会暧昧到让读者去猜诗作到底对应着几幅画。

---

① 项郁才.诗如见画，画外生发：谈苏轼题画诗《惠崇春江晚景》[J].黄石师院学报（哲学社会科学版），1981（4）：66.

北宋时期山水风物画流行"长卷"这种幅式。[①]长卷短有四尺、五尺或六尺纸的竖二开，长度为高度的四倍左右，长至几米乃至几十米。[②]北京故宫博物院所藏24.5厘米×185.5厘米绢本设色《溪山春晓图》，明末清初书画收藏大家梁清标认为是惠崇的遗作，或以为这是惠崇画作的摹本，不管怎么说，这可以帮助我们理解惠崇绘画创作是使用长卷这种艺术形式的。如果惠崇《春江晓景》是用长卷形式创作的，从绘画的角度看，那么苏轼诗第二首中所写的雁，可以与第一首中的竹、桃花、鸭、蒌蒿、芦芽一起画入同一长卷，作为渲染江水春意的景象，完全没有必要在同一标题下为雁去另作一幅画。

惠崇《春江晓景》也有可能是扇面小景画。李之仪《姑溪居士后集》卷十二有《惠崇扇面小景二绝》其一："耳冷无人唱竹枝，归心惟有梦魂知。杨花扑地烟波阔，犹记征帆欲卸时。""风高雨暗不成群，欲下还飞似畏人。已是却寻归去路，江南休笑水知春。"[③]其韵脚的运用和次序，与苏轼《惠崇春江晓景》二首完全一致，属次韵之作。如所周知，宋代次韵经常用于雅集唱和，诸篇写作主题基本保持一致。考虑到李之仪曾追随过苏轼，并在苏轼知定州时为僚属，则李诗与苏诗有可能为同场合同画题共作。而苏轼所咏之《春江晓景》，或即李之仪诗题中所谓的扇面画。按照这种情况理解，由于李之仪第一首诗、第二首诗中均有雁，则不另外存在单独的一幅《归雁图》也是显而易见的。

由此可见，说《惠崇春江晓景》二诗对应着两幅画，这是对宋代咏画创作风气缺乏了解。

---

① 韩煦.中国长卷式主题绘画的历史沿革与创新：辽宁大学校史馆壁画创作谈［J］.艺术工作，2019（5）：48-53.

② 李永强.中国书画中的幅式："长卷"在明朝中后期走向低靡的原因小议［J］.书画艺术，2005（3）：23.

③ 李之仪.姑溪居士全集［M］.上海：商务印书馆，1935：71.

二、《惠崇春江晓景》其二没有体现出咏画诗的特点

一般地说，宋代文人雅集赏画咏诗，个人单写一首的情况居多。苏轼将雁挑出来再写一首，其创作意图不难理解：惠崇以画雁著名，早有耳闻；现在亲眼欣赏《春江晓景》，看到其中的雁画得栩栩如生、含情脉脉，确实名不虚传，是经典的艺术形象。苏轼欣赏感慨之际，难免对画作中的"雁"别开青眼。在赏画咏诗过程中，对绘画艺术作品的特色与亮点进行重点强调，是常情和惯例。但将某种艺术形象从作品中抽离出来，单独为之作诗一首，则属于非典型的创作方式，由此带来了艺术形象书写不平衡的问题。

（一）写雁比重过大，喧宾夺主

虽然惠崇的画作已经失传，但从《春江晓景》这一画题，我们基本上可以判断，江为画面的主体形象，是画面的大背景。根据绘画创作的一般要求，江在《春江晓景》画上占的面积比例应是最大的，也许是三分之一左右，也许是四分之一左右，总而言之比画面中的其他物象所占面积都要大。而从"两两归鸿欲破群"判断，雁（群）在《春江晓景》中只是点缀，其在画面上的比例，当只有江体的若干分之一。

如果将《惠崇春江晓景》八句当作一个整体看，与画作相比照，则苏轼写雁显然着墨太重：雁被抽离出来独立成为一首诗，一共写了四句；而在第一首诗中，直接写江的，则只有三句。当然，第二首诗也出现了"江"字，但语义指向"江南"这一广袤地域，反而淡化了对江体本身这一艺术形象的关注。综合苏轼的两首诗看，雁（群）的形象不再是江景的点缀，而是一家独大的物象。这就好比墙壁上绘龙，将龙眼画成灯笼那么大，重点是突出了，但失去了神采。苏诗将雁特写放大，容易使读者忽略一点：雁在惠崇的《春江晓景》画作中，其实只是点睛之笔，而非主体形象。《惠崇春江晓景》其二容易被人误解为是写另外一幅画，可以说就是由苏轼这种喧宾夺主的写法导致的。

（二）第二首单写雁，没有其他景物相互映衬，画面感不强

在惠崇所处的北宋前期，（山水）景物画的整体创作倾向是趋向于追求优美的。从"竹外桃花"这首诗看，惠崇《春江晓景》的画面内容是"多种形象共存"，在风格上是"自然和谐"。根据《宣和画谱》，惠崇之前画面有雁的画作，多与其他景象搭配，如黄筌《霜林鸡雁图》、邱庆馀《秋芦鹅雁图》《雁鹅图》、徐熙《宿雁图》《雪雁图》等，从画题可知，画中的"雁"都有其他物象作为陪衬。就有关雁的咏画诗而言，写雁也多有其他景物衬托。僧惠洪《汪履道家观雪雁图》，以雪景入诗衬托。王庭珪《题惠崇画秋江凫雁》，以秋水衬托。贺铸《题惠崇画扇六言二首之二秋水芦雁》，以秋水芦叶衬托。黄庭坚《题郑防画夹五首》，以烟雨衬托。朱翌《惠崇芦雁》以"似雪芦花"衬托。龚璛《惠崇小景》则以"鸦鸦""鸳鸯"与"雁雁"并陈。

苏轼在第二首诗中只写大雁，缺少其他景象映衬，而直接将其比拟为行人，既没有尊重画雁的传统，也不符合咏雁画诗写作的惯例。没有其他物象衬托，写雁就失去了和谐感，作为咏画诗就有些突兀。从字面看，《惠崇春江晓景》其二意在表现飞雁类人的恋春情意。还有观点认为，苏轼写作此诗时，正值多年贬谪北归，前景如何尚不明朗，心情比较复杂，故诗中有"遥知朔漠多风雪，更待江南半月春"之语，以托物言志。无论是按照赋物以情来理解，还是按照托物言志来理解，诗中的雁都会因人化过度而损其自然性征，而让诗作失去咏画的性质。

可以说，《惠崇春江晓景》其二对雁进行了特写，于画作原型而言，属于变形夸张，诗与画是相违和的。这很容易使人觉得《惠崇春江晓景》其二是直接写大雁的咏物诗，而不是写画作中大雁（群）形象的咏画诗。当然，苏轼对《惠崇春江晓景》其二也是按照咏画诗来创作的，但结果与愿望背离，并没有体现出咏画的特点。由此可以看出，咏画诗的创作是很不容易的，即使是苏轼这样的吟咏高手，也会出现"咏诗忘画"的情况。

综上，第一首诗所写内容紧扣"春江晓景"这个诗题，以描写春江为主，其他物象为烘托江水春色，写出了协调的画面感。第一首诗的好，读者容易看出，所以屡屡为教材和选本所采用。第二首诗所写内容，与诗题中的"江水"景象不沾边，也没有反映出画作"自然和谐"的风味，给人的印象是诗作内容不能回应《惠崇春江晓景》这个诗题，所以不被认可。

第三节　观画得意:《惠崇春江晓景》的深层含义

赏画的最佳状态，无非是缘画而知人，即通过深入体会画作而达成对画家的理解。但观画不易，知人尤难，对已成古人的前贤画作，后人往往流于就画论画的弊端，漠视画家心灵投入的跨时代溢出效应。苏轼能诗能画，发表过不少精义迭出的画论，他对《春江晓景》的鉴赏能站到与画作平等，甚至比画作更高的立场上。难能可贵的是，苏轼从《春江晓景》画中看出了活着的精神，并通过诗笔与画家惠崇隔着时空对话，写下了与古人神交的精彩之作。

一、通脱的文艺精神：诗画互融

虽然到南宋赵孟溁才明确提出"画谓之无声诗，乃贤哲寄兴"[①]，但北宋士人早就注意到诗画相通问题。在创作实践上，既是诗僧也是画僧的惠崇可为代表。在理论表述上，以苏轼最为典型。苏轼《书摩诘〈蓝田烟雨图〉》说："味摩诘之诗，诗中有画；观摩诘之画，画中有诗。"[②]《书鄢陵王主簿所画折枝二首》其一说："诗画本一律，天工与清新。"[③] 作为咏画诗，《惠崇春江晓景》

---

① 朱存理. 珊瑚木难［M］. 上海：上海古籍出版社，2003：104.

② 苏轼. 东坡题跋校注［M］. 上海：上海远东出版社，2011：25.

③ 苏轼. 苏轼诗集［M］. 北京：中华书局，1982：1525-1526.

其一将画景成功地融为诗意，堪称实践"诗画一律"论的代表之作。

一方面，苏轼复述了惠崇画中的典型景象：经冬入春的竹、才始含苞的桃花、江水、游鸭、蒌蒿、芦芽、飞雁，这样所作之诗与所咏之画就有了共通的艺术形象蕴涵。另一方面，苏轼用"知"字和"欲"字，赞赏画中以江水为依托的动植物，在春天里感受到了生命的喜悦和成长的冲动。苏轼显然意识到，惠崇的画作不仅描绘了优美怡人的春江景色，而且透露了万物趁春的郁勃生机，画境具有诗意，传达了文人情趣、文人修养和文人意绪，是文人画的优秀作品。

通过融画入诗，苏轼不仅达成了对惠崇《春江晓景》的同情理解，抒写了与古人心会神交的精神愉悦，而且提示了诗画相通的一个基本原理：诗和画这两种艺术形式，都能通过文化素养和文艺技能将自然景物和人的心灵融合为一。

二、放达的哲学思考：道通为一

苏轼深受庄子思想的影响，为人处世有庄子的洒脱风神，由此推断《惠崇春江晓景》其一中的"知"字，当非寻常用笔，应该化用了"濠梁之辩"的要义。"知"字在"濠梁之辩"故事中共出现 9 次①，庄子与惠施始终围绕"子安知"与"安知我不知"展开论辩，所以"知"字是全文的核心字眼：惠施认为万事万物"无能相知"；庄子则认为，万物从道而来，所以在道的层面上互通为一，可以相互感知。

苏轼用一"知"字，点出了惠崇画作充溢着自然的情趣：万物息息相通，画家用敏感的心灵，捕捉到自然景物最巧妙的生机，显现了天人和谐的趣味。可以说，苏轼在诗里提供了一种形而上的哲思：自然万物因感知气候而变化

---

① 庄周.庄子·外篇［M］.西安：三秦出版社，1998：232-234.

生长，画家因感知万物的生机而心灵丰富，而欣赏者因为感知画家的境界而心生愉悦。苏轼基于感知论来贯通诗画艺术，其实提示了一种艺术原理：包括诗画在内的艺术，都是艺术家感知趣味的外在表现；艺术创作和艺术鉴赏体现了人们感知他人、他物的兴趣和能力。

有关"风动—幡动—心动"的论辩表明，禅宗思想体系承认感觉到的现象，但拒绝承认现象的意义，更不会解释现象形成的原因。惠崇将自然风景固化为图画，不通过绘画立意明理，因而并未背离禅宗"感而不知"的要旨。但苏轼说"鸭先知"，已经是按照道通为一的感知理论在进行解释春鸭游水这一现象了。以庄学会禅思，这是隐含在《惠崇春江晓景》中很难觉察的赏画立场。

三、隐藏着持疑问异的诙谐机锋

宋代文人虽普遍强调诗画一律，但诗与画这两种艺术形式有界限和分别，他们心里往往是明白的。清代钱泳在《履园谈诗》中有关于咏物诗的一段评论，稍作改动用于咏画诗也很恰当："太切题则粘皮带骨，不切题则捕风捉影，须在不即不离之间。"[①] 在咏画时，高明的诗人往往会写一些画作里没有的东西，为诗与画勾勒分明的界限，展现诗画之间的差异和距离。

《惠崇春江晓景》的写作，意在追慕古人的画作，但诗人并未一味奉承，而是以求异思维开了一个生动有趣的玩笑。正如钱锺书所指出的，河豚为画中所无，是苏轼写诗时添入的，意在说新鲜的春景勾起了自己的特殊食欲。《六一诗话》云："河豚常出于春暮，……，南人多与荻芽为羹，云最美。"[②]《明道杂志》记载长江一带食河豚，"其烹煮亦无法，但用蒌蒿、荻笋、菘菜三

---

① 钱泳.履园谈诗［M］.上海：上海古籍出版社，1978：889.

② 欧阳修.六一诗话［M］.北京：中华书局，1981：265.

物，云最相宜"①。历代学者解读《惠崇春江晓景》往往援引这些材料，这足以说明，苏轼援河豚入诗虽然在奉承惠崇画作，但无疑是借用吴地烹饪河豚的这个特色和惠崇展开了一次跨越时空的趣话，即《春江晓景》这幅画为什么不画上河豚呢？你当和尚的不食荤腥，当然无所谓了，可是对于我这样的一个美食追求者而言，画里出现了"蒌蒿""芦芽"而不见河豚，那可真是莫大的遗憾！这种以俗问雅，为画中所无，是诗作别有的情趣。

此外，《惠崇春江晓景》其一的"欲"字，可能还包含着河豚急于繁殖的本能。《惠崇春江晓景》其二的"欲破群"，提示了"依依不舍"的留恋之情。这些欲望和情感，在日常修习和艺术创作时都是僧人试图回避的主题。显然，苏轼在诗中故意张扬俗趣，以比照画中的意境，从而展示咏诗之于作画、俗人之于僧人的不同文化立场。

第四节　诗心平交画意：艺术接受的东坡姿态

艺术鉴赏是艺术接受最基础，也是最重要的部分。咏画诗是中国古代文人欣赏画作的经验积累，为艺术接受提供了一种特殊的鉴赏形式。苏轼咏画诗数量近 160 首，且公认质量高。《惠崇春江晓景》是苏轼咏画诗的代表作，其中透露的咏画技巧和咏画心态，有着他人难及的独特风味，这里称为"艺术接受的东坡姿态"。

一、平视免做谀画人

咏画诗常见的创作倾向，是虚美画家和画作，原因多半出于鉴赏画作的能力不够。有人因为缺乏专业眼光和专业素养，隔在画外。有人能够走入画

---

① 张耒．明道杂志［M］．北京：中华书局，1985：3.

中，却看不见画家。有人了解画家，却无法找到合适的途径与之展开心灵交流。面对已作古的著名画家的画作，吟咏之作尤其容易带有谀画的姿态。但苏轼眼光独特，发现惠崇《春江晓景》没有画河豚，并在诗中刻意强调这一点，实际上是基于鉴赏者的角度提出了这样一个问题：河豚是很应景的入画形象，是惠崇根本没有意识到要画河豚，还是想到了河豚而故意不画呢？这个发问，为惠崇的传世名作《春江晓景》撬开了一个缺口，诗人由此取得足以与画家平视的鉴赏视角。

现代艺术批评方法强调，鉴赏艺术作品要善于找出文本的裂隙，从创作者遮掩的、潜藏的或未能意识到的地方展开讨论。苏轼《惠崇春江晓景》就是通过寻找画作文本裂隙的方式，与画家展开心灵对话。这为寻找艺术作品的"阿喀琉斯之踵"并据此展开艺术批评，提供了一个绝佳范例。从《惠崇春江晓景》的咏画艺术看，奉承艺术家特别是精神上对艺术家表示臣服，显然不是艺术欣赏的要义。这提示我们，无论面对多么伟大的作品，艺术鉴赏都不只是为了揭示正面价值，提供赞美与表扬之辞；也要去寻找合适的切口深入文本，努力站到与画家同样的高度，探索艺术家的潜在意识，与艺术家展开平等的对话与精神交流，从而展现自己的心灵世界。

二、平心不欺作画人

艺术鉴赏与批评的展开，要求艺术接受主体具有审美鉴赏力、艺术素养、文化修养和丰富的人生阅历，只有这样才能站到与画家同样、接近或超过的高度，展示自己的批评立场。苏轼的知识极为渊博，艺术素养全面。他是北宋屈指可数的大诗人，文艺成就远远超过惠崇。苏轼有丰富的绘画思想，也有坎坷的人生经历，这一点惠崇远远比不上。今天来揣摩苏轼写诗的立场，其实他可以站在更高的位置上欣赏评鉴惠崇的《春江晓景》。

但苏轼并未表现出驾凌于画家之上的气势，而是一直强调自己从惠崇画作中得到许多精神滋养：画作中"桃花三两枝"等早春气息，唤起了自己新鲜的生命感受；自己挥洒自如的诗心，成功融入追慕古人画作的敬意之中；画作中吴地的风物，激发了自己在食欲方面的灵感与想象。《惠崇春江晓景》展示了一种平和的看画心态：艺术欣赏不是为了实现精神上的征服，不是为了到艺术家那里寻找心理优越感，而是要通过对艺术的共情以提升自己的精神境界，丰富自己对生命的感知。

康德说："鉴赏力是凭借完全无利害观念的快感和不快感对某一对象或其表现方法的一种判断力。"[①] 西方的艺术鉴赏比较强调判断力，那是对生理层面或精神层面快感的一种理性审视能力，也是一种意在超越和驾驭艺术家的精神力量。《惠崇春江晓景》所呈现的是完全不同的鉴赏心态：诗人不做任何审美判断，只是力图与画家精神对接、心灵融合，以体会与画家相视而笑、莫逆于心的亲切感觉。

三、意适便是知画人

咏画诗是中国特色艺术鉴赏的一种表现形式，一定程度上反映了鉴赏者的艺术观念。苏轼论画，在《书朱象先画后》中曾强调"画以适吾意"这么一个鲜明主张。[②] 适，本义为"臻抵目标"。"画以适吾意"，就是将零散的感觉思绪通过艺术提炼成优美的图画。因此，苏轼提倡绘画艺术通过描写自然景象来展现画家所能体会到的生命状态和生活追求。简言之，画以适意，就是通过作画"释放舒适感"。结合《书朱象先画后》的行文脉络来理解，苏轼所谓"画以适吾意"，也是适用于赏画活动的艺术观念，这在《惠崇春江晓景》中就有明显体现。

---

① 康德.判断力批判 ［M］.北京：商务印书馆，1964：47.

② 苏轼.苏轼文集 ［M］.北京：中华书局，1986：2211-2212.

苏轼在《惠崇春江晓景》里所体会的舒适感，可以分为三个层次：惠崇所画的景物，如"春竹""桃花""江流""游鸭""蒌蒿""芦芽""飞雁"等，都处在自由舒展的状态，赏心悦目。惠崇通过作画，透露了心灵与自然和谐互融的禅意。而苏轼通过赏画，不仅实现了与画家的心会神交，也因为喜爱生命的自然情态而产生了"与物无碍"的愉悦。这两首诗表现出追求人心与自然和谐共生的艺术观念，可以简洁地称为"适意的艺术生态观"，即画家体验自然万物和谐的生意，陶冶自己心灵境界趋于美妙，并通过作品传达生命的情趣。而欣赏者通过理解画家的生命情趣，获得精神的满足。这与在艺术创作和艺术欣赏过程中刻意渲染观念对抗以营造精神震撼与紧张的艺术倾向，是迥然不同的。

在苏轼的时代，诗以言志、词以咏情、乐以适心等文艺观念，都已深入人心。志，具有伦理道德指向。情，具有私密人际交往指向。心，具有善恶区分指向。"画以适意"是个新鲜的提法，在苏轼看来，绘画的创作和欣赏可以与伦理道德无关，可以与私密的心理交往无关，可以与善恶观念无关，却能成为个体或群体精神自由随意集散的艺术空间。"画以适意"点出了文人画创作和欣赏的特征和要点。在《惠崇春江晓景》中，苏轼通过作诗与惠崇跨越时空对话，用人情写游鸭和飞雁，其诗心随意发挥所展现的，正是不为画作羁绊而能与画家执手同乐的自由潇洒精神。

结　语

据以上分析可知，苏轼《惠崇春江晓景》其一咏画特征明显，咏画技巧高超，咏画心态平和，咏画精神内涵丰厚，无疑是中国古代咏画诗的优秀代表作之一，在我这里，甚至愿意将其推许为中国古代咏画诗的压卷之作。苏轼《惠崇春江晓景》其一提供了一些标准，让我们知道如何判断一首咏画诗创作水平的优劣。

（1）看诗人述画的功夫。所谓述画，就是诗篇对画作中的动物、植物、人物、器物等景象，要能根据写作需要加以复述。对画作内容不予复述、复述不足或复述过多而失去重点，则咏画没有良好的写作基础，无法成为佳作。

（2）看诗人对画家是否了解。中国文艺重视书写和传达人和人之间的关系，咏画诗成功的要旨，亦系于诗人和画家之间能形成心理默契。如果诗人观画前对画家及其成就与风格有所了解，则咏画诗会更有深广度。反之，则难免沦为泛谈之笔。

（3）看咏画心态。咏画心态主要有奉承、批判和平心而论三种趣向。就中国古代文人画的吟咏而言，着意于批判指责立场的情况罕见，其弊在争于意气难能公正；依俗奉承的情况多见，其弊在用心较少不得要领。平心赏之，诗心较易楔入文人画作所蕴含的意味。

（4）看能否求同兼求异。咏画者应能体会吟咏对象的可取之处，并应在吟咏时写出，不然就有"择画非善"的嫌疑。好的咏画诗不仅求同，而且要求异，即诗人能生发出异于画作的新鲜灵感和别致思想。只求同不求异，则会落入因循不化的窠臼。

（5）看咏画是否符合诗人一贯的理论主张。优秀的诗人，一般是有理论主张的，部分甚至是直接议论诗画关系的。咏画诗的创作如果能够贯彻诗人的理论主张，则易成为佳作。若诗人没有理论素养，或所作没有体现自己的理论主张，则其咏画诗多流为一般之作。

第九章　苏颂咏画诗释读

苏颂不从事绘画，有咏画诗 9 题 10 首，与其诗歌创作总量 600 余首相较，咏画诗占比不到 1.7%。但苏颂学识渊博，与当时知名文士多有交往，又曾有九年时间在朝廷馆阁里主持（从事）皇室珍藏图书的整理、校勘和编纂工作，而朝廷馆阁也是收藏书画之地，因此苏颂对与绘画艺术有关的知识、掌故、人事和活动是非常熟悉的。在画作评鉴成为文人雅集重要主题的北宋，苏颂的咏画诗体现了当时文士官员所普遍追求的风雅和闲情。

苏颂的咏画诗涉及多种绘画形式。中国美术史学者苏立文曾说："直到宋代，画屏，或者有人会说装裱在屏风上的画，还可以与手卷、壁画一起称作中国的三种最重要的绘画形式。"[①] 除此之外，扇面画也是宋代流行和有代表性的绘画形式。苏颂诗所吟咏的对象，就包括屏风画 1 种、扇面画 1 种、壁画 1 种和手卷画 6 种。

苏颂咏画诗档次高。像《睢阳五老图》《和宋次道戊午岁馆中曝书画》《次韵苏子瞻题李公麟画马图》《和诸君观画鬼拔河》等诗篇涉及的雅集，有的是朝廷组织行为，有的是文坛自发盛会，参加者包括杜衍、欧阳修、宋敏求、范仲淹、司马光、苏轼、苏辙、黄庭坚、刘挚、刘敞、王珪、梅尧臣、江休复等当时一流的文士和名臣。其所吟咏的对象，有朝廷内阁秘藏的珍品，有当时一流画家李公麟的佳作。

---

① Sullivan M. Notes on Early Chinese Screen Painting [J] . Artibus Asiae，1965，27（3）: 239.

苏颂咏画诗命题精确。《题画草虫扇子》是题写到扇面上的，故用"题"字。《咏丘秘校山水枕屏》用"咏"字，表达欣赏画作和羡慕丘秘校闲情逸致的态度。苏颂咏画诗题用"和"字与"次韵"一词，暗含按照雅集要求完成应酬任务的意思，这些诗写作态度比较严谨认真，措辞也非常谨慎。而未用"题""咏""和""次韵"等语词的几首咏画诗，则画作只是话题，吟咏的重点在于反映人的道德、精神、思想和成就。

苏颂的咏画诗虽然数量不多，但有与众不同之处，是后人观察北宋诗画会通的一个窗口，所以本书对这9题10首咏画诗进行释读。除咏画诗之外，苏颂还现存五篇题画文，反映了苏颂藏画、赏画的另一种情境，这里一并录入并作为整体加以释读。

咏丘秘校山水枕屏

远山近山各奇状，流水止水皆清旷。烟云到处固难忘，笔墨传之尤可尚。

古人铭枕戒思邪，高士看屏助幽况。左有琴书右酒尊，怠倦勤兴时一望。

此诗见于《苏魏公文集》卷二[①]，作于知江宁县任上，为苏颂早期诗作。丘秘校，当为丘与权，秘校系秘阁校勘这一官职的简称。枕屏是屏风的一种。山水枕屏，系放在卧床旁边画有山水的屏风。从制作材料看，屏风有木屏、漆屏、石屏、陶屏等类型。从形体结构上看，屏风有插屏、围屏、台屏、挂屏等样式。此枕屏具体材质、形状如何，作者都不交待，而将写作重点放在屏风的画面上。所以这首诗虽系咏物诗，也可以当作咏画诗看。

---

① 苏颂.苏魏公文集［M］.苏彦铭，李伟国，等点校.上海：上海辞书出版社，2014：12，14，18，25，33，75，90，664，666-668，670，676.本章所引苏颂诗文均出自此书，不另作交待。

前四句写枕屏上的山水图景，主要包括远山近山、流水止水，还有烟云。从西周以来，屏风就是图画的载体。汉代以前，屏风上主要绘制具有公共属性的图案。魏晋以降至于北宋，逐渐流行在屏风上载绘个人画作。从内容上看，屏风图案在周代主要用于展示权威，汉代新出的常用功能在于宣传伦理教化。魏晋南北朝和隋时期，盛行请画家绘制富有特殊意义的人物场景。唐代五代时期，富贵人家的枕屏，画作包括花鸟、仕女、故事等丰富内容，而暗喻艳情是时代特色。五代末至北宋初，山水画从人物画剥离出来独立成科，山水屏风因而兴起。① 苏颂所咏，就是在北宋时期新兴并已发展成熟的屏风山水画。从"笔墨传之"大致可以判断，这幅山水是先画在生绢或画纸上，而后装裱到枕屏上的。

第五、第六两句系用掌故写枕屏的一般社会功用。第五句用后汉李尤《屏风铭》所云："舍则潜避，用则设张。立必端直，处必廉方。雍阏风邪，雾露是抗。奉上蔽下，不失其常。"② 其指出屏风的物理功能是阻障风邪雾露，同时其端直的形象可以比德，使人警醒。而南唐王齐翰的名作《勘书图》，绘一文人于青绿设色山水三叠屏风内，在校勘图书的间隙，坐于书几前，左手扶椅，用右手怡然自得地挑耳。该图曾入藏南唐内府、北宋内府，后由北宋王巩收藏，苏轼曾有题跋，在北宋文人士大夫阶层广为人知。③ 第六句的"幽况"，应指在屏风上绘制的山水图景，对于当时文人雅士阶层而言，正是消闲生活趣味适宜的背景衬托。

第七、第八句写枕屏是丘与权生活品位的标志。"左有琴书右酒尊"，这些配置与山水枕屏，合成文人墨客的风雅环境布局。困怠躺卧的时候看一眼屏画山水，仿佛回归自然，心灵会变得宁静。起床准备忙碌的时候看一眼屏

① 张美子.浅析中国古代屏风发展史及其特点［J］.文物天地，2017（2）：74-76.

② 严可均.全上古三代秦汉三国六朝文［M］.北京：中华书局，1958：749.

③ 范金民.千年图，八百主：王齐翰《勘书图》的流转［J］.南京大学学报，2008（3）：123-124.

画山水，会平息对于名利的执着。

诗中的枕屏山水，是典型的文人画。从创作论的角度看，画山水的好处，在于可以不拘泥于形真，而强调心灵的抒发，因而为不喜轨范的文人画家所喜爱。从接受的角度看，将山水画置入室内用于装饰，可以别开幽境，引入自然的情趣，通过欣赏获得远离世俗的心灵自由。苏颂写这首诗，在渲染文人画的艺术接受效果方面，是有明确意识的。

题画草虫扇子

蠛飞蠕动诚微物，尺素轻盈谁画出？一朝君手将动摇，犹似吟风欲跳逸。

竹梢草际弄轻翰，水墨浅深见纤质。昔人徒爱明月诗，何似今看老师笔。

此诗见于《苏魏公文集》卷三。北宋时期文人雅士所称道的扇子，一般是高档丝织品裁制而成的团扇。在团扇上绘画的现象，东晋时期已出现。曹毗曾作《扇赞序》："会稽王仲祖画扇，为郭文举见，命为赞。"[①] 南朝时期则形成风气。《南史》言萧贲："幼好学，有文才，能书善画，于扇上图山水，咫尺之内，便觉万里为遥。"[②] 据《太平御览》载，宋文帝时盛行将"石新妇山"图画绘于白色团扇之上。[③] 而唐代画扇蔚为风尚，《历代名画记》就记载许多相关事例。[④] 至宋代，画团扇盛行，不仅是北宋宫廷画院的日常工作，而且在民间已成为一种生意。也有一种说法，折扇扇面起源于日本，在宋代时虽已传

① 徐坚.初学记［M］.北京：中华书局，1962：604.

② 李延寿.南史［M］.北京：中华书局，1975：1106.

③ 李昉.太平御览［M］.北京：中华书局，1960：229.

④ 张彦远.历代名画记［M］.北京：人民美术出版社，1964：99-126.

入我国，但被当时人称为"倭扇"，属于不登大雅之堂之物，流传范围较小。①
诗中第七句提到"昔人徒爱明月诗"，指班婕妤曾吟咏团扇诗："新裂齐纨素，
鲜洁如霜雪。裁为合欢扇，团团似明月。"

　　画草虫，在北宋属于"花鸟画科"的边缘类目。《宣和画谱·花鸟叙论》
提到"百卉众木""而羽虫有三百六十"，并援引《论语·阳货》所谓"多识
于草木鸟兽之名"作为评语，但仅于卷十五"花鸟一"录刁光胤"鸡冠草虫
图一"。 从现存南唐徐熙《豆荚蜻蜓图》、宋代《栀子蝴蝶图》（无款）、《晴
春蝶戏图》（无款）、《葡萄草虫图》（林椿）判断，宋人为一草一虫之画命名，
要具体说明草虫之称谓；对于多草多虫之画，则统称为"草虫图"。由此可
见，本诗所写扇面之画，当不止一草一虫。诗目用"题"字，表明苏颂不仅
创作了这首诗，而且亲自书写到扇面上，这种扇、画、诗、字合为一体，正
是宋代文士阶层风雅生活的物质表征。

　　"蠉飞蠕动"，语出《淮南子·原道训》《越绝书·吴内传》，在宋代已是成
语，在诗中指昆虫画得生动，像在爬行。尺素，透露了团扇的大小，即以一尺
见方的生绢裁剪成圆面。"轻盈"句，言生绢轻飘不易着笔，而画家竟能在其
上将微小的虫子画得贴切逼真。首二句赞扬的便是画家因难见巧，笔力非凡。

　　《朱子语类》卷九四说扇子："动摇便是用，放下便是体。"② 就这幅草虫画
扇而言，放置不用时是艺术品，最适合欣赏。而诗人偏从扇面摇动使用状态着
眼，写扇面上昆虫似为招来的凉风所惊动，随着扇面跳动着，做出想逃走的
样子。"吟风"，或作"迎风"，其字义有积极主动迎合之意，不过"迎"字与
"逸"字不匹配，不可取。第三、第四句变化视角，写所画昆虫的艺术效果。

　　根据"竹梢草际"这一措辞可以判断，这幅扇面画用了折枝构图，只展现
竹枝和长条草叶的顶部。而"水墨浅深"，表明扇面画未用丹青，只用浓淡不同

① 王勇.日本折扇的起源及在中国的流播［J］.日本学刊，1995（1）: 115-130.

② 朱熹.朱子全书［M］.上海：上海古籍出版社，2002：72.

的墨色勾勒。"轻翰""纤质"，是说画家用笔精到，画出了竹枝草叶柔和纤细的质地。第五、第六句离开画虫，转而写所画竹草，回应诗题中的"草"字。

"昔人徒爱明月诗"，如前所述，这句用班婕妤吟咏团扇诗故事。第七、第八两句形成对比：古人保持团扇扇面的素色，暗喻贞洁之德和怨念之情。而今人赋予扇面以墨画，将团扇转变为文人墨客交流风雅情趣的媒介。

宋人画草虫，与画花鸟一样，意在动静结合：草为静态，虫为动态。从苏颂此作看，相较于草木，显然虫之动态不容易画好，因而重点去写。诗的第二句"谁画出"，言画虽好而无款识；第八句"老师笔"，言画家虽不署名，但画技老成可喜。由此可以看出，在苏颂那个时代，团扇扇面画的作者藉藉，除了知名画家亲力亲为外，还有大量不知名的画手积极参与。

和诸君观画鬼拔河

关中古有拔河戏，传闻始盛隋唐世。长绹百尺人两朋，递以勇力相牵制。芳华乐府务夸大，黎园公卿谩轻肆。拔山扛鼎乌足矜，引绳排根非胜事。当时好尚人竞习，鬼物何为亦能是。展吴画格入神品，陆法尤长写灵异。蒲津古寺笔迹奇，世疑二子之绉置。旗门双立众鬼环，大石当中坐渠帅。蓬头圆目互奋踊，植鼓扬枹各凌厉。东西挽引力若停，赋彩自分倾夺势。画来已历数百年，墙壁岿然今不废。观风使者集贤翁，每游其下几忘味。因令搨手裂齐纨，横卷传看得形似。精神气韵信瑰诡，毫发轻浓皆仿佛。持来都下示朋僚，一见飘然动诗思。诸公诗豪固难敌，形容物象尤精致。气完语健隽众口，二子声名转增贵。予观昔之善画者，心手规橅无不至。穷奇极怪千万端，特出一时之用意。鬼神冥漠不可诘，岂有便能人勇智。仙官佛像亦如斯，变态随时转奇丽。遂令来者信有说，塔庙从而增侈费。后贤虽欲究端倪，竟亦无由革颓弊。因知怪诞一崇长，渐靡成风滋巧伪。兹图他日遂流传，更使人心惑魑魅。

此诗见于《苏魏公文集》卷三，大致写于宋仁宗嘉祐三年（1058 年）[①]，其时苏颂在馆阁任职，任集贤校理、校正医书官。当时集贤院学士江邻几到蒲中一带考察，欣赏当地一座古寺里的"鬼拔河壁画"，就用上等绢帛叫人制成揭本带回京师开封。于是，江邻几组织京师的文人墨客雅集，观看鬼拔河画并作诗唱和。从诗题"和诸君"看，当时有不少文人参加了集会并有诗作，但现在留存的只有两首，除苏颂这首外，还有梅尧臣的《和江邻几学士画鬼拔河篇》。

苏颂这首诗的前六句，述说有关拔河的掌故，诗人所凭借的资料，至少有《隋书·地理志》和《封氏闻见录》的相关记载。《封氏闻见录》卷六记述[②]：

> 拔河，古谓之牵钩。襄汉风俗，常以正旦望日为之。相传楚将伐吴，以为教战。梁简文临雍部，禁之而不能绝。古用篾缆，今民则以大麻絚，长四五十丈，两头分系小索数百条，挂于前。分二朋，两朋齐挽。当大絚之中，立大旗为界，震鼓叫噪，使相牵引。以却者为胜，就者为输，名曰拔河。中宗时，曾以清明日御梨园球场，命侍臣为拔河之戏。时七宰相、二驸马为东朋，三宰相、五将军为西朋。东朋人多，西朋奏胜不平。请重定，不为改，西朋竟输。仆射韦巨源、少师康休璟年老，随絚而踣，久不能兴。上大笑，令左右扶起。玄宗数御楼，设此戏，挽者至千余人，喧呼动地。蕃客士庶，观者莫不震骇。

---

① 吴瑞侠，吴怀东. 梅尧臣题画诗考论［J］. 山东师范大学学报（人文社会科学版），2018（4）：39-49.

② 封演. 封氏闻见记校注［M］. 北京：中华书局，2005：54.

但诗人对唐朝廷组织拔河活动，作了批评：说唐玄宗想通过几千人参与的拔河活动，来震慑蕃国的使者，未免流于虚张声势。而唐中宗朝廷的大臣参与拔河，跌倒以致丑态百出，也有失体统。苏颂《和诸君观画鬼拔河》第七八两句用典故立论：楚霸王项羽，能拔山扛鼎，但最终兵败垓下，争勇斗力有什么好夸耀的？引绳排根，出自《汉书·灌夫传》，诗人说拔河时人们用绳子相牵连以合力拉倒对方，与官员相互勾结排斥异己相类似，也不值得提倡。显然，诗人认为将拔河活动搬入画中加以宣扬，是不可取的。

第九至第十四句，诗人提出了一个问题：鬼拔河子虚乌有，怎么会有人想到要画这个？之后做了解答，原来是寺庙为了吸引信众，以喜闻乐见的方式宣扬鬼神观念，所以请画家着笔于壁。画家笔法是展子虔、吴道子和陆探微的路数，所以当地人说是展子虔或者陆探微的作品，但诗人对此存疑，不置可否。第十五至第二十句，写画中鬼拔河的形态。这六句，只占全诗篇幅的十分之一稍多，可以看出，诗人是出于作诗需要不得不写这部分，但遵循"不语怪力乱神"的古训，严格约束自己不去铺张，以免有宣扬鬼神的嫌疑，尽管官员信奉鬼神在当时的社会环境里无可厚非。

第二十一至第三十四句，诗人肯定了三个方面：一是"集贤翁"好画崇古，精神可嘉；二是鬼拔河壁画揿本逼真传神，如见原作；三是在观鬼拔河画雅集过程中，有一些著名文士留下了精彩诗作。由于这些诗作广泛传布，人们加深了对鬼拔河壁画的印象，并且认为该画是出自名家展子虔或陆探微之手。当然，联系前后诗句看，苏颂并不认同这种论调。

第三十五句至第五十句，围绕《鬼拔河图》的流传问题，苏颂提出三大警告：①古代画家以奇巧之笔，作怪诞之形，必有其用意，今人只是带着好奇心理赏玩，显然存在接受偏差；②《鬼拔河图》的流布，会助长迷信鬼神的社会风气；③要警惕寺庙借怪诞的图画招揽信徒，聚众敛财以扩张势力。

整体上看，这首诗对《鬼拔河图》持否定态度：拔河活动没有什么正面价值,不宜入画宣传。鬼拔河荒诞无稽,画虽有趣,但有违理智。《鬼拔河画》没有必要拿到京师开封进行传布。本诗提示了这样一种可能:"观鬼拔河画雅集"有可能是为蒲州古寺做广告宣传的一次策划,苏颂敏锐地觉察到了其不良用意,因而在诗里对该画进行批判。

陈和叔内翰得庄生观鱼图于濠梁出以相示且邀

公堂四合临中衢,翰林壁挂观鱼图。传之近自濠梁客,云是蒙邑先生居。先生昔仕楚园吏,傲世不蕲卿大夫。逍遥淮上任造适,高岸偶见群鲦鱼。清波出游正容与,潭底传沫煦以濡。悠然饵纶不可及,谁知此乐真天娱。惠施好辩发阂论,谓彼固异若与吾。至人冥观尽物理,岂以形质论精粗。禀生大块厥类众,合则一理散万殊。渊潜陆走各自适,天机内发宁拘拘。鸢飞戾天兽易薮,腾蛇游雾龟曳涂。味色谁能辨带鹿,足颈乌用嗟蚿夔。蜣筐信美害爱马,钟鼓虽乐愁鹓鹐。青宁久竹代生变,蠚虫风化相鸣呼。方游溟海大空外,坎井讵能谈尾闾。若知飞息分皆足,图南未必胜抢榆。人生均是受形气,好恶欢养同一区。死生寿夭亦大矣,自本而视奚有无。方当在梦则栩栩,及其既觉还蘧蘧。入荣轩冕不累性,独往丘壑非为愚。不求刻意不徇利,孰是隐几孰据梧。惟能应变不囿物,天籁自与人心俱。一从郢匠丧其质,狂言空见传于书。当时陈迹复何在,客有过者犹踟蹰。先当朝士题咏处,不见綦履空遗墟。画工智巧良可尚,景物纵异能传模。古今变态尽仿佛,旦暮烟云随卷舒。遂令都邑繁会地,坐见淮山千里余。泛观既已忘物我,企想岂直思玄虚。惟公雅尚每耽玩,持示同好良勤劬。自怜衰老喜求旧,况荷明照均友于。朝陪玉堂暂晤语,暮入荜门还宴如。欣然共乐濠上趣,相忘正在于江湖。

此诗见于《苏魏公文集》卷四，诗中陈和叔即陈睦。陈睦于宋神宗元丰后期为史馆修撰，充任翰林侍读等职，因而被称为"内翰"。据此可知，此诗作于元丰后期，苏颂当时年逾六旬，故说"自怜衰老"。诗题讲述了作诗缘由，即陈睦得到了一幅《庄生观鱼图》，拿出来给苏颂看，苏颂因而有作。结合诗句的意思看，诗题中的"邀"字，包括两层意思：陈睦邀请苏颂观赏《庄生观鱼图》，邀请苏颂为《庄生观鱼图》作诗以助兴。

第一、第二句交待观画的地点在翰林院，画挂在陈睦办公室的墙壁上。第三、第四句交待画的来历：《庄生观鱼图》是一幅古画，经一位濠梁的收藏者转手给陈睦，这幅画曾长期悬挂在蒙邑的庄子故居内，后来流落到私人收藏家之手。前四句没有言及画的作者问题，暗示一幅画之所以珍贵，只要质量不差，并不一定在于是谁画的，而在于其曾经在具有特殊意义的地方陈列过，或者曾经被具有高尚欣赏品位的人收藏过。

第五句至第十四句，因画以诗复述濠梁之辩故事：庄子与惠子游于濠梁之上。庄子曰："鲦鱼出游从容，是鱼之乐也！"惠子曰："子非鱼，安知鱼之乐？"庄子曰："子非我，安知我不知鱼之乐？"惠子曰："我非子，固不知子矣；子固非鱼也，子之不知鱼之乐，全矣。"庄子曰："请循其本。子曰'汝安知鱼乐'云者，既已知吾知之而问我，我知之濠上也。"①

第十五至十八句，用宋代盛行的哲学概念"理"，来解释庄子在濠梁之辩中所表达的"道通为一"思想。《庄生观鱼图》因濠梁之辩故事而作，苏颂又因画有诗，从而重新回顾庄子的哲学思想，展现了"古代典籍—艺术文本—诗歌文本—思想创生"的知识环流过程。

第十九至第四十六句，苏颂以诗句对《庄子》一书做了串讲，特别是关于鸟、兽、虫、鱼等动物的章节。这些内容，并没有出现在《庄生观鱼图》中，属于知识性的延伸解读。苏颂博学多闻，画的主人陈睦是进士、翰林，

---

① 庄子.庄子［M］.西安：三秦出版社，2018：104-105.

知识水平也很高，但二人都不是画家。所以苏颂和陈睦欣赏画作，基本会在知识、思想和修养等层面交流，而不可能从专业绘画的角度揣摩、讨论技法得失。这幅画对二人来说，更像是一个交际媒介、一个聚会的理由、一个重点的晤谈话题。

第四十七至第五十六句，解释《庄生观鱼图》之所以流落到翰林院，是因为蒙邑的庄子故居破败无人修复，终成废墟，这幅画水平较高，因而被濠梁的有识之士收藏，最终流转到陈睦手中。

第五十七句至第六十六句，诗人赞扬陈睦不仅自己经常赏玩《庄生观鱼图》，也经常邀请朋友一起欣赏。诗人感到，人生就像庄子所言，有类似于"濠梁之辩"相互交流的共乐，也有独处时"相忘于江湖"的自乐。陈睦邀请自己观画，使自己体会到共乐，这种友情让自己感到愉快。

这首诗展示了欣赏画作的两种心理功能：一是调动自己的相关知识储备，活跃头脑；二是在共赏艺术作品所带来的和谐群体氛围中享受交流之乐。

次韵苏子瞻题李公麟画马图

霜纨横卷书绦垂，轴以瑇瑁囊青丝。披图二妙骇人目，笔画劲利如刀锥。龙媒迥出丹青手，势若飞动将奔驰。鞯衔如在赤墀立，仆御犹纵红缨羁。子虔六辔衔沃若，长康骏骨称天奇。虽传画谱入神品，未有墨客评黄雌。六诗形似到作者，三马意象能言之。奇踪莫辨霸或幹，高韵压倒陆与皮。从来神物不常有，未遇真赏何人知。君不见开元厩马四十万，作颂要须张帝师。

此诗见于《苏魏公文集》卷五，是和苏轼之诗。苏轼原作为《次韵子由书李伯时所藏韩幹马》：

潭潭古屋云幕垂，省中文书如乱丝。忽见伯时画天马，朔风胡
沙生落锥。天马西来以西极，势与落日争分驰。龙膺豹股头八尺，
奋迅不受人间羁。元狩虎脊聊可友，开元玉花何足奇。伯时有道真
吏隐，饮啄不羡山梁雌。丹青弄笔聊尔耳，意在万里谁知之。幹惟
画肉不画骨，而况失实空余皮。烦君巧说腹中事，妙语欲遣黄泉知。
君不见韩生自言无所学，厩马万匹皆吾师。

苏轼这首诗的写作时间在元祐二年（1087 年）五月，苏颂这首次韵诗应
创作于同一时期。苏轼之作是和苏辙的诗，苏辙诗题为《韩幹三马》。由苏
轼、苏辙诗可知，本诗所谓的《画马图》，系李公麟对韩幹《三马图》的摹写
和改创。

苏颂诗首二句说李公麟《三马图》的载体与形貌：装在精致的青丝囊里，
在洁白精致的细绢上画成横卷，以藏书用的丝绦配饰，以玳瑁做成卷轴。第
三句中的"二妙"，当指书画，《宣和画谱·人物三》言李公麟："作真行书，
有晋宋楷法风格。绘事尤绝，为世所宝。"[1] 第四句用"劲利如刀锥"形容李公
麟的笔力，用"骇人目"形容李公麟画作的艺术效果。

第五至第八句，写画面内容：马是用颜料画的，马是站立的，但有飞动
的气象，仆人在旁边牵着饰有红穗子的马笼头。第九、第十句，说画面上的
马身丰润，但头骨昂扬挺拔，达到了古代名家展子虔和顾恺之的水准。第
十一句，说李公麟画马之作已被朝廷画院收录，载入画谱，并被评定为神品。
此言不虚，如《宣和画谱·人物三》所记："公麟初喜画马，大率学韩幹，略
有损增。……尝写骐骥院御马，如西于阗所贡，好头、赤锦、膊骢之类，写
貌至多。至圉人恳请恐并为神物取去。由是先以画马得名。"[2]《宣和画谱》成

---

① 宋徽宗朝宫廷画院 . 宣和画谱［M］. 长沙：湖南美术出版社，1999：155-156.

② 宋徽宗朝宫廷画院 . 宣和画谱［M］. 长沙：湖南美术出版社，1999：156-157.

书虽在此诗之后，但李公麟擅长画马在元祐初期当已有定评。第十二句，言李公麟虽以画马扬名，但遗憾的是一直未有文人墨客为其画马之作雅集并作诗品评，未广为人知。

第十三、第十四句，说现在苏轼、苏辙等为李公麟的《三马图》雅集，写了六首诗（不包括苏颂自己的这首），传述了画中三马的形态、气象和画家的创作旨意。第十五、第十六句说，诗人们一致认为，李公麟画马笔法虽出自唐代曹霸、韩幹，但能自觉创新而大有超越。而这次雅集成就了诗画风流，也是不亚于唐代皮陆唱和的风流韵事。最后四句诗人感慨：神马不常有且不容易与常马相区别，但杰出的画家能用作品加以识别；而马所象征的时代精神也需要通过像苏轼这样的大文人用笔墨来阐发和弘扬。"作颂要须张帝师"，指唐玄宗时期张说曾作《舞马词》，内容如下。

> 万玉朝宗凤宸，千金率领龙媒。晒鼓凝骄蹀躞，听歌弄影徘徊。
> 天鹿遥征卫叔，日龙上借羲和。将共两骖争舞，来随八骏齐歌。
> 彩旄八佾成行，时龙五色因方。屈膝衔杯赴节，倾心献寿无疆。
> 帝皂龙驹沛艾，星阑骥子权奇。腾倚骧洋应节，繁骄接迹不移。
> 二圣先天合德，群灵率土可封。击石骏骎紫燕，揽金顾步苍龙。
> 圣君出震应箓，神马浮河献图。足蹋天庭鼓舞，心将帝乐踟蹰。

这首诗阐释了诗画共济的关系，包括多重含义：诗可以为画家画作推广宣传，诗画结合可以共成风雅，以及诗画可以相互配合抒写时代气象。

和宋次道戊午岁馆中曝书画

鸿都清集秘图开，遍阅真仙暨草莱。（**是日诸公观画，尤爱梁令瓒题吴生画《五星二十八宿真形》，又谓淳化《丰稔村田娶妇图》，曲尽田舍佚乐之意态。**）气韵最奇知鹿马，丹青一定见楼台。（**韩干马，东丹王千岁鹿，荆浩山水屋木，皆为精绝。**）宴觞更盛华林会，坐客咸推大厦才。久事簿书抛翰墨，文林何幸许参陪。

此诗见于《苏魏公文集》卷十，作于元丰元年（1078 年）。诗题中所谓的曝书画，是北宋朝廷的一种制度，即出于保护馆藏书画的目的，而将久藏的书画拿出晾晒，以防蠹去霉。江少虞《宋朝事实类苑》录载："秘省所藏书画，岁一曝之，自五月一日始，至八月罢。是月，召尚书、侍郎、学士、待制、御史中丞、开封尹、殿中监、大司成两省官暨馆职，宴于阁下，陈图书古器纵阅之，题名于榜而去。凡酒醴膳羞之事，有司共之，仍赐钱百缗，以佐其费。"① 苏颂元丰元年（1078 年）权知开封府，为开封府最高行政长官，职权相当于开封府尹。宋次道，即宋敏求，元丰元年（1078 年）为集贤院学士。按照规定，二人受邀参加了是年的曝书画活动并列席宴会。宋敏求所作已佚。

第一、第二句写看画大饱眼福。"鸿都"，指朝廷所在地开封。"清集"，指众多文士高官参加一年一度的观书会。"秘图开"，特指朝廷馆阁的藏画，平时见不到，在观书会上则向受邀的观众开放。"遍阅"，言观画者珍惜良机，尽情欣赏朝廷馆阁的珍贵藏画。当场最受关注的，有梁令瓒题字吴道子画的《五星二十八宿真形》，此所谓真仙之图；还有太宗淳化时期民间风俗画《丰稔村田娶妇图》，此所谓草莱之图。诗注所谓《五星二十八宿真形》，按照《宣和画谱》著录，应包括"五星像五""五星图一""二十八宿像一"。又

---

① 江少虞. 宋朝事实类苑［M］. 上海：上海古籍出版社，1981：399.

《宋朝事实类苑》卷五十《秘阁画》记："《五星二十八宿真形图》，卷首题梁令瓒姓名，而以箕宿为风星，盖避明皇讳也。"又云："然经星惟有十二宿，初疑亡去其余，徐观其用笔次第，所画盖至是而止耳。"①《宣和画谱》未见著录《丰稔村田娶妇图》。苏轼《陈季常所蓄朱陈村嫁娶图二首》其二云："何年顾陆丹青手，画作《朱陈嫁娶图》。"这首诗所说的《朱陈嫁娶图》或与《丰稔村田娶妇图》有一定关系。

　　第三、第四句，诗人自注解释得很清楚。解读第三句可参阅《宋朝事实类苑》卷五十《秘阁画》："太宗皇帝淳化元年八月，内出古画墨迹百一十四幅，藏之阁上。有唐太宗、明皇，晋王羲之、献之、庾亮，梁萧子云，唐欧阳询、颜真卿、柳公权、怀素、怀仁墨迹，顾恺之画维摩诘像，韩幹马，薛稷鹤，戴嵩牛，及近代东丹王李赞华千角鹿，西蜀黄筌白兔，亦一时之妙也。"又云："千角鹿出房中，观其所画，诚妙笔也。"②该图正名应为《千角鹿》，苏颂称为千岁鹿，未知何故。荆浩，五代著名山水画家，《宣和画谱》载："撰《山水诀》一卷，遂表进藏之秘阁。"③这可以与诗中自注相参读。

　　第五、第六句，写观书会场面盛大。华林会，指在魏晋时期皇家华林园的聚会，其中晋武帝组织的华林园雅集最富盛名，诗中引入用于比较。这次观赏书画的宴飨情况，现存资料无直接记载，但可根据南北宋曝书集会的相关记载大略考知。宴飨内容主要包括：提供一日三餐，"早食五品，午会茶菓，晚食七品"，饮食酒馔专人负责，费用由朝廷安排。皇上还会赏赐御酒、珍异点心和水果，并派人送到宴飨上。此外，会向来者赠送《太平广记》等大部典册，列榜题名以作纪念。更重要的是，难得朝廷里最有文采的官员组织这样大规模聚集，大家都可以在欣赏和讨论书画的氛围中度过诗酒风流的

---

① 江少虞.宋朝事实类苑［M］.上海：上海古籍出版社，1981：655.

② 江少虞.宋朝事实类苑［M］.上海：上海古籍出版社，1981：655.

③ 宋徽宗朝宫廷画院.宣和画谱［M］.长沙：湖南美术出版社，1999：222.

一天。现存刘挚《秘阁曝书画次韵宋次道》、王珪《依韵和宋次道龙图阁曝书》都以"开、莱、台、才、陪"依序行韵，与苏颂这首相同，可见也是这次集会所作。另外，刘敞有《酬宋次道忆馆阁曝书七言》："乍到似迷群玉近，厉观疑及羽陵余。俊游真与尘埃隔，逸赏空惊应接疏。"他应该也参与了这次曝书会的雅集。

第七、第八句为自谦之语。"久事簿书"，说自己很久以来一直耽搁在公务文书上。"抛翰墨"，说诗词歌赋的创作已经生疏。"文林何幸许参陪"，说承蒙宋敏求还记得自己，邀请自己参与这次的文坛盛会，真的感觉幸运。

这首诗记述了北宋朝廷馆阁组织文士官员参加曝书会的盛况，可以帮助我们理解，宋代书画事业之所以发达繁荣，多得益于北宋政府的提倡和支持。

王都尉示及吕丞相柳溪图诗见邀同作走笔奉呈

> 爱君图写柳溪游，想像濠梁问子休。（《贞观公私画录》有《射雉濠梁图》）渔钓每怀班嗣絷，烟波疑在志和舟。（张志和自号烟波子，作《渔歌子》。）
>
> 清时未易忘轩冕，大隐何妨傲葛裘。应笑龙钟老朝士，飞翔高下似轻鸥。

此诗见于《苏魏公文集》卷十一，排在《和题李公麟阳关图二首》前，应大致作于同一时期。诗题中的吕丞相指吕大防，王都尉名不详。根据诗意，柳溪图诗，指《柳溪图》及其题诗，现存宋代画作有不少以"柳溪"为题材，故画《柳溪图》是宋代绘画领域的一种创作风气。此为苏颂奉和王都尉之作。

第一、第二句说，你将柳溪之游创作成图画，让我感到赏心悦目，我由此想到庄子与惠子在濠梁相互辩论的快乐。庄子，字子休。《贞观公私画录》系唐代裴孝源受汉王李元昌之命，将"魏晋以来前贤遗迹所存，及品格高下，

列为先后"。^①诗人夹注"《贞观公私画录》有《射雉濠梁图》",是为王都尉
《柳溪图》找个典故,说明他的创作是有来源的。

第三、第四句阐发王都尉创作《柳溪图》的旨意。第三句化用故事,出
自《汉书》卷一百上:"(班)嗣虽修儒学,然贵老、严之术。桓生欲借其书,
嗣报曰:'若夫严子者,绝圣弃智,修生保真,清虚淡泊,归之自然,独师友
造化,而不为世俗所役者也。渔钓于一壑,则万物不奸其志;栖迟于一丘,
则天下不易其乐。'"^②第四句,诗人已自注,系用唐代张志和故事。唐张彦远
《历代名画记》:"志和性高迈,……自为《渔歌》,便画之,甚有逸思。"^③诗
通过用班嗣与张志和故事,指出王都尉《柳溪图》表现了对隐逸逍遥生活的
追求。

第五、第六句写王都尉为官而不废隐逸之乐。"清时",清平之时,指生
于太平盛世。"轩冕",权贵的高级车辆和华美服饰。"大隐",大隐隐于朝意
思的缩写。"葛裘",即裘葛。汉何休注《公羊传》(桓公八年):"裘葛者,御
寒暑之美服。"这两句说,王都尉生逢盛世,虽然出于责任感出仕,已为朝
官,但对权力、地位和待遇并不在意。

第七、第八两句是略带戏谑的奉承。说没想到你这样一个和我们差不多
老迈龙钟的朝廷官员,追求隐逸逍遥的心情,像在《柳溪图》里上下飞翔的
鸥鸟一样轻快,真的让人羡慕。

这首诗在一定程度上解释了北宋官场为何流行绘画:许多官员本着忧乐
天下的责任感耽于政务,但内心充满对自由生活的向往。而绘画、赏画恰使
他们这种不能自由的心灵得到间歇性的纾解和释放。

---

① 卢辅圣.中国书画全书[M].上海:上海书画出版社,1993:170.

② 班固.汉书[M].北京:中华书局,1962:4205-4206.

③ 张彦远.历代名画记[M].北京:人民美术出版社,2016:203.

和题李公麟阳关图二首

渭城凄咽不堪听，曾送征人万里行。今日玉关长不闭，谁将旧曲变新声。

三尺冰纨一绝诗，翩翩车马送行时。尊前怀古闲开卷，见尽关山远别离。

此诗见于《苏魏公文集》卷十一。诗题所谓的李公麟《阳关图》，其创作情况为：宋神宗元丰年间，李公麟的同年安汾叟将赴熙河幕府任职，李公麟依王维《送元二使安西》诗意，画《阳关图》为安汾叟送行，并赋诗一首，题作《小诗并画卷奉送汾叟同年机宜奉议赴熙河幕府》："画出离筵已怆神，那堪真别渭城春。渭城柳色休相恼，西出阳关有故人。"当时送行的还有张舜民，作《京兆安汾叟赴辟临洮幕府，南舒李君自画〈阳关图〉并诗以送行，浮休居士为继其后》，其中部分诗句详细描述了李公麟《阳关图》的内容："澄心古纸白如银，笔墨轻清意潇洒。短亭离筵列歌舞，亭亭喧喧簇车马。溪边一叟静垂纶，桥畔俄逢两负薪。掣臂苍鹰随猎犬，耸耳巨驴扶只轮。长安陌上多豪侠，正值春风二三月。分明朝雨浥轻尘，客舍青青柳色新。主人举杯苦劝客，道是西征无故人。殷勤一曲歌者阕，歌者背泪沾罗巾。酒阑童仆各辞亲，结束韬縢意气振。稚子牵衣老人哭，道上行客皆酸辛。惟有溪边钓鱼叟，寂寞投竿如不闻。"

从诸诗均为七绝二首、用韵相互回应的情况看，苏颂这首诗当与苏辙、苏轼、黄庭坚"阳关图诗"有唱和关系，故此诗应作于元祐三年（1088 年）。作诗的缘由，当出于林旦请名流观画作诗。孔凡礼《苏轼年谱》载："林旦（次中）得李公麟（伯时）《归去来》、《阳关》二图，苏轼题诗，并有简与旦。诗乃《诗集》卷三十《书林次中所得李伯时归去来阳关二图后》。《栾城集》卷十六亦有诗。《文集》卷五十五《与林子中》第二简云：'二图奇妙绝世，戏作二绝句其后。'知此简乃与旦者，非与希（子中）。"① 可见，苏轼诗作是以书简往来的方式传递给林旦与其他唱和者的。画的主人林旦是否为这次唱和组织现场观画雅集，根据苏轼、苏辙、黄庭坚、苏颂的阳关图诗，难以判断。

第一首绝句写王维《送元二使安西》导引出的音乐传统。该诗创作不久，就被乐府谱曲歌唱，称《渭城曲》，成为唐代流行歌曲。首二句写《渭城曲》的风格是离别之声、断肠之音，长期以来一直是唱给出征者的经典曲目。到大宋时期，玉门关早已废弃，再唱《渭城曲》表达离别之情，似乎有些不合时宜了。可是又有谁能翻新出奇，写出新的有关离别的经典歌曲呢？诗里对艺术的时代转型和内容创新提出了一种期待。

第二首绝句写李公麟的《阳关图》别出心裁，以画作为王维《送元二使安西》开出新境。据张舜民诗，李公麟送给安汾叟的画，是画在澄心堂古法制造的纸张上。此诗所谓的"冰纨"，当是比喻纸张质量之佳。不过，如学者所指出的，李公麟《阳关图》有草本，有定本，而宋代画作定本亦常有复本，若此图存在绢本，也是有可能的。由于苏辙诗亦谓之"缟素"，故诗中的"纨"字，更有可能是实指。"一绝诗"，指题写在画上的七言绝句，有可能是王维的《送元二使安西》，也有可能是李公麟自己写的那首绝句。第二句指出，李公麟将王维诗中隐藏在"浥轻尘"三字中的车马画出来了。而"翩翩"一语提示，李公麟画中的离别，不尽是伤心柔情，也有潇洒轻松的场景。最后两句说，像这样的画卷，已不像《渭城曲》那样，可用于在离别现场激发人的伤感，而最适合在小酌怀古的时候展阅，以助成风雅情怀。

总的来说，第一首绝句看似有些离题，实际上诗人正以《阳关三叠》歌曲的衰落，与阳关题材图画的新出作对比，并暗示绘画代表着艺术审美方向的变化：由强调抒发真情转为重视追求雅趣。

---

① 孔凡礼.苏轼年谱［M］.北京：中华书局，1998：840.

睢阳五老图

归休谢事乐时闲，衣钵承传宰辅冠。感德旧曾亲善政，沾恩新赐立危桓。

堂堂严貌依龙衮，粲粲文星荷月寒。直笔当时修国史，英豪迈古后来看。

北宋仁宗时，杜衍、朱贯、毕世长、冯平、王涣致仕后归老南都商丘，经常聚会宴集赋诗，产生了较大的社会影响，时称"睢阳五老会"。宋仁宗皇祐二年至三年（1050—1051 年），当地画家为五人各绘图像记载这一盛事，世称"睢阳五老图"。图成之后，五老均以"冠""桓""寒""看"行韵各作诗一首以记述其事，并附录于图画。由于杜衍为当时名臣，欧阳修、晏殊、张商英、范仲淹、富弼、韩琦、胡瑗等纷纷依韵和诗。苏颂当时在商丘任南京留守推官，与杜衍过从甚密，如挽杜衍诗云："几杖初来宅次睢，孤生从此被深知。翘材馆盛亲师益，绿野堂闲奉燕私。"又如《魏公谭训》记："杜相在南都，尤待遇祖父。每一月不往，必曰：'子容欲为不可得而亲疏耶？何待老夫之薄也！'"① 所以苏颂虽然只有三十一二岁，但被邀请依韵和诗。苏颂因为与其他四老不相熟识，所以诗作主要写五老中的杜衍。

第一句写杜衍在商丘的生活状态：主动辞去职务退居，不再过问政事，安然悠闲地打发时光。第二句的"宰辅冠"，出自南朝何尚之《答宋文皇帝赞扬佛教事》对历史人物的评语："渡江以来，则王导、周顗，宰辅之冠盖。"② 其意思说杜衍的生平行事，与东晋名相王导一脉相传，是宰相中的模范。

第三句写朝廷感念杜衍的官德，认可杜衍在过去有口皆碑的政绩。《宋史·杜衍传》记载当杜衍罢任凤翔知府时："二州民邀留境上，曰：'何夺我贤

---

① 苏颂.魏公文集［M］.上海：上海辞书出版社，2014：768.

② 僧祐.弘明集［M］.北京：中华书局，2011：297.

太守也？'""衍好荐引贤士，而沮止侥幸，小人多不悦。"诸如此类，皆诗中所谓的善政。第四句写朝廷刚赐予杜衍特别的荣耀，将他树立为朝廷官员的榜样。《宋史·杜衍传》所载："皇祐元年，特迁太子太保，召陪祀明堂，仍诏应天府敦遣就道，都亭驿设帐具几杖待之，称疾固辞。进太子太傅，赐其子同进士出身，又进太子太师。知制诰王洙谒告归应天府，有诏抚问，封祁国公。"①

第五句说画像上杜衍的容貌庄严端正，依稀还是站立在皇帝身边的朝臣气质。"龙衮"，天子的礼服，代指皇上。第六句说，实际上杜衍已经像陶渊明归隐田园那样，自由潇洒地过着流连诗酒的生活。"荷月寒"，化用陶渊明诗句"带月荷锄归"。

第七句说杜衍曾以秉笔直书的精神撰修国史。杜衍拜同平章事时，为集贤殿大学士。集贤殿大学士兼掌皇帝起居录，也可领衔编修前朝（宋真宗朝）历史。第八句说杜衍既然成为宰相，国史一定会为他立传名垂青史，而其德能勤绩在后人看来要超越许多前代英豪。

这首诗是咏人物画像的，出于捧场需要，自然要表扬赞美。但这首诗的每一联，都有事实依据，因而没有阿谀之嫌。这首诗没有收在《苏魏公文集》内，是今人从清康熙《历代题画诗类》卷41中辑出的佚作，其来源应是《睢阳五老图》的题诗附册。由于诗只写了杜衍一人，因此诗题作《睢阳五老图》，应该不是苏颂的意思，而是后人加上去的。

附　录：苏颂题画文五篇释读

题维摩像

张彦远《古今名画记》，所载《顾长康传》云："兴宁中，瓦棺寺初置僧众，设刹会请朝贤鸣刹注其疏，时士大夫莫有过十万者。

---

① 脱脱，等 . 宋史·杜衍传［M］. 北京：中华书局，1977：10192.

长康素贫，打刹独注百万，众以为大言。后请勾疏，长康曰：'宜备一壁。'遂闭户。往来一月余，日画维摩诘一躯。工毕将点眸子，乃谓僧曰：'第一日观者请施十万，第二日可五万，第三日任例责施。'及开户，光照一寺，施者填咽。俄而得钱百万。"又《论画体工用》云："顾生首创《维摩诘像》，有清羸示病之容，隐几忘言之状。陆探微、张僧繇效之，终不及。"至唐寺废，杜紫薇牧之为池州刺史，过金陵叹其将圮，募工搨写十余本，以遗好事者。其一乃汝阴太守某人也，不敢携去，至今置于州廨。丞相晏临淄公镇颍日，尝语从事镌石以记其始末。嘉祐壬寅，予领郡事，暇日数取以观之。案长康晋人，故所画服饰器用皆当时所尚，其意态位置，固非常画之比也。或云杜本已为后人窃取，今所存者，盖再经誊搨矣。然而气象超远，仿佛如见当时之人物，已可爱也。况牧之所传乎！况长康之真迹乎！想慕不足，因命工人即其本移写，藏之家楮，又题于像旁，丹阳苏子容记。

文中所谓的《维摩诘像》，是指顾恺之在江宁瓦官寺画壁而成的《维摩诘图》。南朝宋僧昙宗《京师寺记》、南齐谢赫《画品》、初唐姚思廉编纂《梁书·诸夷传》、初唐李延寿编纂《南史·蛮貊传》、盛唐黄元之《润州江宁县瓦官寺维摩诘画像碑》、中唐日本僧人最澄《传教大师将来越州录》"瓦官寺《维摩碑》一卷"，均曾记述或著录。[1]唐武宗会昌灭佛运动中，瓦官寺毁。据张彦远《历代名画记》记载，甘露寺是李德裕在长庆年间镇守浙西时着力经营的，不在遭毁之列，所以浙西一带其他古寺的著名画壁，都安置到这里。顾恺之《维摩诘图》画壁，放置在甘露寺大殿外西壁。[2]后为尚书卢简辞取藏

① 韩刚.顾恺之《维摩诘图》探寻［J］.美术学报，2021（4）：4-16.

② 张彦远.历代名画记［M］.北京：人民美术出版社，2016：71-72.

于家，至唐宣宗下诏访求，进献观览，而归朝廷内府收藏。至唐末，顾恺之《维摩诘图》画壁不知所终。韦庄《秦妇吟》云："内库烧为锦绣灰。"因此，不排除此壁画毁于黄巢兵火的可能性。

壁画可观而难以亵玩，故有摹本。杜甫有诗《送许八拾遗归江宁觐省甫昔时尝客游此县于许生处乞瓦棺寺维摩图样志诸篇末》，从标题可以看出，盛唐时期就有顾恺之《维摩诘图》的摹写本传世。苏颂此文记述了杜牧募工摹制顾恺之《维摩诘图》的情况：时间为杜牧任池州刺史期间，又值唐武宗灭佛运动，可以断定摹制于唐武宗会昌五年（845 年）。"过金陵叹其将圮"以下三句，道出杜牧行此事的心理动机，不外乎怜惜文物，忧惧古画珍品湮灭无存，故摹制以永其传。

苏颂文交待了自己家藏《维摩诘图》的因缘：杜牧募工摹制《维摩诘图》十余本，送给喜爱者。受赠者之一后任汝阴太守（汝阴在宋为颍州，在今阜阳一带），因身处乱世不敢随身携带就将该图充公，故此画一直留在颍州官府藏书处库存。晏殊主政颍州时，曾让人按图刻成石像并写了题记。苏颂知颍州时多次取出来观赏，还让人摹写用以家藏。苏颂提到自己所见的画本尽管是杜牧摹制本的复制本，但不足以介怀，因为自己欣赏《维摩诘图》，主要借以了解晋代的服饰器用，以及因画想慕顾恺之的风流韵事。米芾后来曾阅览颍州《维摩诘图》，作记云："颍州公库顾恺之维摩百补，是唐杜牧之摹寄颍守本者，置在斋龛不携去，精彩照人。""米芾审定，是杜牧之本。仍以拨发司印印之。"[①] 这似可说明，苏颂所见确为杜牧摹制本。

据韩刚《顾恺之〈维摩诘图〉探寻》，宋徽宗朝秘书少监罗畸《蓬山志·秘阁画》提及北宋秘阁曾藏有顾恺之《维摩诘像》，有可能为杜牧摹制本。而米芾宝晋斋藏有顾恺之《维摩诘像》二本，李公麟见宝晋斋藏本后，不但刻印"虎头金粟"赠之，且精心摹临，摹本当即现存李公麟《维摩演教

---

① 米芾. 画史校注 [M]. 桂林：广西师范大学出版社，2020（4）：4-16.

图》卷。①

苏颂此文，乃延续晏殊故事，是为颍州《维摩诘像》写作的题记。文中围绕《维摩诘图》颍州藏本，梳理了从晚唐杜牧以来，顾恺之《维摩诘图》摹本之一的流传情况，具有较高的文献价值。

题青溪图

予庆历四年领邑江宁，六月驰漕牒之贵池。适遇天章滕公过郡，磐桓新居，都官曾公退居州第，相期为弄水之游者数四。临青溪，望诸山，以琴棋销暑，笑言甚适。迨今五十年矣，而未尝再到。公诩画图，曲尽幽致。言念岁月推迁，二贤墓木已拱，而老朽岿然。睹物思人，不觉感怀，因识卷末。

庆历四年（1044年），此时苏颂25岁。天章滕公，指滕子京，池州青阳是其客籍地，也是其墓葬地。滕子京去世后，墓前曾耸立巨碑一块，上刻12个径尺阴文："宋名臣天章阁待制滕公神道碑"，"天章阁待制"系滕子京所任最高朝廷职务。都官曾公，身份难明。《题青溪图》是苏颂75岁时下笔的，回忆的是50年前与滕子京、曾公在池州相处的欢乐时光：观水、赏景、听琴、对弈。《青溪图》当为此次相会时，滕子京所作并赠予苏颂的。

苏颂所藏《青溪图》现已不存。盛唐王维《青溪》诗云："言入黄花川，每逐清溪水。随山将万转，趣途无百里。声喧乱石中，色静深松里。漾漾泛菱荇，澄澄映葭苇。我心素已闲，清川澹如此。请留磐石上，垂钓将已矣。"晚唐杜牧《池州清溪》："弄溪终日到黄昏，照数秋来白发根。何物赖君千遍洗，笔头尘土渐无痕。"由于"青溪"和"池州清溪"此前已成为文学意象，滕子京所作《青溪图》应该是表现文人风雅情趣的山水画。

---

① 韩刚.顾恺之《维摩诘图》探寻［J］.美术学报，2021.（4）：4-16.

"公诩画图"，是说滕子京对自己所作的《青溪图》颇为得意，自夸说达到了"曲尽幽致"的艺术效果。当75岁的苏颂再次观看这幅《青溪图》，其时他已多阅古今名画，因此对《青溪图》的艺术成就未置可否，其实就是不以为然。但从"睹物思人，不觉感怀"诸语看，苏颂因为这幅画绘录了旧日生活场景，蕴含着珍贵的朋友情谊，也承载着岁月流逝的印痕，能让自己抚今追昔，因此觉得有特别的纪念意义。

在宋代以前，图画的社会功能主要定位为：绘存人事物像以供瞻仰。从《题青溪图》寥寥数语看，宋代文人已将"保存情感记忆"当成画作的重要价值内涵。

题巨然山水

巨然山水擅名江表，归朝尤为当时贵重。然而亦靳其笔，故今传者甚少。惟学士院北壁特为杰作。前贤诗、记中多称之，烟岚晚景，是其措意者。向见好事家一二小图，皆题此名。说之所收特佳也。子容题。

巨然，初为五代时期南唐著名僧人画家。据北宋刘道醇《圣朝名画评》，巨然"受业于本郡（此指今江苏南京）开元寺"[①]，师从南派山水画大家董源，其在南唐统治的江南、江东一带享有盛名。北宋开宝八年（975年）李煜被俘后，南唐翰林图画院画家群体转移至宋朝翰林图画院供职。巨然也顺应时局，随至汴京（今开封）开宝寺为僧。淳化（990—994年）年间，巨然受邀在北宋学士院玉堂北壁画《烟岚晓景》，一时传为美谈，士大夫文人纷纷赋诗称赞，从此驰名中原地区。这些就是"巨然山水擅名江表，归朝尤为当时贵重"的大致含义。

---

① 刘道醇.圣朝名画评［M］.上海：上海人民美术出版社，1982：134.

据《宣和画谱》所载，（巨然画）"今御府所藏一百三十有六：夏景山居图六，夏日山林图一，秋云欲雨图一，秋江晚渡图二，夏山图三，九夏松峰图三，秋山图二，秋江渔浦图四，溪山兰若图六，溪山渔乐图六，溪山林薮图二，溪桥高隐图一，重溪叠嶂图四，山溪水阁图一，江山远兴图二，江山静钓图一，江山晚景图一，江村捕鱼图一，江山旅店图一，江山晚兴图一，江山归棹图六，江左醒心图一，江山平远图一，江山行舟图二，松峰高隐图二，烟浮远岫图六，山林归路图一，山林小笔图一，晓林野艇图一，茂林叠嶂图一，林汀远渚图一，林石小景图一，烟关小景图一，云横秀岭图二，云岚清晓图三，松路仙岩图一，松岩萧寺图一，晴冬晻霭图六，岚锁群峰图四，寒溪渔舍图一，小寒林图二，遥山渔浦图二，山阴萧寺图二，遥山阔浦图三，松吟万壑图三，万壑松风图二，群峰茂林图二，皖口山图一，山居图一，松岩山水图二，烟江晚渡图一，山水图四，层峦图一，秀峰图三，金山图一，钟山图一，庐山图一，松岭图二，柏泉图一，遥山图一，远山图一，松峰图三，高隐图一，归牧图一，长江图一，窠石图一"。① 由此可见，宫廷画院里所藏巨然画作并不少。苏颂说巨然"靳其笔，故今传者甚少"，主要说巨然吝惜笔墨，一般不应允别人求画，因而其画作民间流传很少。

苏颂在题记里说，由于巨然画作罕见，民间主要是摹仿其北宋学士院玉堂北壁的画作《烟岚晓景》，因此一般会处理成"小景图"。说之，当指晁说之。《嵩山文集》卷四有诗作《至河中首访鬼拔河图有画人云因陆学士移其壁乃毁寸尽令人感慨终日有作》，其中有句云："岂无剥落一寸余，我愿宝之若琼蕊。"这足以说明，晁说之也是藏画爱好者。从措辞语气判断，苏颂这段文字就是写在晁说之所藏题名《烟岚晓景》的小幅画作上。

这篇题记透露了一个消息：在北宋时期，宫廷画师对巨然画作较为熟悉，因而是其画艺的主要继承群体；而民间对巨然画作的接受状况，则无足称道。

---

① 宋徽宗朝宫廷画院.宣和画谱［M］.长沙：湖南美术出版社，1999：273.

题授经图

东汉永平七年，明帝梦金人。既寤，以问群臣。通人傅毅对曰："臣闻西方有神，其名曰佛，陛下所梦将必是乎？"因诏使者秦景等十四人，如天竺至月支，遇沙门摄摩腾、竺法兰等，传其经像，载以白马，还洛阳。译所得经为四十二章，缄于兰台石室，遂流东夏。有《摄摩腾竺法兰入汉献经像图》，人物十有一。治平丁未在山阳，传史中辉家藏本，云其本搨成都佛寺右殿画壁，相传汉魏间笔。观其衣冠服用，若后魏、周、隋制度，疑彼时画工刿意所造耳。苏某子容燕寝北轩题记。

《授经图》这一绘画传统，当源于西汉时期绘录儒家老师传授经典的场面。《后汉书·郡国一》李贤等注引应劭《汉官》论述绘画的教化作用："郡府听事壁诸尹画赞，肇自建武，讫于阳嘉，注其清浊进退，所谓不隐过，不虚誉，甚得述事之实。后人是瞻，足以劝惧。虽《春秋》采毫毛之善，罚纤厘之恶，不避王公，无以过此，尤著明也。"[1] 虽然所论以汉武帝为肇始，但若由此推断，汉文帝时期朝廷已经有意通过绘画宣扬儒教，应可成立。《汉书·儒林列传·伏生者》记载："伏生，济南人也。故为秦博士。孝文帝时，欲求能治《尚书》者，天下亡有，闻伏生治之，欲召。时伏生年九十余，老不能行，于是诏太常，使掌故晁错往受之。[2]" 伏生为晁错授经，朝廷必遣画师绘录教学场面以证其实。此虽无文献记载，却在情理之中。之后儒家题材的《授经图》创作为历代画家传承发展，遂成一大传统，比较著名的画作有传为展子虔所作的《授经图》，以及传为王维所作的《伏生授经图》。

---

① 范晔.后汉书·郡国一［M］.北京：中华书局，1965：3389.

② 班固.汉书·儒林传［M］.北京：中华书局，1962：3603.

苏颂此文所谓的《授经图》，系以东汉永平十年（67年）"白马驮经"这一经典佛教故事为题材的画作。其正名当为《摄摩腾竺法兰入汉献经像图》，初绘于白马寺始建之壁，后来建成的佛寺亦多效仿，绘"摄摩腾竺法兰入汉献经像"于壁。苏颂所见《授经图》，传言为成都某佛寺右殿汉魏时期创作的"摄摩腾竺法兰入汉献经像"壁画搨本。苏颂题记的重点，在辨传言之伪。苏颂仔细观察了壁画搨本，认为画中人物的衣冠、佩饰、器用，呈现出后魏、后周和隋代的特征，该画作应该是这一时期来自北地的画作，而不大可能是汉魏时期的作品，也不可能来自成都的佛寺。

以《授经图》作为"摄摩腾竺法兰入汉献经像"这一题材画作的题名，反映了儒家文化传播方式对佛教的深刻影响，同时透露了儒家文化和佛教文化在绘画领域存在一定的竞争关系。

治平丁未，即宋英宗治平四年（1067年）。山阳，同名地甚多，苏颂当时在朝廷任三司度支判官，根据地理位置接近的原则，以理解成"淮安一带"为妥。史中煇，生平不详，曾于宋神宗熙宁三年（1070年）任襄阳知府，欧阳修曾应其邀约作《岘山亭记》。

题王会图 [①]

《王会图》，熙宁丁巳传张次律国博本，杭州山堂校过。子容题。

《题职贡图》，系后人所加，或作《题王会图》。唐朝绘制《王会图》之事见诸记载。《旧唐书》卷一九七《南蛮传》记载贞观三年事："元深入朝，冠乌熊皮冠，若今之髦头，以金银络额，身披毛帔，韦皮行滕而著履。中书侍郎颜师古奏言：'昔周武王时，天下太平，远国归款，周史乃书其事为

---

① 李昀．敦煌壁画中的职贡图绘研究之一：维摩诘经变与贞观《王会图》[J]．艺术工作，2021（6）：79-96.

《王会篇》。今万国来朝，至于此辈章服，实可图写，今请撰为《王会图》。'
从之。"① 柳宗元《铙歌鼓吹曲》序言："既克东蛮，群臣请图蛮夷状如《周
书·王会》。"② 所述也是此事。其画当为阎立德、阎立本合作而成。

会昌年间（841—846 年），李德裕有文《进黠戛斯朝贡传图状》："臣
二十一日于延英面奏，吕述等准敕访黠戛斯国邑风俗，编为一传。今修撰已
成，稍似详备。臣伏见贞观初，因四夷来朝，太宗令阎立本各写其衣服形貌，
为职贡图。臣谨令画工注写注吾合素等形状，列于传前。兼臣不揆浅陋，辄
撰传序，所冀圣明柔远之德，高于百王；绝域慕义之心，传于千古。轻渎宸
严，伏增兢惧。谨封上进。"③ 该画作及附文《唐书》著录为吕述《唐黠戛斯朝
贡图传》一卷，有图有传有序，画工姓名不详。《进黠戛斯朝贡图》，也有人
称为《王会图》。

宋朝廷继承《王会图》创作传统，曾令画工作《四夷述职图》。宋人王栐
《燕翼诒谋录》卷四："唐有《王会图》，皇朝亦有《四夷述职图》。大中祥符
八年九月，直史馆张复上言：'乞纂朝贡诸国衣冠，画其形状，录其风俗，以
备史官广记。'从之。是时外夷来朝者，惟有高丽、西夏、注辇、占城、三佛
齐、蒙国、达靼、女真而已，不若唐之盛也。"④

《王会图》《进黠戛斯朝贡传图状》《四夷述职图》等，都是我国古代王朝
接受朝贡的图绘，一般以官方名义制作，用于炫耀我国王朝的伟大，古代凡
是以朝贡场面为题材的绘画，均可泛称为"职贡图"。

苏颂题字的《王会图》，现为中国国家博物馆收藏，纵 25 厘米，横 198
厘米。图无题名，明清以来一向被误认为是贞观三年（629 年）的《王会图》。

---

① 刘昫.旧唐书［M］.北京：中华书局，1975：5274.

② 郭茂倩.乐府诗集［M］.北京：中华书局，1979：73.

③ 李德裕.李德裕文集校笺［M］.石家庄：河北教育出版社，2000：420.

④ 王栐.燕翼诒谋录［M］.北京：中华书局，1981：41.

据徐邦达的看法，此图应为梁元帝萧绎《职贡图》的北宋摹本。[①] 熙宁丁巳为 1077 年，其时苏颂被朝廷选知杭州。杭州山堂，为杭州一地官员文士经常雅集的场所。蔡襄诗《答葛公绰》也曾提及："山堂争似草堂清。"其题注云："丙午年正月，邀葛公绰宿杭州山堂，公绰遗诗有'为是山堂似草堂'之句，因以答之。"[②]"校过"一词表明，许多人觉得这幅图来历不明，苏颂作为知情者，指出这是"传张次律国博本"[③]，即此图为宋朝国子监博士张次律对前代《职贡图》的摹本，以免后人再生疑问。清人吴升看过这幅画，其《大观录》言这幅画上的苏颂笔墨系"题在绢尾"。

---

① 徐邦达 . 古书画伪讹考辨 [M]. 南京：江苏古籍出版社，1984：36-41.

② 蔡襄 . 蔡襄集 [M]. 上海：上海古籍出版社，1996：122.

③ 陈连庆 . 辑本梁元帝《职贡图》序 [J]. 古籍整理研究学刊，1987（3）：1-4.

第十章 北宋咏画诗选评

盘车图

欧阳修

浅山嶙嶙，乱石矗矗，山石硗聱车碌碌。山势盘斜随涧谷，侧辙倾辕如欲覆。出乎两崖之隘口，忽见百里之平陆。坡长坂峻牛力疲，天寒日暮人心速。杨褒忍饥官太学，得钱买此才盈幅。爱其树老石硬，山回路转，高下曲直，横斜隐见，妍媸向背各有态，远近分毫皆可辨。自言昔有数家笔，画古传多名姓失。后来见者知谓谁？乞诗梅老聊称述。古画画意不画形，梅诗咏物无隐情。忘形得意知者寡，不若见诗如见画。乃知杨生真好奇，此画此诗兼有之。乐能自足乃为富，岂必金玉名高资。朝看画，暮读诗，杨生得此可不饥。

盘车，指畜力拉车逢山路险隘或遇溪流湍急难以前进，需要人力多方协助调整才能通行，过程极为艰难。北宋城镇经济发展繁荣，物品运输业勃兴，"盘车"已成为一种专业技能。《盘车图》之作，就肇兴于北宋。这个题材有山（水）、有人、有牲畜、有车辆，可以表现的对象丰富，而且有"恒念物力维艰"的教育意义，因而为画家青睐。

《欧阳修全集》录此诗，有注："一本上题和圣俞，下注呈杨直讲。"[1] 圣俞，指梅尧臣。杨直讲，指杨褒，这幅《盘车图》的收藏者。杨褒请梅尧臣为他的藏画《盘车图》题诗，以增益风雅。梅尧臣将所作之诗传阅欧阳修，欧阳修作此诗奉和，同时呈送给杨褒。

这首诗分为四个层次写：前九句，写画的主要内容；其中八句，写杨褒不惜重金购买此画的原因；接下来的十句，写杨褒求诗以配画的心理动机和所取得的良好效果；最后五句，赞扬杨褒因画自得其乐、不慕金钱富贵的风雅生活。

这首诗提出的"诗画兼益"和"画可疗饥"，是有关艺术功能的有趣说法。"古画画意不画形，梅诗咏物无隐情。忘形得意知者寡，不若见诗如见画。"这四句诗自沈括《梦溪笔谈》加以转述[2]，每为后世论诗论画者所称引。

纯甫出释惠崇画要予作诗

王安石

画史纷纷何足数，惠崇晚出吾最许。旱云六月涨林莽，移我翛然堕洲渚。黄芦低摧雪羁土，兔雁静立将俦侣。往时所历今在眼，沙平水澹西江浦。暮气沈舟暗鱼罟，款眠呕轧如闻橹。颇疑道人三昧力，异域山川能断取。方诸承水调幻药，洒落生绡变寒暑。金坡巨然山数堵，粉墨空多真漫与。大梁崔白亦善画，曾见桃花净初吐。酒酣弄笔起春风，便恐漂零作红雨。流莺探枝婉欲语，蜜蜂掇蕊随翅股。一时二子皆绝艺，裘马穿羸久羁旅。华堂岂惜万黄金，苦道今人不如古。

---

① 欧阳修.欧阳修全集［M］.北京：中华书局，2001：99.

② 沈括.梦溪笔谈［M］.上海：上海书店出版社，2009：141.

这首诗的写作技巧之佳，前代诗评家已有精到评析。清代方东树《昭昧詹言》卷十二在详细评点此诗章法后评价："通篇用全力，千锤百炼，无一字一笔懈，如挽万钧之弩。"① 又近代陈衍《宋诗精华录》卷二指出，此诗"后半带出崔白，即少陵《丹青引》为曹霸带出韩幹作法"。② 这里主要从诗画关系角度进行解释。

此诗创作时间的问题。诗中言崔白境遇落寞，不被世人看重。据《宣和画谱》，崔白于熙宁初得宋神宗的赏识和召见，之后才享有盛名。③ 所以，此诗当作于宋神宗熙宁元年（1068 年）前。另一方面，诗中的"久羁旅"提示，崔白曾长期寓居京城开封而不被重视。而王安石是仁宗嘉祐三年（1058 年）才到京城任职（度支判官），嘉祐八年（1063 年）因母丧离开京城，其间王安石因地缘之便，有较多机会了解崔白的画作。此后至治平四年（1067 年），王安石在金陵服丧读书，按照礼制规定，王安石兄弟应不会在服丧期间赏画娱乐并作诗纪念。据此，《纯甫出释惠崇画要予作诗》当作于嘉祐三年（1058 年）至嘉祐八年（1063 年）。

"金坡巨然山数堵，粉墨空多真漫与。"对此两句，钱锺书《容安馆札记》卷一《纯甫出释惠崇画要予作诗》引李壁注："据《画谱》云：'巨然用笔甚草草，可见其真趣。'诗意谓巨然画格最高，而拙工事彩绘者，乃为世俗所与耳。"将其作为"雁湖注中有说诗极佳者"五例之一。王水照指出，李壁注解甚是，这是赞扬巨然画风反衬了世俗崇尚"工事彩绘"的卑下。④ 王安石在诗中将前朝画家巨然引入，意在类比，意指惠崇之画于当时画坛流行风气而言有脱俗之妙。

---

① 方东树.昭昧詹言［M］.北京：人民文学出版社，1961：240.

② 陈衍.宋诗精华录［M］.上海：上海古籍出版社，2008：189.

③ 宋徽宗朝宫廷画院.宣和画谱［M］.长沙：湖南美术出版社，1999：371-372.

④ 王水照.《钱锺书手稿集·容安馆札记》与南宋诗歌发展观［J］.文学评论，2012（1）：55-62.

由于王安石在熙宁初便为神宗赏识且入朝执掌大任，而崔白大约也在此时受到神宗召见。这提示了一种可能性，即崔白画作之能名重朝廷，与王安石《纯甫出释惠崇画要予作诗》的推崇有一定关系。无论如何，王安石通过此诗，较早关注已故去的惠崇和尚健在的崔白，认为他们的画具有较高的收藏价值，体现了北宋名人咏画对当时画坛发展的关注和积极影响。

虎 图

王安石

壮哉非罴亦非貙，日光夹镜当坐隅。横行妥尾不畏逐，顾盼欲去仍踟蹰。卒然我见心为动，熟视稍稍摩其须。固知画者巧为此，此物安肯来庭除。想当盘礴欲画时，睥睨众史如庸奴。神闲意定始一扫，功与造化论锱铢。悲风飒飒吹黄芦，上有寒雀惊相呼。槎牙死树鸣老乌，向之俯噣如哺雏。山墙野壁黄昏后，冯妇遥看亦下车。

这首咏画诗在写法上有章可循。第一层四句，直接写画中之虎的生动形态。第一句以"壮哉"总评画虎，语出杜甫《戏题王宰画山水图歌》句"壮哉昆仑方壶图"。第二句写画虎正对着自己的座位，目光神气逼人，"日光夹镜"可能化用了杜甫《骢马行》句"隅目青荧夹镜悬"[①]。第三、第四句写虎横行、垂尾、顾盼、踟蹰等动作栩栩如生。咏画先述画，为诗意铺展奠定了坚实的基础。

第二层四句，写自己看画感受的迁移。第五句写自己乍一看将画虎幻认为真，心生畏惧。第六句写自己又多看了几眼，确认为画虎之后，又靠近摸了摸画上虎的胡须。第七、第八句写自己突然醒悟：是画得太逼真了，引导

---

① 杜甫.杜诗详注［M］.北京：中华书局，1979：754-755+256.

自己出现错觉，自己早该明白，猛虎怎么可能来到厅堂呢？试图将心身与画作亲密无间地融为一体，是王安石咏画的一个重要特点。

第三层四句，赞扬画家的功力。第九句、第十句想象画家画虎前当把自己想象成虎，当培育睥睨众生的虎威虎气。第十一句、第十二句说，画家真正落笔时一定是神闲气定的，这样才能做到与造化争功。这几句诗显然在倡导主客观相统一的艺术创作态度。

第四层六句，重新回到画面。第十三、第十四、第十五、第十六句写画面上用于衬托主体的景物，都是为虎啸、虎威而震慑恐惧的形貌。尾二句回应前文，仍然说画虎生动逼真，但换了一种假设的语境：假设将这幅虎图挂到荒野的墙壁上，让战国时善于搏虎的冯妇在黄昏时分看到，那么冯妇一定会信以为真走下车进行搏击。这种假设之辞展现了诗人赏画的活泼心态，并提示了这么一个艺术接受规律：想象能使艺术接受过程变得丰富多彩。

题徐熙花

王安石

徐熙丹青盖江左，杏枝偃寒花婀娜。一见真谓值芳时，安知有人槃礴臝。同朝众史共排媚，亦欲学之无自可。锦囊深贮几春风，借问此木何时果？

第一、第二句总评徐熙画作在南唐有巨大影响，指出其所画杏枝和鲜花尤有特色。前述《纯甫出释惠崇画要予作诗》《虎图》起首诗句也有总评的性质，这可以视为王安石咏画的一个明显写作倾向。

第三、第四句写徐熙画风与众不同。第四句中的"槃礴臝"，出自《庄子·田子方》："宋元君将画图，众史皆至，受揖而立，舐笔和墨，在外者半。有一史后至者，僵僵然不趋，受揖不立，因之舍。公使人视之，则解衣槃礴臝。君曰：'可矣，是真画者也。'"① 王安石用这个典故的意思，一则说徐熙是迥出侪辈的真画者，再则说徐熙的成就是他独自苦心经营的结果。

"同朝众史"，指入宋后以黄筌为首的宫廷画师群体。"共排娼"指徐熙因为遭到嫉妒被宫廷画师排挤。第五句所言，《梦溪笔谈》有相关记述，可以为证。② 第六句说宫廷画师群体一方面排挤徐熙，另一方面又学习徐熙的画法，却无法成功。第六句所言鲜见记载，有较高的史料价值。

第七句化用唐代张籍《九华观看花》诗句："花里可怜池上景，几重墙壁贮春风。"第七、第八两句故作疑问生发雅趣：将徐熙画的栩栩如生之花枝封藏在锦囊里，其实就是留住了春光。只是不知道这么明艳生动的画中之花是否会默默成长，说不定哪天便会在锦囊里结了果实呢？最后一问情思活泼，消弭了诗画界限，诗画艺术因而融为一体。

与可许惠所画舒景以诗督之

苏　洵

枯松怪石霜竹枝，中有可爱知者谁。我能知之不能说，欲说常恐天真非。美君笔端有新意，倏忽万状成一挥。使我忘言惟独笑，意所欲说辄见之。问胡为然笑不答，无乃君亦难为辞。昼行书空夜画被，方其得意尤若痴。纷纷落纸不自惜，坐客争夺相谩欺。贵豪满前谢不与，独许见赠怜我衰。我当枕簟卧其下，暮续膏火朝忘炊。门前剥喙不须应，老病人谁称我为。

---

① 庄周.庄子［M］.西安：三秦出版社，1998：289.

② 沈括.梦溪笔谈［M］.上海：上海书店出版社，2009：144.

这首诗可以分成三个部分来理解。前十句为第一部分，指出文同善画枯松、怪石、竹枝，其特点是天真可爱，使人感觉有新意。诗人围绕"但可意会，难以言传"反复陈词：于自己是欲说难说，会心一笑而忘言；在画家是欲答无辞，以笑回应。诗人其实化用了陶渊明《饮酒》其五诗句"此中有真意，欲辨已忘言"，点明诗画之界限：优秀的画家通过画作提供语言无法陈说的意蕴，使人感觉愉悦。

第十一、第十二、第十三、第十四句为第二部分，写文同作画的态度：因为痴心于作画，所以常能得意，作画达意而已，不借此图谋名利，任凭坐客在相互谩骂中争抢自己新成的画作。这一部分强调：画家是否有特出之意，是决定画作品质高下的关键。

最后六句为第三部分，回应诗题中求画的主旨。第十五、第十六句通过"谢绝贵豪"反衬文同允诺赠画给自己的荣幸。其实，苏洵与文同有亲戚关系，属长辈，所以他求画容易得到首肯，但诗中不好这样说。最后四句希望文同早些作画相赠，让自己老病无为的生活得到精神寄托。这一部分指出赏画的艺术接受功能：通过画作理解画家的心灵、造化的奇妙，从而精神充实地消遣时光。

省中画屏芦雁

郑　獬

高堂倾动长江流，黄芦群雁满沧洲。扫开长安尘土窟，写出江南烟水秋。两雁斜飞入空阔，四雁顾慕横沙头。高风拉折苍玉干，芦花雪尽无人收。赤日飞光不敢近，但觉爽气屏间浮。尝闻画龙入神变，坐驰云雨天地游。只恐此雁亦飞去，潇潇万里谁能留。

省中，指宫禁之内。郑獬在神宗熙宁元年（1068年）曾任翰林学士、知制诰，故得入宫禁之地。首四句写对屏风的宏观印象。高堂，点明屏风安置在正堂大厅。画面有贯通全屏的江流，滨江的沙地上有黄芦雁群，屏风上画的是江南秋景图。第五、六句写画面上六只雁的不同形态。第七、第八句写画面上深秋黄芦枝干经风弯折的景象。第九、第十句说，由于屏风为宫廷珍品，且有烈日光照炫目，自己不敢近观，只能远视，但已经能感受到画屏上浮动着的清爽之气。尾四句借张僧繇画龙点睛故事，戏言自己担心群雁飞离宫廷，其实是在称赞画雁生动逼真。作为咏画之作，这首诗写作思路清晰明了。

联系郑獬在熙宁初期不迎合王安石的政治立场，细揆诗句，其间或有所寓托。"扫开长安尘土窟"，应该是在比喻诸多不满新法的正直官员，心生离开朝廷以躲避政敌的想法。"高风拉折苍玉干，芦花雪尽无人收。"当指新法推行者对反对的官员进行排挤打击，致使朝廷政治败坏。"赤日飞光不敢近"，言自己虽然倾向这些反对新法的正直之士，但考虑到皇上支持变法的立场，也不敢公然表示同情。"只恐此雁亦飞去，潇潇万里谁能留。"担心正直之士会离开朝廷，变法派失去制衡，朝廷会丧失正常的政治生态。

刘五草虫扇子

刘 攽

吾宗白团扇，画作草虫样。天时变炎凉，弃置几惆怅。网虫苍苍颜色晦，画工笔法依然在。剪裁帖缀复生光，白月团团仍可爱。苍蝇轻巧蝴蝶狂，怒螳斩斧谁能当。老蚕作茧意自了，露蝉孤嘒殊清凉。其余百品随变化，天机所动俱闲暇。座人咨嗟用笔精，不知犹是今人画。画工侯生今白头，有时看画还泪流。壮年名声却自惜，老去心神无处求。始知能事须当年，盛时一过殊可怜。即今拙工各自喜，岂知此家先日前，落笔辄得千万钱。

首二句交待扇子主人与自己的关系，扇子的形状材质为白绢做成的团扇；扇子的主人富有情趣，请人画上草虫。在团扇上画草虫，是北宋一种绘画习俗，取虫鸣荫凉之意。草虫团扇，体现了文士阶层将实用性与艺术性融为一体的生活追求。第三、第四句说心理矛盾，当天气变凉，团扇退出生活场景，其实用性消失；但刘五因此难以随时欣赏扇上所画草虫，因而颇感惆怅。

第五、第六、第七、第八句说刘五不忍团扇草虫的艺术性从生活中退隐，因此决定分离团扇草虫的实用性和艺术性：将画面从扇子上裁剪下来，重新装裱成一幅画。往下六句写画上虫子形态生动丰富，清凉闲适之意足供玩赏，说明刘五对草虫画重新处置得当，艺术效果良好。

第十五、第十六、第十七、第十八、第十九、第二十句交待草虫由姓侯的画工在多年前画成。这位画工早年爱惜笔墨，不求盛名，因而作品流传较少，鲜为人知。现在年纪老迈，不复能集中心神作画，有时会一边看画一边泪流。推艺及人，因画作而感慨画工的遭际，这是承袭杜甫《观公孙大娘弟子舞剑器行》的写法。

第二十一、第二十二句总结艺术创作应遵循的一般经验：艺术家应趁着年富力强多创作优秀作品，借以扩大自己的艺术影响力，错过时机则悔之莫及。尾三句感慨艺术风气日新月异，后来年轻的画工不仅画技甚拙，而且自以为是，冷落、无视曾经如日中天的前辈画家。

这首诗涉及实用性和艺术性分离的问题、艺术家创作心态问题及艺术风气变化的问题，其中的信息量很大。

谢公约惠墨竹图

杨　杰

　　幽人渍墨写成竹，变化琅玕作玄玉。公约赠我两大轴，不比丹青凡草木。六月都城苦炎燠，车马纷纷正驰逐。曲台官冷昼掩关，净扫虚堂展霜幅。帘间忽有微风来，不动纤枝清满屋。忆得扁舟载雪时，曾寄会稽江上宿。

　　首二句交待画者为不愿扬名的隐逸之士，他用墨汁画竹，将青翠之竹化为墨趣。第三、第四句交待得画的来历：谢公约将这位隐逸之士作的两轴大幅《墨竹图》赠予我。第五、第六句离开诗题陈述，为下文作铺垫和对比：六月天气炎热，但是追逐名利的车马不惧炎热照样往来驰逐。

　　第七、第八句回归正题，说自己任职的馆阁少人问津，大白天尽可以掩着大门，正好将办公地点所在的大堂整理打扫干净，舒展悬挂这两轴霜竹图。第九、第十句说挂上墨竹图后，整个办公环境为之一变，身心顿时感觉清爽。最后两句想象，诗人说画竹带来的清凉感受，让自己不禁回忆起过去和文友在会稽江上扁舟载雪夜谈的场景。"扁舟载雪"，虽系诗人的生活经历，但暗用了爱竹者王子猷"雪夜访戴"的故事。这六句提示艺术具有丰富的审美功能：使人的精神超脱名利，使人的身心感到愉悦，能促发美好的回忆与想象。

　　诗中提到办公场所可以悬挂友朋赠送的图画，很有意思。这在一定程度上可以说明，公私屋宅悬挂画作成为众所趋向的风雅之举，正是北宋时期绘画事业获得长足发展的重要社会文化基础。

易元吉画猿

刘　挚

榉林秋叶青玉繁，枝间倒挂秋山猿。古面睢盱露瘦月，鬣毛匀腻舒玄云。老猿顾子稍留滞，小猿引臂劳攀援。坐疑跳踯避人去，仿佛悲啸生壁间。巴山楚峡几千里，寒岩数丈移秋轩。渺然独起林壑志，平生愿得与彼群。吾知画者古有说，神鬼为易犬马难。物之有象众所识，难以伪笔淆其真。传闻易生近已死，此笔遂绝无几存。安得千金买遗纸，真伪常与识者论。

此诗开篇直入画面，前八句写画面内容，对山林背景略作介绍，而以写画中猿为主。第三句写画中猿面目有趣。第四句写画中猿毛色生动。第五、第六句写群猿互动的场景。第七句揣度画中猿的畏人心态。第八句写自己观看画中猿的艺术感受。

第九、第十、第十一、第十二句解释易元吉画猿之所以超越前人的原因，在于他以巴山楚峡为移动的住所，经常翻山越岭，近距离观察猿猴的情态。郭若虚《图画见闻志》记述易元吉："尝游荆湖间，入万守山百余里，以觇猿狖獐鹿之属，逮诸林石景物，一一心传足记。得天性野逸之姿，寓宿山家，动经累月，其欣爱勤笃如此。"这则材料可以帮助我们理解中间这四句的诗意。

第十三、第十四句化用《韩非子·外储说左上》所载："客有为齐王画者，齐王问曰：'画孰最难者？'曰：'犬马最难。''孰最易者？'曰：'鬼魅最易。夫犬马，人所知也，旦暮罄于前，不可类之，故难。鬼魅，无形者，不罄于前，故易之也。'"[1]第十五、第十六句从真伪两面说，一方面说所看到的

---

① 韩非.韩非子［M］.北京：中华书局，2007：157.

《猿图》为易元吉真迹，另一方面暗示收藏领域伪托易元吉的《猿图》亦复不少。尾四句感慨易元吉已去世，真迹难得而伪作将多，真希望自己有足够的钱财将所看到的这幅画收入囊中，以经常与好画之士讨论如何鉴定易元吉遗作，以免伪作流传。

北宋时期吟咏易元吉画猿的诗作还有秦观《观易元吉獐猿图歌》、张耒《獐猿图》，可与刘挚这首诗参照阅读。

观东坡画雪鹊有感作诗寄惠州

郭祥正

平生才力信瑰奇，今在穷荒岂易归？
正似雪林枝上画，羽翰虽好不能飞。

诗题云"观东坡画雪鹊"，但诗人意不在画，而在于"感"和"寄"。所谓的"感"，是感慨苏轼才华横溢、学识深富，却难免流落穷荒的下场。之所以要"寄"，主要因为欣赏老友所画雪雀，联想到老友贬谪惠州的现实处境，从而生发一个新鲜的比喻："正似雪林枝上画，羽翰虽好不能飞。"其中蕴藏着对政治压迫的不满，也饱含对命运的无奈。作为活跃于诗坛的诗人，郭祥正想到这样一个新鲜的比喻，会产生交流的欲望，自然会传达给苏轼以示关怀。咏画，其实是文人风雅往还的一种应酬方式，像这首轻咏画而重怀人的写法，固然不算离题，但显然不能归为正宗。

题司马长卿画像

晏几道

　　犊鼻生涯一酒墟，当年嗤笑欲何如。穷通不属儿曹意，自有真人爱子虚。

　　咏古贤画像的诗很难写出新意，因为古贤事迹见诸史籍记载，形象风貌基本已经定型。不仅画者发挥的余地不大，而且观者咏画时思维很容易落入书本知识的牢笼，出现观画而不写画的情况。晏几道这首诗的首尾两句，就是在复述《史记·司马相如列传》所记载的故事。①

　　相如与俱之临邛，尽卖其车骑，买一酒舍酤酒，而令文君当炉。相如身自著犊鼻裈，与保庸杂作，涤器于市中。卓王孙闻而耻之，为杜门不出。……上读《子虚赋》而善之，曰："朕独不得与此人同时哉！"得意曰："臣邑人司马相如自言为此赋。"上惊，乃召问相如。相如曰："有是。然此乃诸侯之事，未足观也。请为天子游猎赋，赋成奏之。"

　　中间两句有所发挥，言司马相如本非世俗中人，故对世俗的耻笑毫不在意。联系晏几道中晚年诗酒沦落的遭遇，则此诗赞许司马相如的文才自信，抑或有自我慰藉之意。不过，此诗咏画的特点不明显，若将诗题改为《司马长卿》作咏史诗读，似也未尝不可。

---

① 司马迁.史记［M］.武汉：崇文书局，2010：670-671.

李公麟阳关图二绝

苏　辙

百年摩诘阳关语，三叠嘉荣意外声。谁遣伯时开缟素，萧条边思坐中生。

西山阳关万里行，弯弓走马自忘生。不堪未别一杯酒，长听佳人泣渭城。

第一首诗写李公麟在阳关题材艺术创作上的贡献。首句点明李公麟《阳关图》取意于王维《送元二使安西》诗句："劝君更尽一杯酒，西出阳关无故人。"次句化用刘禹锡《与歌者米嘉荣》诗："唱得凉州意外声，旧人唯数米嘉荣。"其指出唐代乐坛经过二度创作，已将王诗演绎为流行歌曲"阳关三叠"。这两句提示，王作在唐代已成为诗的经典，也形成了乐的传统。后两句意为，李公麟在宋代为此诗别开画的境界，这是一种全新的艺术探索。"谁遣"，实际上就是"伯时自遣"，说明李公麟创作《阳关图》并无因袭，而是基于自觉的艺术创新精神。

苏轼同题共作诗中有句"两本新图宝墨香"，说明李公麟《阳关图》共有两幅。据苏轼、苏辙、黄庭坚同题共作诸诗，一幅以渭城柳色为背景画佳人送别丈夫后的伤心场面，一幅以阳关之外荒凉边地为背景画男子思念家室的情态。显然，李公麟画面展示的男女离别相思之情，与王作书写的诚挚友情，是大异其趣的，这体现了依诗作画二度创作的积极能动性。苏轼、黄庭坚的同题共作之诗，主要着眼于前一幅画，突出渲染女子送别丈夫时的悲情。而苏辙此诗关注后一幅画，有意表现男子戍边的精神苦闷。三人同题共作而写作指向有所不同，体现了艺术接受的个体差异性。

跋王荆公题燕侍郎山水图

张商英

相君开卷忆江东，仿佛钟山与此同。今日还为一居士，翛然身在画图中。

诗题中的"燕侍郎"，当指燕肃，见录于《宣和画谱》[①]。理解这首诗，可参考李壁《王荆公诗注》："京师学士院有《燕侍郎山水图》，荆公有一绝云：六幅生绡四五峰云云，后张天觉有诗云：相君开卷忆江东，仿佛钟山与此同。今日还为一居士，翛然身在画图中。此诗话所载。"据此，诗题所谓的"后有王荆公题诗"，指《学士院燕侍郎画图》一诗："六幅生绡四五峰，暮云楼阁有无中。去年今日长干里，遥望钟山与此同。""此诗话所载"，当指成书于隆兴二年（1164年）的葛立方《韵语阳秋》。《声画集》晚于《韵语阳秋》成书，其录作蔡确诗，可不取。[②] 从"今日还为一居士"判断，该诗当作于王安石退居江宁期间。

张诗前二句复述过去王安石观画和题画的场景，后二句感慨王安石最终得其所愿，能够退居徜徉于风景如画的钟山附近。这首诗在性质上虽属于咏画诗，但全诗着力点在于回应画后王安石的题诗，有咏画而不见画的附庸风雅之嫌。

---

① 宋徽宗朝宫廷画院.宣和画谱［M］.长沙：湖南美术出版社，1999：250-251.

② 陈小辉.《全宋诗》之钱惟演、杨杰、张商英诗重出考辨［J］.华北电力大学学报（社会科学版），2017（1）：105-106.

《题郑防画夹五首》其一

黄庭坚

惠崇烟雨归雁，坐我潇湘洞庭。欲唤扁舟归去，故人言是丹青。

在有关惠崇的咏画诗中，黄庭坚这首《题郑防画夹五首》其一与苏轼《惠崇春江晓景》最受推崇。首句以旁观者态度，描述画面主题和内容。诗人明确提示，自己所面对的是惠崇画作，则诗人显然尚未入画，为画作之外的客体。次句用一个"我"字，提示自己已身入画境，旋成画内之主体。诗人由心生幻觉而融入画境，成为艺术分享者。第三句径自沉浸于画境，故生"买舟于此隐居"的幻想。所以认幻为真，是想将来自现实的心理压抑释然解放，而欲逍遥于画境安顿心灵。尾句"言是"为转捩之关键词，牵入故人和丹青，诗人入画之幻觉由是终止，思想出落画外，回归清醒。幻觉虽由画外人点醒，身心借此重回旁观者的视角，却能反衬"局内人"入画之深，沉浸之久。《题郑防画夹五首》其一展示的"身在画外—心入画中—心画两分"这一咏画模式，具有范式意义。在文献典籍中，此诗又误作苏轼诗，而这似可作为苏、黄在诗画雅集场合交往密切的一个旁证。

书吴熙老醉杜甫像

林敏功

清晨出寻酒家门，蹇驴破帽衣悬鹑。年年碧鸡坊下路，野梅官柳惯寻春。酒钱有无俱醉倒，改罢新诗留腹稿。儿童拍手遮路衢，拾遗笑倩旁人扶。百年风雅前无古，沈宋曹刘安足数。后来一字人难补，君莫笑渠作诗苦。

　　除此诗外，涉及吴熙老收藏情况的北宋诗作还有潘大临《吴熙老所藏风雨图》、张耒《题吴熙老古铜棤》，这说明吴熙老是当时与文人交往较多的一位收藏家。杜甫在北宋受到推崇，咏杜甫画像也是诗人的爱好，现尚存北宋时期著名诗人的相关诗作，有欧阳修《堂中画像探题得杜子美》、王安石《杜甫画像》、黄庭坚《老杜浣花溪图引》、林敏功《书吴熙老醉杜甫像》、王安中《次秦夷行观老杜画像韵》等。除林诗外，诸作中只有黄诗"落日蹇驴驮醉起""醉里眉攒万国愁""儿呼不苏驴失脚"写杜甫醉态。

　　从《书吴熙老醉杜甫像》所述，我们大致能知晓画面内容：晚年寄寓成都的杜甫，在春日的清晨出门，戴着破帽，骑着蹇驴，穿着多处是补丁的衣服，沿着碧鸡坊边上的官路漫行，本欲去郊外踏青寻春。但是诗人途中经不住酒香的诱惑，于是先寻酒求醉。酒醉后，一边欣赏春光，一边念念有词吟咏新作。街上儿童觉得有趣，就拍手遮拦。于是，诗人笑着请人扶醉意醺醺的自己下驴，前去和儿童说理。显然画家有意淡化杜甫的圣贤品质，而选取路醉的生活场景表现杜甫的诗酒风流。林敏功诗的最后四句，则去酒存诗，突出杜甫作诗的文字风雅无与伦比，展现了诗不同于画的旨趣。

　　吴熙老收藏的《醉杜甫像》已佚。但通过林敏功的这首诗，我们仍然能够知晓画作的内容。这说明，诗之于画，具有一定的记录功能。

画　史

米　芾

　　嗣濮王宗汉作芦雁，有佳思。余题诗曰："偃蹇汀眠雁，萧梢风触芦。京尘方满眼，速为唤花奴。"又曰："野趣分苕水，风光剪鉴湖。尘中不作恶，为有邺公图。"

这两首小诗的写法基本相同，前两句写画雁的形象，后两句写画雁的艺术影响力。

"偃蹇汀眠雁"，写画中雁因困顿而卧伏休眠于沙洲岸边的静态。"萧梢风触芦"，写画中雁飞掠生风而致芦叶飘摇的动态。后两句用典。"京尘"，出自晋陆机《为顾彦先赠妇诗二首》："京洛多风尘，素衣化为缁。"① 在诗词中，"京尘"一般用来比喻功名利禄等尘俗之事。花奴是唐玄宗时汝南王李琎小名，善击羯鼓。南卓《羯鼓录》："上（玄宗）性俊迈，酷不好琴。曾听弹琴，正弄未及毕，叱琴者出，曰：'待诏出去！' 谓内官曰：'速召花奴将羯鼓来，为我解秽！'"② 米芾用此典的依据，应该是指当时皇上对赵宗汉画雁有类似于"为朕脱俗解秽"的评语。《宣和画谱》谓赵宗汉："屡以画进，每加赏激"③，可以为证。

第二首诗前两句提到"苕水""鉴湖"，据此判断，画面以越中山水为背景衬托。"野趣分苕水"，写画雁飞掠苕溪形成浪痕的场景。"风光剪鉴湖"，写画雁飞过鉴湖上空，倒影如剪绢帛。"剪"，可能借用了贺知章"二月春风似剪刀"的诗意。第四句中的"郓公"，即郓国公，系赵宗汉曾享有的爵位。后两句说，因为郓国公赵宗汉将雁画得如此美好，世俗之人受到感动，因此不忍心对雁进行捕杀。

邓椿《画继》言赵宗汉："（米）元章许予甚严，诗意如此，则可知其含毫运思矣。尝有《八雁图》，识者叹赏其工。"④ 根据米芾这两首诗可知，赵宗汉画雁在当时有着广泛的影响力，得到了上至统治阶层、下至社会民众的一致推崇。

---

① 先秦汉魏晋南北朝诗［M］. 逯钦立辑校. 北京：中华书局，1983：295.

② 南卓. 羯鼓录［M］. 北京：中华书局，1958：10.

③ 宋徽宗朝宫廷画院. 宣和画谱［M］. 长沙：湖南美术出版社，1999：340.

④ 邓椿. 画继［M］. 黄苗子点校. 北京：人民美术出版社，2016：11.

题南昌县君临偃竹

米　芾

偃寒宜如季，挥毫已逼翁。卫书无曲妙，琰慧有遗工。

乍睹虬如物，初披飒有风。顾藏唯谨钥，化去或难穷。

这首诗的创作背景，米芾在《画史》中有记述："朝议大夫王之才妻，南昌县君李氏，尚书公择之妹，能临松竹木石画，见本即为之，难卒辨。文与可每作竹贶人，一朝士张潜迂疏修谨，文作纤竹以赠之，如是不一。又作横绢丈余著色偃竹，以贶子瞻。南昌过黄，借得以效临之。后数年，会余真州求诗，非自陈，不能辨也。"[1] 米芾因而有此作。

米芾通过此诗透露了三个非同寻常的艺术倾向：①首二句说，南昌县君的摹作逼似文与可的原作，对于画竹倒伏之态的描绘，甚至较原作更为生动。其中蕴涵着一个观点，即摹本的艺术价值未必逊色于原作。②第三、第四句将南昌县君与善弹琴的蔡琰、谙书法的卫夫人比为同类，突出了南昌县君女性艺术家的身份，并对其艺术创作水平不让须眉表示钦佩，这在某种程度上暗示艺术有助于提高女性的文化地位。③第五句说所画偃竹真实如物，第六句说睹之如清风来临，都是在赞扬南昌县君画作的艺术效果，对于咏画而言属于正常的写法。第七、第八句略带夸张，说这样生动的画竹要秘藏防护起来，防止它像点睛之画龙一样飞走了。后面四句实际上已指出：像南昌县君这样一个女性画家的绘画摹本，具有极高的收藏价值。

---

[1] 米芾.画史校注［M］.桂林：广西师范大学出版社，2020：109.

试院求李唐臣画

晁补之

有客携来白团扇，看君画出翠微峰。忽然陂水变阴雾，便有松林吹晚风。松林陂水静何极，何处归舟天际识。韦侯直干傥不难，杜陵东绢那能惜？

这是一首求画诗，但咏画是主要内容。首二句言求画的缘起，说有来客拿着一把白团扇，让我一起欣赏您画在扇面上的山水。第三、第四、第五、第六句写李唐臣扇面画的内容及其艺术效果：水雾弥漫、松林晚风，让人想起南朝谢朓的诗句"天际识归舟，云中辨江树"。有这样赏心悦目的画面，一旦扇起风来，给人的感觉就极为阴静凉爽。因爱画之好，而生求画之心。最后两句化用杜甫《戏为韦偃〈双松图〉歌》："韦侯韦侯数相见，我有一匹好东绢。重之不减锦绣段。已令拂拭光凌乱。请公放笔为直干。"[①] 诗人借以表达求画之请，说要提供最好的绢素。由此可见，唐宋时期求画，一般情况下要先向画家提供绢素备用。"傥不难""那能惜"口气委婉，"求"的意味充足，不像杜诗那样有朋友式的直率。据此判断，这应该是晁补之向李唐臣首次求画。晁补之另有《酬李唐臣赠山水短轴》，当作于此诗之后，说明《试院求李唐臣画》这首诗达成了预期的目标，为二人的诗画之交奠定了基础。

和谢公定观秘阁文与可枯木

陈师道

斯人不复有，累世或可期。每于丹青里，一见如平时。坏障尘

---

① 杜甫.杜诗详注 [M].北京：中华书局，1979：758.

得入，惨澹令人悲。墨色落欲尽，严颜终不移。朽老莫使年，石心
乌铜皮。念此犹少作，未尽冰霰姿。北枝把异鹊，意定了不疑。惜
哉不得语，胸次几兴衰。一为要贵役，可复辞画师？隐奥虽可惜，
涂抹复见遗。谢侯名家子，感慨形苦词。岂惟语画工，劲特颇似之。
何当补谏列，一吐胸中奇。

首四句没有直入画面，而先怀念画家：文与可这样的画家，要好几代的
时间才出一个。每次观看他的画作，都能想象他活着的模样。这样写，为咏
画做了动人的情感铺垫。

第五、第六、第七、第八句，写文与可这幅枯木图在秘阁里的保存情况：
屏障坏破致使画面布满尘灰，所画枯木看起来黯淡无光使人感伤。不过，即
使墨色消退，枯木严毅的状貌还是一望而知。接下来的两句，是对"严颜"
的具体描述。"朽老莫使年"，是说枯木形态老朽，已无任何实用价值。"石心
乌铜皮"，用了西晋会稽隐士夏统的故事，说所画枯木虽不堪用，但能呈现出
对外界繁华诱惑毫不动心的坚贞操守。然后诗人评价说，这幅《枯木图》是
文与可早年的作品，画得比较拘束，其枯木形象比不上后来的墨竹高洁可爱。
再往下四句，诗人说图中枯木北枝上画有一只形状奇特的鸟鹊，意态同样坚
定而漠然。诗人说，几十年来，画上这只鸟鹊已经看惯了变法、废新的政治
兴衰，心中一定会有许多感慨吧！只可惜自己无法与它对话交流。从枯木看
出品质操守，因画鹊而感慨政治乱象，这是诗人欣赏画作的高明之处。

第十七至第二十句，写文与可三十多岁考中进士后走上仕途，但仍然将
主要的精力和时间放在绘画事业上。诗人说，虽然文与可治国理政的才能没
有得到充分发挥，让人感到可惜，但能借画作名垂后世，也算不虚此生了。
曹丕《典论·论文》认为，文章是"不朽之盛事"。陈师道这几句诗，则含有
"绘画乃不朽之事"的意思。

最后六句评论谢悰的首倡之作。诗人说，谢悰咏文与可枯木的诗作用语苦涩且良多感慨，由此可以看出，谢悰的人品干练正直，这样的品质适合在朝廷当谏官，这样就可以展现独特的才干。苏辙《次韵文氏外孙骐以其祖父与可学士书卷还谢悰》有句"两家尚有往还帖"，这说明谢悰家族和文与可家族交往密切，陈师道说谢悰"劲特颇似之"，应该就是基于这层关系说的。

馆阁秘藏之外，民间对文与可所作《枯木图》也有私藏。毕仲游有《观文与可学士画枯木》诗，尾四句云："任侯珍重竟何如，不独画好心君子。若使与可为俗流，枯木虽佳侯不收。"诗人说，任侯之所以珍重爱赏《枯木图》，是因为文与可高风亮节，画如其人。这里透露了北宋士人阶层收藏画作的一个重要取舍标准，值得注意。

题赵承远所藏大年画平远二首

潘大临

将军心眼到沧洲，木脱波生一夜秋。想得笔端凫雁足，又添鸂鶒起沙头。

吴头楚尾散花洲，天阔波云恰下鸥。帝子胸中有江汉，故能风露笔端秋。

诗题中的"大年"，即《宣和画谱·小景》收录的赵令穰，为宋太祖赵匡胤五世孙，官至崇信军观察留后，故诗称为"将军"。赵令穰身列皇族，按规定无故不得远游，所以其画作题材范围较小，多为两京（今开封、洛阳）郊外的景物，难有新意。苏轼曾见赵令穰新作，嫌其题材重复，故嘲谑说："此必朝陵（朝拜皇陵）一番回矣！"^①身受拘束不能自由行动，这是赵令穰作为画家的无奈，也是他艺术创作的最大短板。

潘大临这两首诗立意较高，没有过多纠缠于画家的画风、画技，而是通过简单勾勒画中景物，直接阐发画作的精神内涵。"心眼到沧洲"，是说赵令穰虽然限居于京城，但他真正的理想是远离富贵热闹，寻得自由和清静。"胸中有江汉"，联系散花洲（西塞山）曾发生的历史故事来理解^②，诗人是在说，赵令穰虽然因不得自由而无所作为，但通过画笔传达了他愿意忧国报国的心胸。诗中的秋，可能喻示赵令穰作此两幅画时年已老迈。而凫雁、鸂鶒、鸥形象，则寄寓了画家向往自由的精神追求。

苏轼的嘲谑表明，前期的赵令穰作画题材单一且缺少精神内涵。从潘大临这两首诗看，赵令穰后期画作虽在题材上无所开拓，但其中饱含对人生不自由的反省，因而精神内涵充实。

与步易过石佛看宋大夫画山水

崔　鶠

霜落石林江气清，隔江犹见暮山横。

个中只欠崔夫子，满帽秋风信马行。

诗题中的宋大夫，当指宋复古。前二句描述画面的主体形象，显然系平远之景。第二句用"犹见"一词，似不经意地点出自己赏画的专注神态。后两句戏谑，说这幅画好是好，但缺少人物形象，如果将我崔某画成一位"满

---

① 邓椿.画继［M］.黄苗子点校.北京：人民美术出版社，2016：8-9.
② 刘禹锡《西塞山怀古》云："王濬楼船下益州，金陵王气黯然收。千寻铁锁沉江底，一片降幡出石头。"

帽秋风信马行"的隐士放入图中，画面会更加有趣。这表面上好像是在指责画面有缺失，实际上是在说自己欣赏画作身心高度投入：这幅山水画营造了一个怡人的隐居环境，诗人看后深受感染，以至于想化身隐士置身其间。以埋怨的口吻，行表扬之实，这种写法在咏画之作中并不多见。

谢公定所宝蕃客入朝图，贞观中阎立本所作笔墨

李　廌

君不见燕然易水波桑乾，东连鸭绿西贺兰。古来战地骨成土，赤棘白草沙漫漫。汉筑朔方置上郡，晚岁欸塞惟呼韩。贞观文皇力驯制，诸蕃君长充王官。玉门不关障无候，驿道入参天可汗，蛮夷邸中诸国使，旃裘椎髻游长安。我恨不为典属国，望古遥集真可叹。今观此图写职贡，要荒种落蒙衣冠。兽蹄鸟喙或鬼色，想见膜拜皆盘跚。圣朝贤良谢夫子，劲气烈烈霜风寒。目眵唇焦万卷烂，笔头成冢墨成滩。南阳劝驾一封传，入对三道朝金銮。万言阶对万乘喜，声名一日青云端。行当遨游庙堂上，坐令四国相交欢。羽书不驰烽火冷，鸣鸡吠犬何敢干。借令跳梁出巢穴，当用斧斤摧髀髋。戎亭喋血无噍类，藁街县首如狐貛。君当自画凌烟阁，纵有此图何必观。同僚华原贵公子，求公此画公无难。乃知功名丈夫志，不惑玩好劳肺肝。怜渠孜孜画成癖，心欲速得如羽翰。不如遣佐篚中品，犹胜弃捐终不看。

诗题中说谢公定，即谢㥄，其家族与书画颇有因缘。其祖父谢绛，乃梅尧臣妻兄，有藏画的爱好。其父谢景初，曾制作著名的"谢公笺"。谢㥄于

元祐三年（1088 年）九月中"试贤良方正能直言极谏"①科制举，系元祐时期
（1086—1094 年）旧党恢复制举考试后的首位中举者。诗中"圣朝贤良谢夫
子"至"声名一日青云端"八句，就是描述谢悰中举时的盛况。诗题中所说
的"蕃客入朝图"，是职贡题材的图画。根据米芾《画史》的记述，阎立本各
种职贡图真本，私家已无收藏。故可推断谢悰所藏《蕃客入朝图》，当系阎立
本职贡题材图画的高水平摹本。

前十二句讲了阎立本职贡图创作的时代背景。汉代以前没有常设的职贡
制度。汉代雄强历时未久，职贡之事无甚可取。只有在唐太宗时期，帝国强
大，疆域广阔，声名威壮，因而蕃国自觉朝贡，成为大唐长安都城的典型景
观。阎立本受命作《职贡图》，就是为了渲染和记录盛世的富强繁荣。

"我恨不为典属国"及以下共六句，感慨今不如古。其中隐含一种针对时
事的愤慨：在大宋王朝要向辽、西夏进献岁币的情况下，现在画家已无法着
笔于《职贡图》题材，只能荒废不顾了。这种因画论政的写法，在北宋咏画
诗中难得一见。

"行当遨游庙堂上"及以下共十句，兼有鼓励和告诫之意：谢悰你富有
盛名，又在朝廷担任要职，对安分守己的蕃国，当修文以求取和平；对敢于
冒犯的蕃国，要经武加以惩处。你完全有机会在外交上取得文治武功的成绩，
又何必整天对着阎立本《蕃客入朝图》反复观看呢？

"同僚华原贵公子"及以下共八句，盛赞谢悰将该画转手给其他同事的
行为，认为谢悰不将阎立本《蕃客入朝图》视为玩好之物，能遂其报国之愿、
功名之志。而阎立本《蕃客入朝图》，应该让那些胸无大志的好画之徒观看
玩赏。

这首诗因画而论及时事，兼劝友人立志报国，写得颇有风骨。但是藏画
之要，恰在于玩赏怡情，兼得居奇之名。诗作对藏画者提出了强人所难的要

---

① 徐松.宋会要辑稿［M］.北京：中华书局，1997：4434.

求，从艺术接受角度看，这种出于书生气的议论很容易导致认识误差。

观蔡规画山水图

谢　逸

蔡生老江南，山水涵眼界。挥洒若无心，笔端生万怪。树杪耸烟鬟，云端悬缟带。系舟枯柳根，茅屋临清派。扫壁挂高堂，肃肃起清籁。君名定不朽，第恐缣素败。

山水画的创作到北宋时期，江南一脉面目渐为清晰，如米芾《画史》谓董源"一片江南"。蔡规为抚州人，在地域上与董源同属江右。诗第一、第二句点明蔡规画承董源、巨然之风，江南特色明显。"老"与"涵"，言蔡规身心长期浸润陶醉于江南山水，因而画作呈现出江南特有的灵气。第三、第四句写蔡规区别于其他江南山水画家的创作特色：用笔自如，挥洒而成，不留苦心经营的痕迹；在形象处理上追求险怪。

第五、第六、第七、第八句写蔡规山水画的内容，承接并回应第四句中的"怪"字。画树杪、云端而类人之装饰，与一般江南山水画家追求与自然造化之功相契合，在创作倾向上不同。而舟系枯根，屋临深渊，是予人压迫感的险象，与一般江南山水画家惯于营造平和舒适的优美图景，也迥然异趣。

第九、第十句写蔡规山水画的艺术效果：挂上高堂，睹之感觉清肃，画面物体富有动感，使人精神徜徉于山水之间，仿佛能听到大自然的声响。第十一句肯定了蔡规对江南山水画的独特贡献。第十二句说，蔡规的画作如此珍贵，难免让人产生"挂出来还是藏起来"的两难心理，这也是在称赞画家。

这首咏画诗章法井然有序，对于画家画作的风格特色交待明晰，写法规范可学。

题文与可画竹

谢薖

我昔居西园，手植竹数个。凛然如德友，节行不敢破。朝吟玩霜枝，夜闻萧瑟清。风吹一旦忽不见，似觉尘土污人衣。揭来翠云麓，日唯见山不见竹。虽云山气日夕佳，尚恐无竹令人俗。昨得与可画，自归尘壁挂。门开风动之，如枉故人驾。对山看画信不恶，何人更觅扬州鹤。

谢薖是北宋末期著名的爱竹之士。他30余岁不第而归之后，遂淡泊功名，每开窗对竹，认为竹有气节，贯四时而不改柯易叶，君子似之，因而自号竹友居士。这首诗总共18句，但前面12句在说自己有竹与无竹的生活经历。首六句说有竹带来的生活情趣：自己居住在西园的时候，曾亲手种植几株翠竹。翠竹严肃令人敬畏的样子好像一位品德高尚的朋友，总在提醒自己不要毁坏节行。翠竹又有美好的形象，让自己白天可以对着吟诗，晚上又能静听竹叶的清籁。第七至第十二句写无竹生活的心理缺憾：在城中没有翠竹遮闹养目，会感觉尘土随时扑面污衣。后来搬到山脚下，开门即可见到美好的山色，但长期看不到翠竹仍然会觉得自己俗气渐浓。诗人通过有竹生活与无竹生活的对比，表明在家中悬置竹画的必要性。

后六句说自己得到文与可竹画，但并未描写画面。原因在于，文与可早在谢薖年幼时即去世，于谢薖而言为画坛著名先贤。文与可画竹的成就世所公认，其风格特色前人已言之甚详，诗人自然可以不去置喙。所以诗人直接写这幅竹画悬挂之后产生的效果：每次开门后风吹画竹不停摆动，使人觉得仿佛有老朋友拂开竹枝来拜访自己；而一边欣赏竹画一边细看青山的生活真是一种意味深长的享受，哪里会想着谋取功名利禄呢？诗人显然在说，好的艺术作品（竹画）能引导接受者享受脱俗的精神生活，从而淡化世俗的欲望。

这首诗咏竹而略过画面，在写法上承苏轼《於潜僧绿筠轩》而来。苏诗云："宁可食无肉，不可居无竹。无肉令人瘦，无竹令人俗。人瘦尚可肥，士俗不可医。旁人笑此言，似高还似痴。若对此君仍大嚼，世间那有扬州鹤？"苏轼诗中"无竹令人俗""世间那有扬州鹤"两句，谢薖写此诗时直接予以化用。通过谢作可知，北宋中期画竹咏竹的传统，培养了一些爱竹之士，他们通过植竹、画竹、咏竹和赏竹画，形成家居的艺术氛围，而自觉将生活品位提升到清高脱俗的层次。

许道宁松

王安中

玉骨巉岏雪作顶，清溪下舞蛟龙影。忽惊发地扶屋极，谁向天公乞刀尺？道人逸气天云高，韦偃毕宏皆坐超。奔崖断壑皆晬睨，悲风激激星劳劳。胡为乎挂卿高堂之素壁？许侯笔兴万牛敌。坐来一气回霜秋，四顾满堂皆古色。老夫卜筑寄云松，屡揖伯鸾携敬通。忽见婆娑眼中物，使我嚼句生天风。千章奇材卧涧底，公独区区悦其伪。我知金石贯冰霜，便与髯卿同一味。君不见丹霞大士烧木佛，此老胸中果何物？

首二句写画松所处的画面背景：耸立的山体、戴雪的峰顶、倒映山色的蜿蜒清溪。接下来的六句从三个方面写画松的雄伟壮观：①画松的面积巨大，从地面一直伸展到屋顶，诗人说这看起来似非画家所能为者，第四句以疑问的方式写直观感受，诗语活泼；②许道宁画松的气势高逸，超过了唐代著名画家韦偃和毕宏，这是基于与古人比较的视角加以评论；③松树在画面中占绝对的主体地位，奔崖断壑、激激悲风、劳劳之星在视觉上是被松树征服的形象，用于反衬松树的伟大。

第九、第十、第十一、第十二句自问自答。许道宁的画怎么会挂到深山老林隐居者的屋子里呢？原来许道宁来此看到山中松树，绘画的兴致大发，而屋主人恰好需要画作装点素壁使之具有人文气息。这就解释了画松的缘起和来历。

尾十句也是生问作释。第十三、第十四句说自己来此风景佳地寻找筑室之所，发现这里既有梁鸿这样的真隐士，也有像冯衍那样时刻不忘积极求仕的假隐者。在接下来的四句诗中诗人发现，山中到处都是足以令人诗兴大发的高大松树在迎着天风盘旋起舞，山涧里还有上千株珍奇的树木，那么主人为何弃之不顾，而孜孜不倦地爱赏家中的一幅画松呢？诗人对此的解释是：画松有一种难得的精神力量，这是自然界树木所没有的。主人所欣赏的并非树木的形态，而是画家传达出的不为外在形势动摇的高洁品格。

这首诗通过三问三答，写出许道宁画松的风格特点、创作缘起和精神内涵，表达方式较为独特。

题李伯时画太乙真人图

韩　驹

太乙真人莲叶舟，脱巾露发寒飕飕。轻风为帆浪作楫，卧看玉宇浮中流。中流荡漾翠绡舞，稳如龙骧万斛举。不是峰头十丈花，世间那得叶如许。龙眠画手老入神，尺素幻出真天人。恍然坐我水

仙府，苍烟万顷波粼粼。玉堂学士今刘向，禁直岧峣九天上。不须

对此融心神，会植青藜夜相访。

这首诗作于北宋宣和年间，是北宋时期咏画的代表作。宋晁公武《郡斋读书志》著录《韩子苍集》三卷，附记云："王甫（按，即"黼"）尝命子苍咏其家藏《太乙真人图》，诗盛传一世。宣和间，独以能诗称云。"[1] 胡仔《苕溪渔隐丛话·前集》卷五十三："李伯时画太乙真人，卧一大莲叶中，手执书卷仰读，萧然有物外思。子苍有诗题其上云：……语意绝妙，真能咏尽此画也。"[2]

诗由画内写到画外，脉络清晰，层次分明。首四句写画中太乙真人潇洒放逸的自由状态。第五、第六、第七、第八句写太乙真人所卧乘的巨大莲叶。第九、第十、第十一、第十二句表扬李伯时绘画引人入胜的艺术效果。第十三、第十四、第十五、第十六句称赞翰林学士王黼善于收藏，得此珍品名画。

韩驹通过这首诗，展示了欣赏画作的要义在于：心与画融，触发想象。第二句中的"寒飗飗"，系诗人对画中人物感受的拟想。"轻风为帆浪作楫"是一个精妙的比喻。"十丈花"，画中本无，乃作者联想推及。"恍然坐我水仙府"，系移己情入画，或曰移画境适己情。尾二句吹捧王黼，说以你学问之好、官位之高，无须赏画慕仙，太乙真人会在夜里拄着青藜杖主动来拜访您的。这是生动的玩笑，也是奇妙的设想。清范大士《历代诗发》说此诗"因叶及花，因人及杖，总是无端幻想"，评价一语中的。如所周知，王黼长于才智而短于学识，且官德不正。但此诗后两句，并未受到后代学者的指责。这说明，对藏画者适当加以奉承乃是应酬的常态和咏画的惯例，没有必要对此

① 晁公武.郡斋读书志校注［M］.上海：上海古籍出版社，1990：1044.

② 胡仔.苕溪渔隐丛话［M］.北京：人民文学出版社，1962：361.

进行道德绑架。

　　南宋郑思肖曾作《李伯时所画太一真人莲叶舟图》，诗云："太一真人妙出神，聊乘莲叶下南冥。若人欲识空凉境，但诵薰风一卷经。"同韩驹《题李伯时画太乙真人图》相比，郑诗就显得不够切实生动，而有离画泛论之弊。

参考文献

蔡德龙，2015.韩愈《画记》与画记文体源流［J］.文学遗产（5）：107-119.

蔡罕，2000.郭熙艺术生平考述［J］.文献（4）：141-149.

蔡襄，1996.蔡襄集（卷7）［M］.吴以宁，点校.上海：上海古籍出版社.

晁公武，1990.郡斋读书志［M］.孙猛，校证.上海：上海古籍出版社.

陈才智，2004.苏轼题画诗述论［J］.乐山师范学院学报（6）：1-7.

陈家愉，2017.晓景晚景烟岚融：《惠崇春江晓景》题名再考［J］.汉江师范学院
    学报，37（5）：32-38.

陈连庆，1987.辑本梁元帝《职贡图》序［J］.古籍整理研究学刊（3）：14.

陈思，1986.两宋名贤小集［M］.台北：台湾商务印书馆影印文渊阁四库全书.

陈允吉，1983.论唐代寺庙壁画对韩愈诗歌的影响［J］.复旦学报（1）：72-80.

陈振孙，1987.直斋书录解题［M］.徐小蛮，顾美华，点校.上海：上海古籍出版社.

陈志平，2012."文字禅"与"北宋诗文书画一体"：以黄庭坚的论述为中心
    ［J］.文艺研究（12）：103-109.

成明明，2008.宋代馆阁曝书活动及其文化意义［J］.社会科学家（5）：144-147.

邓椿，2016.画继［M］.黄苗子，点校.北京：人民美术出版社.

董乐宁，2015.北宋诗评家江休复事迹考述［J］.湖北科技学院学报（2）：39-40.

范金民，2008.千年图，八百主:王齐翰《勘书图》的流转［J］.南京大学学报（哲
    学·人文科学·社会科学版）（3）：123-124.

范仲淹，2007.范仲淹全集［M］.李勇先，王蓉贵，点校.成都：四川大学出版社.

方回，2005.瀛奎律髓汇评［M］.李庆甲，集评校点.上海：上海古籍出版社.

傅秋爽，1986.试论黄庭坚题画诗的艺术特色［J］.河北学刊（3）：95–99.

傅璇琮，1978.黄庭坚和江西诗派资料汇编［M］.北京：中华书局.

傅怡静，2008.论诗画关系的发生与确立［J］.社会科学论坛（学术研究卷）
　　（2）：77–84.

龚明之，1985.中吴纪闻（第2卷）［M］.北京：中华书局.

郭茂倩，1979.乐府诗集［M］.北京：中华书局.

郭若虚，1963.图画见闻志［M］.黄苗子，点校.北京：人民美术出版社.

韩刚，2021.顾恺之《维摩诘图》探寻［J］.美术学报（4）：4–16.

韩煦，2019.中国长卷式主题绘画的历史沿革与创新：辽宁大学校史馆壁画创作谈
　　［J］.艺术工作（5）：48–53.

何世剑，2007.中国画论视野中的画"趣"论［J］.江苏广播电视大学学报（6）：
　　38–42.

胡仔，1962.苕溪渔隐丛话・前集［M］.廖德明，点校.北京：人民文学出版社.

黄宾虹，邓实，2013.美术丛书初集：第六辑.［M］.杭州：浙江人民美术出版社.

黄伯思，2003.东观余论（文渊阁四库全书第850册）［M］.上海：上海古籍出版社.

黄庭坚，2003.山谷诗集注［M］.任渊，史容，史季温，注.刘尚荣，点校.北京：
　　中华书局.

黄休复，1982.益州名画录［M］.何韫若，林孔翼，注.成都：四川人民出版社.

纪昀，1997.四库全书总目提要［M］.北京：中华书局.

贾晓峰，闫建阁，2019.论唐宋佛寺壁画诗之演进［J］.太原师范学院学报（社会
　　科学版），18（5）：16–19.

笕文生，笕久美子，2007.唐宋诗文的艺术世界［M］.卢盛江，编译.北京：中华
　　书局.

江少虞，1981.宋朝事实类苑［M］.上海：上海古籍出版社.

孔凡礼，1998.苏轼年谱［M］.北京：中华书局.

李博，2008.宋代书画市场昌盛的条件及特征［J］.沈阳大学学报（自然科学版）
　　（5）：5–7.

李昌舒，2017.身份与趣味：论苏轼的士人画思想［J］.艺术百家，33（5）：162–169.

李传文，2017.北宋翰林图画院建立后之教学管理体制与招生考试制度考［J］.齐
　　鲁艺苑（3）：52.

李定广，2007.《唐诗三百首》中有宋诗吗：与莫砺锋先生商榷［J］.学术界
　　（5）：75–81.

李昉，1960.太平御览［M］.北京：中华书局.

李昉，1961.太平广记［M］.北京：中华书局.

李可心，2016.由心的出入问题反思张栻之学的式微［J］.中国哲学史（3）：86–96.

李裕民，1994.北宋名僧惠崇的诗与画［J］.太原师范学院学报（社会科学版）
　　（2）：17–20.

李远国，李黎鹤，2022.道教水陆大醮与水陆画的历史研究［J］.世界宗教研究
　　（2）：52–61.

李昀，2021.敦煌壁画中的职贡图绘研究之一：维摩诘经变与贞观《王会图》
　　［J］.艺术工作（6）：79–96.

李之仪，1935.姑溪居士后集［M］.上海：商务印书馆.

梁巘，1984.承晋斋积闻录［M］.上海：上海书画出版社.

廖伟，2008.苏轼题画诗考论［D］.福州：福建师范大学.

凌左义，1984.建国以来黄庭坚研究情况综述［J］.九江师专学报（3）：23–28.

凌佐义，1997.十年来黄庭坚研究综述［J］.文学遗产（4）：117–125.

刘德清，2007.陆经诗文酬唱及其对宋代文学的贡献［J］.江西社会科学（1）：
　　219–224.

刘继才，2010.中国题画诗发展史［M］.沈阳：辽宁人民出版社.

刘玉龙，2014.历史与想象：晋唐山水画原型及其重塑［D］.北京：中国艺术研究院.

刘泽华，2020.近二十年国内宋代题画诗研究述论［J］.名作欣赏（8）：130–133.

刘长东，2003.论宋代的僧官制度［J］.世界宗教研究（3）：52-62.

卢辅圣，1993.中国书画全书（第一册）［M］.上海：上海书画出版社.

马端临，1986.文献通考［M］.北京：中华书局.

马新广，2008.唐五代佛寺壁画的文献考察［D］.西安：西北大学.

梅尧臣，1980.梅尧臣集［M］.朱东润，编年校注.北京：人民出版社.

米芾，2020.画史［M］.刘世军，黄三艳，校注.桂林：广西师范大学出版社.

欧阳修，宋祁，1975.新唐书［M］.北京：中华书局.

欧阳修，2001.欧阳修全集［M］.北京：中华书局.

欧阳修，2009.欧阳修诗文集［M］.洪本健，校笺.上海：上海古籍出版社.

潘运告，2003.清代画论［M］.云告，译注.长沙：湖南美术出版社.

裴孝源，1984.贞观公私画史序［M］.王原祁，等辑.北京：中国书店.

钱锺书，1984.谈艺录［M］.北京：中华书局.

钱锺书，1985.中国诗与中国画［J］.中国社会科学院研究生院学报（3）：1-13.

钱锺书，1989.宋诗选注［M］.北京：人民文学出版社.

邱美琼，向玲，2018.二十世纪以来日本学者对梅尧臣诗歌的研究［J］.西北民族
　　大学学报（5）：152-160.

仇兆鳌，1979.杜诗详注［M］.北京：中华书局.

冉毅，2011.宋迪其人及"潇湘八景图"之诗画创意［J］.文学评论（2）：157-164.

戎默，2014.论毛奇龄对《惠崇春江晓景》的评价［J］.齐齐哈尔大学学报（哲学
　　社会科学版）（3）：64-66.

邵伯温，2012.邵氏闻见录［M］.上海：上海古籍出版社.

沈括，2009.梦溪笔谈［M］.上海：上海书店出版社.

石介，1984.徂徕石先生文集［M］.陈植锷，点校.北京：中华书局.

宋徽宗朝宫廷画院，1999.宣和画谱［M］.长沙：湖南美术出版社.

苏轼，1982.苏轼诗集［M］.王文诰，辑注.北京：中华书局.

苏轼，1986.苏轼文集［M］.孔凡礼，点校.北京：中华书局.

苏轼，2010.苏轼全集［M］.张志烈，马德富，周裕锴，校注.石家庄：河北人民
　　出版社.

苏轼，2011.东坡题跋［M］.屠友祥，校注.上海：上海远东出版社.

苏颂，2014.苏魏公文集（第10卷）［M］.苏彦铭，李伟国，点校.上海：上海辞
　　书出版社.

孙桂平，2013.王维《鸟鸣涧》以理解作题画诗为宜［J］.古典文学知识（5）：
　　35-39.

孙桂平，2022.从咏画角度辨析《惠崇春江晓景》相关问题［J］.徐州工程学院学
　　报（社会科学版），37（4）：57-65.

汤垕，1958.画鉴［M］.北京：人民美术出版社.

童强，2014.艺术理论基本文献·中国古代卷［M］.北京：三联书店.

脱脱，等，1977.宋史［M］.北京：中华书局.

王光照，1993.唐代长安佛教寺院壁画［J］.敦煌学辑刊（1）：77-82+97.

王连起，2003.宋人《睢阳五老图》考［J］.故宫博物院院刊（1）：7-21.

王辟之，1981.渑水燕谈录［M］.北京：中华书局.

王水照，1981.生活的真实与艺术的真实：从苏轼《惠崇春江晓景》谈起［J］.文
　　学遗产（2）：76-80.

王水照，2012.《钱锺书手稿集·容安馆札记》与南宋诗歌发展观［J］.文学评论
　　（1）：55-62.

王栐，1981.燕翼诒谋录（卷4）［M］.北京：中华书局.

王勇，1995.日本折扇的起源及在中国的流播［J］.日本学刊（1）：115-130.

王友群，刘运好，2022.导夫先路：先唐题画诗论［J］.江淮论坛（1）：179-187.

王云五，1939.扪虱新语［M］.上海：商务印书馆.

翁晓瑜，2003.黄庭坚题画诗研究［D］.成都：四川大学.

吴瑞侠，吴怀东，2018.梅尧臣题画诗考论［J］.山东师范大学学报（人文社会科
　　学版）（4）：39-49.

吴湘，2018."江南传统"的形成与董源地位的奠立［J］.南京艺术学院学报（美术与设计）（2）：17–22+209.

项郁才，1981.诗如见面，画外生发：谈苏轼题画诗《惠崇春江晓景》［J］.黄石师院学报（哲学社会科学版）（4）：66–67.

谢赫，姚最，1962.古画品录·续画品录［M］.王伯敏，标点注译.北京：人民美术出版社.

徐邦达，1984.古书画伪讹考辨［M］.南京：江苏古籍出版社.

徐松，1957.宋会要辑稿［M］.北京：中华书局.

薛颖，2009.元祐文人集团文化精神的传播：以《西园雅集图》的考察为中心［J］.美术观察（8）：97–100.

杨北，云峰，1996.我国题画诗源于何时［J］.洛阳师专学报（自然科学版）（4）：109–110.

叶适，1919.水心先生文集［M］.上海：上海商务印书馆.

俞剑华，2015.中国历代画论大观（先秦至五代画论）［M］.南京：江苏凤凰美术出版社.

袁燮，1935.絜斋集［M］.上海：商务印书馆.

曾枣庄，2021.舒大刚.苏东坡全集［M］.北京：中华书局.

查慎行，2013.苏诗补注［M］.王友胜，校点.南京：凤凰出版社.

张高评，2008.苏轼黄庭坚题画诗与诗中有画：以题韩幹、李公麟画马诗为例［J］.兴大中文学报（24）：1–34.

张汉清，方弢，1983.惠崇《春江晚景》题名质疑［J］.辽宁师范学院学报（社会科学版）（5）：88.

张耒，1985.明道杂志［M］.北京：中华书局.

张美子，2017.浅析中国古代屏风发展史及其特点［J］.文物天地（2）：74–76.

张彦远，2016.历代名画记［M］.秦仲文，黄苗子，启功，点校.北京：人民美术出版社.

张元济，李致忠，2016.声画集（四部丛刊四编集部第165册）［M］.北京：中国
    书店出版社.

周义敢，2007，周雷.梅尧臣资料汇编［M］.北京：中华书局.

朱存理，2003.珊瑚木难（第4卷）［M］.上海：上海古籍出版社.

朱光潜，2005.文艺心理学［M］.上海：复旦大学出版社.

朱景玄，1985.唐朝名画录［M］.温肇桐，注.成都：四川美术出版社.

朱熹，1919.五朝名臣言行录（卷10）［M］.上海：上海商务印书馆.

朱熹，2002.朱子全书［M］.上海：上海古籍出版社.

祝穆，富大用，1982.新编古今事文类聚前集［M］.北京：日本株式会社中文出
    版社.

庄程恒，2016.从耆老雅集到图像旌表：《睢阳五老图》与北宋士人肖像观念研究
    ［J］.美术学报（1）：4–13.

后 记

　　笔者曾从事唐代文学的教学和研究工作，并出版有《唐人选唐诗研究》（2012 年）和《唐诗诠辨》（2015 年）两本学术著作。之后出于新鲜感和好奇心，想在宋代文学研究领域有所拓展，但只是有意地去阅读了一些相关典籍和今人论著，很长时间未有这方面的撰述。2017 年，因承担厦门同安苏颂研究会资助的横向课题"苏绅史料汇编与评析"，由此介入苏颂文化研究，参与编纂有关宋代文史的图书和发表有关宋代文史的论文。2019 年，笔者向广西艺术学院申请"高层次人才科研启动经费项目"时，感到自己转向宋诗研究的条件大致成熟，又觉得"中国古代文学与图像关系"这一方向尚有很大的研究空间，遂以"宋代咏画诗研究"为题立项，本书就是该项目结题的成果。

　　因为北宋咏画诗数量多，难以全部纳入研究范围，所以笔者曾用较长时间思考这样一个问题：能否构建一个体密思精的知识框架，从而以相对较小篇幅的论述揭示北宋咏画诗的主要价值内涵和发展规律？后来否定了这一设想，主要基于以下原因：①既有关于北宋咏画诗的研究成果尚未积累足够的知识点，支撑不了设想的知识体系；②北宋咏画诗表现形态复杂，价值指向多元，属于很难用统一知识尺度进行规限的研究对象；③笔者的理论高度和逻辑思维水平尚未达到构建严密知识框架的要求。最终还是按照自己觉得有把握的研究方式，选择一些有代表性的诗人、较为典型的咏画现象和艺术水平较高的咏画诗作进行研究和解读，并相应地分成三编结集成书。

在书稿完成之后，笔者又想到了一些相关论题。例如，咏画诗兼及乐、舞、书等其他艺术形式，体现了以诗歌方式进行艺术接受的复杂性，其中蕴含着值得总结的艺术接受经验。又如，比照北宋咏画诗和评画文，考察以诗歌形式进行绘画艺术接受的优势、限制和特点。再如，自身有无绘画创作技能，对北宋诗人咏画会产生怎样的影响？由于交稿时间的限制，这些论题只能留待异日再行探讨。

本书的出版得到了广西艺术学院原公共课教学部赵克主任、广西艺术学院科研处吴国伟先生的大力支持。业师巩本栋教授曾审阅书中一部分内容并提出了修改意见。感谢为我提供帮助的朋友们，正因为有了你们，此书才得以顺利完成。

孙桂平于邕城

2023 年 3 月